漢語詞法句法三集

湯 廷 池 著

臺灣 學 ⼄ 書 局 印行

獻給忘年之交

望月八十吉教授，

並祝福他古稀之壽

湯 廷 池 教 授

著者簡介

　　湯廷池，臺灣省苗栗縣人。國立臺灣大學法學
士。美國德州大學（奧斯汀）語言學博士。歷任
德州大學在職英語教員訓練計劃語言學顧問、美國
各大學合辦中文研習所語言學顧問、國立師範大學
英語系與英語研究所、私立輔仁大學語言研究所教
授、《英語教學季刊》總編輯等。現任國立清華大
學外語系及語言研究所教授，並任《現代語言學論
叢》、《語文教學叢書》總編纂。著有《如何教英
語》、《英語教學新論：基本句型與變換》、《高
級英文文法》、《實用高級英語語法》、《最新實
用高級英語語法》、《英文翻譯與作文》、《日語
動詞變換語法》、《國語格變語法試論》、《國語

格變語法動詞分類的研究》、《國語變形語法研究
第一集：移位變形》、《英語教學論集》、《國語
語法研究論集》、《語言學與語文教學》、《英語
語言分析入門：英語語法教學問答》、《英語語法
修辭十二講》、《漢語詞法句法論集》、《英語認
知語法：結構、意義與功用（上集）》、《漢語詞
法句法續集》、《國中英語教學指引》、《漢語詞
法句法三集》、《漢語詞法句法四集》、《英語認
知語法：結構、意義與功用（中集）》等。

「現代語言學論叢」緣起

　　語言與文字是人類歷史上最偉大的發明。有了語言，人類才能超越一切禽獸成爲萬物之靈。有了文字，祖先的文化遺產才能綿延不絕，相傳到現在。尤有進者，人的思維或推理都以語言爲媒介，因此如能揭開語言之謎，對於人心之探求至少就可以獲得一半的解答。

　　中國對於語文的研究有一段悠久而輝煌的歷史，成爲漢學中最受人重視的一環。爲了繼承這光榮的傳統並且繼續予以發揚光大起見，我們準備刊行「現代語言學論叢」。在這論叢裏，我們有系統地介紹並討論現代語言學的理論與方法，同時運用這些理論與方法，從事國語語音、語法、語意各方面的分析與研究。論叢將分爲兩大類：甲類用國文撰寫，乙類用英文撰寫。我們希望將來還能開闢第三類，以容納國內研究所學生的論文。

　　在人文科學普遍遭受歧視的今天，「現代語言學論叢」的出版可以說是一個相當勇敢的嘗試。我們除了感謝臺北學生書局提供這難得的機會以外，還虔誠地呼籲國內外從事漢語語言學研究的學者不斷給予支持與鼓勵。

湯　廷　池

民國六十五年九月二十九日於臺北

語文教學叢書緣起

現代語言學是行爲科學的一環，當行爲科學在我國逐漸受到重視的時候，現代語言學卻還停留在拓荒的階段。

爲了在中國推展這門嶄新的學科，我們幾年前成立了「現代語言學論叢編輯委員會」，計畫有系統地介紹現代語言學的理論與方法，並利用這些理論與方法從事國語與其他語言有關語音、語法、語意、語用等各方面的分析與研究。經過這幾年來的努力耕耘，總算出版了幾本尚足稱道的書，逐漸受到中外學者與一般讀者的重視。

今天是羣策羣力 和衷共濟的時代 ，少數幾個人究竟難成「氣候」。爲了開展語言學的領域，我們決定在「現代語言學論叢」之外，編印「語文教學叢書」，專門出版討論中外語文教學理論與實際應用的著作。我們竭誠歡迎對現代語言學與語文教學懷有熱忱的朋友共同來開拓這塊「新生地」。

語文教學叢書編輯委員會　謹誌

自 序

　　《漢語詞法句法三集》收錄從一九八九年年初到一九九○年五月間所發表或完成的論文五篇。其中，有關漢語詞法句法的論文共四篇（〈漢語的「字」、「詞」、「語」與「語素」〉、〈漢語的詞類：畫分的依據與功用〉、〈漢語語法研究的回顧與展望、兼談當代語法學的本土化〉、〈漢語語法的「併入現象」〉），有關對比分析的論文一篇（〈「原則參數語法」與英漢對比分析〉，先後在第三屆計算語言學研討會、新加坡世界華文教學研討會、香港「華語與英語理論及應用語言學」國際研討會、全美華文教師學會年會、香港「華語社會中的語言學教學」研討會上宣讀，並（／或）全部或部分刊載於《華文世界》、《英語教學》、《清華學報》、《世界華文教學研討會論文集》、《第三屆計算語言學研討會論文集》等刊物。另外附了綜合報告三篇（〈參加新加坡「世界華文教學研討會」歸來〉、〈《第二屆世界華語文教學研討會論文集(理論與分析篇)》編者的話〉、〈對新加坡華文教育的建議：如何幫助在雙語社會中學習第二語文的華文〉），第一篇文章的部分內容曾經刊載於《漢學通訊》。

　　這些文章從一九九一年年初便開始排版，並且預定於當年七月底出版，連序文都已經寫好了。只因為這一年五月間身體忽感不適而被迫休養，結果無法如期進行校對與準備索引，竟然拖到

與《漢語詞法句法四集》同時出版。在此謹向關心本書出版而屢次垂詢書局的讀者致歉。

一九九○年六月到七月間，難得有機會與妻做了一個多月的海外旅行。先是應邀前往香港城市理工學院參加「英語與華語應用語言學」研討會並發表論文。接著，由於日籍摯友望月八十吉教授熱心的安排，從香港飛往日本做為期三週的學術演講與密集講學。從東京外語大學與東京中國語言學會開始，一路經過大阪外語大學、姬路獨協大學與大阪中國語言學會到北九州大學，前後以日語做了十幾場演講。最後應新加坡教育部的邀請，從北九州的福岡飛到新加坡。在新加坡，除了參觀當地中、小學的華文教學、視察華文教材以外，直接與教育部部長、次長與各處處長會談兩小時，並針對新加坡的華文教育提出了英文的建議書。

在逗留日本期間，望月教授與兩位千金潤子與圭子小姐對我們夫妻倆的盛情款待，畢生難忘。尤其是由於旅途奔波的疲勞而不小心閃了腰，要不是望月教授與兩位千金一路的照顧與呵護，我可能就癱瘓在日本。我們夫妻會永遠記得我們五個人在三重縣、青山山莊神仙般的快樂生活。我也永遠忘不了望月教授的老遠陪送我到福岡，以及臨走握別時他雙眼裏的閃閃淚光。望月教授與我之間的忘年之交，開始於十多年前他寫給我的一封信。他為人誠懇、待人忠厚，在日本默默地從事中國語言學的耕耘。近十年來，我們情同手足，魚雁不斷。我在敬重這一位異國朋友之餘，願意把這一本小書獻給他，並由衷地祝福他今年古稀之壽。

說起來也巧合或有緣，今年我也到了花甲之年。妻子、子女、媳婦（包括來自美國的大弟）、弟媳、妹夫、表弟、表

妹，還有幾位清大外語系的第一屆畢業學生與朝夕相處的一位學生光明，共同在竹美餐廳爲我開盛大的慶生宴。望著大家替我準備蛋糕、熄燈點蠟燭、齊唱生日歌、催我快許願，心中充滿了無限的感恩與惜福。在一片歡笑聲中，我閉眼默禱：願天下衆生平安、滿足、快樂！

湯　廷　池

一九九一年七月二十九日草
一九九二年七月二十九日補

漢語詞法句法三集

目　錄

綜合報告篇

漢語語法篇

漢語的「字」、「詞」、「語」與「語素」

一、前　言

　　漢語詞法，簡單的說，是研究詞的內部結構、外部功能、語意內涵與語用功能的學問。但什麼是「詞」？傳統的漢語語言學只有「字」的概念，而沒有明確的「詞」的概念。許慎在《說文解字》裏雖然也提到了"詞"，但指的是"虛字"或「助詞」(particle)，與歐美語言學裏所講的「詞」有截然不同的含義。在這篇文章裏，我們想討論漢語裏「字」與「詞」的區別，並且對於「詞」以及構成詞的「語」與「語素」等有關詞法的基本概念做一番明確的交代。

二、字

　　傳統的漢語語言學，以「字」（character）為研究漢語的基本單位。因此，有研究字音的「聲韻學」❶、有研究字義的「訓詁學」❷、有研究字形的「文字學」❸，卻未曾跨出「字」的範圍而走入「詞」的領域。一般說來，漢字在形體上是書寫的單位，可以獨立書寫；在語音上是代表「音節」（syllable），可以獨立發音；而在語意上常表示特定的意義，常可以獨立使用。可是並非所有的漢字都能表示特定的意義或獨立運用；能夠表示特定意義的叫做「語」（morph），而能夠獨立運用的則叫做「詞」（word）。「字」與「語」、「字」與「詞」、以及「字」與「音節」之間有下列區別。

(一)有些字沒有特定的意義，不能單獨成為一個詞。例如「雙聲詞」（alliterative word）的'彷彿、參差、忐忑、蜘蛛、彳于'等，其構詞成分的'彷、彿、參、差、忐、忑、蜘、蛛、彳、于'等都不能單獨表示意義而成為語或詞。又如「疊韻詞」（rhyming word）的'窈窕、逍遙、徬徨、朦朧、蜥蜴'等的構詞成分'窈、窕、逍、遙、徬、徨、朦、朧、蜥、蜴'也都無法單

---

❶　相當於歐美語言學裏研究音韻結構與規律的「音韻學」（phonology）。

❷　相當於歐美語言學裏研究詞彙含義的「詞彙語意學」（lexical semantics），但研究的範圍大都限於「虛詞」（function word）中的「助詞」。

❸　相當於歐美語言學裏研究文字形體的「文字論」（orthography）與研究詞語來源的「詞源學」（etymology）。

獨表意而成為語或詞。其他如古代「連綿字」(ancient trans-literative word; 如'玻璃、芙蓉、葡萄、蟋蟀、菩薩'等)、「擬聲詞」(onomatopoeic word; 如'淅瀝、嗚咽、嘩啦、嘀答'等) 以及現代「譯音外來詞」(modern transliterative word; 如'幽默、摩登、馬拉松、奧林匹克'等)裏面的構詞成分'玻、璃、芙、蓉、葡、萄、蟋、蟀、菩、薩、淅、瀝、嗚、咽、嘩、啦、嘀、答、幽、默、摩、登、馬、拉、松、奧、林、匹、克'也都不能單獨表示意義而成為語或詞。可見有些「字」在單獨使用的時候並不表示意義,因而不能算是「語」,更不能算是「詞」。

(二)有些字雖然表示意義,卻不能單獨出現或獨立使用。例如'師、親、情、日'等字,在古漢語裏或文言裏可以單獨出現而成為詞,但是在現代漢語裏卻必須與其他的字連用(例如'老師、師母、師傅;父親、母親、雙親;情緒、感情、情感;節日、日記、早日'等)纔能成為獨立的詞。這些字雖能表示意義,卻不能單獨出現或獨立使用,只能算是語,不能算是詞。

(三)漢語裏有些詞雖然只含有一個音節而屬於「單音詞」(monosyllabic word),卻在書寫上用兩個漢字來表示。例如,〔huar; ㄏㄨㄚㄦ〕讀成一個音節,卻常寫成'花兒'兩字。同樣的,〔war; ㄨㄢˊㄦ〕常寫成'玩兒',而〔ṣèr; ㄕㄦˋ〕則常寫成'事兒'。可見漢字在語音上代表一個音節,原則上一個音節由一個字來代表。但是在「兒化」(r-colored)的單音詞裏❹卻例外的由兩個「字」來代表一個「音節」,也就是說把兩個字讀成一

---

❹　凡是「兒化」的「語」都能單獨出現,所以一定也是「詞」。

個「音節」。

(四)有些字雖然有兩種以上不同的形體，卻可能表示同一個語或同一個詞。例如'烟'與'煙'、'羣'與'群'、'裡'與'裏'、'纔'與'才'以及'癢、瘃、痒'等同音同義而異形的字，都表示同一個意義。其中'烟、煙'、'纔、才'與'癢、瘃、痒'都能單獨出現，所以都是語，而且是詞；而'羣、群'與'裡、裏'都不能單獨出現或獨立使用，所以都是語，卻不是詞。同音同義而異形的「異體字」(heterograph) ❺ 有「繁體字」(unsimplified character) 與「簡體字」(simplified character) 之分，以及「正體字」(standard character) 與「俗體字」(vulgar character) 之別，在形體上顯示或多或少的差別，但都代表同一個語音與同一個意義，因而代表同一個語或詞。可見有些漢字雖然代表同一個語音、同一個語意，卻可能有幾種不同的字體或寫法。也就是說，同一個「語」或「詞」可能由不同的幾個「字」來代表。

(五)同一個字有時候可以表示語音相同而語意卻不同的兩個語或詞。例如，'一朵花'裏的名詞'花'與'愛花錢'裏的動詞'花'都用同一個字'花'來表示；'早上開過一次會'裏的名詞'會'與'你會不會'裏的動詞'會'也都用同一個字'會'來表示。無論是名詞的'花'與'會'❻，或動詞的'花'與'會'，都可以獨立使用，所以都是

---

❺ 參考英語的「異體詞」，如 'inquiry' 與 'enquiry'、'licence' 與 'license'、'jail' 與 'gaol' 等。

❻ 名詞的'會'在獨立使用時，常由'會議'或'集會'等詞來取代。關於這點容後詳論。

語，也都是詞。這些同形同音而異義的字叫做「同形同音(異義)字」(homonym) ❼，但也可以視為「一詞多義」(polysemy)的現象。可見同一個字卻可能表示兩個或兩個以上不同的意義；也就是說，兩個或兩個以上不同的「語」或「詞」可能由同一個「字」來代表。

(六)同一個字有時候可以表示語意上有關連而語音卻不相同的兩個語或詞。例如'今天好天氣'裏的形容詞'好'(讀三聲〔hǎu;ㄏㄠˇ〕)與'好逸惡勞'的動詞'好'(讀去聲〔hàu;ㄏㄠˋ〕)，雖然讀音不盡相同卻都用同一個字'好'來表示。又如'我們永不分離'的動詞'分'(讀一聲〔fen;ㄈㄣ〕)與'我並不要求什麼名分'裏的名詞'分'(讀去聲〔fèn;ㄈㄣˋ〕)的讀音也不相同，但也都用同一個字'分'來表示。另外，語意上沒有一定的關連而且語音也不盡相同的兩個語或詞，也可能用同一個字來代表。例如，'重量級的選手'裏的形容詞'重'(讀〔ʐoŋ;ㄓㄨㄥˋ〕)與'請你重說一遍'裏的副詞'重'(讀〔ɕoŋ;ㄔㄨㄥˊ〕)都用同一個字'重'來表示；'這座寺廟香火很盛'裏的形容詞'盛'(讀〔ʂèŋ;ㄕㄥˋ〕)與'替我盛一碗飯'的動詞'盛'(讀〔ɕéŋ;ㄔㄥˊ〕)也都用同一個字'盛'來表示。這些同形異音而且異義的字叫做「同形異音(異義)字」(homograph) ❽，或同字異音的「破音」(alternate pro-

---

❼　參照英語的「同形同音(異義)詞」，如名詞 'bear' ('熊')與動詞 'bear' ('忍受')、名詞 'fair' ('市場')與形容詞 'fair' ('美好')、名詞 'seal' ('海豹')與名詞 'seal' ('印章')等。

❽　參照英語的「同形異音(異義)字」。如名詞的 'wound' ('受傷'，讀〔wuŋd〕)與動詞 'wind' 的過去式與過去分詞 'wound' (→)

nunciation with semantic distinction) 現象。❾可見同一個漢字可能代表兩種不同的語音與兩個不同的語意；也就是說，同一個「字」可能代表兩個不同的「音節」、「語」或「詞」。

(七)有時候同一個漢字有兩種不同的讀音，卻表示同樣的意義，因而屬於同一個語或詞。例如'誰'有〔ṣúei; ㄕㄨㄟˊ〕與〔ṣéi; ㄕㄟˊ〕兩種讀音、'熟悉'的'熟'有〔ṣóu; ㄕㄡˊ〕與〔ṣú; ㄕㄨˊ〕兩種讀音、'尾巴'的'尾'也有〔ǔei; ㄨㄟˇ〕與〔ǐ; 一ˇ〕兩種讀音，但都代表同一個語或詞。這種同形同義而異音的現象，叫做「又讀」(alternate pronunciation without semantic distinction)。可見同一個「字」可能代表兩種不同的「音節」，卻仍然代表同一個「語」或「詞」。

(八)有許多漢字的形體與意義都完全不同，而發音卻相同。例如，'壹、伊、衣、揖、裲、醫、噫'等字都具有不同的形體而表示不同的意義，卻都代表相同的發音，都讀〔i; 一〕。又如，'但、淡、蛋、彈、擔、誕'等形體與意義都不相同的字，也都讀〔tàn; ㄉㄢˋ〕。這些異形異義而同音的字叫做「(異形)同音

(→) ('圍繞'，讀〔waund〕)、名詞 'lead' ('鉛'，讀〔lɛd〕) 與動詞 'lead' ('領導'，讀〔lid〕)、'bow' ('弓' 讀〔bo〕) 與名詞 'bow' ('船首'，讀〔bau〕)。

❾ 「破音字」的幾種讀法之間常具有語意上或「詞源」(etymology) 上的連帶關係，因此有點類似英語「一詞多義」(polysemy) 的現象。例如，英語的 'spring' 可以做 '春天、泉水、彈簧、跳躍' 等幾種意義解釋，而每一種意義之間都有語意上或詞源上的連帶關係，所以屬於一詞多義。但是漢語的「破音字」同形而不同音，而英語的「一詞多義」卻同形同音。

（異義）字」（homophone）。❿可見形體與語意都不相同的「字」仍可能代表相同的語音，而且在漢語裏這種同音現象相當普遍。

以上的討論顯示：「字」、「語」、「詞」、「音節」這四種術語是屬於四種不同層次的單位概念。「字」是書寫上的單位（orthographic unit），佔據稿紙上一"格"之地。⓫「語」是語意上的單位（semantic unit），而且是表示語意的最小的單位⓬，

---

❿　參照英語的「(異形)同音(異義)字」，如 'sun'（'太陽'）與 'son'（'兒子'）、'meat'（'肉'）與 'meet'（'遇見'）、'foul'（'汚穢的'）與 'fowl'（'飛禽'）、'wood'（'樹林'）與 'would'（助動詞 'will' 的過去式）等。

⓫　「字」（character; logograph）是在書寫上可以單獨出現或獨立使用的單位，但不是書寫上最小的基本單位。因為「字」還可以分析為構成字的「部首」（radical）與「偏旁」（right-hand radical）。部首似可以視為漢字的「字素」（grapheme），也就是形成漢字的最小單位。同一個「字素」可能有不同形體的「同位字」（allograph），如'炒'裏的'火'與'煎'裏的'灬'、'裡'裏的'衤'與'裏'裏的'衣'、'思'裏的'心'與'忙'裏的'忄'、'切'裏的'刀'與'割'裏的'刂'等。

⓬　這裏指的是"具有語音形態而又能表示語意的最小單位"。「音素」（phoneme）或「音」（phone），雖然具有語音形態而又具有「辨意作用」，卻不能獨立表示「意義」（meaning）。例如'床'（〔ɕuáŋ; ㄔㄨㄤˊ〕）與 '船'（〔ɕuán; ㄔㄨㄢˊ〕）這兩個詞在語意上的「辨別」（distinction）是由兩個音素 /ŋ/ 與 /n/ 的「對立」（opposition）來形成的，但這兩個音素卻不能單獨指示特定的意義。「語意屬性」（semantic feature; 如〔±具體〕（±〔Concrete〕）、〔±有生〕（±〔Animate〕）、〔±屬人〕（±〔Human〕）、〔±陽性〕（±〔Male〕）等），雖然指示特定的意義，卻不具有語音形態。

必須能表示意義但不一定要能單獨出現或獨立使用。「詞」是句法上的單位 (syntactic unit)，必須能單獨出現或獨立運用，並且能與其他的詞結合而成為「詞組」(phrase)。「音節」是語音上的單位 (phonological unit)，由「聲母」(initial)、「韻母」(final)⑬與「聲調」(tone) 合成。⑭漢字在本質上是代表音節的書寫符號。由於字所代表的音節常能表示特定的意義，所以字就與語音與語意發生連繫而具有字形、字音與字義的"三位

---

⑬ 韻母又包括「韻頭」(又稱「介音」(medial))、「韻腹」(又稱「主要元音」(main vowel))、「韻尾」(ending)；另外有人提出「韻攝」(rhyme) 的術語來兼攝「韻腹」與「韻尾」。例如在漢字'鳥'（[niǎu; ㄋㄧㄠˇ]）的發音裏，[n] 是聲母、[iau] 是韻母、[i] 是韻頭、[a] 是韻腹、[u] 是韻尾、而 [au] 是韻攝。

⑭ 漢語的音節結構可以用下面 (i) 的「方塊圖解」(square diagram) 或 (ii) 的「樹狀圖解」(tree diagram) 來表示：

（i）

聲			調
聲母	韻		母
	韻頭	韻	攝
		韻腹	韻尾
n	i	a	u

（ii）

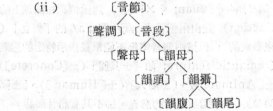

一體性"。但是漢字的字形與字音以及字義之間，並沒有明確、完整而規則的對應關係，無法直接從字形準確的預測字音與字義❺。因此，要單獨或純粹表示字音的時候，我們常利用反切、注音符號、羅馬字標音、國際音標、「音韻辨別屬性」（phonological (distinctive) features) 等較爲直接而精確地方式來表示；要單獨或純粹表示字義的時候，我們也常利用注解、翻譯、實物、照片、動作、表情等方式來表示。「文字」（writing)、「語音」（sound)、「語意」（meaning) 本來就是屬於三種不同層次的概念，漢字具有連繫這三者的功能，但這種連繫是「任意」（arbitrary) 而「間接」（indirect) 的。❻至於「字」與「語」及「詞」的關係，那更是從字的表意作用衍生出來的更間接的關係。凡是具有部首、偏旁等形體而可以獨立存在的書寫符號都可以叫做「字」，但字不一定表示意義，更不一定能夠在句子裏單獨出現或獨立使用。另一方面「語」必須能夠表示意義，而「詞」

---

❺ 漢字裏面的「象形字」（pictograph) 與「會意字」（ideograph)
似乎在某種程度上直接的表示意義，「形聲字」（phonetic compound) 的「聲符」（phonetic) 與「意符」（signific) 也分別具有某種程度上表示語音與表示意義的功效。但是這些表音與表意功效與字形的關係既不明確、又不完整、也不規則，無法利用明確的規律來處理。

❻ 漢字在「文字系統」（writing system) 上屬於「表字文字」（logographic writing) 或「表意文字」（ideographic writing)。因此，字形與字音的關係不如「表音文字」（alphabetic writing; 如希臘文字、拉丁文字、阿拉伯文字) 或「表音節文字」（syllabic writing; 如日文的「假名」（kana)、韓文字、Cherokee 文字) 的直接。

」則必須能夠在句子裏單獨出現或獨立使用。在以後有關漢語詞法的討論裏，我們必須嚴格區別「字」、「語」與「詞」的概念。

三、詞

如前所述，「語」是具有語音形態，又能表示特定意義的最小的單位；而「詞」則是具有語音形態，又能表示特定意義，且能在句法上單獨出現或與其他的詞共同形成詞組的最小的單位。因此，我們可以說：「詞」是「句法結構」上的單位，「語」是「詞法結構」上的單位，而「音節」則是「語音結構」上的單位。句法上的單位「詞」是由詞法上的單位「語」來形成的；而詞法上的單位「語」則是由語音上的單位「音節」來構成的。雖然「詞」、「語」與「音節」都可以用書寫上的單位「字」來代表，但這四種不同的單位應該清楚的加以區別。

關於漢語「詞」的分類與內容，分述如下。

(一)漢語的詞可以依照詞裏所包含音節數目的多寡，分爲「單音(節)詞」、「雙音(節)詞」、「多音(節)詞」等。

(1)「**單音詞**」(monosyllabic word) 只包含一個音節，因而必然由「單音語」(monosyllabic morph) 形成，例如：

a. 單音名詞：如'人、狗、樹、書、門、風、水、火、鬼、神'等。

b. 單音動詞：如'笑、哭、走、跑、吃、喝、看、聽、推、翻'等。

c. 單音形容詞：如'大、小、長、短、甜、酸、苦、辣、笨、醜'等。

d. 單音介詞：如'對、從、到、跟、被、由、把、在、照、憑、靠'等。

e. 單音連詞：如'和、跟❼、或、但、如、雖、因、而、且'等。❽

f. 單音副詞：如'常、正、可、都、總、就、也、又、很、太、最'等。

(2)「**雙音詞**」(disyllabic word) 包含兩個音節，因此可能由兩個「單音語」合成，但也可能由一個「雙音語」(disyllabic morph) 單獨形成，例如：

a. 雙音名詞：

(Ⅰ)由兩個單音語合成；如'偉人、狼狗、樹木、書籍、門戶、颱風、洪水、火災、鬼神'等。

(Ⅱ)由一個雙音語單獨形成；如'菩薩、羅漢、刹那、琵琶、葡萄、檸檬、葫蘆、蝴蝶、蜻蜓、螳螂、蝙蝠、鷦鴣、瑪瑙、咖啡、邏輯、吉他'等。

b. 雙音動詞

(Ⅰ)由兩個單音語合成；如'譏笑、慟哭、行走、疾跑、吞吃、猛喝、觀看、聽見、推翻'等。

(Ⅱ)由一個雙音語單獨形成；如'徘徊、逍遙、躊躇、匍

---

❼ '跟'可以有介詞與連詞兩種用法，參考湯（1979:7-13）＜'跟'的介詞與連詞用法＞。

❽ 連詞'或、但、如、雖、因、而、且'等在一般口語中常分別說成'或者、但是、如果、雖然、因為、而且'等。

匐、吩咐、徜徉、慫恿、嗚咽、嘀咕、玩兒❶、休克'等。

c. 雙音形容詞：

(I)由兩個單音語合成；如'高大、矮小、修長、短暫、甜蜜、酸痛、辛苦、火辣、愚笨、醜陋、面熟、膽小、性急'等。

(II)由一個雙音語單獨形成；如'窈窕、玲瓏、參差、崎嶇、伶俐、慷慨、唐突、苗條、朦朧、幽默、摩登、浪漫'等。

d. 雙音介詞：

由兩個單音語合成；如'對於、關於、至於、連同、自從、打從、除開、除非、照著、憑著、靠著、沿著、爲著、爲了、除了'等。❷

e. 雙音連詞：

由兩個單音語合成；如'以及、或者、如果、假如、假使、要是、卽使、縱然、雖然、旣然、但是、除非'等。❸

---

❶ 「詞綴」(affix)'一兒'與前面的「詞幹」(stem)讀成一個音節；因此，嚴格說來，'玩兒'不是雙音詞。不過'兒'本來也自成音節，而且目前國內一般小學的國語教學也都把動詞'玩兒'讀成兩個音節。

❷ 漢語的介詞一般都由及物動詞「虛化」或「虛詞化」而來，因此有些介詞都保留動詞的「動貌標誌」(aspect marker)'著'與'了'而成爲雙音介詞。

❸ 名詞、動詞與形容詞屬於「實詞」，可以找得到不少由一個雙音語單獨形成的雙音名詞、雙音動詞與雙音形容詞。介詞與連詞屬於「虛詞」，似乎找不到由一個雙音語單獨形成的雙音介詞與雙音連詞。

f．雙音副詞：

（Ⅰ）由兩個單音語合成；如'通常、時常、平常、往常、
　　往往、從前、或許、也許、偶然、突然、偶爾、莞爾
　　、少頃、反正、橫豎、到底、非常、相當'等。

（Ⅱ）由一個雙音語單獨形成；如'依稀、彷彿、須臾、突
　　兀、陸續'等。㉒

（3）「**多音詞**」(polysyllabic word) 包含三個或三個以上
的音節。「三音詞」(trisyllabic word) 可能由三個「單音語」
合成，也可能由一個「單音語」與一個「雙音語」合成，但也可
能由一個「三音語」(trisyllabic morph) 單獨形成，例如：

a．三音名詞

（Ⅰ）由三個單音語合成；如'腳踏車、指導員、植物學、
　　研究所、感化院、理工科、唯心論、影視界、午夜場
　　、高射砲、轟炸機、潛水艇、太空人'等。

（Ⅱ）由一個單音語與一個雙音語合成；如'蝴蝶結、葡萄
　　乾、咖啡廳、邏輯學、吉他手、黑蜘蛛、活菩薩、幽
　　默感、探戈舞、紐約市、紐約州'等。

（Ⅲ）由一個三音語單獨形成；如'法西斯、馬拉松、維他
　　命、三溫暖、菲律賓、莫斯科、諾貝爾'等。

b．三音動詞：

㉒ 漢語的副詞介於「實詞」與「虛詞」之間，由一個雙音語單獨形成的
　雙音副詞為數不多。其中，'突兀'與'突然'一樣，兼有形容詞(如'奇
　峰突兀')與副詞(如'事情來得這麼突兀')用法，但是副詞用法也可以
　看成形容詞的「轉用」。

（Ⅰ）由三個單音語合成；如'工業化、電氣化、民主化、大眾化、意識到、感覺到'等。

（Ⅱ）由一個雙音語與一個單音語合成；如'納粹化'。㉓

（Ⅲ）由一個三音語單獨形成，如'馬殺鷄（＜massage）'㉔。

c. 三音形容詞：

（Ⅰ）由三個單音語合成（但後兩個單音語通常是同一語素的重疊）；如'不景氣、不道德、不友善、不名譽、不光榮、不經濟；香噴噴、黑漆漆、胖嘟嘟、乾巴巴、濕淋淋、硬梆梆、氣呼呼、冷清清、甜蜜蜜、孤單單、空洞洞'等。㉕

（Ⅱ）由一個單音語與一個雙音語合成；如'反猶太（＜anti-Semitic）、超摩登（＜ultramodern）'㉖。

㉓ 漢語裏來自外國語的「譯音詞」，除了'休克（＜shock）'、'派司（＜pass）'、'拷貝（＜copy）'等少數幾個雙音名詞偶爾充當動詞以外，很少能當動詞使用。參考湯（1989: 1-42）＜爲漢語動詞試定界說＞。

㉔ 如'先生，我來給你馬殺鷄'或'他正在裏面馬殺鷄'裏動詞'馬殺鷄'的用法。

㉕ 另外還有'不二價、芝麻大'等通常出現於名詞前面充當「附加語」（adjunct）而較少出現於名詞後面充當「補述語」（complement）的「非謂形容詞」或「區別詞」（attributive adjective）。

㉖ 一般都用'超現代（的）'，而且似乎只有「非謂形容詞」用法，如'超摩登的髮型'、'這種髮型是超摩登的'。又'反猶太（的）'、'非歐幾里得（的）（＜non-Euclidean（geometry））'等也只有「非謂形容詞」用法。

(Ⅲ)由一個三音語單獨形成；如'阿彌陀(佛)'。❷

d. 三音介詞：只找到由三個單音語合成的'甚至於'。❷

e. 三音連詞：只找到由三個單音語合成的'要不然'。❷

f. 三音副詞：

　　(Ⅰ)由三個單音語合成；如'冷不防、無意中、私底下、
　　　私下裏、怎麼樣、一大早、一輩子、永輩子、不外乎
　　　'等。

　　(Ⅱ)由一個單音語與一個雙音語合成；如'刹那間、須臾
　　　間'。

　四音節以上的多音詞，原則上只有名詞(如'唯物主義、抗毒
血清（＜antitoxin)、新達爾文主義（＜neo-Darwinism)、非
歐幾里得幾何學、反現制度論者（＜antiestablishmentarian)')
不受音節數目的限制；而形容詞(如'骯骯髒髒、骯裏骯髒、糊糊

---

❷ '阿彌陀佛（＜梵語 Amita bhah)'的'阿彌陀'是梵語'amita'的譯
　音，是'無量'的意思(因此，又譯義而做'無量壽佛')；但在漢語裏不
　能單獨使用，所以嚴格說來不能算「詞」。來自外國語的譯音形容詞
　本來就不多，而且都屬於雙音詞(如 '幽默 （＜humor (ous))、摩
　登')與四音詞(如'羅曼蒂克（＜romantic)')，卻找不到三音詞。這
　可能也多少反映了漢語詞彙的「雙音化」與「四音化」。參考湯(1989:
　93-146)＜新詞創造與漢語詞法＞。

❷ 關於漢語 '連'與'甚至(於)' 的詞類歸屬至今仍有異端，這裏暫做介
　詞解。

❷ 嚴格說來，'要不然'與'否則'同屬於「連接副詞」（conjunctive
　adverb)，在句法功能上介於「連詞」與「副詞」二者之間。

塗塗、糊裏糊塗、小裏小氣、俗裏俗氣、冠冕堂皇❸、羅曼蒂克
、反托拉斯（＜antitrust)'）則似乎以四音節爲上限❸；副詞
也只在「象聲詞」(onomatopoeic word) 的重疊(如'嘰嘰咕咕
、嘩裏嘩啦、嗚嗚咽咽、轟隆轟隆、淅瀝淅瀝'），重疊形容詞的
轉用(如'急急忙忙、慌慌張張、從從容容')與「四字成語」（如
'從容不迫、無依無靠、無緣無故、東西南北')裏發現四音詞；
而動詞、介詞與連詞則似乎以三音節爲上限。

　　(二)漢語的詞也可以依照詞裏所包含語素的多寡，分爲「單
純詞」、「合成詞」、「複合詞」等。

　　(1)「單純詞」(simple(x) word) 只包含一個語素，這個
語素可能是單音詞、雙音詞或多音詞。漢語詞彙以單音單純詞居
多數，雙音與多音單純詞多半來自漢語的「聯綿詞」(包括雙聲
詞與叠韻詞)與經譯音而傳入的「外來詞」。

a.　**單純名詞**

　　(a) 單音單純名詞：如'人、狗、樹、書、門、風、水、火、
　　　　鬼、神'等。

　　(b) 雙音單純名詞：如'玻璃、葡萄、葫蘆 、蘿蔔、蟋蟀、
　　　　蜘蛛、蝴蝶、蜻蜓、螳螂、蝙蝠、鷦鴣、芙蓉、琺瑯、

---

❸　嚴格說來，'冠冕堂皇'由'冠冕'與'堂皇'兩個雙音詞合成「四字成語」
　　，而這類「四字成語」究竟應該分析爲「詞」、「詞組」(phrase)
　　或具有主謂結構的「子句」(clause) 學者間仍有異論。不過在現
　　代漢語裏，'冠冕堂皇'的形容詞用法幾乎已經「凍結」(frozen) 或
　　「固定」(fixed)，因而列在這裏。

❸　但「非謂形容詞」的音節數目則不在此限。

鞦韆、檸檬、梧桐、咖啡、尼龍、嗶嘰、琵琶、佛陀、菩薩、涅槃、般若、檀那、邏輯、吉他、沙發、倫敦、巴黎、紐約、納粹'等。

(c) 多音單純名詞：如'凡士林、維他命、三溫暖、俱樂部、馬拉松、馬殺雞、甜不辣、伏特加、波羅密、菲律賓、紐西蘭、阿富汗、馬來西亞、尼加拉瓜、盤尼西林、阿斯匹林、金雞納霜、意底牢結、哀的美敦、蓋世太保、布爾喬亞、布爾什維克'等。

b. **單純動詞**

(a) 單音單純動詞：如'笑、哭、走、跑、吃、喝、看、聽、推、翻'等。

(b) 雙音單純動詞：如'蹉跎、叮嚀、逍遙、躊躇、匍匐、徜徉、彷徨、瀰漫、徘徊、抖擻、嗚咽、嘀咕、休克、派司'等。

(c) 多音單純動詞：如'馬殺雞'等。

c. **單純形容詞**

(a) 單音單純形容詞：如'大、小、長、短、甜、苦、辣、笨、醜'等。

(b) 雙音單純形容詞：如'爛漫、窈窕、蒼茫、堂皇、玲瓏、參差、崎嶇、伶俐、慷慨、忸怩㉜、惆悵、唐突、苗條、朦朧、抖擻㉝、摩登、幽默、浪漫'等。

㉜ '忸怩'雖然不常以程度副詞'很、太、非常'等來修飾，但是「AABB」的重疊方式'忸忸怩怩'顯示'忸怩'是形容詞。

㉝ '抖擻'除了'精神很抖擻'的形容詞用法以外，還有'抖擻(你們的)精神'的「使動及物」用法與'精神(為此)抖擻'的「起動不及物」用法。

(c) 多音單純形容詞：如'阿沙力❸❹、羅曼蒂克'等。

d. 單純副詞

(a) 單音單純副詞：如'常、正、可、都、總、就、也、又、很、太、最'等。

(b) 雙音單純副詞：如'從容、鄭重、依稀、彷彿、須臾、剎那❸❺、婆娑、窈窕❸❻、忐忑、突兀、陸續'等。

e. 單純介詞

單音單純介詞：如'對、從、到、跟、被、由、把、將、在、照、憑、靠'等。❸❼

f. 單純連詞

單音單純連詞：如'和、跟、或、但、如、雖、因、而、且'等。❸❽

(2)「合成詞」(complex word) 由兩個或兩個以上的語素合成，其中一個語素形成「詞根」(root) 或「詞幹」(stem)，而其他的語素則形成「詞綴」(affix，又稱「附加成分」)。漢語裏是否眞正存在「詞綴」，學者間仍有異論。但是有些黏著語

---

❸❹ '阿沙力'來自日語的'あっさり'原做副詞解，但是在漢語(幾乎限於臺灣地區)的譯音詞裏卻常做形容詞用，如'他爲人(很)阿沙力'。

❸❺ '須臾'與'剎那'做副詞用時常加上'間'(如'須臾間、剎那間')；因此嚴格說來'須臾'與'剎那'單用時應做名詞'片刻、少頃'解。

❸❻ '婆娑'與'窈窕'兼做形容詞與副詞用。

❸❼ 漢語的雙音介詞幾乎全屬於由兩個單音語素合成的合成詞或複合詞，只有'打從'這個雙音介詞的'打'字經過虛化而或可勉強歸入雙音單純介詞。

❸❽ 漢語的雙音連詞全屬於由兩個單音語素合成的合成詞或複合詞。

素(如'一性'與'一化')本身不能獨立存在，必須與其他語素連用才能形成詞。而且，這些語素並不具有明確的「詞彙意義」(lexical meaning)，卻具有決定詞性的「語法意義」(grammatical meaning)。例如，'一性'附加於前面的詞根之後，無論前面詞根的詞性如何，都會形成名詞(如'理性、酸性、鹼性、彈性')或非謂形容詞(如'中性、局部性、全球性')❸；而'一化'附加於前面的詞根之後則無論前面詞根的詞性如何都會形成「作格動詞」(ergative verb)❹。同時，這些語素的「孳生力」(productivity)相當旺盛，在現代漢語的詞彙裏不斷的產生許多新詞。因此，我們根據(一)黏著語而非自由語、(二)不具有明確的詞彙意義而具有語法意義、(三)充當詞法上的「主要語」(head)或「中心語」(center)而決定整個詞的詞類、(四)具有相當旺盛的孳生力而可以不斷的產生新詞，這四個標準來暫且承認詞綴的存在。詞綴又依照其出現的位置而可以分為：(一)出

---

❸ 漢語的非謂形容詞具有如下的句法表現：(一)在'的'字的引介下出現於名詞的前面充當定語(如'全球性的不景氣、公立的學校、平行的兩條線')；(二)與'是……的'連用充當謂語(如'今年的不景氣是全球性的、這所學校是公立的、這兩條線是平行的')；(三)與一般形容詞不同，不能以'很、太、最、非常'等程度副詞修飾，也不能重疊(如'*{很/太/最/非常}{全球性/公立/平行}'、'*公公立立、平平行行')。

❹ 漢語的作格動詞具有如下的句法功能：(一)可以充當「使動及物動詞」(causative-transitive)，如'我們要努力美化我們的環境'、'政府計畫把所有偏遠地區都加以電氣化'；(二)可以充當「起動不及物動詞」(inchoative-intransitive verb)，如'我們的環境美化了'、'所有的偏遠地區都電氣化了'，而不需要以「主事者」(agent)名詞組為「隱含的論元」(implicit argument)。

現於詞根前面的「詞首」（prefix；又稱「詞頭」、「前綴」或「前
加成分」)、(二)出現於詞根後面的「詞尾」(suffix ；又稱「後
綴」或「後加成分」)與(三)出現於詞根中間的「詞嵌」(infix，
又稱「中綴」或「中加成分」) **④**。詞根(如'理')加上詞綴(如名
詞詞尾'―性')而成爲合成詞(如名詞'理性')以及還可以用這個
合成詞做「詞幹」(stem) 再加上詞綴(如動詞詞尾'―化')而成
爲新的合成詞(如動詞'理性化')。詞綴可以分爲改變詞類的「派
生詞綴」(derivational affix；又稱「構詞成分」)與不改變詞類
的「曲折詞綴」(inflectional affix；又稱「構形成分」)：前者
如名詞詞尾'―性'與動詞詞尾'―化'等，附加於詞根或詞幹的後
面就決定這個合成詞的詞類；後者如附加於屬人名詞後面表示複
數的'―們'或附加於動詞後面表示「動貌」(aspect) 的'―了、
―著、―過'等，對於詞根或詞幹的詞類並無影響。一般說來，
詞根加上派生詞綴而成爲合成詞以後，還可以用這個合成詞做詞
幹再加上另一詞綴形成新的合成詞。但是詞根加上曲折詞綴而成

---

④ 有些語法學家還承認「詞冠」(superfix；又稱「上綴」或「上加成
分」) 的存在。例如，英語裏名詞 'object' (事物、賓語、目標)與動
詞'object' (反對)的主要區別在於前者的「輕重音型」(stress pat-
tern)是'――'，而後者的輕重音型是'――'。又英語裏名詞 'pres-
ent' (禮物)與形容詞 'present' (現在、出席)的輕重音型是'――'
，而動詞 'present' (呈獻)的輕重音型則是'――'。這種同形(同音)
詞(嚴格說來，因輕重音型的不同而元音也改變，所以並非是完全的
同音詞)由於輕重音型的不同而改變詞類的「詞音變化」(morphopho-
nemic change) 可以分析爲"詞根＋詞冠"的現象。依照同樣的觀
點，漢語裏形容詞'長'(ㄔㄤˊ)與動詞'長'(ㄓㄤˇ)以及形容詞'重'
(ㄓㄨㄥˋ)與副詞(ㄔㄨㄥˊ)之間的詞音變化也可以分析爲把聲調(與
聲母)這個詞冠附加於詞根而得來。

爲合成詞以後，原則上不能再加上另一詞綴❷。「詞根」是合成詞裏最顯要的語意成分，因而必定是具有詞彙意義的「詞彙語素」（lexical morpheme）；「詞綴」常決定合成詞的詞類❸，或表示名詞的單複數、動詞的動貌等，因而通常屬於具有語法意義的「語法語素」（grammatical morpheme）；而「詞幹」則可能是「詞根」（如‘理性’），也可能是「詞根＋詞綴」（如‘理性化’）。因此，我們可以說：任何可以附加「詞綴」的成分都是「詞幹」；因此，「詞根」一定是「詞幹」（因爲「詞根」可以附加「詞綴」），而「詞幹」則不一定是「詞根」（因爲「詞幹」除了「詞根」之外還可能包含「詞綴」）。

下面把以往文獻裏所提出的漢語主要詞尾、詞首與詞嵌，按照名詞、動詞、形容詞、副詞等次序舉一些例詞來說明。

a.　詞尾

（a）名詞詞尾：附加於名詞、形容詞、動詞等語素後面形成名詞；例如‘子’（如‘桌子、椅子、頁子、條子、矮子、瘦子、亂子、尖子、耳刮子、腦袋瓜子’❹）、‘頭（兒）’（如‘木頭（兒）、骨

---

❷ 英語裏唯一的例外是名詞加上複數詞尾（如‘teachers’以後還可以加上「領位」（genitive）詞尾‘-’s’，如‘(the) teachers’ (office)’）。而漢語裏在動詞後面加上「動相」（phase）詞尾（如‘一到、一完、一掉、一住’等）以後還可以加上「完成貌」（perfective）詞尾‘一了’（如‘{看到/做完/賣掉/抓住}了’）。

❸ 但是有些詞首（如‘老(大)、第(二)、初(三)’等）、詞尾（如‘(孩子)們、(看)了、(做)過、(站)著’等）與詞嵌（如‘(土)裏(土氣)、(看){得/不}(見)’）並不具有改變詞幹詞類的句法功能。

❹ 《孟子》＜離婁篇（上）＞‘在乎人者 莫良于眸子。眸子不能掩其惡；胸中正，則眸子瞭焉；胸中不正，則眸子眊焉；聽其言也，觀其眸子，人焉廋哉？’中有一連五個‘眸子’的用例。

頭(兒)、饅頭(兒)、甜頭(兒)、苦頭(兒)、老頭(兒)、滑頭(兒)
❹ 姘頭(兒)、想頭(兒)、念頭(兒)、看頭(兒)、上頭(兒)、前
頭(兒)'❹）、'兒'(如'院兒、桃兒、畫兒、瓶兒、蓋兒、塞兒、
亮兒、老兒、活兒、今兒、明兒、水餃兒、老字號兒、悶葫蘆罐
兒、春秋四季兒'）、'者'(如'作者、記者、編者、讀者、學者、
來者、能者、長者、強者、弱者、演奏者、愛好者、當局者'）、
'家'(如'東家、行家、親家、冤家、老人家、女人家、作家、畫
家、科學家、藝術家、文學家、儒家、法家、陰陽家'）、'人'
(如'詩人、藝人、情人、心中人'）、'師'(如'醫師、教師、
律師、厨師、法師、工程師、建築師、攝影師'）、'員'(如'演員
、教員、店員、海員、社員、黨員、通訊員、裁判員、觀察員'）
、'士'(如'學士、碩士、博士、院士、下士、中士、上士、居士
、道士、修士、護士、謀士、策士、武士、烈士、勇士、傳教士
、辯護士'）、'生'(如'學生、先生、門生、研究生、考生、正取
生、備取生、旁聽生、練習生、後生、晚生、老生、小生、武
生'）、'手'(如'打手、扒手、選手、獵手、幫手、助手、能手、
快手、高手、老手、新手、兇手、對手、歌手、舵手、水手、國

---

❹ '滑頭、倔頭'本來由形容詞語素與名詞詞尾合成名詞，但也可以轉化
成形容詞，如'他太{滑頭/倔頭}了'。參任(1981:59)。

❹ 駱賓王詩有'眉頭畫月新'、白居易詩有'聚作鼻頭新'、杜荀鶴詩有
'喚客舌頭猶未穩'、薛濤詩有'言語殷勤一指頭'、陸魯望詩有'方頭
不會王門事'、劉賓客詩有'花面丫頭十三四'等用例。參任(1981:58)
。

手、神槍手、吹鼓手、拖拉機手'❹、'派'(如'左派、右派、反派、當權派、激進派、當明派、主流派、非主流派、新潮流派')、'性'(如'彈性、靱性、黏性、酸性、鹹性、個性、黨性、重要性、嚴重性、可能性、積極性、創造性、鬥爭性、邏輯性'❹)、'度'(如'長度、高度、深度、寬度、溫度、熱度、濕度、濃度、強度、難度、限度、靈敏度、清晰度、複雜度')、'品'(如'物品、貨品、商品、產品、成品、食品、補品、毒品、書品、眞品、上品、中品、下品、殘品、豆製品、印刷品、展覽品')、'巴'(如'嘴巴、下巴、尾巴、啞巴、泥巴、鍋巴、鹽巴')❹。

　　(b) 形容詞詞尾:嚴格說來,漢語裏並沒有附加於詞根或詞幹而形成形容詞的派生詞尾或構詞詞尾。附加於形容詞後面而出現於名詞前面的'的'(如'紅的花、大大的眼睛、漂亮的小姐、遠

---

❹ 其他表示'人'或'男人'而詞彙意義較顯著、孳生力卻較弱的名詞詞尾有:'漢'(如'大漢、老漢、碩漢、懶漢、醉漢、單身漢、門外漢')、'夫'(如'屠夫、挑夫、農夫、船夫、脚夫、更夫、武夫、儒夫、丈夫、姊夫、鰥夫、清道夫')、'丁'(如'園丁、家丁、門丁、壯丁、白丁、兵丁')、'郎'(如'新郎、情郎、女郎、放牛郎')、'屬'(如'家屬、親屬、眷屬、軍屬、烈屬、僚屬')、'衆'(如'觀衆、聽衆、群衆、大衆')、'鬼'(如'酒鬼、醉鬼、煙鬼、賭鬼、小鬼、死鬼、冒失鬼、膽小鬼、討厭鬼')、'棍'(如'賭棍、訟棍、土棍、惡棍')、'迷'(如'球迷、棋迷、戲迷、財迷、電影迷')、'犯'(如'罪犯、囚犯、戰犯、主犯、從犯、刑事犯、貪汚犯、政治犯')等。參任(1981:70-75)。又這些詞尾含有相當濃厚的詞彙意義,因此有些語法學家稱爲「準詞尾」(semi-suffix)。

❹ 詞尾'性'除了充當名詞詞尾以外,還可以充當非謂形容詞詞尾,詳後。

❹ 名詞詞尾'巴'在現代漢語中已經失去孳生力。

大的計畫')是「定語標誌」(adjectival marker)，除了形容詞以外還可以附加於「非謂形容詞」(attributive adjective)(如'私立的學校、非正式的場合、全能的上帝、野生的動物、冒牌的檢察官、局部的改組、電動的玩具、永恒的眞理')、名詞(如'老師的桌子、大象的鼻子、宿舍的屋頂、春天的來臨、科學的研究、佛教的思想')、代詞(如'我的太太、你的家、他們的問題、咱們的關係')、「暫用量詞」(temporary measure)(如'一屋子的客人、一桌子的菜、一肚子的氣、(撒了)一地的水')、「標準量詞」(standard measure)(如'三公里的路、五加侖的汽油、幾萬噸的貨物')等後面來修飾名詞⑩，並可以附加於述語動詞或形容詞後面引介情狀補語或結果補語⑪，只能算是屈折詞尾或構形詞尾。只有詞尾'式'(如'正式、男式、女式、新式、舊式、老式、中式、西式、和式、蛙式、蝶式、自由式、日本式、美國式、塡鴨式、旋轉式、噴氣式')、'型'(如'大型、中型、小型、重型、微型、流線型')、'號'(如'大號、中號、小號、四十號(的球鞋)')、'等'(如'上等、高等、中等、初等、甲等、乙等、丙等、特等、超等、一等、二等、優等、次等、劣等、頭等')、'級'(如'高級、中級

---

⑩ '的'字還可以附加於雙音節形容詞與重疊的形容詞後面(這時候'的'字常寫成'地'；如{迅速/緩慢/熱情/冷淡/禮貌/輕鬆/老遠/遠遠/慢慢/氣呼呼/輕輕鬆鬆/緊張兮兮/風塵僕僕}{的／地}')充當「狀語標誌」(adverbial marker)。

⑪ 這時候'的'字常寫成'得'；如'跑{的/得}很快、跳{的/得}很好看、跑{的/得}滿身大汗、氣{的/得}渾身發抖、醉{的/得}語無倫次'。

、初級、低級、一級、二級、甲級、乙級、特級、超級、次級、各級')、'色'(如'綠色、白色、黑色、紅色、桃色、灰色、朱色、茶色、粉紅色、卡其色')、'性'(如'良性、惡性、眞性、假性、急性、慢性、陰性、陽性、中性、烈性、一般性、綜合性、建設性、世界性、歷史性、大陸性、海洋性')等可以附加於形容詞、名詞或動詞等詞根後面形成「非謂形容詞」，但是孳生力也相當有限。

(c) 動詞詞尾：漢語裏形成動詞的派生詞尾只有'化'具有旺盛的孳生力(如'美化、綠化、硬化、軟化、簡化、僵化、簡單化、理想化、自由化、科學化、現代化、電氣化、機械化、白熱化、大衆化')，而'兒'(如'玩兒、火兒、噔兒、顚兒、葛兒')則在現代漢語裏已經失去其孳生力。其他如表示「動貌」(aspect) 的'了'(讀ㄌㄜ；完成貌)、'過'(經驗貌)、'著'(讀ㄓㄜ；繼續貌)與「動相」(phase) 的'完、到、掉、著(讀ㄓㄠˇ)、了(讀ㄌㄧㄠˇ)、得、住'等都附加於動詞詞根，所以只能分析爲屈折詞尾或構形詞尾，不應分析爲派生詞尾或構詞詞尾❸。動詞詞根與動貌詞尾之間不能插入表示可能與不可能的'得'與'不'；而動詞詞根與動相詞尾之間則常可以插入'得'與'不'❸。又動相詞尾與

---

❸ 但是在大陸的漢語詞彙裏'標誌'與'意味'原做名詞解，而只有在帶上'著'(卽'標誌著'與'意味著')時才做動詞解。參任(1981:96)。又在單音形容詞'狠、硬、厚、彎、直、挺'的使動及物用法裏也常帶上'著'(如'狠著心、硬著頭皮、厚著臉、彎著腰、直著頸子、挺著胸膛')。

❸ 但是在'獲得、取得、博得、贏得'等裏出現的'得'似乎是表示'得到'及物動詞語素，與前面的及物動詞語素(卽'獲、取、博、贏'等)組成「並列式複合動詞」(coordinative compound verb)，在這些複

(→)

動貌詞尾‘了’可以連用，而這兩種詞尾出現的次序是動相詞尾在前、動貌詞尾在後；如‘讀完了、看到了、賣掉了、點著了、記得了’。

(d) 副詞詞尾：漢語的副詞詞尾有‘然’(如‘突然、忽然、驟然、陡然、霍然、猛然、驀然、赫然、嘩然、勃然、愕然、悵然、惘然、慘然、暗然、惘然、寂然、慨然、果然、竟然、居然、當然、依然、仍然、全然、偶然’)、‘爾’(如‘偶爾、率爾、莞爾’)、‘乎’(如‘似乎、迥乎、幾乎、近乎、庶乎、斷乎、無須乎’)、‘而’(如‘幸而、俄而、反而、時而、既而、繼而’)、‘且’(如‘暫且、姑且、聊且、權且、苟且’)、‘其’(如‘尤其、更其、何其’)、‘麼’(如‘這麼、那麼、怎麼、多麼’)、‘地’(如‘特地、忽地、驀地、霍地、倏地；迅速地、緩慢地、蹣跚地、氣呼呼地、很(有)禮貌地’)、‘的’(如‘是的、好的、真的、真格的、(說)實在的、(飛也)似的’)等，其中‘然、爾、乎、而、且、其’等都由古漢語繼承下來，在現代漢語中已不具有孳生力。副詞詞尾‘地’與單音形容詞的合成，早見於唐代❺❹，而在現代漢語裏卻已失去孳生力；但是副詞詞尾與雙音或多音形容詞的連用則在現代

(一) 合動詞的兩個語素之間都不能挿入‘得’或‘不’。其他，如‘懂得、曉得、認得、覺得、見得、值得、免得、省得、樂得、了得’等完全「單詞化」(lexicalized) 或「凍結」(frozen) 的合成動詞也無法挿入‘得’或‘不’。又在動詞詞根與動相詞尾‘得’之間挿入詞嵌‘得’的時候，詞嵌‘得’與詞尾‘得’的連用經過「疊音刪簡」(haplology) 而變成單獨一個‘得’，如‘{認/記/要}{(*得)/不}得’。

❺❹ 例如杜甫詩‘幾時來翠節，特地引紅妝’、李白詩‘相看月未墮，白地斷肝腸’、王建詩‘忽地風迴見綵舟’。參任(1981:94)。

漢語裏仍然具有旺盛的孳生力。至於副詞詞尾'麼'與'的'則雖然屬於現代口語詞彙,但是與這些副詞詞尾連用而合成的副詞大都已凍結,因而不再具有孳生力。

(e) 介詞與連詞詞尾:傳統的漢語語法大都把介詞與(從屬)連詞並列為兩個獨立的詞類。但是介詞與連詞都屬於不能單獨充當答語的虛詞,有不少詞語(如'跟、和、由於、為了、(直)到、(打)從……{起/以後/以來}、在……{的時候/以前/以後}'等)可以兼充介詞與連詞;二者所不同的只是介詞後面帶上名詞組,而連詞後面則帶上子句㊻。因此,有些語法學家把在廣義的介詞底下包括介詞(以名詞組為賓語)與連詞(以子句為賓語)。我們在這裏也把介詞詞尾與連詞詞尾合併討論。漢語裏有不少介詞含有詞尾'著'(如'憑著、靠著、照著、本著、為著、對著、朝著、向著、沿著、順著、挨著、接著)、'了'(如'憑了、靠了、為了')與'於'(如'關於、對於、至於、鑒於、基於、由於、瀕於、甚至於')。其中,'著'與'了'在歷史演變上似乎來自動貌詞尾,而且是來自「連動結構」(serial-verb construction;或稱「連謂結構」(serial-VP construction))中附加於前項單音自由語動詞的動貌詞尾,但是在介詞用法裏動貌意義已經虛化;因此,'{憑/靠/為}著'與'{憑/靠/為}了'在詞彙意義上已經沒有什麼兩樣㊼。而'於'(又寫'于')則是文言或書面語詞尾,多附加於單音

㊻ 動詞可以帶上名詞組為賓語,也可以帶上子句為賓語或補語;但是我們並不因此把這兩類動詞視為並列獨立的詞類,而仍然視為動詞的兩個「次類」(subcategory)。

㊼ '接著'兼具副詞用法,'末了'則只具副詞用法,而'罷了,便了'則具有語助詞用法。

⑤黏著動詞。⑱另外，含有詞尾'然'的'雖然、固然、既然'、
'其'的'與其'(常與後續的'不如'連用)與'而'的'因而、從而、
然而、反而(常與前面出現的'不但'連用)、繼而、進而'等也具
有連詞或「連接副詞」(conjunctive adverb) 的功能。

b. 詞　首

漢語的詞首可以分爲改變或決定詞類的「構詞詞首」(deri-
vational prefix) 與只附加特定意義而不改變詞類的「非構詞
詞首」(non-derivational prefix) 兩種。以下先討論漢語裏屬
於構詞詞首的名詞詞首、動詞詞首、形容詞詞首與副詞詞首，再
討論非構詞詞首。

(a) 名詞詞首：嚴格說來，漢語可能不存在改變或決定詞類
的名詞詞首。附加於表示人物或動物的名詞語素之前而含有親暱
、尊敬、輕視等感情色彩的'阿'(如'阿{爸/爹/姆/姨/哥/寶/飛
/狗/貓}')、'老'(如'老{爸/爹/公/婆/師/板/板娘/總/鄉/百
姓/虎/鼠/鷹/鴉}'；也可以加在姓氏的前面，如'老{王/張/李}'
⑲)、'小'(如'小{姐/娘子/老婆/狗/貓}'；也可以加在姓氏或名

---

⑤　少數的例外是'甚至於、有鑒於'。

⑱　'屬於、等於、位於'等充當述語動詞，後面常接名詞組；'終於'與
　'過於'分別充當整句與程度副詞；而由單音形容詞詞根與'於'合成的
　'敢於、善於、急於、苦於、勇於、忠於'等則充當述語形容詞(不過
　不能用程度副詞修飾)並在後面帶上名物化的雙音動詞或動詞組，但
　是這些述語形容詞都屬於文言或書面語詞彙。

⑲　在某些方言裏，詞首'老'也可以附加於表示植物的名詞詞根之前，如
　'老{玉米/倭瓜}'。參任(1981：35)。

字的前面，如'小{張/王/強/華}'）等都以名詞語素為詞根⑥，所以這些詞首的附加並沒有真正改變或決定詞類。但是帶上這些詞首的合成詞都屬於名詞，特別是有些形容詞語素在帶上詞首'老'以後都變成名詞（如'老{大/么/表}'），而且在詞彙意義上也相當虛化，不妨暫且列為名詞詞首。

（b）動詞詞首：現代漢語裏似乎也沒有明確的動詞詞首。在'打{算/開/掃/敗/勝}'⑥裏出現的'打'雖在詞彙意義上已經虛化，但都是附加於動詞詞根的前面，而且孳生力非常有限⑥，表示被動或'對我如何如何'的'見'（如'見{笑/教/諒/罪/怪⑥}'）也只能出現於文言詞彙，而且孳生力也極為有限。

（c）形容詞詞首：現代漢語裏比較像構詞詞首的可能是附加於單音動詞語素前面形成形容詞的'可'（如'可{愛/憐/惜/恨/惡/憎/悲/嘆/怡/恥/觀/信/靠/取}'⑥，不過這個詞首似乎已經失去

---

⑥ 但是在北平話裏'阿姨'與'老婆'等的'阿'與'老'都讀本調，而'姨'與'婆'卻反而讀輕聲。參任（1981：35）。

⑥ '打敗'與'打勝'可能應該分別分析為「述補式」與「並列式」複合動詞（比較：'打（{得/不}）敗'與'{打/擊}（*{得/不}）勝'）；並且注意雖然'老張打敗了老李'「含蘊」（entail）'老李打敗了'，而老張打勝了老李'卻不含蘊'老李打勝了'。又'打{盹/瞌睡/呵欠/擂臺/算盤}'等卻似乎應分析為「述賓式」複合動詞或動詞組。

⑥ 在臺灣產生的新造詞'打歌'，詞首'打'係加在名詞詞根'歌'的前面形成動詞，但這似乎是極端的例外。

⑥ 這裏的'見怪'表示'（責）怪（我）'（如'請不要見怪'），而不是'見怪不怪'的'見怪'（與'見外'一樣屬於「述賓式」複合動詞）。

⑥ 在這些例詞中，'可憐'除了形容詞以外還可以充當及物動詞，並以「ＡＢＡＢ型」的方式重疊，如'你就可憐可憐他吧'；'可惜'除了形容詞以外還可以充當整句副詞，如'可惜，他沒有來'；而'可見'則只
（→）

產生新詞的能力。另外，‘難’與‘好’也可以附加於單音或雙音動詞語素前面形成形容詞，如‘{難/好}{看/聽/聞/吃/用/受/處理/商量}等’ ⑥ 。‘難’與‘好’的孳生力比‘可’較爲旺盛，但是‘難’與‘好’的詞彙意義卻比‘可’更爲明顯；因而似乎也不能說是純粹的構詞詞首。

(d) 副詞與連詞詞首：‘而’在文言詞彙裏形成連接副詞（如‘而{且/況/今/後}’），而‘以’也在文言或書面語詞彙裏形成方位（副）詞（如‘以{前/後/上/下/內/外/東/西/南/北/往}’）、對等連詞（如‘以及’）或從屬連詞（如‘以{便/免/至/致}’）。但是這些「準詞首」(semi-prefix) 在現代漢語裏都不具有孳生力。

(e) 非構詞詞首：漢語裏不影響詞類而只附加特定意義的非構詞詞首或「表意詞首」(semantic prefix)，包括附加於數詞前面表示序數的‘第’（如‘第{一/二/三/……九({十/百/千/萬/億/兆})}’）與附加於數詞‘一’到‘十’前面表示日序的‘初’（如‘初{一/二/三/……/九/十}’）⑥ 。其他，如‘不’可以附加於名詞或形容

(一)能充當（連接）副詞，如‘(老張果然考了一百分)可見他說得到就做得到’。又‘可{口/心/體}’裏的‘可’係加在名詞語素的前面而分別表示‘適合 {口味/心願/體形(全身)}’ (參任 (1981：38))；但是孳生力非常有限（尤其在臺灣很少人使用‘可心、可體’），而且如任(1981：38)所指出，這些例詞可能應該分析爲「述賓式」複合形容詞。

⑥ 在這些例詞中，‘好受’多半與否定連用（如‘不(很)好受’），而‘商量’則多半與‘好’連用（如‘這個人(很){好/?難}商量’）。

⑥ ‘初{春/夏/秋/冬/旬/婚/試/賽}’等例詞都應該分析爲「偏正式」複合名詞；因此，出現於這些例詞裏面的‘初’都應該分析爲「(非謂)形容詞」，不應該分析爲詞首。

詞詞根前面形成否定非謂形容詞(如'(*很)不{法/毛}')、否定
「謂述形容詞」(predicative adjective) (如'(*很)不{軌/力}'
❻❼)、否定形容詞(如'(很)不{利/錯/規則/道德/人道/經濟/禮
貌}'❻❽)與副詞(如'不{日/時/意}'),'非'可以附加於形容詞或
名詞詞根前面形成否定非謂形容詞(如'非{凡/分/法/常}'或名詞
(如'非{金屬/導體/黨員/團員}'),而'反'則可以附加於名詞或
動詞前面形成非謂形容詞(如'反{革命/間諜/潛艇/貪污/浪費/法
西斯/國民黨}')。❻❾

(3)「複合詞」(compound word)由兩個或兩個以上的語素合
成,但是這幾個語素之間並無詞根(詞幹)與詞綴的區別,而所有
語素都形成詞根(詞幹)。漢語的複合詞,依其內部句法結構上的
差異,可以分為「主謂式複合詞」、「述賓式複合詞」、「述補式複
合詞」、「偏正式複合詞」、「並列式複合詞」與「重疊式複合詞」
等。

　　a.「主謂式複合詞」(subject-predicate compound;又稱
「主評式複合詞」(topic-comment compound))由充當主語或
主題的名詞語素與充當謂語或評論的動詞語素(可能帶上充當賓
語的名詞語素、充當補語的形容詞語素以及充當狀語的副詞語素

---

❻❼　如'行為不軌'與'辦事不力'。又'圖謀不軌'裏的'不軌'是名詞用法。
❻❽　'(*很)規則/道德/人道'等詞幹應該分析為名詞語素(但是注意'(很)
　　　有{規則/道德/*人道}'),而'(很)經濟/禮貌'則可以分析為形容詞
　　　(如'這樣的吃法很經濟'與'他很禮貌地向我鞠躬',但是注意'(很)有
　　　{*經濟/禮貌}')。
❻❾　漢語的詞首'不'、'非'與'反'分別相當於英語的詞首'un-, i{m/n/
　　　l/r}-'、'non-'與'anti-, counter-'。

等)組合而成，可以用'〔X‖Y〕'的符號來標示。漢語的主謂式複合詞大都屬於表示時令(如'春分、秋分、夏至、霜降')、氣象(如'日蝕、月蝕、海蝕')、災變(如'地震、地動、海嘯、山嘯、雪崩、山崩')、病名(如'便秘、經閉、氣虛、血沈、陽萎、耳鳴、氣喘、心悸、肺結核、腦溢血、腦貧血、胃潰瘍、胃下垂、胃擴張、腹積水、膽結石、肝硬化、心絞痛、心肌梗塞❼')、藥名(如'金不換、何首烏')、菜名(如'佛跳牆、螞蟻上樹')或其他事物(如'百日紅(植物名)、心裏美(植物名)、二人唱(地方戲名)、一頭沈(家具名)、狗氣殺(器具名)、兵變')的名詞。但是以表示身體器官或部位的名詞語素爲主語而以形容詞語素爲謂語的複合詞(如'面{熟/善}、眼{熟/生/紅/熱}、耳{熟/生/背}、口{緊/輕/重}❼、心{焦/酸/淨/煩}、膽{寒/怯/小}、氣{短/餒/粗}、臉{嫩/軟}、手{硬/鬆}、{頭/心}疼、{命/福}薄、嘴硬、肉麻、性急、年{輕/青}')則可以充當形容詞，甚至可以帶上程度副詞或充當動詞'感到、覺得、令人'等的補語。另外，少數主謂式複合詞(如'地震、心疼、便秘、言重')似乎可以做動詞使用(如'好久沒有地震過了'、'他們心疼孩子，捨不得讓他吃苦'、'你又在便秘了'、'老兄您言重了'❼)。

---

❼ 從'肺結核'到'心肌梗塞'的例詞可能受日語醫學術語的影響而產生。又這些「主謂式」複合名詞也可能分析爲「偏正式」複合名詞，如'肺(的)結核、心肌(的)梗塞'。

❼ '口輕'與'口重'分別表示'味淡'與'味鹹'，如'這菜口{輕/重}'、'我喜歡吃口{輕/重}的菜'。

❼ 陸等(1975：95)把'言重'列爲主謂式形容詞，但是'言重'旣不能用程度副詞修飾，也不能充當'感到、覺得、令人'等的補語。又'言重'的(→)

b.「述賓式複合詞」(predicate-object compound)[73]由充當述語的動詞語素(包括由形容詞語素或名詞語素轉類的動詞語素)與充當賓語的名詞語素(包括由動詞語素與形容詞語素轉類的名詞語素)組合而成,可以用'〔X│Y〕'的符號來標示。漢語的述

(→)'言'在文言裏可以做動詞解,所以除了主謂式以外,似乎也可以分析為述補式。另外,任(1981)總共列舉了一百七十來個主謂式複合詞,包括四十八個形容詞與四十五個動詞;但是其中含有語素'自'(如'自{覺/顧/滿/私/豪/大/得/卑/動/如/若/負/由/在}'(形容詞)、'自{首/新/治/主/修/習/衛/殺/刎/居/封/給/絕/愛/流}'(動詞))、數量語素(如'兩{可/難/全}、雙全、一團糟')的複合詞可能應該分析為偏正式。就是'肩負、眼看、目擊、體貼、神往、腹誹、溝通、公{祭/議}'等似乎也應該分析為偏正式。又陸等(1975:96)列舉'貌似、類如、譬如、例如、何如、理當'等文言詞彙為主謂式複合動詞。但是主謂式複合動詞的述語動詞不可能是及物動詞,因為及物動詞語素形成複合詞時必須先滿足內元賓語,然後才能帶上外元主語。因此,我們可以有'充血'或'腦充血'這樣的複合詞,而不可能有'*腦充'這樣的複合詞。上面所提到的'心疼'的及物用法(如'心疼孩子')也是從不及物用法(如'覺得心疼')轉類而來的。任(1981)與陸等(1975)所列舉的許多主謂式複合詞,無論就內部結構或外部功能而言,都可能不是真正的主謂式複合詞。

[73] 亦有人稱為「動賓式複合詞」(verb-object compound)(參陸等(1975:82)或「謂賓式複合詞」(參任(1981:144))。「述語」(predicate; predicator)與賓語是表示「語法關係」(grammatical relation)或「語法功能」(grammatical function)的觀念,而「動詞」(verb)卻是表示「語法範疇」(grammatical category)的概念,所以我們把複合詞前後兩個語素的語法關係稱為「述賓」,而不稱為「動賓」。又「謂語」(predicate (phrase))一詞,通常除了述語(動詞)以外,還包括賓語、補語、狀語等,所以我們也避免「謂賓」的名稱。

賓式複合詞包括充當名詞的'主席、將軍、司令、理事、幹事、管家、掌櫃、司機、監工、保鏢、連襟、知己；枕頭、扶手、圍腰、綁腿、靠背、拉肩、點心；立{春/夏/秋/冬}；{中/傷}風、結核；開端、發軔、伏筆'，充當動詞(包括及物與不及物動詞[74])的'抬頭、{動/復}員、革命、{出/列}席、出{版/場/差}、失{業/事/聲/色/禮/眠/踪}、留{心/意/神}、{當/擔/關/開}心[75]、負責、破產、借口、搭腔、授意、造謠、嚼舌、懸心、納福、示威、{曠/免}職、起草、下鄉；{送/餞}行、{送/告}別、避孕、接生、接吻、失禁、抱{怨/恨}、{開/放}學、打賭、{退/還}押、{索/議}賠；著涼、耐煩、發{昏/愁}、虧空、舉重、冒險、擔憂、偷懶、掠美、作怪、隔熱、回暖、分紅、逞強、耍賴、{道/抱}歉、居奇、講和、取悅；{寒/狠}心、平反、善後、鬆勁；灰心、鐵心'，充當形容詞的'{悅/順/刺}耳、{順/刺/耀}眼、醒目、{順/拗}口、{安/耐/貼/稱}心、入{耳/微}、出{色/衆}、露骨、得體、(不)對頭、(不)耐煩、動人、無聊、差勁、吃{力/香/緊/驚}、到家、具體、抽象'，充當副詞的'改天、到底、盡

---

[74] 述賓式複合動詞本身已經含有(詞法上的)賓語名詞語素，所以原則上不能再帶上(句法上的)賓語名詞組，因而整個複合動詞做不及物動詞用。但是如果賓語名詞語素經過「併入」(incorporation)而被前面的及物動詞語素吸收，那麼整個複合動詞可以做及物動詞用(如'{出席 / 列席}董事會')。

[75] '擔心、關心'有'很{擔/關}心'(不及物)與'(很){擔/關}心(你的健康)'(及物)兩種用法。朱(1982)認爲這裏的不及物用法是形容詞用法，而及物用法是動詞用法。但是我們也可以把形容詞用法與動詞用法分別視爲「不及物形容詞」(intransitive adjective)與「及物形容詞」(transitive adjective)用法。

量、過分、順便、趁早、及時、照{常/舊}、極{力/目}、{盡/
竭}力、索性、{加/刻}意、挨戶、逐一、埋頭、並肩、{攜/順}
手、{乘/盡/敗}興、破格’，充當連詞的‘因此、於是’。又述賓
式複合動詞一般都由兩個語素複合而成，但是間或也有三個或三
個以上的語素複合而成的。例如陸等(1975)與任(1981)舉‘破天
荒、打{交道/瞌睡}、吹牛皮、唱高調、咬耳朵、活見鬼、昧良
心、討沒趣、打圓場、費唇舌、碰釘子、耍嘴皮子、喝西北風、
打退堂鼓、(打)開話匣子’等爲複合詞。不過，這些例詞，除了
‘破天荒(第一次)’做副詞或狀語使用以外，其他都做爲動詞使用
。而我們有理由相信，漢語的動詞除了帶上動貌標誌(如‘意味
著’)、動相標誌(如‘感覺到、意識到’)或起動・使動詞尾‘化’(如
‘電氣化、自動化’)以外都以二音節爲原則。因此，這些例詞或
許應該分析爲具有述賓句法結構的「成語」(idiom)⑯。

　　c.「述補式複合詞」(predicate-complement compound)
⑰由充當述語的動詞語素(包括由形容詞語素(如‘累死、忙壞’)
與名詞語素(如‘尿濕’)轉類的動詞語素)與充當補語的動詞語素
或形容詞語素組合而成，可以用‘〔X＼Y〕’的符號來標示。漢語
的述補式複合詞包括充當名詞的‘跳{高/遠}、治安⑱’，充當形

---

⑯　這些例詞的動詞與賓語之間常可插入動貌標誌、量詞或修飾語(如‘討
　　了個沒趣、費了我不少唇舌、咬著我的耳朵(說話)、開起話匣子來’)
　　。但是許多述賓式複合動詞也具有這樣的句法表現。

⑰　亦有人稱爲「後補式」(參陸等(1975：75))、「補充式」(參任(1981：
　　157))、「動補式」等。

⑱　任(1981：157)另舉‘附近、傳奇、合同、小不點兒’爲述補式複合名
　　詞的例詞。以下許多例詞亦採自任(1981)。

容詞的‘鎮{靜/定}、充實、分明、湊巧、吃{得/不}開、了不{起/得}、對{得/不}{起/住}、差不{多/離}’，充當副詞的‘{湊/趕}巧、趕{緊/快/忙}、分明、差不多’，充當動詞的‘{說/證/聲/申/闡}明、改{正/良/善/進}、{推/打/搖/挑/帶/策/改/更/變/震/驚/轟}動、{更/糾/矯}正、{澄/廓/肅}清、擴{大/充/展}、加{強/深/重}、放{大/鬆/晴}、揭{穿/露/曉}、打{倒/開/消/破}、減{少/低/輕/弱}、推{廣/進/遲/翻/倒/脫/卻}、{打/挫/擊}敗、{更/革}新、{揭/流/披/吐/泄}露、撤{回/退/銷}、{取/打/抵}消、{隔/杜/斷/拒}絕、走{紅/黑/挺/俏/軟/疲}、{穩/抓/拿/煞/停}住、{吃/記/認}得、{抓/拿}{得/不}到、{賣/去}{得/不}掉、來{得/不}及、說{得/不}來、管{得/不}著’[79] 等。

　　d.「偏正式複合詞」(modifier-head compound)[80] 由充當修飾語(包括定語與狀語)與主要語(亦稱中心語)組合而成，可以用‘[X/Y]’的符號來標示。偏正式複合詞包括以名詞語素、動詞語素、形容詞語素、數(量)詞語素或代詞語素為修飾語而以名詞(包括來自動詞或形容詞的轉類)語素為主要語的偏正式複合名詞(如‘(N/N){電/火/汽}車、皮{箱/鞋/衣}、臺{語/籍/菜}、{春/夏/秋/冬}{天/季/耕}、{鷄/鴨/豬/牛}{肉/腿/皮}、秋老虎、裝甲車、圓桌會議、家庭教育、彩色電視；(A/N)白{糖/菜/魚/開水}、黑{糖/豬/店/寡婦}、黃{油/湯/魚/臉婆}、{紫/甜/酸/小}菜、{公/母/小/野}鷄、假面具、大舌頭、勢利眼、透明體、男廣播員、母黃鼠狼；(Nu/N)二叔、三嬸、七夕、百日、二房

---

[79]　關於漢語述補式複合動詞更進一步的討論，參湯(1989d, 1991d)。
[80]　亦有人稱爲「主從式」，參任(1981：186)。

東、半瓶醋、八段錦、十八般武藝、十八重地獄；(V/N) 臥鋪
、食具、同學、動物、飛禽、走獸、提案、廢票、垂楊柳、涮羊
肉、補習班、相思病、救護車、自耕農、守財奴、不倒翁、過來
人、含羞草、放大鏡、漂白粉、紅燒牛肉、清蒸鯉魚、不抵抗主
義；此{外/後}、其{他/餘}、何{時/處}；(N/V) 主顧、波折、
月支、位置、高利貸、仙人跳；(A/V) 古玩、雜燴、窩囊廢；
(V/V) 通知、買辦、顧問、費用、撐竿跳；(N/A) 身高、體重
、漢奸、口紅、人間苦；(A/A) 大寒、淨重、特長、猩紅熱、
老頑固；(V/A) 生平、附近、立方、夜來香；(Ad/A) 至親、
(老)相好'❽，以動詞語素、形容詞語素或副詞語素為修飾語而
以動詞語素為主要語的偏正複合動詞(如'(V/V) 回{想/憶/顧/
答/報/請/敬}、誤{解/會/打/傷/殺}、包{辦/抄}、改{組/裝}、
代{理/辦}、補{救/辦/發}、陪{伴/嫁}、輪{值/唱}、對{照/抗}
、合{奏/辦}、主{持/辦}、連{任/贏/輸}；(A/V) 旁{聽/觀}、
複{寫/印/選}、公{斷/評/祭/告/佈}、緩{交/征}、{輕/重}視、
熱{愛/戀}、安息、假冒、傻笑；(N/V) 聲{請/援}、火葬、路
祭、風行、空{襲/投}、意{譯/會}、鞭{打/策}；前進、後悔、
內應、外加、中立、上訴、{左/右}傾；(Ad/V) 自{修/稱/命}
❽、相信、互選、預{習/備/防/約}、切記、過濾、頓悟、姑息

---

❽ 另外有由名詞語素與量詞語素合成的偏正式複合名詞(如'布匹、馬
匹、船隻、車輛、紙張、文件、稿件、案件、銀兩')以及由量詞語
素與名詞語素合成的偏正式複合名詞(如'對蝦、斤餅')等。參陸等
(1975：51)。

❽ 這裏的'自'還可以分析為「反身照應詞」(reflexive anaphor)。

、再{婚/議}、必{須/得}；（N/N）物色❸'），以動詞語素、形容詞語素、名詞語素、副詞語素爲修飾語而以形容詞語素爲主要語的偏正式複合形容詞（如'（V/A）沈悶、鎮{靜/定}、飛快、逼眞、滾熱、扎實、刺癢、垂直、{美/雅/壯}觀；（A/A）酸痛、窮酸、狂熱、暴富、小康、{鮮/暗/朱/紫}紅；（N/A）雪白、漆黑、冰涼、火熱、筆直、水平❽、天眞、膚淺；（Ad/A）相{同/近/等}、自{大/私/新/足}❽；（A/V）{好/難}{看/聽/吃}、可{惜/靠/取/觀/惡}、{直/間}接、低能；（A/N）{好/狠/嘔}心、{小/濶/和/邪}氣、{俏/頑}皮、{高/低}級、正{經/式/點}、厚道、威風、嚴格、長命、博學；（V/N）{積/消}極、具體、抽象；（N/N）禮貌、意外'），以副詞語素、動詞語素、形容詞語素爲修飾語而以副詞語素爲主要語的偏正式複合詞（如'（Ad/Ad）好不、未必、也許、業已；（V/Ad）{想/務}必、立卽；（A/Ad）{親/私}自、早已、暫且；（Ad/V）自{當/應}、{只/盡}管、必{須/定/得}、只怕、越發、儘可、將來、曾經；（A/V）難道、大約、好在；（Ad/A）{剛/恰/正}巧、{正/恰}好，{許/好}久、只好、果眞、預先'）等❽。

e.「並列式複合詞」（coordinative compound）由兩個詞

---

❸ 任（1981：190）認爲'物色'本爲犧牲的顏色，借來指人的形貌，又由形貌轉化爲動詞而表訪求或尋找。

❽ 這些以名詞語素修飾形容詞語素而形成的複合形容詞一般都不能用程度副詞'很、太、非常'等來修飾。

❽ 這裏的'相'與'自'分別可以分析爲「交互照應詞」（reciprocal anaphor）與「反身照應詞」。

❽ 偏正式複合詞的例詞多採自陸等（1975）。

類(如名詞、動詞、形容詞)與次類(如及物、不及物)相同的語素
並列而成,可以用'〔X∩Y〕'或'〔X&Y〕'的符號來表示。並列複
合詞的兩個語素在語義上具有(i)同義(近義)、(ii)對義(類義)與
(iii)反義(遠義)等關係。同義或近義語素的並列式複合詞包括充
當名詞的'(N∩N)語言、江河、道路、燈火、書報、碑帖、人民
、朋友、籍貫、行列、片段、土地、泥{土/沙}、墳墓、根本、
頭緒、將領、模範;(A∩A)空白、英雄、黃昏、尊嚴;(V∩V)
習慣、告白、涵養、轉折'❽,充當形容詞的'(A∩A) 快樂、
艱難、孤獨、美麗、虛{僞/假}、賢慧、特殊、勇猛、英明、偉
大、{繁/嘈}雜、廣{濶/大}、富{裕/饒}、寒冷、燦爛、零碎;
(V∩V) 通順、興奮、保守、發達、踴躍;(N∩A) 名貴、機靈
;(A∩V)緊張、儉省;(V∩A) 刻苦、成熟、扎實',充當動詞
的'(V∩V) 生產、產生、動搖、接{受/收}、答{應/復}、攻{擊
/打}、依{賴/靠}、愛{護/好}、反{叛/抗}、罷{免/休}、{勉/鼓}
勵、收留、賒欠、失誤、搪塞、伴隨、把持、吹噓、控{告/訴}
、告訴、能夠、應{該/當};(A∩A)滿足、尊重、麻醉、短少;

---

❽ 由形容詞語素與形容詞語素或動詞語素與動詞語素並列而成的複合名
詞可以視爲形容詞語素、動詞語素的轉類成爲名詞語素,或複合形容
詞與複合動詞的轉類成爲複合名詞。又另外有'(N∩A) 底細、父老
、綱要;(A∩N) 幸福、珍寶、要領;(N∩V)功勞、軍警、情感;
(V∩N)醫藥、習俗;(V∩A)長老、治安;(A∩V) 榮譽、尊長'等
依據現代漢語的用法卽詞類不相配的並列式複合名詞(參陸等(1975:
102))。但是這些例詞裏所包含的語素在文言或書面語詞彙裏可能共
屬同一詞類 (在上古與中古漢語裏「一詞多類」(multiple mem-
bership) 的現象非常普遍),中間亦有可能來自日語的詞彙。

(N∩N) 犧牲、意味；(V∩A) 充滿、調整、敬重；(A∩V) 安慰、荒廢、殘害；(N∩V) 類似、影響、器重’⑱，充當副詞的‘恐怕、根本、究竟、剛纔、互相、姑且、或許、稍微、全都’，充當介詞與連詞的‘依{照/據}、按照；自從、因為、如若、假{設/便}、設使、如同’等。對義或類義語素的並列式複合詞包括充當名詞的‘(N∩N) 領袖、骨肉、嘴臉、耳目、拳腳、手{足/腳}、眉{目/眼/睫}、口{舌/齒/吻}、{喉/唇}舌、心{血/胸}、刀{槍/兵}、身{手/心}、{河/江}山、權{能/責}、江湖、禽獸、水土、歲月、形容、情景、聲色、學問、社稷’，充當形容詞的‘(A∩A)冷漠、辛酸、弱小；(N∩N)狼狽、矛盾、勢利、尋常’，充當動詞的‘(V∩V)交代、負擔、描{繪/畫}、招{待/呼}、網羅、教唆、形容、跋涉、權衡、琢磨、揮霍’⑲，充當副詞的(‘再三、絲毫’)。反義語素的並列式複合詞包括充當名詞的‘(N∩N)天地、乾坤、東西、賓主；(A∩A) 大小、長短、輕重、甘苦、緩急、悲歡、優劣、善惡、榮辱、死活；(V∩V) 開關、買賣、動靜、出入、呼吸、舉止、出納、收發、得失、賞罰、是非、漲落’，充當動詞的‘(V∩V) 呼吸、忘記、來往、進出、起伏、取

---

⑱ 後面這些異類並列的例詞來自陸等(1975：102-3)。這裏不同詞類語素的並列可能牽涉到成分語素的轉類，甚至可能應該分析為偏正式複合詞。陸等(1975)也認為這些分類有可疑的地方。

⑲ 例詞多採自任(1981)。對義(類義)並列與同義(近義)並列的語義界限有時候並不十分清楚，因此可以合併為廣義的「同義並列」。又任(1981：181-184)另有「遠義並列」的分類(如‘綱領、樞紐；包羅、保養、灌輸、誣蔑、傾軋、愛戴、誇耀、檢討；簡明、空泛、涼快、爽快、卑劣、充沛’等)，似乎也可以歸入廣義的「同義並列」。

捨、伸縮、交接；(A∩A)寒喧'，充當副詞的'(A∩A)早晚、
遲早、反正、橫豎、先後'等。⑩

　　f.「重疊式複合詞」(reduplicative compound) 由語素的
重疊出現而形成，可以用 '〔X∩X'〕'或'〔X&X'〕' 的符號來表示
。重疊式複合詞包括充當名詞的'星星、猩猩、爺爺、奶奶、寶
寶；毛毛蟲'，充當代詞的'某某、誰誰'，充當副詞的'略略、時
時、往往、通通、萬萬、每每；團團轉、聒聒叫；落落大方、依
依不捨、井井有條'與充當形容詞或副詞的'花花世界、好好先生
、鼎鼎大名、洋洋大觀；雄糾糾、冷森森、直挺挺、眼巴巴、血
淋淋、羞答答；(眼)淚汪汪、酒氣噴噴、得意揚揚、喜氣洋洋、
興致勃勃'等。一般(動態)動詞的重疊(如'看(一)看、想(一)想
、做做看；研究研究、調查調查')表示「暫時貌」(temporary
aspect) 或「嘗試貌」(attemptive aspect)，一般形容詞的重
疊(如'小小、長長、漂漂亮亮、秀秀氣氣')與貶義形容詞的重疊

---

⑩　陸等 (1975：103-105) 還提到三個語素(如'松竹梅、福祿壽、儒釋道
　　、數理化、陸海空、度量衡')、四個詞素(如'春夏秋冬、東南西北、
　　梅蘭竹菊、風花雪月、紙墨筆硯、平上去入、鰥寡孤獨、喜怒哀樂')
　　、五個語素(如'金木水火土、甜酸苦辣鹹、心肝脾肺腎')、甚至七個
　　語素(如'柴米油鹽醬醋茶')的並列。但這些複合詞的孳生力並不強，
　　可以說是「有標」(marked) 的並列式複合詞。另外在「四字成語」
　　中常出現主謂式(如'眉開眼笑、夜靜更深、天翻地覆、天長地久、心
　　平氣和、你死我活')、述賓式(如'拖泥帶水、尋死覓活、吃裏扒外、
　　推三阻四、連吃帶喝、棄暗投明')、述補式(如'死去活來、起早睡晚
　　、翻來覆去')、偏正式(如'胡思亂想、胡作非爲、老奸巨滑、光天化
　　日、銅牆鐵壁')、重疊式(如'時時刻刻、家家戶戶、來來往往、堂堂
　　正正')等的並列式。參陸等 (1975：105-112, 118-125)。

(如'骯裡骯髒、土裡土氣')表示「程度的加強」(degree inten-sification) 與「主觀評價」(subjective evaluation)，而量詞的重疊(如'個個、條條(大路)、張張(獎券)')與少數名詞的重疊(如'人人、事事、家家戶戶')則表示「全稱」或「普遍量化」(universal quantification)。我們可以把「規則」(regular)、「多產」(productive) 而「可以預測」(predictable) 的重疊(如動詞、形容詞與部分量詞的重疊)分析爲「句法上的重疊」(syntactic reduplication) 並由句法規律來處理，而把「不規則」(irregular)、「非多產」(unproductive) 且「無法預測」(unpredictable) 的重疊分析爲重疊式複合詞並儲存於漢語的詞庫裡。

g. 其他格式的複合詞

除了以上主謂式、述賓式、述補式、偏正式、並列式、重疊式複合詞以外，還有由名詞語素與量詞語素並列而形成的「集合」(collective) 名詞(如'船隻、車輛、紙張、布匹'；這些集合名詞一般都不能在前面帶上數詞與量詞)、由全稱複合(名)詞中經過部分語素的省略而得來的「簡稱」(abbreviatory) 複合(名)詞(如'外(交部)長、彩(色電)視、空(中小)姐；土(地)改(革)、勞(動)改(造)、安(全)理(事)會；(中)央(銀)行、(電)影(電)視、(理)髮(小)姐')，以及介於偏正式複合詞與並列式複合詞之間的「承接式」(serial) 複合(動)詞(由表示連續動作的兩個動詞語素合成，相當於句法上的「連動結構」(serial-verb con-struction，如'查{封/閱/辦/收}、報{銷/考}、承{包/辦}、割{讓/據}、接{管/辦}、謀{求/取}、提{審/問}、借{用/喻}')與

「兼語式」(pivotal) 複合(動)詞(由表示(主語) 動作與(賓語)結果或行為的兩個動詞語素合成，相當於句法上的「兼語結構」(pivotal construction，如'{變/轉/化/改/換}{成/為}、{認/視/奉}為；討(人)厭；請{示/教}、逼供、誘降')❾❶。

　　複合詞的內部結構常導致外部功能的差異。例如'搖動'與'動搖'都由'搖'與'動'兩個動詞語素組合而成，但是'搖動'是述補式複合動詞，而'動搖'卻是(同義)並列式複合動詞。因此，我們可以說'搖{得/不}動'，卻不能說'*動{得/不}搖'；而且，'搖動'必須以具體名詞組充當主語與賓語，而'動搖'卻必須以抽象名詞組充當主語(試比較：'他用力{搖動/*動搖}樹枝'與'敵人的宣傳不能{動搖/*搖動}我們(的意志)')❾❷。再如，'譏笑、嘲笑'與'微笑、大笑、竊笑、獰笑'都以動詞語素'笑'為第二個語素，但是'{譏/嘲}笑'是由兩個(同義)及物動詞語素合成的並列式複合及物動詞，而'{微/大/竊/獰}笑'是由形容詞語素修飾不及物動

---

❾❶ 關於「承接式」與「兼語式」的分類與例詞，參任 (1981：194-197)。任(1981：197-200)另外提議「代替式」複合詞(如'代{辦/理/表}、攝行')與「變序式」複合詞(如'代替、替代；補貼、貼補；搭配、配搭；尋找、找尋；士兵、兵士；力氣、氣力；感情、情感；緩和、和緩')的格式與分類。但是「代替式」似乎可以歸入「偏正式」或「承接式」；而「變序」指的是衍生複合詞的方式，而不是指複合詞的句法或詞法結構。同時，「變序」並不是漢語複合詞「規則」、「多產」而「可以預測」的造詞法，無論在舊詞或新詞都不具有孳生力。

❾❷ 韓愈＜祭十二郎＞一文中出現'而視茫茫，而髮蒼蒼，齒牙動搖'的用法，可見從唐代到現代漢語的一千年間在複合詞'齒牙'與'動搖'上發生了'牙齒'與'搖動'的詞序演變。

詞語素而成的偏正式複合不及物動詞。因此，我們可以說‘他們在{譏/嘲}笑我們’或‘他們在對我們 {微/大/竊/獰} 笑’，卻不能說‘*他們在對我們{譏/嘲}笑’或‘*他們在{微/大/竊/獰}笑我們’。同時，及物用法的‘笑’含有貶義，而不及物用法的‘笑’則在褒義與貶義之間保持中立；這一點可以從‘笑’的單獨用法中(試比較：‘他們在笑我們’與‘他們在笑’) 看得出來。又由同樣兩個語素合成的並列式複合詞，常因這兩個語素在次序上的不同而發生句法表現上的差異。例如，‘痛苦’可以有名詞(如‘我的痛苦’)、形容詞(如‘很痛苦、比我痛苦’)與動詞(如‘痛苦了一輩子’)三種用法，而‘苦痛’卻常只做名詞用(試比較：‘我的苦痛、*很苦痛、*比我苦痛、？苦痛了一輩子’)。再如‘生產’是「動態」（actional; dynamic) 動詞，而常用具體名詞組做賓語，而‘產生’卻是「靜態」(stative) 動詞，常可用抽象名詞組做賓語。因此，我們可以說‘公司指示我們要生產更多的{汽車/水泥}’或‘這家工廠產生很多{廢液/污染}’，卻不能說‘公司指示我們要產生更多的{汽車/水泥/廢液/污染}’或‘這家工廠生產很多{廢液/污染}’。㊚

四、語與語素

以上詳細討論了「字」、「語」與「詞」三者之間的界限與關係，現在談「語」(morph) 與「語素」(morpheme) 二者之間的界限與關係。如果說「語」是具有語音形態的最小的語義單元或

㊚ 任(1981：200)也舉‘兄弟、弟兄；牛奶、奶牛；網球、球網；戀愛、愛戀；青年、年青’ 的例詞來說明並列式複合詞裏語素次序的改變會引起詞義上的變化。

「元素」(member)，那麼「語素」可以說是由這些具體的語或元素合成的抽象的「集合」(set) ❾ 。語素是抽象的，因爲語素雖然具有特定的語義，卻不具有特定的語言形態；語是具體的，因爲語不但表示特定的語義，而且具有特定的語音形態❾ 。有時候，同一個語素所包含的語不只一個，而這幾個語就稱爲這一個語素的「同位語」(allomorph)。

例如，在北平話裡凡是上聲詞（或語）都在另一個上聲詞（或語）前面讀成陽平（或半上）。因此，凡是北平話的上聲詞都含有兩個同位語；一個讀上聲(全上)，而另一個則讀成陽平(或半上)。同樣的，在閩南話裡所有的詞(或語)都讀成兩種不同的聲調(卽含有兩個同位語)；一個是單獨出現的時候讀的聲調(本調)，而另外一個則是出現於其他詞語前面的時候因爲「連調變化」(tone sandhi) 而讀的聲調(變調)。可見，語 'X'與'Y'要形成語素 'Z' 的同位語，常需要滿足下面的三個條件:(一)'X'與'Y'必須表示同一個語義（「語義上的一致」(semantic identity)；(二)'X'與'Y' 必須具有不同的語音形態（「語音上的差異」(phonetic distinction)❾ ）；(三)'X'與'Y'必須形成「互補分

---

❾ 集合可以包含一個元素(卽「單元集合」(singleton)) 或一個以上的元素。

❾ 「語」與「語素」之間的差別，與「音」(phone)與「音素」(phoneme)的差別相對應。「音」是具有特定語音形態的具體的元素，而「音素」則是由這些音(卽「同位音」(allophone))合成的抽象的集合。

❾ 這裏所謂的「語音」包括元音與輔音等「成段音素」(segmental phoneme) 與輕重音與聲調等「上加音素」(suprasegmental phoneme) 或「節律音素」(prosodic phoneme)。

佈」(complementary distribution；卽凡是‘X’出現的語境裡
，‘Y’都不出現；而凡是‘Y’出現的語境裡，‘X’都不出現）或
「自由變異」(free variation；卽‘X’與‘Y’都可以出現於同一
個語境裡，但是所表達的語義卻沒有兩樣)⑨。以北平話的語素
‘老’爲例，有/láu；ㄌㄠˊ/與/lǎu；ㄌㄠˇ//這兩個同位語：前一
個同位語出現於上聲調的前面(如‘老板、老酒’)，而後一個同位
語則出現於其他聲調的前面(如‘老翁、老人、老嫗’)，因而形成
「互補分佈」。這種同位音的出現分佈完全由語音環境（如是否出
現於上聲調的前面)，就叫做「由音韻條件決定」(phonologi-
cally conditioned) 的同位音。

　　除了由「音韻條件決定」的同位音以外，還有「由詞語條件
決定」(morphologically conditioned) 的同位音。例如北平
話的‘誰’有/ṣuěi；ㄕㄨㄟˇ/(讀音)與/ṣěi；ㄕㄟˇ/(語音)兩種
讀法、‘熟({習/路/客/炭})’有/ṣú；ㄕㄨˊ/與/ṣóu；ㄕㄡˊ/(語
音)兩種讀法、而‘尾巴’則有/uěi bà；ㄨㄟˇㄅㄚ•/與/ǐ bà；一ˇ
ㄅㄚ•/兩種讀法。這兩種不同的讀法代表兩個不同的同位語，有
時候兩種讀法都可以通，因而形成「自由變異」。又這裡的同位語
，分別限於‘誰、熟、尾’這三個語素，與這些語素本身的語音形
態或前後語境的語音形態完全無關，所以是屬於「由詞語條件決
定」的同位音。‘誰、熟、尾’的同位音在語音形態上各自相似，

---

⑨ 試比較「同位語」與「同位音」在定義上的異同：「音」‘X’與‘Y’要
　形成音素‘Z’的「同位音」常需要滿足下面的兩個條件：(一)‘X’與
　‘Y’必須在語音上相似(「語音上的相似」(phonetic similarity))；
　(二)‘X’與‘Y’必須形成「互補分佈」或「自由變異」。

但是語音上的相似性並不是同位語的必須條件，因爲有些語素的同位語在語音形態上完全不相似。例如，北平話裏的否定詞'不'在'有'前面讀'沒'❸，而在其他地方則讀'不'；因而'不'與'沒'是形成互補分布的同位語。又在閩南話裏，無論是在肯定句或否定句裏，動詞的完成貌都用'有'來表示（如'伊昨昏{有來/無有來/有來無有？}'）；但是在北平話裏肯定句用'了'，而否定句則用'有'（如'他昨天{來了/沒有來/來了沒有？}'）。就這點意義而言，北平話裏的完成貌標誌'了'與'有'也可以說是形成互補分布的同位語。

有些同位語的出現分布，不僅要由詞語條件來決定，而且還要由音韻條件來決定。例如，北平話的語素'一、七、八、不'在單獨或詞尾、句尾出現的時候讀本調，出視於去聲調前面的時候讀陽平；而'一'在陰平、陽平、上聲調前面讀去聲，但'七、八、不'則在陰平、陽平、上聲調仍讀本調。這就是說，語素'一'有三個同位語（卽本調、陽平與去聲），而語素'七、八、不'則有兩個同位語（卽本調與陽平）。這種形成互補分布的同位音僅發生於'一、七、八、不'這四個語素，而不發生於其他同音詞（如'伊、妻、爸、布'等），因而是由詞語條件來決定的。另一方面，這些同位音的出現分布是受後面詞語聲調的影響的（例如：'一'→〔陽平〕/__〔去聲〕；'一'→〔去聲〕/__{〔陰平〕/〔陽平〕/〔上聲〕}；'一'

---

❸　這個「詞音變化」（morphophonemic change）可以寫成 "不→沒/__有"（讀做：'不'在'有'的前面變成'沒'）。又'沒有'可以簡縮爲'沒'（"沒有→沒"或"有→φ/沒__"；如'他昨天沒（有）來'），因而除了表示否定以外，還表示「完成貌」（perfective aspect）。

→〔陰平〕/__其他地方），因而也是由音韻環境來決定的。

兩個語‘X’與‘Y’，可能是兩個獨立的語素，也可能是屬於同一個語素的兩個同位語。究竟是兩個語素還是兩個同位語，要藉前面所提到的㈠「語義上的一致」、㈡「語音上的差異」、㈢「互補分布」或「自由變異」這三個條件來決定。例如，北平話的‘長’有〔ɕáŋ；ㄔㄤˊ〕(形容詞) 與〔ʑǎŋ；ㄓㄤˇ〕(動詞)兩種讀法，‘重’也有〔ʑòŋ；ㄓㄨㄥˋ〕(形容詞)與〔ɕóŋ；ㄔㄨㄥˊ〕(副詞)兩種讀法，而且也都形成互補分布。但是這兩種不同的讀法表示不同的意義[99]，所以應該分析爲兩個獨立的語素。另一方面，‘兩’與‘二’的情形則較爲複雜。當‘兩’與‘二’表示「基數」(cardinal number) 的‘2；two’的時候，‘兩’與‘二’形成如下的互補分布(a, b, c)與自由變異(d)：

(a) 出現於量詞前面的個位數，用‘兩’不用‘二’；如‘{兩/*二}{個/張/塊/支/…}’。

(b) 出現於十位數後面的個位數，用‘二’不用‘兩’；如‘十{*兩/二}({個/張/塊/支/…})’。

(c) 出現於十位數，用‘二’不用‘兩’；如‘{*兩/二}十({個/張/塊/支/…})’。

(d) 出現於其他位數，‘二’與‘兩’均可用；如‘{兩/二}{百/千/萬/億/兆}’。

因此，表示「基數」的‘兩’與‘二’可以說是同位語。但是表示「序數」(ordinal number) 的‘第二；the second’的時候，則只

[99] 翻成英文分別是‘long’(‘長’形容詞)與‘grow’(‘長’動詞)及‘heavy’(‘重’形容詞)與 ‘again’ (‘重’副詞)。

能用'二'而不能用'兩'。因爲'二次革命'裏的'二'表示序數,是
'第二次革命'的意思;而'兩次革命'裏的'兩'則表示基數,是'前
後或總共兩次革命'的意思。'第{二/*兩}課;{二零二/*二零兩/
二百零二/(?)兩百零二/*二百零兩/*兩百零兩}室'裏合法度判斷
上的差異也顯示序數只能用'二'來表示。就這點意義而言,'二'
與'兩'是兩個獨立的語素。

五、自由語(素)與黏著語(素)

「語」或「語素」依其能否單獨出現或獨立活動而可以分爲
「自由語(素)」(free morph(eme)) 與「黏著語(素)」(bound
morph(eme))。依據朱(1982:9),能夠單獨成句的'好、來、
看、我、書、葡萄'是自由語素,而不能單獨成句的'日、民、衣
、失、銀、也、很、嗎'是黏著語素。朱(1982:9-10)還把語素分
爲「定位語素」(fixed-position morpheme)與「不定位語素」
(non-fixed-position morpheme)。例如,句尾語助詞的'嗎'
只能出現於其他語素的後面(後置),而不能出現於其他語素的前
面(前置),所以屬於「後置定位語素」(postpositionally-fixed
morpheme)。又如,程度副詞的'最'只能出現於形容詞語素的
前面(前置),而不能出現於其他語素的後面(後置),所以屬於
「前置定位語素」(prepositionally-fixed morpheme)。前置定
位語素後面不能有停頓,也不能出現於句尾的位置;後置定位語
素前面不能有停頓,也不能出現於句首的位置。另一方面,'民'
可以出現於'主、族、生'等前面形成'民主、民族、民生'等複合
詞(前置),也可以出現於'人、農、榮'等後面形成'人民、農民、

榮民'等複合詞(後置),所以屬於「不定位語素」。朱(1982:10)認爲自由語素都是不定位語素;而黏著語素則有的是定位語素,有的是不定位語素。**⑩**

事實上,漢語裏「自由語(素)」與「黏著語(素)」的界限並不容易區分。在現代漢語裏,白話與文言詞彙、口語與書面語詞彙、甚至方言詞彙與專門詞彙等都會同時出現;而在這些不同層次的詞彙裏,語(素)的自由與否可能有不同的界定。在某些詞彙裏可以單獨出現或單獨成句的語(素),在另些詞彙裏則不一定能單獨出現或單獨成句。**⑩**

㈠有些語(素)在白話或口語裏不單用,但是在文言或書面語裏卻可以單用;例如,'雲彩'(說話)與'雲'(文章)、'時候'(說話)與'時'(文章)。

---

⑩ 「語」與「語素」本來是屬於詞法領域的概念,而朱(1982)卻藉「定位」的定義延伸到句法的領域來。依據朱(1982)的定義,英語的冠詞(如'the, a(n)'、限制詞(如'even, only')、程度副詞(如'very, too')、助動詞(如 'will, can')、介詞(如 'at, on')、連詞(如 'if, though')等都屬於前置定位語素,而限制詞'alone'、副詞'enough'與介副詞(如'up, down')等都屬於後置定位語素;因爲都是「定位語素」,所以都不可能是「自由語素」,也就不可能是「詞」。同樣的,依據朱(1982)的定義,漢語的句尾語助詞、程度副詞、介詞、連詞都是定位語素,因而不能成爲詞。關於這點,朱(1982:12)也說:"……詞並不都是自由形式。絕大部分漢語虛詞都是黏著形式,可是我們不能不承認虛詞是詞"。我們認爲「定位」與「不定位」的概念與其用來區別自由語素與黏著語素,不如用來區別「實詞」(content word)與「虛詞」(function word)。

⑩ 參呂(1979:18-19)。

㈡有些語(素)在一般說話裏不單用,但是在成語或熟語裏卻可以
單用;例如,'老虎'(一般)與'前怕狼、後怕虎'(成語)、'言語'
(一般)與'你一言,我一語'(熟語)。

㈢有些語(素)在一般說話裏不單用,但是專科文獻裏卻可以單用
;例如'氧氣'(一般)與'氧'(化學)、'葉子、樹葉'(一般)與'葉'
(植物學)。

㈣有些語(素)在某一個方言裏不單用,但是在另一個方言裏卻可
以單用;例如,'老虎'(北平)與'虎'(閩南)、'大象'(北平)與
'象'(閩南)。

㈤同一個語(素)可以有互相關連的好幾個語義,其中有的可以單
用,有的卻不能單用。例如,呂 (1979:19) 指出:'工'在'工人
、工藝、工業'這些意義上不能單用,但在'工作'(如'做工、上
工')與'工程'(如'開工、動工')這些意義上卻可以單用。

　　由於以上五點理由,我們承認漢語在自由語(素)與黏著語
(素)的畫分上存在著某種「不確定性」(indeterminancy)。但
是我們的研究顯示:漢語裏自由語(素)與黏著語(素)的畫分在漢
語詞法的「條理化」(generalization)上面並無重大意義。例
如,漢語複合詞的定義並不需要以自由語(素)與自由語(素)的組
合為前提;也就是說,複合詞成分語素的自由與否並不影響複合
詞內部結構與外部功能的條理化。

六、詞與詞組

　　由於漢語裏「自由語(素)」與「黏著語(素)」的界限並不十分
清楚,連帶地也影響到了「詞」的界定。本來「詞」的定義就是

「自由語」，因爲「詞」是可以單獨出現或獨立活動的最小的句法單元。有些語(素)的自由性質相當明顯，我們可以判斷這些語(素)是自由語(素)，也就是詞。但是如上所述，有些語(素)的自由與否並不容易確定，因而也就難以認定這些語(素)究竟是不是獨立的詞。不但自由語(素)(即詞)與黏著語(素)的認定相當困難，而且有時候「複合詞」(compound)與「詞組」(phrase)的區分也並不容易。關於如何界定漢語的詞(自由語(素))與詞組，向來有如下幾種主張。

㈠「停頓法」：能夠單獨說出，而且前後面可以有"眞正而持續的"「停頓」(pause)，或前後面可以插入表示停頓的語助詞'啊、呀、噁'的就是自由語(素)或詞；否則就是黏著語(素)，而不是詞。⑩根據這個方法，'人'、'人民'、'理髮'、'理髮鋪'都是詞；但是'民'、'髮'、'鋪'卻是黏著語(素)。這個方法的缺點是有些自由語(素)後面常無法或不容易出現停頓(如'理髮'裏自由語(素)'理'與黏著語素'髮'之間不容易有停頓，卻可以插進其他詞語，如'我已經理{過/了}髮了')；而且，根據這個方法，句尾語助詞、介詞以及程度副詞'很、太、最、極'等都不能視爲詞。同時，同樣是程度副詞，雙音節的'非常、特別、格外'等後面則似乎可以有停頓。又同樣是從屬連詞，'如果、假若'等雙音詞後面可以有停頓，而'如、若'等單音詞後面則不能有停頓。如果說雙音與單音的差別導致能否停頓，並因而造成詞與非詞的區分，那麼似乎也違背我們的語感。

---

⑩　這是 Hockett (1959：167) 與趙 (1968：143ff) 所提議的方法。

㈡「語音法」：在有些漢語的方言裏，複合詞的成分語素間的連調變化與獨立的詞與詞間的連調變化不同。例如，趙 (1968：147)指出：在蘇州話裏，複合詞內部陰去語與陰平語的連調變化(變成陰平加降調)與詞組內部陰去詞與陰平詞的連調變化(變成半陰去加陰平)就不同，因而可以用來區別複合詞與詞組。趙(1968：147-150)也提到北平話的重音、輕聲以及複合詞裏上聲語與上聲語之間的連調變化。輕聲的出現雖然可以顯示合成詞或複合詞的界限，但並不是北平話裏所有的合成詞與複合詞都以輕聲收尾，而且也並不是所有北平人都對那些合成詞或複合詞該讀輕聲有共同一致的看法⑩。另外，上聲與上聲間的連調變化不但發生於複合詞裏面，而且也發生於詞組裏面。如果說話說得很快，這種連詞變化甚至可能發生於詞組與詞組之間。

㈢「(同形)替代法」：這是陸 (1936) 的〈說明書〉裏所提議的方法。他認為：孳生力很強的語言成分(卽「語」)不一定是詞；必須是與其所搭配的成分也是孳生力很強的，兩個成分纔能同時視為詞。為了檢驗有關語(素)的孳生力，就可以採用「同形替代法」。例如，在‘{說/聽/談}話’裏‘說、聽、談’都是出現於前位的「同位詞」(isotope)，而在‘說{話/夢/書}’裏‘話、夢、書’都是出現於後位的「同位詞」；因此，可以與這些同位詞連用的‘話’與‘說’都是自由語(素)，都是詞。另一方面，‘鞠’、‘躬’、‘玫’、‘瑰’等都無法找到這樣的同位詞，所以都是黏著語，都不是詞。這個方法要靠語言知識或語義判斷來決定語(素)的「同位性」(isotopy)

---

⑩ 王力先生在生前就提到他自己與孫子之間的輕聲讀法有相當大的差異。

或孳生力，並根據這個相當主觀的標準來鑑定詞與非詞的區分，無論在方法論上或實際應用上都有其缺失。例如，'視'既可以出現於前位(如視'{力/線/野/界/察}')，又可以出現於後位(如'{近/遠/重/輕/短/蔑/巡/電}視')，但是與孳生力非常旺盛的'看'比較起來顯然不是自由語(素)或詞。如此，究竟要有多少例詞或多大的孳生力，纔能有資格成為詞？⑩

㈣「擴展法」：根據這個方法，如果在語素'X'與'Y'之間能插進另一個語素'Z'(即能擴展成'XZY')，那麼語素'X'與'Y'都是獨立的詞；如果插不進去，那麼'XY'是單純詞、合成詞或複合詞。例如，'點頭、看書、黑布、跳高'等都可以分別擴展成'點(個)頭、看(過)書、黑(的)布、跳(得)高'，因此'點、頭、看、書、黑、布、跳、高'都是獨立的詞。另一方面，'老鼠、骨頭、書架、電視、收音機、粗心、重視、小看'等都不能擴展，所以都是複合詞。與其他方法一樣，擴展法也有其界限與漏洞。例如，'鞠躬'與'幽默'顯然是由兩個黏著語(素)合成，卻可以擴展成'鞠(個)躬'與'幽(他一)默'；形容詞'(很)生氣'與名詞'小便'無法擴展，但是動詞用法的'生(過我的)氣'與'小(好了)便'卻可以擴展；述補式複合動詞'搖動'與並列式複合動詞'動搖'都由同樣的語素合成，但是'搖({得/不})動'可以擴展，而'動(*{得/不})搖'卻不能擴展。可見，所謂「擴展」，與成分語素的自由與否並無絕對的關係，而與複合詞的內部結構與外部功能倒有相當密切

---

⑩ 關於這點，陸 (1936) 的＜序言＞也承認「同形替代法」是用來畫分語(素)而不是用來畫分詞的。參趙 (1968：157-158) 與朱 (1982：12) 的有關評論。

的關係。而且，詞組固然可以擴展，有些複合詞似乎也可以擴展。除非把沒有擴展的複合詞界定爲詞法上的(狹義的)複合詞，而把經過擴展的複合詞分析爲句法上的詞組，否則複合詞與詞組的界限還是無法釐清。

㈤「移動法」：根據這個方法，在句法的「移位變形」(movement transformation) 中可以移動的成分是自由語(素)或詞，不能移動的成分是黏著語素。例如，在'他買了書了'、'他鞠了躬了'、'他幽了她一默'這三個例句裏，'書'可以移到句首充當主題('書，他買了')，所以是獨立的詞；而'躬'與'(一)默'卻不能如此移位('?*躬，他鞠了'、'*(一) 默，他幽了她')，所以不是獨立的詞。移動法，與其他方法一樣，並不周全。因爲許多句法成分或詞類(如句尾語助詞、程度副詞、介詞、連詞等)根本不能移位；指示詞、數詞、量詞也不能從名詞組中移出；名詞(組)雖然可以從及物動詞後面移位，卻不能從介詞後面移位。也就是說，句法上的移位成分通常都限於詞組，而詞組的能否移位與這個詞組所歸屬的詞類(卽「句法範疇」(syntactic category)) 以及在句子中出現的位置或所擔任的功能(卽「句法關係」(syntactic relation) 與「句法功能」(syntactic function)) 有關，因而對於辨別自由語(素)與黏著語素以及複合詞與詞組並無多大幫助。

以上的討論顯示：漢語裏自由語(素)與黏著語(素)的畫分以及複合詞與詞組的界限仍然有相當程度的「不確定性」與「模糊性」(fuzziness)。有些語(素)是比較「典型」(prototypical) 或「無標」(unmarked) 的自由語(素)或黏著語(素)；而有些

語(素)卻是比較「週邊」(peripheral) 或「有標」(marked) 的
自由語(素)或黏著語(素)。同樣的，有些複合詞是比較「典型」
或「無標」的複合詞，而有些卻是比較「週邊」或「有標」的複
合詞。能否單獨出現與能否自由結合誠然是鑑別自由語(素)與黏
著語(素)的兩大標準，但是在"能"與"否"之間仍然有「模糊曖昧」
(fuzzy) 的「微明地帶」(twilight zone)。這兩個標準以及上
面所提到的五個方法都可以用來檢驗自由語素（詞）與詞組。越
能滿足多項標準或越能通過多項檢驗的詞或詞組，是「越典型」
(more prototypical) 或「越無標」(less marked) 的詞或詞
組。反之，只能滿足少數標準或只能通過幾項檢驗的詞或詞組
，是「比較周邊」(more peripheral) 或「比較有標」(more
marked)的詞或詞組。同時為了更進一步瞭解有關的問題，我們
必須深入而有系統的研究漢語詞法，包括各種合成詞、複合詞的
內部結構與外部功能，以及詞法與句法的「介面」(interface)
等問題。⑩

---

⑩　關於這方面的研究，參湯(1988、1989、1992a, 1992b)等有關論文。

參 考 文 獻

Chao, Y.R. (趙元任) 1968, A Grammar of Spoken Chinese, University of California Press, Berkeley and Los Angeles.

Hockett, Charles. 1959, A Course in Modern Linguistics, The Macmillan Company, New York.

Lu, C.W. (陸志韋) 1936,《漢語單音詞詞彙》,北平 (1950 年改爲《北京話單音詞詞彙》在北京出版,並於 1956 年再版)。

————等,1975,《漢語的構詞法(修訂本)》,香港,中華書局香港分局 (原於 1964 年在北京出版)。

Lü, S.X. (呂叔湘) 1979,《漢語語法分析問題》,北京,商務印書館。

Ren, X.L. (任學良) 1981,《漢語造詞法》,北京,中國社會科學出版社。

Tang, T.C. (湯廷池) 1988,《漢語詞法句法論集》,臺北,臺灣學生書局。

————1989,《漢語詞法句法續集》,臺北,臺灣學生書局。

————1992a,《漢語詞法句法三集》,臺北,臺灣學生書局。

————1992b,《漢語詞法句法四集》,臺北,臺灣學生書局。

＊本文曾於 1989 年與 1992 年前後在《華文世界》53期18頁至22頁、54期26頁至29頁、64期48頁至56頁發表,並將繼續刊登於65期與66期。

漢語的詞類：畫分的依據與功用

一、前　言

　　近幾年來，爲了在機器翻譯裏進行詞句「剖析」（parsing）
與「轉換」（transfer）以及建立「詞庫」（lexicon; data base
）等需要，漢語的詞類分析逐漸受到學術界的重視。中央研究院
計算中心中文詞知識庫小組於1986年出版《國語的詞類分析》
，再於1989年出版《國語的詞類分析修訂版》，並且依據所提
出的詞類分析初步完成一部多功能的中文電子辭典❶。但是漢語

------

❶　參謝清俊與詞知識庫小組（1988）＜電子辭典在國語文方面的應用（
　　初稿)＞。

詞類的「分類」與「歸類」❷是相當錯綜而複雜的問題。早在
1953至1955年間，大陸的語言學家曾經爲了(一)漢語的詞能否
分類、以及(二)如何畫分漢語的詞類這兩個問題，展開如火如荼的
學術論爭。由於漢語裏幾乎不存在印歐語言裏可以認定詞類的形
態特徵，因而有些語言學家對於漢語的詞類分析採取比較消極或
負面的看法。例如，高明凱先生在（1953）〈關於漢語的詞類分
別〉裏主張漢語的詞只能分爲「實詞」與「虛詞」兩大類，甚至認
爲"漢語的詞沒有詞類的分別"。黎錦熙先生在（1924，1951）《
新著國語文法》上也說："國語的詞類在詞的本身上無從分別；
必須看他在句中的位置、職務，才能認定這一個詞屬於何種詞類
"。但也有更多的語言學家認爲漢語裏仍然可以依據語意內涵、
構詞特徵、句法功能等來區別漢語的詞類。例如，呂叔湘先生在
（1954，1955）〈關於漢語詞類的一些原則性問題〉裏就認爲"把
漢語裏的詞按講語法的目的做適當的分類不是完全不可能"，但
是問題在於"用什麼方法才能建立一個最符合講漢語語法的需要
的詞類體系？"。今天離開五十年代漢語詞類問題的論爭已經快
要四十年，但是漢語詞類的眞相仍然相當撲朔迷離，有關漢語詞
類的關鍵問題也仍然懸而未決。因此，刑福義先生在（1989）〈
詞類問題的思考〉一文裏還得提議從語法特徵、入句結果、證明
方法三方面來爲漢語的詞定性歸類。

　　我們承認國內的語法學家至今尚未建立一套妥善而完備的漢

---

❷　「分類」係指從整個漢語體系來討論依據什麼標準把詞分爲那幾類，
　　而「歸類」則指就個別具體的詞來決定該詞究竟歸屬於那一種詞類。

語詞類體系❸，連詞類的畫分與名稱都無法統一❹，更遑論如何
制訂登記詞類以外的其他「詞語訊息」（lexical information）
的方式。但是我們認爲詞類是客觀存在的東西；凡是漢語的詞都
可以經過相當客觀的分析而歸屬於特定的詞類，並且必須登記於
這個詞的「詞項記載」（lexical entry）裏面❺。本文擬提出我
們對於漢語詞類分析的基本觀點，並爲漢語裏一些主要詞類與次
要詞類提供分類的依據與功用。我們對於漢語詞類的分析，基本
上採取下列幾個觀點。

㈠我們旣然認爲詞類是漢語裏客觀存在的東西，那麼漢語的詞類
必須依據客觀的標準來畫分，漢語裏個別具體的詞也必須依照這
些客觀的標準來決定其歸類。因此，我們在建立漢語詞類體系的
過程中，必須重視漢語的語言事實與語言特徵，不能從先入爲主
的「欽定主義」（prescriptism）或者任意武斷的「主觀主義」（
subjectivism）的觀點來判斷漢語的詞類，而要從照實觀察的「
描述主義」（descriptism）與憑藉證據的「客觀主義」（objec-
tivism）的觀點來從事漢語的詞類分析。

㈡我們不但要求漢語詞類的畫分必須要依據客觀明確的標準，而

❸　因此，國內至今尚未出版一部標明詞類的國語辭典。

❹　連「詞類」一詞都有「詞品」、「詞性」，甚至「詞部」、「詞屬」等多
　　種說法。關於漢語語法與詞類的名稱衆說紛紜、莫衷一是的情形，參
　　湯廷池（1988）〈漢語語法研究的回顧與前瞻〉，收錄於湯廷池（1989
　　）《漢語詞法句法續集》605-631 頁。

❺　因此，我們並不贊成馬建忠（1898）《馬氏文通》"字無定義，故無定
　　類，而欲知其類，當先知上下文義如何耳"或黎錦熙（1951）"凡詞
　　，依句辨品，離句無品"的說法。

且還要進一步討論這樣的詞類在漢語語法、語意或語用上具有怎麼樣的「詮釋功效」(explanatory power)。換句話說，我們不能只爲分類而分類，而必須設法從分類中獲得某些「在語言學上有重要意義的條理化」(linguistically significant genera-lization)。例如，漢語名詞的「次類畫分」(subcategorization)應力求與量詞的「選擇限制」(selection restriction)配合；動詞可以有及物與不及物之分，形容詞也可以有及物與不及物之分；介詞與名詞組之連用相當於及物動詞與賓語名詞組的關係，而從屬連詞與子句之連用則相當於及物動詞與賓語子句的關係。

㈢我們不但主張從語意內涵、形態特徵、句法功能等各方面來討論漢語的詞類畫分而且盡量參酌傳統漢語語法的研究成果與歐美語法理論的最近發展來檢驗畫分的依據與功用。因此，我們所採取的是包羅「語意」(semantics)、「形態」(morphology)與「句法」(syntax)，並兼顧「個別語法」(particular grammar)與「普遍語法」(universal grammar)的「折衷主義」(e-clecticism)。

㈣我們承認漢語裏某些詞類之間的界限並不一定是「清晰明確」(clearcut)，而可能有些「模糊曖昧」(fuzzy)的地方❻。歸屬於同一詞類的詞，有些是比較「典型」(prototypical)或「無標」(unmarked)的詞；而有些卻是比較「周邊」(peripheral

---

❻ 參 Ross (1972) 'The category squish: Endstation Haupt-wort' 與 (1973) 'Nouniness' 等有關「模糊語法」(fuzzy gram-mar) 或「模糊範疇」(fuzzy category) 的論著。

) 或「有標」(marked) 的詞。爲了反映這個語言事實，我們準備把詞類畫分的標準依其重要性或優先次序由上往下加以列舉。越能滿足多項標準或者越能符合上面標準的詞，是「越典型」(more prototypical) 或「越無標」(less marked) 的詞。反之，只能滿足少數標準或只能符合下面標準的詞，是「比較周邊」(more peripheral) 或「比較有標」(more marked) 的詞。例如，一般典型而無標的形容詞都具有陳述功能而可以出現於主語的後面當述語，也具有限制功能而可以出現於名詞的前面當定語；可以用程度副詞‘很、太、最’等來修飾，可以用‘AA’或‘AABB’的形式重疊。但是‘眞、假、錯’等形容詞則既不能用程度副詞修飾，又不能重疊；因此是比較周邊或有標的形容詞。又如，一般典型而無標的動詞都具有陳述功能而可以出現於主語的後面當述語，可以帶上‘了、著、過’等「動貌標誌」(aspect marker)，可以用‘A(一)A’或‘ABAB’的形式重疊。但是‘死、熟、屬於、獲得、喪失’等動詞卻不容易帶上‘著、起來、下去’等動貌標誌，也無法重疊，甚至不能出現於祈使句或「兼語動詞」(pivotal verb) 的補語子句❼；因此是比較周邊或有標的動詞。再如一般名詞都表示「實體」(entity) 而具有指稱功能，並且可以與數量詞連用。但是‘人類、馬匹、船隻、車輛、布匹’等名詞卻不能與數量詞連用；因此也可以說是比較特殊或例外的名詞。

---

❼ 也就是「受賓語控制的控制結構」(object-control construction)，如‘小明逼小華…’、‘老張勸老李…’等。

㈤我們也承認漢語裏詞的「兼類」或「跨類」的現象；也就是說，一個詞可能屬於兩個或兩個以上的詞類。但是我們在漢語的「兼類」或「跨類」現象中區別「一詞多類」、「一詞多用」與「詞類活用」三種不同的情形。例如'魚是死的'與'魚死了'裏的'死'分別是動詞的「狀態」(stative)與「起動」(inchoative)用法；但是'我們不能把規律定得太死'與'他死緊的抓住了我的手'裏的'死'分別是形容詞與(程度)副詞用法。'死'的狀態用法與起動用法是許多動詞(如'魚是活的；魚活了'、'門是{開／關／鎖}的；門{開／關／鎖}了')共有的用法，屬於「一詞多用」的情形，不必在詞項記載裏特別註明。另一方面，'死'的形容詞用法與程度副詞用法是'死'這個詞的特殊例外用法，屬於「一詞多類」的情形，應該在詞項記載裏特別註明。又如'他用一把特別訂製的鎖把珠寶箱牢牢的鎖住了'裏，前面與數量詞連用的'鎖'是名詞用法，而後面帶上「動相標誌」(phase marker)'住'與動貌標誌'了'的'鎖'是動詞用法。因為只有極少數的詞可以同時兼有與數量詞連用的名詞用法與帶上動相或動貌標誌的動詞用法；所以這是屬於「一詞多類」的情形，應該在'鎖'的詞項記載裏特別註明。另一方面，在'我愛他、疼他'與'打是愛、罵是疼'裏，出現於第一句話的'愛'與'疼'是充當述語的純粹動詞用法，而出現於第二句話的'愛'與'疼'是充當補語的「名詞性」(nominal)用法。由於絕大多數的動詞都可以出現於主語(如'打是愛、罵是疼'、'打罵孩子也沒有用')、賓語('不聽我的勸，結果挨了一頓罵')或補語的位置而充當類似「體詞」(substantive)的名詞性用法❽；所以這是屬於「一詞多用」的情形，不必在所

有動詞的詞項記載裏一一註明。同樣的，幾乎所有的漢語形容詞都具有狀態用法(如'她的眼睛很大')、起動用法(如'她的眼睛大了起來')、陳述用法(如'她的眼睛大大的')、限制用法(如'她那一雙大大的眼睛')與副詞用法(如'我們應該大大地獎勵她一番')；所以可做為「一詞多用」的情形來處理，不必在所有形容詞的詞項記載裏一一註明。另一方面，只有少數形容詞(如'硬、直、豐富、壯大'等)可以有「使動動詞」(causative verb) 用法(如'硬著頭皮、直著脖子、豐富你的人生、壯大我們的聲勢')，而且形容詞用法可用程度副詞修飾，而使動動詞用法則不能用程度副詞修飾；因此，必須做為「一詞多類」的情形來處理，在個別的詞項記載裏加以註明。至於「詞類活用」，指的是基於「比照類推」(analogy) 或「比喻引伸」(metaphoric extension) 所做的臨時轉用，如'他這個人很黃牛'、'她寫的小說很瓊瑤'❾、'我是喝黃酒的，可是如果你們一定要喝白干，我也可白干一下'❿裏名詞'黃牛'與專名'瓊瑤'的形容詞用法以及名詞'白干'的動詞用法，並不是真正的「一詞多類」，而是臨時起意的「詞類活用」。有些詞的「一詞多類」可能是由「詞類活用」中發展出來的，並且已經為一般大眾所接受(如'孩子是我的心肝

---

❽ 動詞的名詞性或「體語」(nominal) 用法可以保留動貌標誌(如'去了比不去好'、'躺著舒服些')，甚至可以保留賓語、助動詞與副詞等(如'這本書的遲遲不能出版')。參呂叔湘 (1954)〈關於漢語詞類的一些原則性問題〉。

❾ 這一句話據說出自余光中先生。

❿ 例句採自呂叔湘 (1954)。

寶貝；不要太寶貝孩子；他這個人很寶貝’與‘他這個人一點也不
懂幽默；他的談吐很幽默；他幽了我們一默’裏‘寶貝’與‘幽默’
的名詞、動詞與形容詞用法）。但是尚未爲一般大衆所接受的
「詞類活用」則視爲臨時的借用或轉用，不必在詞項記載裏註上
新增的詞類。

㈥我們認爲漢語的詞類體系不但具有一定的「階層組織」(hier-
archical structure)，而且還可能「交叉分類」(cross-clas-
sifying)。詞類體系的「階層組織」可以用代表「上下支配關係
」(dominance) 的「樹狀結構」(tree structure) 來表示；而
「交叉分類」則可以對詞更進一步做「屬性分析」(feature a-
nalysis) 來處理。例如，名詞可以分爲「 專有名詞」(proper
noun) 與「普通名詞」(common noun)，也可以分爲「具體
名詞」(concrete noun) 與「抽象名詞」(abstract noun)，
也可以分爲「有生名詞」(animate) 與「 無生名詞」(inani-
mate noun)，還可以分爲「屬人名詞」(human noun)、「非屬
人名詞」(nonhuman noun)、「事物名詞」(entity noun)、「
處所名詞」(locative noun)、「時間名詞」(temporal noun)
、「性狀名詞」 (attribute noun) 等。但是這些名詞並不都是
對等或並立存在的，而是名詞與名詞之間有一定的上下支配關係
的。這一種上下支配關係可以用下面(1)的「樹狀圖」(tree dia-
gram) 來表示：

(1)

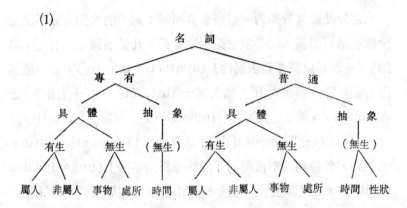

‘孫中山’‘萊喜’‘和氏璧’‘臺北’‘春節’‘政治家’‘牧羊狗’‘白璧’‘城市’‘春天’‘勇氣’

從上面的樹狀圖可以看出：在名詞的次類之間存在著上下支配的關係；例如，專有名詞支配具體名詞與抽象名詞，具體名詞支配有生名詞與無生名詞，抽象名詞支配時間名詞，而有生名詞與無生名詞則分別支配屬人與非屬人名詞以及事物與處所名詞⓫。從這種次類之間的支配關係，我們可以推斷：有生名詞必須是具體名詞，屬人名詞必須是有生而且是具體名詞，而事物、處所與時間名詞必須是無生名詞。另一方面，我們可以從(1)的樹狀圖看出：具體與抽象、有生與無生、屬人與非屬人的區別，以及事物、處所與時間等次類，不但出現於專有名詞底下的次類畫分，而且也出現於普通名詞底下的次類畫分。也就是說，這些名詞的次類有

⓫ 這樣的分類基本上是依據語意畫分的「語意次類」（semantic sub-categorization）或「義類」。但是如果把名詞畫分為「可數名詞」（count noun）與「非可數名詞」（noncount noun）之類，那就成為參酌句法功能的分類了。

一大部分是交叉分類的。這些事實顯示：詞類的次類畫分不能完全依賴階層組織，而必須兼採屬性分析。凡是名詞都具有‘〔＋名詞〕（＋N）’這個「句法屬性」(syntactic feature)，並依據其固有的語意內涵含有 ‘〔±抽象〕(±Abstract)’、‘〔±有生〕（±Animate)’、‘〔±屬人〕（±Human)’、‘〔±事物〕（±Entity)’、‘〔±時間〕（±Temporal)’等「語意屬性」(semantic feature)。如此，各種詞類不再視爲「無法分析的整體」(unanalyzable entity)，而應該更進一步分析爲由許多屬性滙集而成的「屬性滙合體」(feature matrix)。這樣的屬性分析不但可以妥善處理次類之間交叉分類的問題，而且可以利用屬性之間的上下支配與「詞彙冗贅」(lexical redundancy) 關係來簡化詞項記載裏面的「屬性標示」(feature specification)。例如，我們只要擬定‘〔±屬人〕→〔＋有生〕’、‘〔＋有生〕→〔－抽象〕’、‘〔±事物〕→〔－有生〕’、‘〔±時間〕→〔－有生〕’、‘〔－有生〕→〔－屬人〕’這類「詞彙冗贅規律」(lexical redundancy rule)，那麼在詞項記載裏‘孫中山’只需標示‘〔＋專有，＋屬人〕’，‘萊喜’只需標示‘〔＋專有，－屬人〕’、‘和氏璧’只需標示‘〔＋專有，＋事物〕’，‘臺北’只需標示‘〔＋專有，－事物〕’，‘春節’只需標示‘〔＋專有，＋時間〕’，而與這些專有名詞相對的普通名詞如‘政治家’、‘牧羊狗’、‘白璧’、‘城市’、‘春天’等則只需把有關詞項記載裏的‘〔＋專有〕’改爲‘〔－專有〕’就可以，不必把所有的有關屬性都一一標示出來。

二、「…詞」與「…語」的區別

在未討論正題之前，我們先來區別「…詞」（如名詞、代詞、動詞、形容詞、副詞、介詞、連詞等）與「…語」（如主語、謂語、述語、賓語、補語、定語、狀語、修飾語、主要語等）兩種不同的概念。我們與大陸的一般語言學家一樣，用「…詞」來表示「語法範疇」(grammatical category) 或「詞類」(part of speech)，而以「…語」來表示「語法關係」(grammatical relation) 或「語法功能」(grammatical function)。「…詞」基本上是「元素」(element) 與「集合」(set) 之間的「歸屬關係」(class-membership; '…is a…')。例如，'政客'是名詞，'常常'是副詞，'欺騙'是動詞，'善良的'是形容詞，'民衆'是名詞。漢語裏的每一個詞都依據其語意內涵與句法功能固定地屬於某一種詞類，因此我們必須把詞的語法範疇或詞類做爲詞的「固有屬性」(inherent feature) 明確地登記於詞項記載裏面。另一方面，「語」是詞與詞形成「詞組結構」(phrase structure) 時，「詞組成分」(constituent) 與詞組成分之間的「結構關係」(structural relation; '…is the…of…')。例如，在'政客常常欺騙善良的民衆'這個例句裏，'政客'是句子的「主語」(subject)，'常常欺騙善良的民衆'是句子的「謂語」(predicate)，'欺騙'是謂語裏面的「述語」(predicator)，'善良的民衆'是述語的「賓語」(object)。而在賓語裏面，'善良的'是「修飾語」(modifier) (或「定語」(adjectival))，'民衆'是「主要語」(head) (或「中心語」(center))；在謂語裏面，

‘常常’是「修飾語」（或「狀語」(adverbial)），‘欺騙善良的民衆’是「主要語」。與代表語法範疇的「…詞」不同，代表語法關係的「…語」不是詞的固有屬性，而是詞在句法結構中所發生的與其他句法成分之間的句法關係。同樣的名詞‘政客’與‘民衆’在‘政客欺騙民衆’的例句裏分別充當主語與賓語，而在‘民衆欺騙政客’的例句裏分別充當賓語與主語。因此，「…語」不應也不能登記於詞項記載裏。

　　「…詞」與「…語」的區別不但有助於語法範疇與語法關係這兩個不同概念的界定，而且有助於表示詞或詞組的語法功能。例如，名詞組‘三個小時’在‘三個小時一下子就過去了’裏充當主語，或在‘我只要三個小時’裏充當賓語，是名詞(組)的「基本」(basic) 或「主要」(primary) 用法；而在‘三個小時的時間’與‘(等他)等了三個小時’裏分別修飾名詞或動詞而充當定語或狀語，是名詞(組)的「轉用」(derived) 或「次要」(secondary)用法。如此，‘(三個)小時’不必分析爲兼屬名詞、形容詞與副詞三種詞類，而只要分析爲屬於(時段)名詞並可以兼有定語與狀語兩種用法就可以了❷。

三、「實詞」與「虛詞」

　　漢語的詞，首先可分爲「實詞」(content word) 與「虛詞」(function word) 兩大類。漢語的實詞與虛詞分別具有下列

---

❷　也可以分析爲(時段)名詞可以有體語、定語與狀語三種用法。

語法、語意與語用特徵。

(2) **實　　詞**

　　(i) 實詞在句法功能上能夠充當主語、賓語、述語或「補語」(complement)，也可能充當定語或狀語。

　　(ii) 實詞在語意內涵上表示比較實質或具體的「詞彙意義」(lexical meaning)，常可以用實物、相片、圖畫、動作、表情、手勢等來說明其含義。

　　(iii) 實詞在「信息結構」(information structure) 上常代表「新」(new) 或「重要」(important) 的信息，因而可以單獨成爲「信息焦點」(information focus)。

　　(iv) 實詞大都能單獨成句，或單獨充當「答句」(response)；因此可以說是比較「自由」(free) 的句子成分。

　　(v) 實詞在句法結構裏出現的位置一般都不是「固定」(fixed) 的。例如，名詞可以出現於句首的位置充當「主題」(topic) 或主語，也可以出現於句中或句尾的位置充當賓語或補語，甚至可以在助詞‘的’的引導下出現於另外一個名詞的前面充當定語。又如，動詞與形容詞可以出現於主語的後面充當述語，也可以出現於名詞的前面充當定語，甚至可以出現於述語的後面充當補語。

　　(vi) 實詞屬於「開放類」(open class) 或「大類」(major class)；其成員爲數衆多，不易一一列舉。據保守的估計，漢語實詞（包括「單純詞」(simple word)、「合成詞」(complex word) 與「複合詞」(compound word)）的數目以萬或十萬計；但是有些實詞可能較爲冷僻罕用，其出現的頻率亦較低。

(vii) 實詞很容易產生「新詞」(neologism)，甚至也可能利用「譯音」(transliteration) 或「譯義」(loan translation) 的方式來吸收「外來詞」(loan word)❸。實詞也比虛詞較容易在不同的語言裏找到意義與用法都相當或相近的實詞。

(3) 虛　詞

(i) 虛詞在句法功能上不能充當主語、賓語、述語、補語等主要句法成分；而只能聯繫句法成分與句法成分之間的語法關係（如介詞、連詞與助詞），或出現於子句結構之外（如感嘆詞、擬聲詞與語氣詞）。

(ii) 虛詞在語意內涵上表示比較虛靈或抽象的「語法意義」(grammatical meaning)，較不容易用實物、相片、圖畫、動作、表情、手勢等來說明其含義。

(iii) 虛詞在信息結構上可能代表新的或重要的信息，但是很少單獨成為信息焦點。

(iv) 虛詞大都不能單獨成句，或單獨充當答句；因此可以說是屬於「黏著性」(bound) 的句子成分。

(v) 虛詞在句法結構裏出現的位置一般都是比較「固定」的。例如，介詞必須出現於名詞、代詞等的前面，而且介詞後面的名詞或代詞一般都不能省略或移動❹。又如，從屬連詞必須出現

---

❸ 關於漢語的新詞創造，參湯廷池 (1989)〈新詞創造與漢語詞法〉，收錄於湯廷池 (1989)《漢語詞法句法續集》93-146 頁。

❹ 這是介詞（虛詞）與及物動詞（實詞）在句法表現上的主要差異之一。不過極少數的介詞（如'被'與北平話裡的'把'）例外地可以省略或移動後面的名詞或代詞賓語。

於子句的前面，而對等連詞則必須出現於兩個對等的詞、詞組或子句的中間。再如，語氣詞常出現於句尾，而感嘆詞則常出現於句首。

（vi）虛詞屬於「封閉類」（closed class）或「小類」（minor class）；其成員極爲有限，常可以一一列舉。據概略的統計，漢語的虛詞只有幾百；但是大多數虛詞都是常用詞，出現的頻率相當高。

（vii）虛詞與實詞不同，不容易產生新詞或吸收外來詞，也比較不容易在不同的語言裏找到意義與用法都相當或相近的虛詞。

如前所述，各種詞類的畫分（包括實詞與虛詞的區別）並不是清晰明確或黑白分明的。漢語裏有些實詞或虛詞幾乎能滿足所有列舉於（2）或（3）的分類標準；因此，可以說是比較典型或無標的實詞或虛詞。但是也有些實詞或虛詞只能滿足一部分的分類標準；因此，可以說是「半實詞」（pseudo-content word）、「半虛詞」（pseudo-function word）或是「準實詞」（quasi-content word）、「準虛詞」（quasi-function word）⑮。但是漢語裏實詞與虛詞的界限確實是存在的；不但有畫分的依據，而且有畫分的功用。

----

⑮　朱德熙（1982）《語法講義》40頁把「擬聲詞」（onomatopoeia；如'啪、嘩啦、叮叮噹噹、嘰哩咕嚕'）與「感嘆詞」（interjection；如'哦、哎呀、喀'）列爲實詞與虛詞以外的第三類，卻沒有標上類名。我們認爲漢語的擬聲詞與感嘆詞都能滿足（3）裏除了（iii）與（iv）以外的所有標準，因而可以歸屬爲虛詞。

四、「體詞」與「謂詞」

　　漢語的實詞又可以分爲「體詞」（substantive）與「謂詞」
（predicative）兩類⑯。體詞的主要語法功能是充當句子的主語
與賓語，一般不作述語用；而謂詞的主要語法功能則是充當述語
，而且由於可以轉用爲體語，所以也可以充當主語或賓語。另外
，體詞（如名詞）可以出現於述語（如‘林先生是我們的英文老師
’、‘他將來想當老師’）或賓語（如‘我們稱（呼）他二哥’）的後面充
當補語，而謂詞（如形容詞與動詞）也可以出現於述語的後面充當
補語（如‘他（跳舞）跳得很好看’、‘他（跑步）跑得喘不過氣來’）。
但是由體詞所充當的補語是述語動詞的「必要論元」（obligatory
argument）或「域內論元」（internal argument），而且不需
要由助詞‘得’來引導。另一方面，由謂詞來充當的補語則是述語
動詞的「可用論元」（ optional　argument）或「語意論元」
（semantic　argument），而且常由助詞‘得’來引導。又體詞與
謂詞都可以在助詞‘的’之聯繫下充當修飾名詞的定語（如‘老師的
老師’、‘進出的老師’、‘偉大的老師’），而謂詞還可以在‘的’
（書寫時常用‘地’字）之聯繫下充當修飾動詞的狀語（如‘進進出出
地忙了一陣子’、‘快（快）樂（樂）地迎接新年’）。

　　朱德熙（1982: 40）的體詞包括：（一）名詞，如‘水、樹、
道德、戰爭’；（二）處所詞，如‘北京、圖書館、郵局’；（三）方

---

⑯　中研院詞知識庫小組出版的《國語的詞類分析修訂版》雖然承認體詞
　，卻未提到謂詞。

位詞，如‘裏、上、裏頭、東邊’；(四)時間詞，如‘今天、現在
、從前、星期’；(五)區別詞，如‘男、女、金、銀、新式、高級’
；(六)數詞，如‘一、二、十、百、千、萬’；(七)量詞，如‘個、
只、塊、條’；(八)(體詞性)代詞，如‘我、誰、這、那、什麼’
❶ ；而謂詞則除了(謂詞性)代詞(如‘這麼、那麼樣、怎麼’)以外
還包括(九)動詞(如‘來、寫、買、研究’)與(十)形容詞(如‘紅、
大、乾淨、多’)。另一方面，中研院詞知識庫小組(1989: 11-38)
的體詞包括：(一)名詞，如‘水、刀、夢、風度、哺乳動物’；
(二)專有名稱，如‘余光中、死鬼、張’；(三)地方詞，如‘西班
牙、郵局、海外、外頭、外邊、那邊、哪邊’；(四)時間詞，如‘五
〇年代、唐朝、乾隆年間、西元一九八六年、戊辰年、春天、一
月、星期日、兩點(鐘)、傍晚、暑假、五點左右、過去、從前、
以後、將來、近來、現在’；(五)定詞，如‘這、那、哪、每、各
、諸、另、別、他、上、下、今、明、初、本、此、貴、賢、啥
、何、一、百、千、二分之一、二點四五、甲、乙、平、上、全
、滿、一切、半、數、許多、好幾、開外’；(六)量詞，如‘本、
把、頓、趟、對、套、(一)些、(一)帶、盒、箱(子)、身、頭、
公分、臺尺、點(鐘)、分(鐘)、秒(鐘)、橫、豎、國、省、世、
生、回、次’；(七)時空方位詞，如‘上、以上、下、以下、中、
之中、東、以東、頭、來、一帶、起、開始、時’；(八) 代名詞
，如‘我、吾、彼此、自己、大家、人人、個個、足下、伉儷、

---

❶ 朱德熙 (1982) 把代詞分為「體詞性」與「謂詞性」兩種，並分屬於
體詞與謂詞兩類。

內人、外子、誰、什麼'；至於謂詞則不另立類名，並且把形容詞歸屬於動詞而稱爲「狀態動詞」，卻把(情態)助動詞(如'應該、該當、勿')與情態副詞(如'一定、不一定、大概、大約、搞不好、說不定')加以合併而成爲獨立的「法相詞」(modalities)。

如果我們把朱德熙 (1982) 與中研院詞知識庫小組 (1989) 所提出的漢語體詞與謂詞的內容加以比較，那麼無論是詞類或次類的畫分以及名稱或例詞都有相當的出入。在下面的文章裏，我們將針對這些出入的情形進行討論，並提出我們的看法。由於《國語的詞類分析修訂版》是新近在國內出版的，而且已經納入初步完成的中文電子辭典，所以這個詞類分析的優劣成敗與今後中文處理的自動化有較爲切身的利害關係。因此，我們對這個詞類分析的分類與歸類都會提出比較詳盡的分析與評論。

五、名詞與名詞的次類畫分

「名詞」(noun) 在語意上表示實體或現象，可以說是最典型的體詞；除了具備前面所說的實詞與體詞的語法特點以外，還具有下列幾個語法功能：(1) 可以受數量詞的修飾(如'一支筆、兩本書、三件事、幾樣菜、一種風氣') ⑲；(2)數量詞的前面還可以受指示詞的修飾（如'這一支筆、那兩本書、哪三件事、

---

⑲　'唱一個痛快、打他一個半死'等說法是比較 特殊的習慣用法，數量詞限於'一個'，不能說成'唱兩個痛快、打他一頓半死'等。參呂叔湘 (1984)《漢語語法論文集 (增訂本)》242頁。

每幾樣菜、某一種風氣’）⑲；（3）不能受程度、否定等副詞的修飾（如‘*很勇氣（比較：‘很勇敢’）、*早戰爭（比較：早打仗）、*不青年（比較：不年青））⑳；（4）不能帶上「動相」（phase; 如‘完、掉、住’）或「動貌」（aspect; 如‘過、著、了’）標誌；（5）不能重疊（如‘*筆筆（比較：‘寫（一）寫、長長’）、*老師老師（比較：‘研究研究、漂漂亮亮’））㉑；（6）不能直接接上助動詞（如‘能（夠）、願意、應該’）。

《國語的詞類分析修訂版》（以下簡稱爲《詞類分析》）把名詞界定爲“可以用定量式複合詞㉒來修飾的體詞”，並把體詞

---

⑲ ‘這支筆、那個人’等表面上不含數詞的說法可以視爲由‘這一支筆、那一個人’等含有數詞‘一’的說法經過‘ㄓㄜˋ、一 → ㄓㄟˋ；ㄋㄚˋ、一 → ㄋㄟˋ’的音變（元音「融合」（merger））而產生的。又北平話裡有‘喜歡他那個爽快、恨他那個糊塗’等比較特殊的習慣用法，但是也不能說成‘兩個爽快、三個糊塗’等。

⑳ 例詞採自朱德熙（1982：41）。又‘管他老師不老師、管他星期天不星期天’等說法是比較特殊的習慣用法；而且必須連說，不能單說‘*不老師、*不星期天’。

㉑ ‘人人、家家、戶戶、事事’等表示「全稱」（universal quantification）的說法是文言用法的殘留，在現代漢語裡名詞已經失去這種語法功能，應該連同‘星星、猩猩、舅舅’等非表示全稱的重疊式複合名詞儲存於詞庫中。

㉒ 也就是由定詞（本文中稱爲指示詞）、數詞與量詞合成的詞群。《詞類分析》並不嚴格區別「語」（morph；包括「自由語」（free morph）與「黏著語」（bound morph））、「詞」（word）、「複合詞」（compound）與「詞組」（phrase），而常籠統的泛稱爲「詞」。有關漢語裡這些概念的討論，參考湯廷池（1989）《漢語的「字」、「詞」、「語」與「語素」》。

界定爲"〔可以〕用來做主語或動詞的賓語"❷；然後把名詞分爲「一般(集體)名詞」與「(純)集體名詞」(Nae; 如‘三餐、四肢、哺乳類動物、漢藏語系’)兩大類，再把一般名詞分爲「實體名詞」與「非實體名詞」，更把「實體名詞」與「非實體名詞」依照「可數」與「非可數」分爲「集體兼個體名詞」(Nab; 〔＋實體，＋可數〕，如‘刀’)、「集體兼物質名詞」(Naa; 〔＋實體，－可數〕，如‘大豆、糖、光’)、「集體兼個體兼抽象名詞」(Nac; 〔－實體，＋可數〕，如‘符號、條文、數目、話’)、「集體兼抽象名詞」(Nad; 〔－實體，－可數〕，如‘智慧、景致、暑氣’)等四小類❷。《詞類分析》認爲趙元任先生（1968）《中國話的文法》把名詞分爲個體、物質、集體與抽象四類，結果許多詞就發生了「跨類」的現象(如‘夢’旣是抽象名詞，又是個體名詞)；同時，爲了避免重複分類，把趙先生的四大類改爲五大類。

　　針對《詞類分析》有關名詞次類的畫分，我們有如下看法。(一)根據《詞類分析》的名詞次類畫分，每一類名詞都可以當集體名詞使用。《詞類分析》12頁把「純集體名詞」定義爲"代表整體概念的名詞"，但是從例詞來看所謂「集體名詞」與英語裏「集合名詞」(collective noun; 如‘people, family, class, committee’) 並不相同，似乎包含名詞的「泛指」(generic)

---

❷　體詞，如前所述，可以充當主語、賓語與補語（包括「主語補語」(subject complement) 與「賓語補語」(object complement)。但是漢語裡可以帶上賓語補語的動詞極少）；而且賓語並不限於動詞的賓語，也可能是介詞的賓語。

❷　參《詞類分析》11頁的樹狀圖，這是該書裡唯一表示次類階層組織的樹狀圖。

或「虛指」(nonreferential) 用法㉕。但是「泛指」或「虛指」
都與名詞（組）的「指涉」(reference) 有關，而與名詞的語法
或語意範疇無關，幾乎所有的名詞都可以有泛指用法。如此，前
四類名詞的名稱中所包含的「集體彙」三個字都可以去掉，第五
類「純集體名詞」中的‘純’字也可以省掉。同時，第五類名詞也
不必與前四類畫開而獨成一類，而可以與前四類並列存在。

(二)《詞類分析》在「純集體名詞」下再分兩個小類：第一個小
類（Naea）"不用加任何定量式複合詞來修飾，如‘三餐、四肢
、五官、五臟六腑’"，而第二個小類（Naeb）則"通常不加定
量式複合詞來修飾，但有時也在後面加上定量式複合詞來修飾，
有強調的作用，如‘鯨魚是一種哺乳類動物；鯨魚是哺乳類動物
的一種’"。但是第一個小類的例詞都是文言用法遺留下來的由數
詞與黏著語名詞合成的偏正式複合名詞；因此，不是"不用加任
何定量式複合詞來修飾"，而是"不能再用定量式複合詞來修飾"
。第二個小類的例詞似乎限於表示門、綱、目、科、屬等「類名
」，也就是表示某一種「集合」(set) 的名詞。這類名詞的特點
不在於"通常不加定量式複合詞來修飾"，而在於這些名詞通常
都與‘種’等比較特殊的量詞連用㉖。出現於這類名詞後面的數

㉕ 例如，‘我愛吃牛肉’（集體彙物質名詞）、‘用力要小心’（集體彙
個體名詞）、‘願美夢［都］能成眞’（集體彙個體彙抽象名詞）、‘他
捱了一頓罵’（集體彙抽象名詞）。

㉖ 量詞‘種’不僅可以與‘道德、精神、勇氣、美德’等不容易帶上一般量
詞的抽象名詞連用，而且還可以與動詞的名用（如‘這一種分析或研
究從前有沒有人做過？’）或形容詞的名用（如‘有兩種痛快：一種是現
在痛快，將來不痛快；一種是現在不痛快，將來痛快’；例句採自呂
叔湘（1982：242））。

量詞(如'哺乳類動物的一種')也不是用來做'修飾'或'強調'之用，因為在句法結構上是名詞'哺乳類動物(的)'修飾數量詞'一種'。而且，'鯨魚是哺乳類動物的一種'是表示元素('鯨魚')與集合('哺乳類動物')之間歸屬關係的句子。表示這種歸屬關係的句子通常都可以有'A是B的一〔種〕'這樣的說法；例如，'熊貓是熊的一種還是貓的一種？'、'陳先生是我們委員會(裏)的一員'、'你現在也是我們家庭的一份子了'。如果真的要找不容易與量詞連用的名詞，那麼由名詞與量詞合成的集合名詞，如'船隻、車輛、槍枝、馬匹、布匹、人口、人類、人羣'等，才是不容易帶上數量詞的「純集體名詞」。

(三)把抽象名詞分為「集體兼個體兼抽象名詞」與「集體兼抽象名詞」兩類，不但名稱奇異而不自然，而且這兩類抽象名詞的真正畫分依據還是在於名詞與量詞之間的共存關係。根據《詞類分析》，與第一類抽象名詞連用的量詞較為廣泛(包括「個體單位詞」、「羣體量詞」、「部分量詞」、「暫時量詞」與「跟動賓式合用的量詞」)，而與第二類抽象名詞連用的量詞則似較受限制(只能與某些「羣體量詞」(如'種、類、派')、「動詞的量詞」(如'頓、番')或「部分量詞」(如'些、點兒')連用)。但是名詞的次類畫分既然以與量詞的共存限制為畫分的依據，那麼抽象名詞的界定就不必拘泥於英語的語法概念裏「實體」(entity)與「非實體」(non-entity)的分際；因為英語具體名詞與抽象名詞的畫分是以與無定冠詞'a(n)'的共存限制為依據的。「集體兼個體兼抽象名詞」的例詞('符號、條文、數目、話')都可以與最普通、最常用的量詞'個'連用，就沒有理由把這些名詞特稱為「個體兼

抽象名詞」，而直呼「個體名詞」好了。漢語裏眞正需要認定的
「抽象名詞」是與動詞‘有’連用後可以受程度副詞（如‘很、特別
、非常’）的修飾，也可以出現於‘比……更有〔抽象名詞〕’這個
比較句的一類；例如，‘{很/比……更}有{精神/勇氣/頭腦/效果
/影響力/*腦袋}’。這些名詞都不能與一般量詞連用，而只能與
比較特殊的量詞（如‘種’）連用；因此，這些名詞與量詞之間的共
存限制直接反映於句法表現上。同時，動詞的名用或體語用法
（如‘(一頓)罵’）也不必刻意列入抽象名詞，因爲原則上幾乎所有
的漢語動詞與形容詞都可以有體語用法。如果統統都要列入抽象
名詞，那麼勢必導致詞庫裏詞項記載的不經濟；不如在句法上允
許動詞與形容詞的體語用法❷。而且，不但可以與動詞體語用法
連用的量詞（如‘頓’）非常有限，而且可以與這些量詞連用的動詞
（如‘罵、打、揍’）也相當有限；最好能配合這些動詞與「動量補
語」的共存限制（如‘{罵/打/揍}(他)一頓’）一併處理。

(四)《詞類分析》在「集體兼物質名詞」的定義中說“在定量式
複合詞與名詞之間可加入‘的’”。但是能否在量詞與名詞中間插
入‘的’字，與名詞的次類無關，而與量詞的次類有關。試比較：
‘一杯(的)水、一斤(*的)油、一加侖(的)汽油、一點(*的)水；
一桌(*的)菜、一桌子*(的)菜’。

---

❷ 當然也可以用「詞彙冗贅規律」來規定所有漢語的動詞與形容詞都可
　以當抽象名詞用。但是這樣的處理方式不但不必要地承認「一詞兩類
　」的現象，而且也無法說明動詞的體語用法裡副詞、動貌標誌與賓語
　等的出現。

(五)漢語名詞次類的畫分，最主要的依據是名詞與量詞的共存限制；也就是語法功能，而不是語意內涵❷。除了量詞的選擇這個語法功能以外，我們也主張抽象名詞的界定應該能表達"'有'＋抽象名詞"具有形容詞的語法功能。同樣的，我們也主張「屬人名詞」這個範疇的存在價值，因為漢語裏只有屬人名詞纔可以帶上表示複數的'們'。試比較：'{人/孩子/老師/*貓/*老虎/*桌子/*書}們'❷。

與《詞類分析》相形之下，《語法講義》則明言"名詞可以依照它與量詞的關係分為以下五類"：(一)「可數名詞」，有自己適用的「個體量詞」，如'(本)書、(盞)燈、(枝)筆、(匹)馬、(家)商店'；(二)「不可數名詞」，沒有適用的「個體量詞」，而只能選擇 (a)「度量詞」(如'(尺)布、(斤)肉')、(b)「臨時量詞」(如'(桶)水、(袋)麵粉')或 (c)「不定量詞」(如'(點兒)水、(些)藥')；(三)「集合名詞」，不能加個體量詞(如'父母、子女'❸)，只能用「集合量詞」(如'(對)夫婦、(部分)師生、(批)

---

❷　但是我們並不否認名詞的含義(語意內涵)與量詞的選擇(語法功能)之間存在著一定的關係。我們所主張的是：漢語名詞的次類畫分必須如實反應這種關係。

❷　至於「屬人」這個範疇究竟要成為一個獨立的次類，還是要用屬性分析的方法來標示，倒是無關緊要的。因為這兩種處理方式在本質上並沒有兩樣，甚至可以說是「表達方式上的不同」(notational variation) 而已。又屬人名詞帶上數量詞(如'*{三個/這些}孩子們')或與關係子句連用 (如'??站在門口講話的孩子們')時，通常都不加複數標誌'們'。

❸　但在臺灣一般人都接受'三個子女都在美國讀書'這樣的說法。

軍火’)或「不定量詞」（如‘(一些)親友’❸）；（四）「抽象名詞」，只能加‘種、類、點兒、些’等量詞（如‘(種){道德/風氣/觀念}、(這些)禮節、(點兒)恩情、(場)禍’)或‘次、回、遍、頓、趟’等「動量詞」（如‘(請次)客、(吵回)嘴’)；（五）「專有名詞」，在一般情況下不受數量詞修飾❷。

《語法講義》的名詞次類畫分，比較接近我們對於漢語名詞次類畫分的看法，不過我們仍有下列幾點建議。

(一)「可數名詞」不妨改爲「個體名詞」(individual noun)，以便與「個體量詞」互相搭配。

(二)「不可數名詞」不妨改稱爲「物質名詞」(mass noun)，同時也設法跟與此適用的量詞更密切地搭配。如果一定要保留「可數」與「不可數」名詞的畫分，那麼在階層組織的考慮下物質名詞、集合名詞、抽象名詞與專有名詞都可能應該分屬於不可數名詞。

(三)與其把‘人、孩子、同學’等視爲「不可數」（卽「個體」）名詞，而把帶上複數標誌‘們’的‘人們、孩子們、同學們’等分析爲「集合」名詞❸，不如把‘們’分析爲「集合名詞語素」；也就是說

---

❸ 《語法講義》把由名詞與量詞組成的複合名詞（如‘(部分)人口、(些)車輛’）以及帶上複數標誌‘們’的「合成名詞」(complex noun)（如‘人們、同學們’）都歸入集合名詞。

❷ 《語法講義》42頁承認專有名詞並非絕對不受數量詞修飾，並舉‘有兩個李逵，一個是眞李逵，一個是假李逵’、‘中國要是有兩條長江，情形就不同了’的例句。

❸ 蓋如此所有的屬人名詞都要同時歸屬於「個體(可數)」與「集合」名詞，結果是不必要地產生許許多多「一詞兩類」的例詞。

，凡是帶上'們'的合成名詞都要成爲集合名詞。孳生力較爲旺盛的「黏著語（素）」（bound morph(eme)），如複數標誌與動貌標誌等，應該與「自由語（素）」（free morph(eme)）的「詞」一樣應該儲存於詞庫裏，而且也應該在詞項記載裏標明其詞類或次類。其他在合成名詞或複合名詞裏常出現的黏著或自由語素，如'者、家、師'（屬人名詞）、'性、度、心'（抽象名詞）等也是鑑定名詞次類的標準之一。

(四)除了名詞與量詞之間的共存限制以外，其他有關名詞的共存限制也應該考慮做爲名詞次類畫分或名詞屬性分析的依據。我們在前面已經提到屬人名詞與複數標誌'們'之間的共存限制，以及抽象名詞充當動詞'有'的賓語時與程度副詞之間的共存限制。此外，處所名詞與「處所方位詞」（spatial localizer; 如'前面、後面、裏面、外面、附近'）之間以及時間名詞與「時間方位詞」（temporal localizer; 如'以前、以後、以內、以外、左右'）之間都有一定的共存限制或選擇關係，都可以做爲次類畫分或屬性分析的依據。

六、「專名」與「專名」的次類畫分

《語法講義》把專有名詞與其他名詞對等起來列爲名詞五大類之一，但是《詞類分析》則似乎有意把專有名詞(Nb)從普通名詞(Na)獨立出來；因而沒有把專有名詞列入 11 頁的名詞次類的階層組織裏面，並且中文與英文術語也用「專有名稱」（proper name）來與一般名詞加以區別。我們也認爲專有名詞（以下稱「專名」（proper name））具有以下的語意與語法特點

，因而應該與普通名詞加以區別；但是並不積極主張把專名與名詞獨立並列，仍然保留專名與普通名詞並列而同爲名詞次類的可能：（一）專名表示某一特定的人名、地名、書名等，在「指涉」（reference）上必須是「專指」（unique），與一般（普通）名詞的可能是「定指」（definite）、「非定指」（indefinite; 包括「殊指」（specific）、「任指」（arbitrary）與「虛指」（nonreferential））或「泛指」（generic) 的情形不同；（二）專名在一般情況下不受數量詞的修飾❷；（三）專名在文章裏常用「私名號」、「書篇號」等標點符號來標明；（四）專名一般都不列入詞典，而在電話簿、名人錄、地圖、百科全書等資料裏查詢。

《詞類分析》14頁把專名分爲三類：（一）「正式專有名稱」（Nba），如‘吳大猷、雙魚星座、躲迷藏’；（二）「稱謂」（Nbb），如‘親愛的，死鬼’；（三）「姓氏」（Nbc），如‘張、陳、王’。但是‘躲迷藏’等遊戲名與‘死鬼’等稱謂可以受數量詞的修飾，如‘我們玩了一場躲迷藏’、‘他不願意見我，竟然來了個躲迷藏’❸、‘你這個死鬼怎麼這麼晚纔回來？’。而且，「稱謂」與「專名」不同，其指涉對象隨說話者而改變，與上面所述有關專名的語意與語法特點也不盡相符。其實，‘親愛的、死鬼、殺千刀的’等在言談功能上屬於「指代性稱呼」（pronominal epithet），‘親愛的’只能做爲第二人稱且多用做「呼語」（vocative），而‘死鬼、殺千刀的’則可做第二與第三人稱且可做呼語、主語、賓語等

---

❷ 參❷。

❸ 在「引介句」（presentative sentence) 出現的專名也可能帶上量詞，‘床上躺著個小李子’、‘昨天來了位楊大媽’。

；因此，這些名詞似應歸入《詞類分析》37頁「代名詞」底下的「特別的人稱代詞」（Nhac），而與「尊稱」（如'令尊、令堂、（賢）伉儷'）、「謙稱」（如'小弟、內人、外子'）並列為「暱稱」。這些指代性的名詞都符合「稱謂」（"純粹用來稱呼的稱謂"）的定義，似沒有理由不放在一起。至於把「姓氏」放在專名之下，本無可厚非，但是如此一來朝代名（如'漢、唐、明、清'）、國名（如'中、日、英、法'）、省名（如'閩、粵、冀、黔'）、地名（如'滬、渝'）等似也應列入專名。又這些單音節的姓氏、朝代名、國名、省名、地名等在一般情況下很少單用，通常都在前後加上語素形成合成詞或複合詞來使用；例如'老王、小李、張三、林小姐❸⑥、漢朝、清代、中國、日本、閩區、粵省、渝市'。就這點意義而言，這些專名具有黏著語的性質。

同時，專名既然包括人名（〔＋屬人〕）、地名（〔－事物〕）、甚至節日名（〔＋時間〕；如'春節、教師節、復活節'），那麼必然會與屬人名詞、處所名詞、時間名詞等發生交叉分類的問題。例如，《詞類分析》15頁在「地方詞」（本文稱為「處所詞」）底下包括專有地名（如'西班牙、泰山'），但是如此一來這些專有地名是專名又是處所詞，在分類上重複而變成「一詞兩類」了。又如，《詞類分析》17頁在「時間詞」底下包括朝代名（如'唐朝、西漢'）與年號（如'乾隆年間、天寶年間'）。但是'朝'與'年間'是表示「時段」（a span of time）的黏著語名詞，而'唐、西漢、乾隆

---

❸⑥ 除了'敝姓王，他姓張'等指姓氏而不指人的用法以外，通常都不說'我認識（那個）王'，而說'我認識（那個）姓王的'或'我認識（那位）王先生'。

、天寶'纔是朝代名，似應列爲「時間(或時段)專名」。處所名詞與時間名詞必須與屬人名詞加以區別，因爲這兩類名詞不但與方位詞之間有不同的共存限制，而且與介詞之間也有不同的選擇關係。因此，「專有」這個類名與「屬人」、「處所」、「時間」這些類名必須並行存在，而避免「一詞兩類」的途徑則有二：一是採用階層組織在普通名詞與專有名詞(或專名)之下分別承認屬人名詞、處所名詞、時間名詞這些次類的存在；二是採用屬性分析的方式而用'「±專有」、「±屬人」、「±事物」、「±時間」'等屬性來處理交叉分類的問題。

七、「處所名詞」與「處所副詞」

「處所名詞」(locative noun) 與「處所副詞」(locative adverb) 都表示處所，並且有下列幾個語法特點：(一) 能用'哪裏、哪兒、什麼地方'等疑問詞來提問❸ ；(二) 能用'{這/那}{裏/兒}'來指代。但是「處所名詞」(如'學校、郵局、公園、圖書館')是名詞，所以 (一) 前面可以受數量詞與指示詞的修飾，(二) 後面可以帶上處所方位詞❸，(三) 能充當'在、從、經過、往、到'等介詞的賓語 ；而「處所副詞」(如'到處、底下、背後、向前、往後')則是副詞，所以不具有上面處所名詞的語法功能。因此，根據我們的分類，「處所名詞」具有實詞、體詞與名詞的語法特徵，所以是名詞的次類；而「處所副詞」則具有大部份

---

❸ 也就是說，能用來回答這些「疑問詞問句」或「特指問句」。
❸ 參後面有關漢語方位詞的討論。

虛詞的語法特徵，所以屬於虛詞。但是「處所名詞」與「處所副詞」都表示處所(亦卽含有語意屬性〔－事物〕或〔＋處所〕)，因而與「處所方位詞」(如'前面、後面、左邊、右邊')以及「處所代詞」(如'這裏、那裏、哪裏')屬於同一個「語意範疇」(semantic category)。我們不妨用「處所詞」(locative word) 這個名稱來泛指這個語意範疇。

《詞類分析》15-16頁用「地方詞」(place word) 來指稱我們的處所詞，並且在這個詞類下包含：(i)「處所專名」(Nca)、(ii)「處所名詞」(Ncb)、(iii)「名方式複合詞」(Ncc; 如'海外、身上')、(iv)「處所方位詞」(Ncd)、(v)「定名式複合詞」(Nce; 如'四海、當地') 等五個小類。其中，「處所專名」、「處所名詞」與「處所方位詞」是根據語意與語法功能分類的，結果分別與專有名詞、(普通)名詞、方位詞重複而發生「一詞兩類」的現象❸。另一方面，「名方式複合詞」與「定名式複合詞」是根據複合詞的內部結構來分類的❹。其中定名式複合詞'四海'的'四'是數詞，不是定詞(或一般語法學家所稱的「指示詞」(demonstrative) 或「限定詞」(determiner))❹，現

---

❸ 《詞類分析》35頁說「(時空)方位詞」是「黏著語」，似乎暗示著「地方詞」是「自由語」。但是在地方詞裡仍然列舉「單純 (或單音)方位詞」'上、下、左、右、東、南、西、北、前、後、內、外'(這些詞全部再度出現於35到36頁的方位詞一覽表)，而這些單純方位詞在現代漢語裡是絕少單用的。同時，以黏著語與自由語的區別來做為詞類畫分的依據也是相當罕見的。

❹ 依照分類學的一般原理，用兩種不同的標準所畫分出來的兩種不同的次類不能對等並列。

代漢語也不允許數詞與名詞的直接連用；'當地'的'當'在現代漢語中也不當定詞用❷。因此，所謂「定名式複合詞」在現代漢語的孳生力或造詞能力已經消失，《詞類分析》所舉的例詞也很少❸，只能說是文言詞彙的殘留。所謂「名方式複合詞」也是屬於文言詞彙，所以我們雖然可以說'國外、屋外'，卻不能說'*家外、*房外'。因此，我們認為這兩個標示文言複合詞內部結構的次類可以刪除，或以「其他處所詞」來概括。

《語法講義》42-43頁對於處所詞的次類畫分較為簡單，共分三類：(一) 地名，如'中國、亞洲、重慶、長安街'；(二) 機構名，如'學校、公園、郵局、圖書館、電影院'；(三) 合成方位詞，如'上頭、下邊、裏頭、前邊、背後'。結果，分別與處所

---

❹ 《詞類分析》20頁把「定詞」（determinative）定義為具有 "標示名詞組的指涉或數量的功能" 的詞，因而把數詞視為「數詞定詞」（numeral determinative）。但是「指涉」（屬於整個名詞組，或與整個名詞組有關）與「數量」（僅與名詞有關）是兩個截然不同的語意概念，而表示指涉的「指示詞」與表示數量的「數詞」在語法功能上也呈現相當大的差別：(一)指示詞必須出現於數詞的前面，數詞不能出現於指示詞的前面；(二)數詞與名詞的「可數、不可數」之間有共存限制，指示詞與名詞的「可數、不可數」之間沒有共存限制；(三)最典型的指示詞('這、那、哪')可以單獨或與數量詞連用之下做代詞用，數詞無法單用而必須與量詞連用。

❷ '當'與'天、日、夜、年、代'等具有量詞功能(因而可以重疊)的名詞合成表示時間的偏正式複合詞，但是'當'與一般指示詞不同，不能與數詞連用。

❸ 相形之下，《詞類分析》18頁卻為表示時間的「定量式複合詞」提供了相當豐富的例詞，因而顯示這兩類複合詞在造詞能力上的差距。

專名、處所名詞、處所方位詞重複。

八、「時間名詞」與「時間副詞」

「時間名詞」(temporal noun)(如'今天、去年、星期一')
與「時間副詞」(temporal adverb)(如'剛才、從前、後來')
的關係有如「處所名詞」與「處所副詞」的關係。時間名詞與
時間副詞都表示時間,因此都屬於廣義的「時間詞」(temporal
word)❹:(一)常可以用'什麼時候'這個疑問詞來提問;(二)
常可以用'這個時候、那個時候'來指代。不過只有時間名詞具有
下列句法功能:(一)能充當'在、到、從……起'等介詞的賓語;
(二)前面可以受數量詞與指示詞的修飾(如'{這/上/下}個星期
一'❺);(三)後面可以帶上'以前、以後、以內'等時間方位詞。

時間詞除了依據句法功能分為時間名詞與時間副詞以外,還
可以依據語意內涵分為(一):「時點詞」(a point of time),
如'{今天、兩點(鐘)、三點五十分}、{上/中/下}午、星期一、
{上/這/下}個{星期/月}、{去/今/明}年、暫時';(二)「時段詞

---

❹ 也就是說,都含有'[+時間]'的語意屬性。當我們提到「時間詞」或
「處所詞」的時候,是單從「語意範疇」或「義類」的觀點來稱呼;
而當我們提到「時間名詞」、「時間副詞」、「處所名詞」、「處所
副詞」的時候,是兼從「語法範疇」或「形類」的觀點來稱呼的。

❺ '{今/昨/明}{天/日/夜}、{今/去/明}年、{本/上/下}{週/月}'等裡
面的'今、昨、明、去'等在文言詞彙與'上、下'一樣具有指示詞的功
能,而'天、日、夜、年、月'等名詞則兼具量詞的功能(因而可以重
疊而說成'天天、日日、夜夜、年年、月月');由於這些處所名詞本
身已經含有指示詞與量詞,所以不能再受指示詞與數量詞的修飾。

㊻」（a period of time），如'一會兒、半天、兩個鐘頭、三小時、四個星期、五個月、六年、一輩子、七個世紀、永遠'；（三）「時間關係詞」（time relation），如'已經、曾經、剛（剛）、早就、遲早、立刻、馬上'㊼；也可以依據「言談時間」（utterance time; speech time）與「指示時間」（reference time）的關係分爲：（一）「現在時間詞」（present time），如'現在、正在、此刻'；（二）「過去時間詞」（past time），如'過去、從前、本來、原來、剛纔、方纔、當初、早就、日前'；（三）「未來時間詞」（future time），如'將來、往後、改天'；（四）「一切時間詞」（generic time），如'常常、時時、經常、始終、一直、老是'。這裏又牽涉到「交叉分類」的問題；因此，可以用'〔±時點〕'這個語意屬性來區別「時點詞」（〔＋時點〕）與「時段詞」（〔－時點〕），而可以用'〔±現在〕、〔±過去〕'這兩個語意屬性來區別「現在時間詞」（〔＋現在、－過去〕）、「過去時間詞」（〔－現在、＋過去〕）、「未來時間詞」（〔－現在、－過去〕）與「一切時間詞」（〔＋現在、＋過去〕）。這種語意屬性上的區別本來就是需要的。例如，只有「時段時間名詞」纔可以出現於'……之久'㊽的前面或'一連……'的後面；而只有「時點時間名詞」纔可以

㊻ 《語法講義》43頁所使用的名稱是「時量」。

㊼ 時間關係詞不容易單獨充當「疑問詞（'什麼時候'）問句」的答句，而常要帶上謂詞；例如'甲：他們什麼時候來？'、'乙：（他們）{已經來了／早就來了／遲早會來}'。

㊽ '{上／中／下}午'可以充當時點名詞（所以可與介詞'在、從、到'連用），也可以充當時段名詞（所以可以與數量詞'整個'連用）。遇到這種情形的時候可以用'〔±時點〕'或'〔時點〕'的屬性標示來表示兼屬兩個「義類」。

做介詞'在、從、到'等介詞的賓語。又如，只有「過去時間詞」（〔＋過去〕）可以與動貌標誌'過'或副詞'又'連用，而只有「非過去時間詞」（〔－過去〕）纔可以與副詞'再'連用❹。

九、結　語

　　以上由於篇幅的限制，僅就漢語體詞的名詞與有關次類做了比較詳細的分析與討論，漢語其他詞類與次類的評析則留待以後的機會。寫這篇文章的第一個目的是讓大家了解：漢語詞類的「分類」與「歸類」這個問題比大家所想像的還要錯綜複雜；而要徹底解決這個問題，則非就漢語語法事實、漢語語法分析、漢語語法理論這三方面確實下一番工夫不可。而且，適合於漢語詞典或華語教學的詞類分析並不一定適合於自然語言在電子計算上的剖析與處理，所以在分類之前必須認清分類的目標與功能。寫這篇文章的另一個目的是讓大家明白：語言學家如何觀察語言、分析語言、爲語言做條理化的工作，好讓所有從事認知科學研究工作的伙伴都能了解彼此的專長與限制，更能促進大家合作無間、相輔相成。

＊　本文原應邀於1990年9月21日至23日在臺北劍潭活動中心舉行的第三屆計算語言學研討會上發表，並刊載於《第三屆計算語言學研討會論文集》161至183頁。

---

❹　試比較：'他昨天｛又/*再｝來；他明天(會)｛*又/再｝來；他｛又/*再｝懂英語，｛又/*再｝懂日語；她｛又/*再｝聰明，｛又/*再｝漂亮'。

漢語語法研究的回顧與展望
——兼談當代語法學的本土化

一、民初以前的漢語語法研究

　　國人研究漢語有一段悠久而輝煌的歷史，成爲漢學研究中最重要的一環。根據王力先生❶，中國歷代學者的漢語研究可以先後分爲三個階段：(一)從漢初(公元前三世紀)到東晉末(五世紀)的語義研究階段，(二)從南北朝初(五世紀)到明末(十七世紀)的語音研究階段，以及(三)全面發展階段，從清初(十七世紀)到現代。可見，傳統的漢語研究一向偏重字形(文字學)、字義(訓詁

---

❶　王力（1957）《漢語史稿(上)》，5 至13頁。

學）與字音（聲韻學）的鑽研，卻無法從「字」（character）的範疇跨入「詞」（word）❷、「詞組」（phrase）與「句（子）」（sentence）的領域，因此也就無法爲漢語建立「詞法學」（word-syntax）與「句法學」（syntax）的體系❸。

　　一般研究漢語學史的人都以馬建忠（1845-1899）於清光緒二十四年（1898）所著的《馬氏文通》爲我國第一部研究漢語語法的著作。依此說法，我國研究漢語語法的歷史迄今還不到一百年。在此以前，有關語法的研究大都限於「虛字」或「助字」的註釋；嚴格說來，只能算是訓詁學的一部分。就是以《馬氏文通》而言，所分析的語料也限於《論語》、《左傳》、《莊子》、《孟子》、《國語》、《國策》、《史記》、《漢書》等書（唐代語料只引用了韓愈一人的文章），基本上是先秦與兩漢的書面語語法，完全忽略了宋、元、明、清四代的口語或白話語料。而且，書中的基本術語與句法分析幾乎完全蹈襲了拉丁文法，在取向上屬於「規範性的語法」（normative grammar）而非「描述性的語法」（descriptive grammar），因而難免忽略了許多漢語語法特有的現象。

二、民初以後（到大戰結束期間）的漢語語法研究

　　到了民初以後纔有黎錦熙、高名凱、呂叔湘、王力等語法學

---

❷　這裏所謂的「詞」（word），指的是能獨立運用的語法單位，而不是許慎在《說文解字》裏用來指「虛字」（function word）的「詞」。

❸　根據王力《漢語史稿（上）》，12頁，語法學曾於唐代從印度傳入中國。當時稱爲'（釋詁訓學）、詮目疏別'的'聲明'之學，並講到「名詞變格」（case）與「動詞變位」（inflection）等問題，但對後代的漢語研究似未留下多大影響。

家在歐美語言學家如 Otto Jespersen (1860-1943)❹，Joseph Vendryes (1875-1960)❺，Leonard Bloomfield (1887-1949)❻ 等人的著作與理論的影響之下，提出文法革新的主張，想參考西方語言學的理論來建立漢語語法的體系，並且開始對國語的詞彙與句法結構做有系統的調查與研究。

這個時期的主要著作有黎錦熙的《新著國語文法》(1924，修訂版1933)與《比較文法》(1933)、楊樹達的《馬氏文通刊誤》(1931)與《中國修辭學》(1933)、高名凱的《漢語語法論》(1948，修訂版1957)與《語法理論》(1960)、呂叔湘的《中國文法要略》(1947，修訂版1956)與《漢語語法論文集》(1955)以及王力的《中國語法理論》(1946)、《中國現代語法》(上下冊1947)與《漢語語法綱要》(1957)。

民初以後的漢語語法研究，主要是針對《馬氏文通》以拉丁文法的間架所建立的漢語語法體系不斷提出修正與改進，期能符合漢語語法的事實。此後，漢語語法的研究開始注意現代口語的語料，也重視漢語特有的語法結構與語法現象；前後掀起了"漢語的主語與賓語如何決定？"、"漢語是否有詞類的區別？"等有關漢語語法基本問題的論爭。從此，漢語語法的研究不再依賴拉丁文法或英語語法的間架來強行建立漢語語法的體系，漢語語法的基本概念與分析方法也有其獨特的創造與發展。例如，不但以「…詞」

---

❹ 丹麥語言學家，主要著作有 *The Philosophy of Grammar* (1924)，*A Modern English Grammar* (全七卷，1909-1949)等。

❺ 法國語言學家，主要著作有 *Le Langage* (1921)等。

❻ 美國語言學家，主要著作有 *Language* (1933)等。

（如「名詞」(noun)、「動詞」(verb)、「形容詞」(adjective)、「副詞」(adverb)、「介詞」(preposition)、「連詞」(conjunction)、「代詞」(pronoun)、「嘆詞」(interjection)、「助詞」(particle)、「數詞」(numeral)、「量詞」(classifier)等)來表示「語法範疇」(grammatical category)，以「…語」(如「主語」(subject)、「謂語」(predicate)、「賓語」(object)、「補語」(complement)、「定語」(adjectival)、「狀語」(adverbial)等)來表示「語法關係」(grammatical relation) 或「語法功能」(grammatical function)，使「語法範疇」(‘…’是「…詞」)與「語法關係」(‘…’是…的「…語」) 這兩個不同的語法概念有更嚴謹而明確的區別；而且，還提出「施事」(agent)、「受事」(patient) 等術語來描述名詞組與介詞組在句子裏所扮演的「語意角色」(semantic role)。又現代漢語裏比較特殊的句法結構，例如「雙主句」(如‘他身體好’、‘她頭很痛’)、「存現句」(如‘桌子上放著一本書’、‘院子裏擠滿了人’、‘昨天來了一位客人’、‘班上走了三個同學’)、「無主句」(如‘下雨了’、‘出太陽了’、‘失火了’)、「倒裝句」(如‘我什麼東西都沒有了’、‘什麼丟人的事他都幹！’、‘好冷呀，今天’)、「簡略句」(如‘(李先生見到張先生沒有?)見到了’)、「緊縮句」(如‘要管管到底’、‘問他緣故又不說’、‘他越想越氣’、‘來一個拿一個’)、「處置式」(如‘他把杯子打破了’)、「連動式」(如‘他出去開門’、‘等一會進去’、‘進去等一會’)、「結果補語」(如‘我要學好中文’、‘他沒有看懂這個問題’)、「程度補語」(如‘她急得哭了’、‘他來得不早’、‘如哭得眼睛都紅了’)、「可能補語」(如‘我洗得乾淨這件衣服’、‘你的中文字寫

得好寫不好？'、'這種東西吃得嗎？'）、「趨向補語」（如'他忽然
唱起歌來'、'我昨天寄了一封信去'、'我昨天寄去了一封信)、「
數量詞組 」(如'蘋果三個五十塊'、'總共來了五個人'、'我們來
好好商量一下'）、「方位詞」(如'請往前面走'、'她坐在教室的最
後面'）等，也有相當精緻的討論與分析。同時，漢語（包括各地
方言）詞彙的蒐集、分析與整理也有系統的展開，整個漢語語法
的研究呈現了空前未有的蓬勃氣象。

　　一九四五年抗戰結束，一九四九年國民政府播遷臺灣。各大
學與獨立學院的中國語文學系卻從此興起了一種"重文輕語"的治
學風氣，無形中認為只有文學值得做為學術研究的對象，而語言
則簡單無比，沒有什麼奧秘可以探討。在這樣的學術心態下，此
後二十年，臺灣的漢語語法研究幾乎完全停頓。除了何容先生的
《中國文法論》(1942，臺二版 1959)、許世瑛先生的《中國文法講
話》(1966，修訂二版1968) 與周法高先生的《古代漢語語法》(三
冊1959-1961)以外，幾乎沒有什麼漢語語法的專著出版，國內大
學也很少有開設研究語法或語法理論的課程。

三、傳統漢語語法研究的缺失

　　從民初到六〇年代大約半世紀的漢語語法研究在研究方法與態
度上往往犯了下列幾點缺失。

　　(一)文言與白話的分析討論常混雜不清。其實，文言與白話
這兩種不同的「語體」(style 或 register)，無論在構詞與句法上都
有相當大的差別。在構詞上，文言可以說是「字本位」的語言，所
用詞彙以單音詞居多；而現代白話卻可以說是「詞本位」的語言，

多音詞彙在數目上早已凌駕於單音詞彙之上。在詞法上，文言裏由於字數的限制與複合詞的尚未大量產生，詞類的轉用遠比現代白話靈活而廣泛（如‘老吾老以及人之老，幼吾幼以及人之幼’）。在句法上，文言疑問句與否定句中常見的動詞與賓語名詞或代詞的倒序（如‘吾誰欺？欺天乎！’、‘時不我與’）在現代白話裏已不再見；而現代白話裏常見的三個以上的人、事物或動作的連接（如‘失去了國土、自由與權利’、‘口似乎專爲吃飯、喝茶與吸烟預備的。’）以及平行的情態助動詞共接一個動詞（如‘她不能、不肯、也不願看到人的苦處’）或平行的動詞共帶一個賓語（如‘每人報告著、形容著或吵嚷著自己的事’）等情形卻是五四運動以後纔產生的句法演變❼。因此，文言與白話不能從「共時」或「同代」（synchronic）的觀點來加以描述，而應該從「異時」或「歷代」（diachronic）的觀點來加以比較或對照。例如，高名凱《漢語語法論》、呂叔湘《中國文法要略》、何容《中國文法論》與許世瑛《中國文法講話》等著作都有文白並陳討論的情形。

（二）在語料的蒐集或分析上，過分注重以文字記載的書面資料，似乎以爲唯有在印刷物上出現過的句子纔是眞正合語法的句子，纔可以做爲分析研究的對象。但是所有的自然語言都是「開放的」（open-ended），在理論上可以有無限長的句子，而且可以有無限多的句子。我們人類都天生具有「語言上的創造力」(lin-guistic creativity)，都能造出從來沒有說過或聽過的句子來

---

❼　參王力《漢語史稿（上）》468-472頁。這裏所附的例句都採自老舍的小說，不過在標點符號上稍做修改。

。如此說來，在印刷物上出現過的句子只不過是我們的「語言能力」（linguistic competence）所能造出來的浩瀚無垠的語料中的滄海一粟而已❽。因此，我們在研究漢語語法的時候，固然應該參考書面語料，但決不能把分析研究的對象侷限於這些語料。我們不僅應該從日常生活的談話中尋找語料，而且還可以利用「內省」(introspection) 的工夫直接分析自己造出來的句子，更可以拿這些句子去請別人就句子的「合法度」（grammaticality）與「語意解釋」(semantic interpretation) 加以判斷或比較。

　　(三)過去的漢語語法研究，過分注重例外或特殊的現象，往往為了顧慮特殊的例外，反而迷失了語言現象中「一般性」(general) 甚或「普遍性」（universal）的規律。人類的語言是一個高度發達且極為複雜的「通訊系統」（communication system），並且經過長久的年代，透過不同社會型態與文化背景的眾人口說耳聽，流傳演變到現在。同時，語言是人類「約定俗成」(conventional and arbitrary) 的產物。語言的發展與變遷有其一定的規律，並不完全聽命於「理性」(reason) 或「邏輯」(logic) 的支配。就語法的研究而言，重要的是客觀的觀察語言現象，發現其中有規則的現象而加以「條理化」(generalize)。在廣大的語言現象中，發現一些不規則或例外的現象，不但絲毫不足為奇，而且這些例外現象的存在也無碍於一般性規律的成立

---

❽　根據數理語言學家的估計，單是字數在二十個字以內的英語句子就有 "10³⁰"（10的30次方）之多。雖然沒有人就漢語做類似的估計，但其結果必然也是一個天文數字。

。換言之，我們不能因爲有一些例外的語言現象，就逕認爲否定了一個能解釋其他大部分語言現象的規律。例外現象的提出，唯有因此而能找出一個可以解釋包括這些例外現象在內的、更概括性的規律時，纔有意義、纔有價值。如果只注意特殊的例外而忽略概括性的規律，甚或因例外而犧牲規律，那就背離了語法研究的本來目標。語法研究的目標之一是尋找語法規律，而例外或「反例」（counterexample）是用來檢驗規律的。沒有規律，就沒有例外或反例；有了規律，纔能討論如何來處理可能的反例。

(四)已往的語法研究，在分析語言的過程中過份依賴字義的因素。無論是詞類的定義與畫分（如‘凡實物的名稱，或哲學、科學所創的名稱，都是名詞’、‘凡表示實物的德性的詞，都是形容詞’、‘凡是指稱行爲或事件的詞，都是動詞’、‘凡是只能表示程度、範圍、時間、可能性、否定作用等，不能單獨指稱實物、實情，或實事的詞，都是副詞’❾）或詞彙的意義與用法（如‘動搖’與‘搖動’、‘生產’與‘產生’、‘喜歡’與‘歡喜’、‘痛苦’與‘苦痛’、‘對於’與‘關於’、‘從來’與‘向來’等的區別❿）都從語意內涵著手，而忽略了詞彙結構、句法表現或語用功能的分析。以詞類的定義與畫分爲例，如果僅從語意內涵來界定詞類，那麼無論採用的是「列舉」（enumeration）或「闡釋」（definition）的方式，都難免因爲有所遺漏（例如‘孫悟空、靈氣、才華、行情、

---

❾　這些詞類的定義採自許世瑛（1968）《中國文法講話》30頁。

❿　參湯廷池（1988a）《漢語詞法句法論集》（67-87頁）〈如何研究華語詞彙的意義與用法：兼評《國語日報辭典》處理同義詞與近義詞的方式〉的討論與（1990）〈漢語的詞類：畫分的依據與功用〉。

氣氛、預感'等名詞算不算是實物的名稱，或哲學、科學所創的名
稱？'屬於、含有、姓、像、叫做'等動詞算不算是指稱行動或事
件的詞？）或失於含混（例如'陰森、憂鬱、熱鬧、脫俗、下流'等
形容詞算不算是實物的德性？'私立、公立、中式、西式、高級
、初級、現任、前任'等詞算不算是形容詞？）而無法周全。如
果把詞類的範圍從名詞、形容詞、動詞等主要詞類擴大到方位
詞、數詞、量詞、代詞、介詞、連詞等次要詞類，那麼詞類的定
義就更不容易從語意內涵來界定，而且也更容易與其他詞類相混
淆。但是如果我們把這些詞類的詞彙、句法與語用功能一併加以
考慮，那麼我們就可以說：（一）漢語名詞一般都不能「重疊」
(reduplication)❶，形容詞以 "XX"（如'高高、大大、長長'）
或 "XXYY"（如'乾乾淨淨、漂漂亮亮'）的形式重疊，而動詞
則以 "X（一）X"（如'看（一）看、坐（一）坐、想（一）想'）或
"XYXY"（如'研究研究、討論討論'）的形式重疊；（二）名詞
可以與「限定詞」（determiner）連用（如'這一個人'），形容
詞可以與「加強詞」（intensifier）連用（如'太高、非常傑出'）
，而動詞則可以與「動貌標誌」（aspect marker）或「動相標誌」
(phase marker) 連用（如'看過、坐著、想起來；看完、看到
、賣掉'）；（三）數量詞組只能出現於名詞之前（如'十個人'），
可以出現於形容詞之前或後（如'兩公尺高、高兩公尺'），而只

---

❶ 只有'人人'等少數例外。其他如'星星、猩猩、公公、婆婆……'等名
詞必須以重疊的形式出現，'家家戶戶'等僅在固定成語裏出現，而
'三三兩兩、千千萬萬'與'條條（大路）、對對（佳偶）、張張（彩券）'
等則分別屬於數詞與量詞。

能出現於動詞之後（如‘看兩個小時、坐一會、想一下’）；（四）只有形容詞與動詞可以出現於「正反問句」(A-not-A question)（如‘*他老師不老師？、‘他老實不老實？’、‘他當不當老師？’）；因而可以獲得相當明確的分類標準⓬。再以詞彙的意義與用法為例，‘搖動’與‘動搖’這些複合動詞的構成語素都一樣，所以無法從語意內涵來區別這一對動詞的意義與用法。但在詞彙結構上，‘搖動’是「述補式」而‘動搖’卻是「並列式」，所以我們可以說‘搖得動、搖不動’，卻不能說‘*動得搖、*動不搖’。同時，在句法成分的選擇上，‘搖動’必須以具體名詞爲主語與賓語（如‘他（用手）搖動桌子’），而‘動搖’則以抽象名詞爲主語與賓語（如‘敵人的宣傳不能動搖我們的意志’）。他如‘生產’是常以具體名詞爲賓語的動態動詞（如‘生產汽車／家具’），而‘產生’則是常以抽象名詞爲賓語的靜態動詞（如‘產生結果／影響’）；‘喜歡’常帶上賓語（如‘很喜歡音樂’），而‘歡喜’則不能帶上賓語（如‘很歡喜（*音樂）’）；‘痛苦’可以當名詞、動詞與形容詞用（如‘這一種痛苦、痛苦了一生、很痛苦’）而‘苦痛’則只能當名詞用（如‘這一種苦痛、*苦痛了一生、*很苦痛’）；‘對於’可以出現於主語之前或後（‘如{對於這個問題我／我對於這個問題}沒有意見’）；而‘關於’

⓬ 這並不表示每一種詞類的 每一個詞都能同時 滿足所有的標準。 例如‘屬於、含有、姓、像、叫做’等「靜態動詞」(stative verb)，在句法功能上屬於較爲「有標」(marked)的動詞：一般都不能重叠，也較少與動貌標誌或數量詞組連用，但是仍然可以有‘這本書屬不屬於你？’、‘這一塊地屬於我已經十年了’等說法，因而可以判定爲動詞。

則只能出現於主語的前面（如‘｛關於這個問題我╱*我關於這一個問題｝沒有意見’）；‘向來’可以出現於肯定句與否定句（如‘他向來｛喜歡╱不喜歡｝數學’），而‘從來’則常出現於否定句（如‘他從來｛*喜歡╱不喜歡｝數學’）⑬。這些意義與用法上的區別，都無法從有關詞彙的詞義來解釋，而必須從這些詞彙的詞法結構與句法功能來說明。在漢語語法的研究上過分依賴字義而忽略詞法結構與句法功能的結果，無論是字典、辭典的編纂或語文敎材、敎法的設計都偏重字義與文意的解釋，無法對於各種詞語的用法與句式的結構做有系統的、啓發性的說明。

　　(五)國內語法研究的另一項缺失是在語法術語的使用上常互有出入，相當紛歧。以表示語法關係的術語爲例，除了「主語」(subject) 以外還有「起詞」⑭與「主詞」⑮等說法；除了「賓語」(object) 以外還有「止詞」⑯與「受詞」⑰的說法；除了「謂語」

----

⑬　但是也有‘他從來就是這個樣子’這樣的說法。

⑭　許世瑛 (1968)《中國文法講話》的用語，也是《馬氏文通》與呂叔湘 (1956)《中國文法要略》的用法。根據呂叔湘 (1956)，在敍說事情的「敍事句」(如‘貓捉老鼠’) 出現者稱爲「起詞」，而在記述事物性質或狀態的「表態句」(如‘天高，地厚’)、解釋事物涵義或辨別事物同異的「判斷句」(如‘鯨魚非魚’) 或表明事物有無的「有無句」(如‘我有客人’) 裏出現者稱爲「主詞」。我們似無理由因爲述語動詞的不同而區別「起詞」與「主詞」。呂叔湘先生在後來的著作裏也一律改稱爲「主語」。

⑮　這是呂叔湘（1956）的用語（參⑭）；目前在臺灣也有許多人在漢語與英語語法裏使用「主詞」的名稱。

⑯　許世瑛 (1968)、《馬氏文通》與呂叔湘 (1956) 的用法，專指「直接賓語」(direct object)。

⑰　許世瑛 (1968) 與呂叔湘 (1956) 的說法，專指「間接賓語」(indirect object)。目前在臺灣也有許多人在漢語與英語語法裏用「受詞」來指「賓語」，包括直接賓語、間接賓語與介詞賓語。

(predicate) 以外還有「述語」⑱的說法；除了「補語」(com-
plement) 以外還有「補詞」⑲與「表詞」⑳的說法；除了「修
飾語」(modifier) 以外還有「附加語」㉑的說法。再以表示語法
範疇的術語為例，「名詞」、「動詞」、「形容詞」這幾種用語較為
統一，而「代詞」(「稱代詞」、「指代詞」)、「介詞」(「介系詞」、
「介繫詞」、「前置詞」、「副動詞」、「次動詞」)、「連詞」(「連接詞」
、「接續詞」) 等則有好幾種不同的用語。至於各種句式或句法結
構的名稱，則各自為政，莫衷一是。語法術語的紊亂，不僅影響
語法學家間彼此的溝通，而且更阻礙一般讀者的了解，實應早日
謀求統一。

四、「杭士基革命」與漢語語法研究

以往漢語語法研究的最大缺點，其實，還是在於語法學家所
依據的語法理論本身具有嚴重的缺陷。無論是對語言本質的基本
認識，或是在語法研究的目標與方法上，都有先天不足之憾。例
如，過去的語法分析對於語法結構採取很皮相、很單純的看法，
認為構成句子的主要因素是「詞類」(part of speech) 與「詞

---

⑱ 何容（1959）《中國文法論》69頁的用語（這本書的其他用語分別是
　　「主語」、「賓語」）。現在亦有人以「述語」來稱呼動詞在謂語中所
　　擔任的語法功能，相當於許世瑛（1968）的「述詞」。

⑲ 許世瑛（1968）的用語。

⑳ 許世瑛（1968）的用語，專指由形容詞（如'山高、月小'）或「形容
　　詞性動詞」（如'山搖、地動'）充當的謂語。

㉑ 黎錦熙（1933）《新著國語文法》的用語，現在亦有人以此做為英語術
　　語 "adjunct" 的漢譯。

序」(word order)：屬於特定詞類的詞,依照特定的詞序排列下來,就成為句子。因此,研究語法不外乎研究如何畫分詞類（如「名詞、代詞、動詞、形容詞、副詞、介詞、連詞、方位詞、數詞、量詞、助詞、嘆詞」等）,各種詞類的詞如何形成較大的句子成分（如「名詞組、動詞組、形容詞組、介詞組、數量詞組、子句、方位補語、趨向補語、程度補語、結果補語」等）,以及這些詞類的詞在句子中出現於什麼位置（如「句首、句中、句尾」等）與擔任怎麼樣的語法功能（如「主語、賓語、謂語、述語、補語、修飾語、中心語、附加語」等）,無形中語言的研究就淪為單純的「分類語言學」(taxonomic linguistics)。他如,過去的語法研究對於語言的「開放性」與「創造性」缺乏正確的認識,對於「音韻」(phonology)、「句法」(syntax)、「語意」(semantics) 與「語用」(pragmatics) 在整個語言體系中所佔據的地位與所扮演的角色未能做全盤的考慮,以及沒有適當的「理論模式」(theoretical framework) 或「規律系統」(rule system) 來達成語法規律的「明確化」與「形式化」(explicit formalization) 等,都在在影響了漢語語法研究的發展。

及至 Noam Chomsky㉒ 的 (1957) *Syntactic Structures* 與 (1965) *Aspects of the Theory of Syntax* 相繼出版,語法理論的面貌與語法研究的方向乃發生了革命性的變化,因而世稱

㉒ Chomsky的譯名依照英語發音似應為"喬姆斯基"（這是大陸語言學家目前的譯法）,這裏仍依照王士元、陸孝棟 (1966)《變換語法理論》（香港大學出版社）參照俄語發音的譯名"杭士基"。

「杭士基革命」(Chomskian revolution) ㉓。「杭士基革命」
以後的語法研究不再是任意主觀的臆測或武斷，而是以語言事實
爲基礎、有語法理論做準繩的「經驗科學」(empirical science)
。"語言能力是構成人類心智的一個模組"(The language is
one module of the mind.) ㉔，杭士基認爲語言能力的研究在
學術領域上屬於「認知科學」(cognitive science) 中「認知心
理學」(cognitive psychology) 的一環。他要求語言學具備高
度的「科學性」，不但爲語言研究設定明確的目標，而且還提出了
爲達成這個目標所需要的種種「基本概念」(primitive) 與「公
理」(axiom)，更提供了建立語法理論所需要的精密而可行的「方
法論」(methodology)。根據杭士基，語法研究的目的有二。一
是「語法理論」(linguistic theory) 的建立，而建立語法理論
的目標即在於闡釋語言的本質、結構與功能，期以建立可以規範
所有人類自然語言的「普遍語法」(universal grammar)，或詮

㉓ Thomas S. Kuhn 在 *The Structure of Scientific Revolution*
一書中，曾主張科學的發展是一連串的「學術革命」，並用「科學典
範」(scientific paradigm) 的概念來解釋這種科學上的學術革命
。所謂「典範」(paradigm) 是指在某一個特定的歷史階段裏決定某
一門科學研究的理論假設。當一個科學典範發現有太多的「反證」或
「異例」(anomaly)，因而無法以現有的理論假設來處理時，就必
須由另外一個能處理這些反證或異例的新典範來取代，在這種情形下
「學術革命」於焉發生。

㉔ 十七世紀的德國哲學家與數學家萊布尼茲 (Leibniz) 也曾說："語言
是反映人心的最好的鏡子"(Languages are the best mirror
of the human mind.)。

釋怎麼樣的語言纔是人類「可能的語言」(possible language)。
二是探求孩童「語言習得」(language acquisition) 的奧秘，
也就是探討人類的孩童如何在無人刻意教導的情形下僅憑周遭所
提供的殘缺不全、雜亂無章的語料就能夠在極短期間內迅速有效
的學會母語㉕。「普遍語法」的建立與「語言習得」的闡明，其
實是一體的兩面，不僅應該相提並行，而且可以相輔相成。對
「普遍語法」更深一層的認識，可以促進對「語言習得」更進一
步的了解；而發掘有關「語言習得」的真相，又可以用來檢驗或
證實「普遍語法」的存在。至於各個語言的「個別語法」(parti-
cular grammar)，卽可以從「普遍語法」的「原則」(prin-
ciple) 與「參數」(parameter) 中推演出來。因此，漢語語法
的研究必須納入普遍語法理論的體系中。換句話說，漢語語法的
研究應該以普遍語法的理論爲「前設理論」(metatheory) 來加
以檢驗或評估。

　　杭士基的語法理論，對於語法所應具備的「妥當性」(ade-
quacy)，提出三種程度不同的要求：卽「觀察上的妥當性」、「描
述上的妥當性」與「詮釋上的妥當性」。當一部語法根據有限的
「原初語料」(primary linguistic data)，把觀察所得的結果
正確無誤的加以敍述的時候，這一部語法（就該語言而言）可以
說是達成了「觀察上的妥當性」(observational adequacy)。
以往漢語語法的研究，可以說是，僅以期求達成觀察上的妥當性

㉕　西哲柏拉圖（Plato）早在兩千年前卽對這類事實感到詫異，故稱語
　　言學上「柏拉圖的奧秘」(Plato's problem)。

爲目的的，而且往往連這個最低限度的妥當性都無法達成。但是
，如前所述，有限的原初語料只是人類的語言能力所能創造的浩
瀚無垠的語料中的極小部分。而且，連這一極小部分，如果不與
更多其他語料一起加以觀察的話，也難以獲得正確而周延的敍述
。因此，我們要求理想中的語法能達成更高一層的妥當性，卽正
確的反映或描述（以該語言爲母語的人的）「語言能力」（lan-
guage faculty）：包括判斷句子是否「合法」（well-formed）、
「同義」（synonymous）、「多義」（ambiguous）等的能力，還
原句中被刪除的詞句、判斷兩個詞句的指涉能否相同的能力，以
及創造與解釋無限長或無限多句子的能力等。這樣一部語法所具
有的妥當性，就叫做「描述上的妥當性」（descriptive ade-
quacy）。人類的語言能力隱藏於大腦的皮質細胞中，因此我們無
法直接觀察或描述這個「語言能力」。但是我們卻可以根據我們
觀察與研究「語言」所得的結果來建立一套「具有描述上妥當性
的語法」；凡是人類的語言能力所能辦得到的事情，這一套語法
都能做得到。如此，語言能力可以說是「內化」（internalized）
的語法，而具有描述上妥當性的語法則可以說是「表面化」
（externalized）或「形式化」（formalized）的語法。要達成
描述上的妥當性，必須以一套健全的語法理論爲前提。而這一套
語法理論，必須根據人類自然語言的普遍性，就其內容、結構、
功能與限制等提出明確的主張。例如，語法的體系應該由那幾個
部門構成？這幾個部門彼此之間的關係如何？各個部門應該具備
何種形式的規律？這些規律應該如何適用？適用的範圍、方式與
結果等應該如何限制？這樣的語法理論，可以說是具有「詮釋上

的妥當性」(explanatory adequacy)。因爲我們可以根據其內容與主張，從幾部「觀察上妥當的語法」中選出一部「描述上較爲妥當的語法」來。既然「描述上妥當的語法」能夠反映人類語言的普遍性，那麼這樣的語法理論就可以說是間接的「詮釋」了人類的語言能力了。

　　杭士基的語法理論，以詮釋人類語言能力的奧秘或闡明孩童習得語言的眞相爲目標，並且要求把一切語法現象或語法規律都以「明確的形式」(explicit formalization) 來加以「條理化」(generalization)。所謂「條理化」與「形式化」，是指有關語法現象的陳述或語法規律的擬訂都必須「清晰」(explicit) 而「精確」(precise)，因而有「衍生語法」(generative grammar) 或「明確語法」之稱。在語法研究的方法上，杭士基主張「理想化」(idealization)、「抽象化」(abstraction) 與「模組化」(modularization)。語法研究的「理想化」與「抽象化」表現於：(1)「語言能力」(linguistic competence) 與「語言表達」(linguistic performance) 以及「語用能力」(pragmatic competence) 的區分，(2)「句子語法」(sentence grammar) 與「言談語法」(discourse grammar)或「篇章分析」(text analysis) 的畫分，(3)「普遍語法」與「個別語法」的區別，(4)「核心語法」(core grammar) 與「周邊」(periphery) 的分別，以及 (5)「無標性」(unmarkedness) 與「有標性」(markedness) 的分際等；其用意在於按照一定的優先次序立定明確而可及的研究目標，然後循序漸進、步步爲營的往前推進發展。而所謂「模組化」，是指把語法理論的內容分爲幾個獨

立存在卻能互相聯繫的「模」（module），讓所有的語法結構與語法現象都由這些模的互相聯繫與密切配合來衍生或詮釋。衍生語法理論發展的歷史，可以說是語法「模組化」的歷史。當初美國結構學派語言學的語法分析，只擁有以「鄰接成分分析」(IC analysis) 為內容的「詞組結構規律」(phrase structure rules) 這一個模，而杭士基卻不但介紹了「變形規律」(transformational rules) 這一個新模，並利用「一般原則」(general principles) 與「普遍限制」(universal constraints) 等方式把這些模的功能更加精細地加以分化，也更加密切地加以配合。

自從一九七〇年前後起，前往歐美國家研習語法理論與語法研究的國內學者逐漸增多，國內語言學研究所也增加到師大、輔大、清大、政大與高師等五處❷，所講授的語法理論與語法分析的課程也越來越充實。有關漢語語法研究的論著也相繼出版，研究所學生的碩士論文也常以漢語語法或漢英、漢日對比語法為題材，而語法研究也開始以「描述上的妥當性」與「詮釋上的妥當性」為重心。❷

五、當代語法理論與漢語語法

杭士基所倡導的「衍生變形語法」(generative-transformational grammar) 理論，至今已有三十多年的歷史。在這一段時間，理論內涵在明確的目標下不斷的推進與發展，因而呈現了諸

---

❷ 另外東吳大學 日本文化研究所 也開始講授 有關語法理 論與分析的課程。

❷ 最近二十年來在國內出版的主要漢語語法專書見「附錄一」。

多新的面貌。在1957年至1960年代前半期❷的「初期理論」
(the initial theory) 裏，主要的關心是達成語法在「觀察上的
妥當性」，因而有「詞組結構規律」與「變形規律」的提出，以
及「深層結構」（deep structure）與「表面結構」（surface
structure) 的區別，並且爲了符合語法規律與結構敍述的明確
化，釐定了一套相當嚴密的符號系統。在1960年代後半期的「標
準理論」(the standard theory) 裏，主要的關心是擴大語法
的「描述能力」（descriptive power) 或擴張語法的「描述範
圍」（descriptive coverage)，也就是達成語法在「描述上的
妥當性」，藉以確立變形規律的必要性與變形語法的優越性。另
外，語意部門也在此一時期正式納入語法的體系裏，並且接受了
Katz 與 Postal 所提出的「深層結構決定語意」與「變形規律不
能改變語意」的假設。在1970年代前半期的「擴充的標準理論」
(the extended standard theory) 裏，語法的描述能力繼續
膨脹的結果，變形規律的數目日益增多，而語法描述的範圍也
擴及否定詞、疑問詞與數量詞的「範域」（scope)，以及「預
設」（presupposition)、「含蘊」（entailment)、「言語行爲」
(speech act) 與「間接言語行爲」（indirect speech act) 等與
語意或語用有關的現象。這一段期間，不僅在標準理論之外促成
了「衍生語意學派」（generative semanticist) 的興起，而且標
準理論本身也被迫修改原來「深層結構完全決定語意」的立場，

---

❷　以下理論發展階段的年代畫分與名稱，主要是爲了敍述的方便。事實
　　上，在整個理論發展的過程並不容易如此畫清界限。

而提出「部分語意（例如否定詞與數量詞的範域）決定於表面結構」的主張。另一方面，爲了防止語法過分強大的衍生能力，陸續提出變形規律的一般限制與條件。接著在 1970 年代後半期的「修訂的擴充標準理論」（the revised extended standard theory）裏，「痕跡」（trace）、「濾除」（filter）、「約束」（binding）等新的語法概念不斷的提出來。「反身代詞」（reflexive pronoun）與「人稱代詞」（personal pronoun）等不再由變形規律衍生，而在深層結構直接衍生，再由「注釋規律」（rules of construal）或「約束理論」（Binding Theory）來判斷這些反身代詞與人稱代詞能否與其「前行語」（antecedent）的指涉相同。另外，變形規律的內容日益趨於單純，不僅所有的變形規律都變成「可用變形規律」（optional transformation），而且順便也取消了變形規律之間適用次序的限制。最後在 1980 年到現在的「原則參數語法」（the principles-and-parameters approach）裏，最主要的關心是如何達成語法理論在「詮釋上的妥當性」，並且把「模組語法」的概念發揮到極點。在這一個語法理論下，普遍語法的體系由「詞彙」、「句法」、「語音形式」（PF; phonetic form）與「邏輯形式」（LF; logical form）四個部門及「規律」與「原則」兩個系統形成。詞彙部門在詞彙與原則系統配合之下衍生「深層結構」（D-structure），而句法部門則援用變形規律從深層結構衍生「表層結構」（S-structure），再經過語音形式部門與邏輯形式部門的變形規律分別衍生代表發音的「語音形式」與代表部分語意的「邏輯形式」。這一個理論的特點是「規律系統」的衰微與「原則系統」的興盛。詞組結

構規律的功能已由詞彙擔任或由原則系統（如「X 標槓理論」
(X-Bar Theory)、「論旨理論」(Thematic Theory)、「格位
理論」(Case Theory) 等）來詮釋，變形規律也只剩一條單純
無比的「移動α」(Move α：即把任何句子成分移到任何位置
去）或「影響α」(Affect α：即對任何句子成分做任何處理)
。這樣漫無限制的變形規律勢必「蔓生」(overgenerate) 衆多
不合語法的句法結構，但是所有由規律系統所衍生的句法結構都
要一一經過原則系統下各個原則的「認可」(licencing)，否則
要遭受「濾除」(filtered out) 而淘汰。原則系統下的各個原則
本來是獨立存在的，有其獨特的內涵與功能，卻能互相連繫並交
錯影響來詮釋許許多多複雜的句法現象。同時，每一個原則都可
能含有若干數值未定但值域確定的「參數」(parameter)，由
個別語言來選擇不同的數值，因而各個原則在個別語言的適用情
形並不盡相同。個別語言的「個別語法」(particular grammar)
以普遍語法爲「核心」(core) 內容來形成「核心語法」(core
grammar)，另外可能還包含一些比較特殊或例外的「周邊」
(periphery) 部分來合成「個別語法」。如此，個別語法之間的
相同性或共通性可以從共同的核心語法來解釋；而個別語法之間
的相異性或懸殊性則可以由參數的選擇與周邊部分的差距來說明
。「普遍語法」理論的樹立，不但能詮釋孩童如何習得語言，而
且也爲「可能的語言」(possible language) 或「可能的語法」
(possible grammar) 設定了相當明確的限制。人類孩童之所以
能根據殘缺不全、雜亂無章的語料而迅速有效地習得母語，乃是
由於他們天生具有類似普遍語法的語言能力。只要根據所接觸的

母語原初語料來選定原則系統中參數的數值，就能迅速建立母語
的核心語法。至於少數例外的周邊部分，則隨著年齡的增長逐漸
學習。在這一種普遍語法的概念下，不但沒有「為個別語言設定
的特殊規律」（language-specific rule），而且也沒有「為個別
句法結構設定的特殊規律」（construction-specific rule）。因
此，「普遍語法」與「個別語法」的研究應該是同時並行而相輔相
成的。當前語法理論的趨勢是根據個別語言的實際語料來仔細驗
證普遍語法的原則系統與參數，使其更加周全而明確，更能詮釋
語言習得的真相與個別語法的全貌。普遍語法的原則系統包括：
「X標槓理論」（X-bar Theory）、「投射理論」（Projection
Theory）、「論旨理論」（Thematic Theory）、「格位理論」
（Case Theory）、「限界理論」（Bounding Theory）、「管轄理
論」（Government Theory）、「約束理論」（Binding Theory）
、「控制理論」（Control Theory）、「主謂理論」（Predication
Theory）、「有標理論」（Markedness Theory）等。此外，當
代語法理論也不只以杭士基為首的「管轄約束」或「原則與參數」
理論一種，其他還有「概化的詞組結構語法」（generalized
phrase structure grammar; GPSG）、「詞彙功能語法」(lexical
functional grammar; LFG) 與「關係語法」(relational gram-
mar; RG) 等多種。每一種語法理論都有其優缺點，都值得利
用來探討漢語語法的奧秘。㉙當前語法理論的探討越來越深奧，

㉙ 依據當代語法理論專門研究漢語語法的博士論文，已正式出版的見
「附錄二」。至於國內外有關漢語語法的碩士論文則不計其數，無法
一一列舉。又「附錄二」僅憑筆者記憶列舉，由於手頭並無詳細資料
，遺漏之處在所難免。

語法結構的分析也越來越細緻。語法研究的對象，不僅從具有語音形態與詞彙意義的「實詞」跨進具有語音形態而不具詞彙意義的「虛詞」（如「稱代詞」(pronominal)、「照應詞」(anaphor)與「接應代詞」(resumptive pronoun) 等）；而且已經邁入了不具語音形態亦不具詞彙意義的「空號詞」(empty categories)，（如「名詞組痕跡」(NP-trace)、「Wh痕跡」(Wh-trace)、「大代號」(PRO)、「小代號」(pro)、「寄生缺口」(parasitic gap)) 等。語法研究的領域也不再偏限於「句子語法」(sentence grammar)，一方面往下鑽入「詞法」(word-syntax)，一方面往外擴張到「言談語法」 (discourse grammar) 與「篇章分析」(text analysis)。就是語法研究的貢獻，也除了漢語與其他語言的「對比分析」(contrastive analysis) 以及「華語教學」(teaching Chinese to foreign students) 以外，已經開始與科技相結合，而邁入「語音合成」(speech synthesis) ❸、「機器翻譯」(machine translation)❸、「人工智慧」(artificial intelligence) 的研究領域。

六、當代語法學的本土化

當代語法理論的發展真可說是日新月異、突飛猛進，對於漢語語法研究的影響也越來越深遠。因此，如何把當代語法理論引進我國學術界，如何把當代語法理論應用於漢語語法的研究，以及如何把當代語法理論與傳統漢語語法學兩相結合起來發揮相輔

---

❸ 例如臺大李琳山教授與中研院鄭秋豫教授的合作研究。
❸ 例如清大蘇克毅教授、王旭教授與本人合作進行的英漢機器翻譯系統。

相成之功效，應該是漢語語法研究當務之急。但是國內目前的情況是，不少學者都認為：當代語法理論過於玄奧，不容易了解，更不易傳授給學生。有些學者甚至認為：當代語法理論是虛有其表並無眞正內涵的「洋框框」，對於漢語語法的研究不可能有所幫助。結果，除了國內語言學研究所以及較爲開放進步的外國語文學系有開課講授當代語法理論與語法分析以外，一般中國文學研究所或中國語文學系的師生都很少有機會接觸當代語法理論，更無可能運用這些理論來對於漢語語法進行更深入的研究。產生這種情形的原因，一半是由於當代語法理論之不容易接觸或不容易了解，而另一半是由於國內學者對於當代語法理論的本質、目標與功能有所誤解。

先從當代語法學在國內不容易接觸或不容易了解說起。當代語法學的文章，無論是專業性質的論著或啓蒙性質的導論，大都是用外文（特別是英文）撰寫的。㉜ 而且，文中所用的術語與概念，不但因為與傳統語法學的術語與概念截然不同而使一般學者感到陌生與疏遠，而且術語與概念本身內涵的抽象與複雜更讓一般學者畏懼而生厭。因此，如果要促進當代語法學的「本土化」，第一步就要進行當代語法理論論著的「中文化」。關於當代語法學的本土化與中文化，我們提出下列幾點意見。

（一）鼓勵專攻當代語法學的學者，以中文發表論文或演講，在上課中也盡量使用中文來講解。如果有教學經驗豐富的語法學

㉜ 到目前爲止以中文介紹當代語法學的論著有湯廷池（1977）《國語變形語法研究：第一集，移位變形》、（1988）《漢語詞法句法論集》、（1989）《漢語詞法句法續集》與徐烈炯（1988）《生成語法理論》等。

教授能抽出時間來撰寫當代語法學導論之類的書，那就對有志入門的學生更有幫助。

（二）也鼓勵國內學者努力把當代語法學的經典之作翻成中文。不過翻譯的工作並不容易做好：一方面要求譯者對當代語法學有深厚的基礎而能徹底了解原文的內容；一方面又需要以通順達意的中文表達出來。歐美學者所發表的當代語法學的文章，常常用詞較深、句子較長、句法結構也較爲複雜。再加上文章內容的深奧、推理推論的嚴謹以及組織結構的緊密，翻譯可能是一件吃力不討好的工作。❸❸

（三）在當代語法學的翻譯或介紹中，最重要的工作之一是漢語語法術語的選擇與統一。目前當代語法術語的翻譯相當紊亂，不但影響語法學家彼此間的溝通，而且更阻碍一般讀者的了解，實應早日謀求統一。以當代語法學最基本的兩個術語 'generate, generative' 與 'transform, transformational' 爲例，大陸有人翻成「生成」與「轉換」，而臺灣則有人翻成「衍生」與「變形」。「生成」一詞大概是承襲日本的術語；'生成' 在日語屬於動作動詞，因而可以有 '生成する'（=generate）的及物動詞用法。但是在漢語裡，含有結果動詞 '成' 的 '生成'，與 '變成、換成、轉成、化成' 一樣，都屬於不完全不及物動詞，必須在述語動詞後面帶上（主語）補語。因此，"Rules generate structures" 可以用日文翻成 "規則は構造を生成する"，卻不能用中文翻成 "規

---

❸❸ 關於這一點，大陸的學者似乎比臺灣的學者做得較多。據筆者所知，在大陸已經翻譯的語法學著作有 Chomsky (1957) *Syntactic Structures* 與 Stockwell (1977) *Foundations of Syntactic Theory* 等。

律生成結構”。因爲日文表示“規律產生結構”而與英文的原義相近；但是中文則表示“規律變成（或轉成）結構”而與英文的原義不合。又‘transform’只改變句子的「詞組結構標誌」（phrase-marker; P-marker），並非把一個句子換成另外一個句子，因此「轉換」或「轉換語法」㉞的翻譯似乎仍有斟酌的餘地。另一方面，「衍生」雖然能表達‘generate, yield’的意思㉟，並可以有及物動詞用法；但是形容詞‘generative’所包含的‘清晰’（explicit）、‘精確’（precise）與‘完整’（complete）等意義卻未能表達出來㊱。至於「變形」，則表示改變（句子的）形態或詞組結構標誌，似乎比「轉換」更能接近原義（日語也採用這個術語）。但是‘變形’在詞法結構上屬於述賓式複合動詞，因爲在內部結構裡已經含有詞法上的賓語‘形’；因此不能直截了當的說‘變形某一個句子結構（或某一個詞組結構標誌）’，而只能拐彎抹角的說‘把某一個句子結構{加以變形／經過變形}成爲另一個句子結構’。連這些最基本的術語，各家的意見與看法都如此分歧對立；至於其他更爲複雜的術語或概念則更是衆說紛云，莫衷一是。但是我們不必爲此太過悲觀或絕望，因爲語言本來是「約定俗成」（conventional）的，術語的翻譯更是如此。只要大家多嘗試翻譯、多提供意見，大家多參考比較而少固執己見，那麼較

㉞ 用「轉換語法」（transfer grammar）來稱呼（機器翻譯裏）把一個語言的語法結構轉換成另外一個語言裏與此相對應語法結構的規律卻相當適合。

㉟ ‘generate’也可以解爲‘define, characterize’。因此，某些規律衍生某些結構的意思就是說：這些規律界定這些結構的內容與特性。

好的翻譯便會逐漸出現而取代較差的翻譯，最後大家都能共同採用或遵守。

(四)關於當代語法學術語的選擇或統一，我們有下列幾點建議：

(1)「…詞」(表示「語法範疇」或「詞類」)與「…語」(表示「語法關係」或「語法功能」)的畫分相當重要；因此，最好能一貫的把二者加以區別。例如，語法關係或功能一律採用「主語」(subject)、「賓語」(object)、「補語」(complement)、「定語」(adjectival)、「狀語」(adverbial)、「附加語」(adjunct)、「主要語」(head)、「中心語」(center)、「前行語」(antecedent)、「修飾語」(modifier)，而不用「主詞」、「受詞」、「前行詞」等。又如，語法範疇一律採用「名詞」(noun)、「動詞」(verb)、「形容詞」(adjective)、「副詞」(adverb)、「介詞」(preposition)、「連詞」(conjunction)、「感嘆詞」(interjection)、「助詞」(particle)、「量詞」(measure)、「數量詞」(quantifier)、「限定詞」(determiner)、「填補詞」或「冗贅詞」(pleonastic; expletive)、「照應詞」(anaphor)❸⑦、「指涉詞」(referential

---

❸⑥　「生成」一詞也未能表達這些意義，因此摯友董昭輝教授提議把 'generative grammar' 譯為「明確語法」。

❸⑦　英語的「填補詞」或「冗贅詞」有 'it' 與 'there' 兩種，而「照應詞」則有「反身照應詞」(reflexive anaphor)、「交互照應詞」(reciprocal pronoun)、「名詞組痕跡」(NP-trace) 等。又在語法關係上，與「前行語」(antecedent) 前後照應(即所謂的「照應現象」(anaphora))時，照應詞也具有「照應語」(anaphor)的地位。

expression)、「空號詞」(empty category)，而不用「限定語」、「填補語」、「指涉語」或「空語類」等。

(2)語法術語的漢譯，應先研究原來外語術語的含義、典故與用法，務求漢譯術語在意義與用法上貼近原來的術語。例如，'(syntactic) island'與'island condition'不妨分別譯爲「(句法上的)孤島」與「孤島條件」❸；'strong crossover'與'weak crossover'不妨分別譯爲「嚴重的越位」與「輕微的越位」；'domain'與'scope'不妨分別譯爲「領域」與「範域」；'wide scope'與'narrow scope'不妨分別譯爲「寬域」與「狹域」；'dominate'、'(improperly) include'與'exclude'不妨分別譯爲「支配」、「(非適切地)包含」與「排除」；'command'、'govern'、'bind'與'control'不妨分別譯爲「統制」、「管轄」、「約束」與「控制」。'referential index'不應譯爲「參考指標」，而宜譯爲「指涉指標」；'(Case) Filter'與其譯爲「(格)鑑別式」，似不如譯爲「(格位)濾除」來得與原義接近(而且「濾除」也可以充當動詞來表示 'filter out')；'arbitrary reference'與其譯爲「泛指」，似不如譯爲「任指」(而以「泛指」來翻譯 'generic reference')；'illocutionary act'不應譯爲「非表意行爲」，而不妨譯爲「表意(內)行爲」(因爲 'illocutionary'的 'il-'不表示否定，而表示 'in-'(在內)的意思)。

(3)術語的漢譯盡量選擇雙音節詞彙，至多不宜超過四音節

---

❸ 亦有人分別譯爲「(句法上的)禁區」與「禁區條件」。其原意似乎是出現於孤島內的句法成分不能從孤島移出；照應等現象的條件也必須在孤島內滿足，不能往島外求援而尋求其前行語。

，而且術語的內部結構與外部功能應該遵守漢語的造詞規律❸。例如，把 'Case' 譯爲「格位」，而不譯爲「格」，是由於音節的考慮，而且「格」的決定也確實與其出現的位置有關。又如，'grammatical function' 與 'grammatical relation' 與其分別翻成五音節的「語法功能項」與「語法關係項」，不如分別翻成四音節的「語法功能」與「語法關係」。又如 'presupposition' 可以翻成「預設」或「前設」，甚至有人翻成「前提」；但是如果考慮到 'presuppose' 的及物動詞用法，那麼「預設」似乎比「前設」或「前提」好。

(4)漢語術語的採用，最好避免在漢語詞彙裡已經常用而定型的詞。因爲這些詞已經有固定的意義與用法，讀者對這些意義與用法已經習以爲常；所以不容易再賦給新的意義與用法，必須設法經過加字、換字等方式來創造新詞。例如 'environment'（環境）不妨譯爲「語境」，'occur(rence)'（發生）不妨譯爲「（在句子中）出現」，'cooccur(rence) with…' 不妨譯爲 '與…連用'，'cooccurrence restriction' 不妨譯爲「共現限制」或「共存限制」❹，'source' 不妨譯爲「起點」而 'goal' 則不妨譯爲「終點」❹，'experiencer' 不妨譯爲「感受者」而 'patient' 則不妨譯爲 '受事者'，'argument' 不妨譯爲「論元」或「論項」，而 'thematic role' 則不妨譯爲「論旨角色」，'variable' 不妨譯爲「變項」，而 '(null) operator' 則不妨譯爲「（空號）運符」，

---

❸　參湯廷池(1988)〈新詞創造與漢語詞法〉。
❹　在口語的聽覺上，「共存限制」似乎比「共現限制」更易了解。
❹　王玉川先生曾建議：「終點」與「中點」同音，因而不妨改爲「末點」。

‘subjacency condition’ 不妨譯爲「承接原則」，而 ‘adjacency condition’ 則不妨譯爲「鄰接原則」。這些漢語術語都屬於書面語詞彙，而且語意內涵都相當清楚，似乎可以幫助初學者了解這些術語的意義與用法。又 ‘morpheme’ 過去一向多譯爲「詞素」或「詞位」，但是爲了分辨「詞」(word) 與「語」(morph) 的區別，並保持與「音」(phone)、「音素」(phoneme)、「同位音」(allomorph) 之間的對比，不妨把 ‘morpheme’ 譯爲「語素」。而且，如果有需要，「詞素」或可做爲 ‘lexeme’ 的譯名。

(5)如果大陸、香港或日本語法學家已經率先翻譯，而且翻譯得相當妥切，那麼不妨參考甚或採用，以求學術術語之暢通。個別學者首倡漢譯術語，或在論著中首次使用漢譯術語的時候，最好利用方括弧等標點符號加以引介，並以圓括弧附上原來的外語術語，以供其他學者或讀者的參考。在大學語言學研究所或語文學系擔任語法課程的教師也最好能互相交換所使用的語法詞彙，以供教學時的參考。語法學者出版專著的時候，最好也能附上索引與英漢術語對照表❷，以爲將來編訂語法學詞彙或語言學詞彙之用。❸

(6)有些術語的翻譯比較特殊：例如，‘c-command’, ‘m-command’, ‘θ-role’, ‘c-structure’, ‘f-structure’, ‘t-structure’, ‘i-structure’等不妨先並列「成份統制」與「c統制」、「最大統制」與「m統制」、「論旨角色」與「θ角色」、「詞

---

❷ 臺灣學生書局出版的《現代語言學論叢》已開始做這樣的嘗試。

❸ 關於筆者常用的語法學詞彙，見附錄三。

組（成份）結構」與「ｃ結構」、「功能結構」與「ｆ結構」、「論旨結構」與「ｔ結構」、「意像結構」與「ｉ結構」等之後，選擇其一使用。又如‘PRO’, ‘pro’, ‘Pro’, ‘SUBJECT’與‘CHAIN’等則不妨譯為「大代號」、「小代號」、「空代號（或「空代詞」）」、「大主語」、「大連鎖」等。

其次，談到當代語法理論教學「本土化」的問題。僅僅把當代語法學的術語加以漢譯或用漢語發表漢語語法學的論著還不夠，更重要的是在課堂上能夠經常使用漢語來講授語法學，好讓學生不但能夠透過漢語來了解語法學，而且還能夠透過漢語的語料來掌握當代語法理論。關於當代語法理論教學的「本土化」與「漢語化」，我們提出下列意見與建議。

（一）從普通語言學的教學開始，盡量多引用漢語的例子來介紹語言學的基本概念與術語。例如，在「同位語」（allomorph）的討論中，只用英語或其他印歐語言的例示還不夠，最好能夠再以漢語的「上聲語素」（third-tone morpheme）在另一上聲語素前面出現時，要讀陽平為例來說明所有漢語的上聲語素都有上聲與陽平這兩種「由音韻條件決定的同位語」（phonolgically-conditioned allomorph）；並以‘不’在‘有’前面出現時，要用‘沒’為例來說明‘不’與‘沒’這兩個「語」（morph）是「由詞彙條件決定的同位語」（morphologically conditioned allo-morph）；更以‘一、七、八、不’的「變調」（tone change）來說明「兼由詞彙與音韻條件決定的同位語」（phonologically as well as morphologically conditioned allomorph）。再如，「上聲調」的在「上聲調」前面變成「陽平調」或「半上聲」，

「去聲調」的在「去聲調」前面變成「半去聲」，以及在漢語詞彙裏沒有由「合口韻頭」（'u'-medial）與「合口韻尾」（'u'-ending）前後合成的詞，而且由「齊齒韻頭」（'i'-medial）與「齊齒韻尾」（'i'-ending）前後合成的詞也只限於'崖、埋、睚、哇、涯'等少數幾個詞來說明漢語的「異化現象」（dissimilation）。除了基本概念與現象的說明，盡量引用漢語的語料以外，有關的練習與作業也設法從漢語的語料中尋找問題。以有關「語素」與「同位語」的區別為例，表示完成貌的動詞'有'與詞尾'了'以及表示數目的'二'、'兩'與'雙'等，究竟是各自獨立的語素，還是共屬同一個語素的同位語？如果是同位語，那麼這些同位語的「互補分佈」（complementary distribution）或「自由變異」（free variation）的情形如何？漢語的語料也不限於北平話，應該包括各地方言，特別是當地所常用的方言，好讓學生對於自己的「母語方言」（native dialect）能有深刻的印象而引起動機來眞正了解自己母語的特徵。當然，漢語語法的資料也不限於當代漢語「共時」（synchronic）與「比較」（comparative）的研究，古漢語與中古漢語的語料也可以做為「異時演變」（diachronic change）的研究對象❹。

(二)以往國內的語法研究，在歐美語法理論的影響下，無形

---

❹　有關筆者個人在這方面的嘗試，參湯廷池（1990）〈漢語動詞組補語的句法結構與語意功能：北平話與閩南話的比較分析〉、(1991a) 'The Syntax and Semantics of Resultative Complements in Chinese: A Comparative Study of Mandarin and Southern Min'、(1991b)〈漢語述補式複合動詞的結構、功能與起源〉等。

中都以印歐語言(特別是英語、法語、德語、俄語與西語等主要語言)的分析研究爲藍本。就是語法學的講授,也幾乎完全依賴英語的語料與分析,很少提到其他語言的語料。這固然是受了敎師本身以及學生所受外語訓練的限制,但是從漢語的語族淵源與中國的地緣關係而言,日語、韓語、泰語、越語等語言的語料與分析也似乎應該在我國當代語法學的研究與敎學上佔一席之地。這些國家與語言,隨著經貿來往與文化交流,與國人的關係將會越來越密切。我們應該捨棄潛意識中的「大中華思想」,而認眞開始學習鄰近國家地區的語言。在語法學的敎學中,我們也應該設法以這些語言的語料與分析爲敎材的一部分,以便能誘導學生對於這些語言感到興趣,甚而引起學習這些語言的動機。

　　(三)國人傳統的語言研究比較偏向於「語史學」(philology),在研究方法上比較注重個別語言的觀察、描述、分類與整理。而當代語法學的研究,則以觀察、分析與歸納自然語言所獲得的「前設理論」(metatheory)❹或「普遍語法」(universal grammar)爲基礎,或從這個前設理論或普遍語法出發,應用到包括漢語在內的個別語言上面的分析與研究來。不少國人對於這種前設理論或普遍語法的存在,採取懷疑的態度,甚至譏爲「洋

---

❹　亦有人譯做「後設理論」。'meta-'本來有'between, among, with, after'等意思。例如,爲了分析或描述某一種「(對象)語言」((object) language) 的語言體系而另外創設更高一層的符號(語言)體系,就可以稱爲「後設語言」(metalanguage)。這裏譯爲「前設理論」是有意表示以自然語言的普遍語法理論來做爲研究個別語言的藍圖或嚮導。

框框」而加以排斥。其實，語言學是屬於「認知科學」(cognitive science) 的一門「經驗科學」(empirical science)。凡是科學的研究，都不能任憑個人武斷的觀點或主觀的方法來進行，而必須提出一套前設理論來闡明研究的目標、基本的假設、研究對象的內容與體系、檢驗或評估研究成果的方法等來做為進行研究的依據。而且，這些前設理論與普遍語法都是按照研究經驗科學的三項步驟：「觀察」(observation)、「條理化」(generalization)、「檢驗」(verification)，針對自然語言研究其「普遍特質」(language universal) 而逐步建立起來的。就是把前設理論與普遍語法應用到個別語言的時候，也要經過「觀察」、「條理化」與「檢驗」的步驟，步步為營、井然有序的提出結論。在分析與檢驗的過程中，不但要盡量蒐集有利於結論的「佐證」(supporting evidence) 或「獨立自主的證據」(independent (ly-motivated) evidence)，而且也不能忽略不利於結論的「反證」(counterevidence)，更要仔細檢討有沒有「其他可能的分析」(alternative analyses)。這種嚴謹的論證方法，常見於一般經驗科學的研究，卻是傳統的漢語語法研究可能忽略的。

(四)當代語法理論莫不以「普遍語法」(universal grammar) 的建立與「語言習得」(language acquisition) 的闡明為研究語法的兩大目標，而且這兩大目標所探求的問題與所獲得的成果可以用來互相驗證，因而可以說是一體的兩面 (two sides of a coin)。研究二者的答案都告訴我們怎麼樣的語言纔是「可能的語言」(possible language)；本來就是應該相輔相成，彼此互動的。因此，我們決不要把普遍語法的原則、條件與限制等

視為語法研究的手銬腳鐐，而應該把這些原則、條件與限制等看成引導我們尋找正確答案的地圖與指南針。因為普遍語法的理論預先告訴我們怎麼樣的語言纔是可能的語言，也就是告訴我們怎麼樣的語言是不可能的語言；所以我們一開始研究就大致知道摸索前進的方向與答案大致的輪廓，不致於像隻無頭蒼蠅亂飛亂撞枉費時間與勞力。當然，我們也決不能毫無批判的盲目接受外來的理論，而必須針對漢語的語法事實仔細加以分析與檢驗。如果在漢語裏發現「眞正的反例」(genuine counterexample)，而不是「似是而非的反例」(apparent counterexample)；那麼我們就要尋找有沒有「其他更好的分析」(a better alternative analysis)，是否牽涉到「參數」(parameter) 在不同的語言裏可能有不同的「值」(value) 的問題，甚至於要認眞檢討原則、條件或限制本身是否含有瑕疵因而應該加以修正。

（五）最後談到語法論文的寫作體例。當代語法研究的論文"〔常〕說出「結論」或「定則」，並以列明次序號碼的語料實例作解釋或比較，然後纔列舉出這些語料實例，讀起來就讓人覺得相當「繞脖子」。讀的人，首先要突然間接受這結論或定則，然後向後看那些語料實例，再倒轉回來繼續看結論或定則的敍述，最後再重看語料實例，或是略過不看(因為已看過一次了)而跳到應該接著上文意思的下文的字句；如果這種情形的語料實例比較多些，就更讓人麻煩而頭痛。這種敍述和推論的方式，也許在其他語言表達習慣上使人接受得順利，不發生扞格情況，在中文卻令人有些「倒裝」「倒序」的感覺。也正因為如此，明明是歸納的，往往讀起來卻活像是演繹的；又像幾何學上求證定理而先命

題後推證似地，減低了實事求是的觀念。而且，更因爲如此，就逼著非先說出「結論」或「定則」不可，又同時不便大量列舉語料實例，……使「結論」或「定則」一條條一項項地匆匆而來且源源而生，……。再如在文章當中插幾個「註一、註二」，又在文章末尾附上一串「註一、註二」的敍述或說明。這種「註一、註二……」就好比西裝領帶一樣添了麻煩”。以上這段引用的文章是十四年前筆者在《國語日報語文週刊》上發表一連串討論漢語語法的文章時，某一位讀者所提出的批評的一部分❻。雖然這一位讀者對於當代語法研究的目標與方法有不少誤解的地方❼，但是我們不能不承認：當代語法理論與分析的文章，對於未受過語法學訓練的一般讀者而言，似乎過於艱深不容易了解。我們希望今後有更多的學者用漢語發表討論當代語法學的文章，同時不妨試驗各種敍述的方法或體例，盡量設法讓一般讀者更加容易了解與接受。

　　Chomsky 首次提倡當代語法學的論著 *Syntactic Structures* 於一九五七年出版之後，已經過了三十五個年頭。在一向由英語來支配學術語言的香港舉行「華語社會中的語言學敎學研討會」，並討論「現代語言學的本土化」，是一件非常有意義的事

---

❻　張席珍（1977）〈「小題大作」或「大題小作」〉。

❼　例如，語法的研究確實是以觀察與分析語法現象並提出經過「條理化」的「結論」或「定則」爲目的的；而這些「定則」必須是演繹性的，不但能衍生原先觀察與分析過的句子，而且還要衍生無限多同類結構的句子。又如，當代語法理論與分析的文章，不但用中文寫來會讓讀者感到麻煩而頭痛，就是用別的語文寫來也照樣會讓讀者覺得“繞脖子”不順利。

情。要當代語法學在中國生根，必須能運用漢語來分析討論漢語語法，並且要設法把當代語法學推廣到每一個大學的每一個中國語文學系去。就這點意義而言，當代語法學的本土化只能說是剛剛起步而已，今後還要靠大陸、香港與臺灣三地的學者並肩合作，共同努力，纔能完成這個任重道遠的學術旅程。

    * 本文應邀於1991年12月13日至15日在香港浸會學院舉行的「華語社會中的語言教學」研究會上發表，並曾刊載於《華文世界》62期（1—6頁）與63期（46—62頁）。

附 錄 一

最近二十年來在國內出版的主要漢語語法專書如下：

（1）趙元任 (1968) *A Grammar of Spoken Chinese* (丁邦新譯 (1980)《中國話的文法》).

（2）方師鐸 (1970)《國語詞彙學：構詞篇》.

（3）湯廷池、董昭輝、吳耀敦編 (1972) *Papers in Linguistics in Honor of A. A. Hill.*

（4）湯廷池 (1972) *A Case Grammar of Spoken Chinese.*

（5）湯廷池 (1975) *A Case Grammar Classification of Chinese Verbs.*

（6）湯廷池 (1977)《國語變形語法研究第一集：移位變形》.

（7）湯廷池 (1978)《國語語法研究論集》.

（8）湯廷池 (1981)《語言學與語文教學》.

（9）黃宣範 (1974)《語言學研究論叢》.

（10）黃宣範 (1982)《漢語語法論文集》.

（11）黃宣範 (1984)《語言哲學：意義與指涉理論的研究》.

（12）鄧守信 (1977) *A Semantic Study of Transitivity in Chinese.*

（13）張強仁 (1977) *Co-verbs in Spoken Chinese.*

（14）湯廷池、李英哲、鄭良偉編 (1978) *Proceedings of Syposium on Chinese Linguistics.*

（15）屈承熹 (1979)《語言學論集：理論、應用及漢語語法》.

(16)曹逢甫 (1979)：*A Functional Study of Topic in Chinese: The First Step Toward Discourse Analysis.*

(17)湯廷池、曹逢甫、李櫻編 (1980) *Papers from the 1979 Asian and Pacific Conference on Linguistics and Language Teaching.*

(18)湯廷池 (1988)《漢語詞法句法論集》.

(19)Charles N. 與 Sandra A. Thompson (1981) *Mandarin Chinese: A Functional Reference Grammar* (黃宣範譯 (1983)《漢語語法》).

(20)屈承熹、柯蔚南、曹逢甫編 (1983) *Papers from the Fourteenth International Conference on Sino-Tibetan Languages and Linguistics.*

(21)湯廷池、鄭良偉、李英哲編 (1983) *Studies in Chinese: Syntax and Semantics.*

(22)胡百華 (1984)《華語的句法》.

(23)湯廷池、張席珍、朱建正編 (1985)《世界華文教學研討會語法組論集》.

(24)齊德立 (1985) *A Lexical Analysis of Verb-Noun Compounds in Mandarin Chinese.*

(25)湯廷池 (1989) 《漢語詞法句法續集》.

(26)曹逢甫(1990) *Sentence and Clause Structure in Chinese: A Functional Perspective.*

(27)湯廷池編 (1990) 《第二屆世界華語文教學研討會論文

集：理論與分析篇》.

(28)湯廷池（排印中）《漢語詞法句法三集》.

(29)湯廷池（排印中）《漢語詞法句法四集》.

附 錄 二

(1)Rand, Earl. (1969) *The Syntax of Mandarin Interrogatives* (University of California Press).

(2)李英哲/Li, Ying-che (1971) *An Investigation of Case in Chinese Grammar* (Seton Hall University Press).

(3)湯廷池/Tang Ting-chi (1972) *A Case Grammar of Spoken Chinese* (海國書局).

(4)鄧守信/Teng Shou-hsin (1975) *A Semantic Study of Transitivity Relations in Chinese* (University of California Press; 學生書局).

(5)林雙福/Lin, Shuang-fu (1975) *The Grammar of Disjunctive Questions in Taiwanese* (學生書局).

(6)張強仁/Chang, R. Chiang-jen (1977) *Co-verbs in Spoken Chinese* (正中書局).

(7)曹逢甫/Tsao, Feng-fu (1979) *A Functional Study of Topic in Chinese: The First Step Towards Discourse Analysis* (學生書局).

(8) Paris, Marie-claude (1979) *Nominalization in Mandarin Chinese* (Université Paris VII).

(9)齊德立/Chi, Telee R. (1985) *A Lexical Analysis of Verb-Noun Compounds in Mandarin Chinese*

（文鶴出版有限公司）.

(10)李梅都/Li, Meidou (1988) *Anaphoric Structures of Chinese* （學生書局）.

(11)Paul, Waltraud （1988） *The Syntax of Verb-Object Phrases in Chinese: Constraints and Analysis* (Paris: Languges croisés).

(12)

未正式出版的博士論文有：

（1）余藹芹 (1966) *Embedding Structures in Mandarin* (Ohio State University).

（2）Shaffer, Douglas （1966） *Paired Connectives in Mandarin Chinese* (University of Texas).

（3）戴浩一/Tai, James (1969) *Coordination Reduction* (Indiana University).

（4）屈承熹/Chu, Chauncey C. (1970) *The Structures of shì and yoǔ in Mandarin Chinese* (University of Texas).

（5）王錦堂/Wang, P. C-T. (1970) *A Transformational Approach to Chinese ba and bei.*

（6）李訥/Li, C. N. (1970) *Semantics and the Structure of Compounds* (University of California, Berkeley).

（7）Spencer, M. I. (1970) *The Verbal System of Standard Colloquial Chinese* (University of Michigan).

（ 8 ）Li, Francis C. (1971) *Case and Communicative Function in the Use of ba in Mandarin* (Cornell University).

（ 9 ）梅廣/Mei, Kuang (1972) *Studies in the Transformational Grammar of Modern Standard Chinese* (Havard University).

(10)Spanos, George (1977) *A Textual, Conversational and Theoretical Analysis of the Mandarin le* (University of Arizona).

(11)Rohsenow, John (1978) *Syntax and Semantics of the Perfect in Mandarin Chinese* (University of Michigan).

(12)Ross, Claudia (1978) *Contrast Conjoining in English, Japanese, and Mandarin Chinese* (University of Michigan).

(13)Lin, William Chin-Juong (1979) *A Descriptive Semantic Analysis of the Mandarin Aspect-Tense System* (Cornell University).

(14)侯炎堯/Hou, J. (1979) *Grammatical Relations in Chinese* (University of Southern California).

(15)Tsang, C. L. (1981) *A Semantic Study of Modal Auxiliary Verbs in Chinese* (Stanford University).

(16)黃正德/Huang, C. T. (1982) *Logical Relations in*

Chinese and the Theory of Grammar (MIT).

(17)Mangione, L. S. (1982) *The Syntax, Semantics and Pragmatics of Causative, Passive and 'ba' Construction in Mandarin* (Cornell University).

(18)畢永娥/Big, Yung-o. (1984) *The Semantics and Pragmatics of cai and jiu in Mandarin Chinese* (Cornell University).

(19)李豔惠/Li, Y. H. (1985) *Abstract Case in Chinese.* (University of Southern California)

(20)李櫻/Li, Ing Cherry (1985) *Participant Anaphora in Mandarin Chinese* (University of Florida).

(21)李行德/Lee, T. H. (1986) *Studies on Quantifications in Chinese* (University of California, Los Angeles).

(22)陳平/Chen, Ping. (1986) *Referent Introducing and Tracking in Chinese Narratives* (University of California, Los Angeles).

(23)黃美金/Huang, L. Meei-jin (1987) *Aspect: A General System and its Manifestation in Mandarin Chinese* (Rice University).

(24)黃居仁/Huang, Chu-ren (1988) *Mandarin Chinese NP de: A Comparative Study of Grammatical Theories* (Cornell University).

(25)孫朝奮/Sun, Chao-Fen. (1988) *A Case Study of*

Grammaticalization: The Grammatical Status of de, le, and ba in the History of Chinese (Cornell University.).

(26)湯志眞/Tang, Chih-Chen Jane. (1990) *Chinese Phrase Structure and the Extended X-bar Theory* (Cornell University.).

(27)劉鳳墀/Liu, Feng-hsi. (1990) *Scope Dependency in English and Chinese* (Univ. of California).

(28)宋麗梅/Sung, Li-May. (1990) *Universals of Reflexives* (Univ. of Illinois at Urbana-Champaign).

(29)何萬順/Her, One-Soon. (1990) *Grammatical Functions and Verb Subcategorization in Mandarin Chinese* (University. of Hawaii).

(30)周欣平/Zhou. Xin-Ping. (1990) *Aspects of Chinese Syntax: Ergativity and Phrase Structure* (Univ. of Illinois at Urbana-Champaign.).

(31)許瑛瑜/Sheu, Ying-Yu. (1990) *Topics on a Categorial Theory of Chinese Syntax* (The Ohio State University.).

(32)Lapolla, Randy J. (1990) *Grammatical Relations in Chinese: Synchronic and Diachronic Considerations*. (University of California, Berkeley).

(33)鄭禮珊/Cheng, Lisa Lai-Shen. (1991) *On the Typology of WH-questions* (MIT).

附 錄 三

　　為了篇幅的限制，筆者個人所常用的現代語法學術語，請參拙著（1988）《漢語詞法句法論集》與（1989）《漢語詞法句法續集》兩本書末尾的〈英漢術語對照與索引〉。

漢語語法的「併入現象」
(Incorporation in Chinese)

一、前　言

　　本文所謂的「併入」(incorporation) 係指「詞語」(word) 或「詞組」(phrase) 藉「重新分析」(reanalysis) 或其他變化，而「加接」(adjoin) 到另外一個語素、詞語或詞組，因而與後者「合併」(merge with)，或「併入」(incorporate into) 後者，成爲後者成分的現象。漢語語法的併入現象，有發生於複合詞內部的「詞法上的併入」(lexical incorporation)，也有發生於詞語與詞組之間的「句法上的併入」(syntactic incorporation)；有以動詞爲主要語的併入，也有以名詞爲主要語的併入；被併入

的語法範疇則包括名詞、名詞組、介詞、動詞、形容詞、副詞等。
在這一篇文章裏，我們先分別介紹漢語的「名詞語素併入」('N-incorporation)、「名詞組併入」(NP-incorporation)、「量詞組併入」(QP-incorporation)、「介詞併入」(P-incorporation)、「動詞併入」(V-incorporation)、「形容詞併入」(A-incorporation) 與「副詞併入」(Ad-incorporation) 等，再綜合討論漢語併入現象的特徵與限制，最後從「普遍語法」(universal grammar) 的觀點探討「原則參數語法」(the principles-and-parameters approach) 與漢語併入現象的關係、漢語詞法與句法的相關性、以及詞法在語法體系上的定位等問題。

二、「名詞語素併入」

漢語的「述賓式複合動詞」(verb-object compound verb) 由述語(及物)動詞語素與賓語名詞語素合成，並以動詞語素為中心語形成「中心語在左端」(left-headed) 的「同心結構」(endocentric construction)。在「無標」(unmarked) 或一般正常的情況下，述賓式複合動詞(如'乾杯、站崗、缺席、出軌、升旗、拜壽、束手、充電、畢業、曠職'等)因為在複合動詞內部含有賓語名詞語素，不能在複合動詞外部另外再帶上賓語名詞組(如'*乾杯酒、*缺席會議、*拜壽父母、*畢業大學'等)。就這點意義而言，無標的述賓式複合動詞在語意與句法功能上屬於不及物動詞，可以用下面①的「樹狀結構」(tree-structure) 來表示。(「動詞左上單槓」('V)表示動詞語素；而「名詞左上單槓」('N) 則表示名詞語素❶。)

---

❶　參湯 (1988b, 1988f)。

①
$$V_i$$
$$'V_t \quad 'N$$
（乾　　杯）

根據①的詞語結構分析，述賓式複合動詞的及物動詞語素（$'V_t$）把「賓位」（accusative Case）指派給出現於右方的賓語名詞語素（$'N$）。結果，整個複合動詞就失去「及物性」（transitivity），無法再把「賓位」指派給句法上的賓語名詞組，因而變成不及物動詞（V_i）。但是有些述賓式複合動詞（如'留心、關心、當心、注意、出席、提議、在意、留意、得罪、討厭、抱怨、埋怨、進口、出口'等）的及物動詞語素則例外的把複合動詞內部的賓語名詞語素加以併入而吸收為及物動詞語素的一部分，因而可以在複合動詞外部帶上賓語名詞組（如'留心火燭、關心你的健康、注意功課、出席會議、提議開會❷、在意別人的看法、留意適當的對象、得罪顧客、討厭數學、抱怨薪水太低、埋怨工作太辛苦、進口石油、出口紡織品'等）。

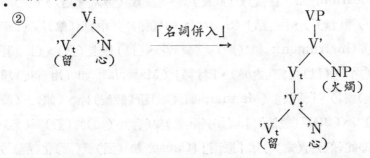

②

<hr/>

❷ 及物動詞'提議'以句子為賓語。子句主語可能是「實號名詞組」（overt NP，亦卽「詞彙性名詞組」（lexical NP）），也可能是「空號名詞組」（covert NP，亦卽「大代號」（PRO）），如'小明提議〔s {大家/PRO} 明天再開會〕'。

・141・

根據②的詞語結構分析，述賓式複合動詞的及物動詞語素（'V$_t$）把賓語名詞語素「併入」以後仍能保留其及物性，而由及物動詞語素「滲透」（percolate）到複合動詞上面來，成爲整個複合詞的句法屬性。因此，這些複合動詞在語意內涵上是不及物動詞，但在句法功能上卻是及物動詞（V$_t$），可以指派賓位給句法上的賓語名詞組。

　　名詞語素除了出現於述賓式複合動詞以外，還可以出現於「偏正式複合動詞」（modifier-head compound verb）與「主謂式複合動詞」（subject-predicate compound verb）。在偏正式複合動詞裏，修飾語名詞語素與中心語動詞語素合成「中心語在右端」（right-headed）的同心結構，例如'野戰、夢想、夢遺、瓦解、粉刷、粉飾、眼見、耳聞、粉碎、風行、蜂擁、蜂聚、風起、雲起、雲集、空襲、規定、路祭、路劫、火葬、火化、風化'等。名詞語素在偏正式複合動詞裏可能充當「處所」（Location; 如'（在曠）野（間交）戰、（在）路（旁）祭（筵）、（在）夢（中）遺（精）'）、「起點」（Source; 如'（從）空（中）襲（擊）'）、「工具」（Instrument; 如'（用）火（焚）化、（以）眼見（之）、（以）耳聞（之）、（以）規定（之）'）、「材料」（Material; 如'（用石灰）粉（塗）刷'）、「情狀」（Manner; 如'（如）粉（般破）碎、（如）瓦（般破）裂、（如）風（般流）行、（如）雲（般）集（合）、（如）蜂（般）聚（集）、（如）蛇（般）行（走）'）與「原因」（Cause; 如'（因）風（而）化（解）'）等。這些代表各種「論旨角色」（thematic role; θ-role）的名詞語素都在偏正式複合動詞裏充當「狀語」（adverbial）或「附加語」（adjunct），並且併入中心語動詞而形成複合動詞。在上

面所討論的述賓式複合動詞裏，賓語名詞語素在論元功能上屬於「必用」(obligatory) 的「域內論元」(internal argument)，因而中心語動詞與整個複合動詞的「次類畫分」(strict sub-categorization) 屬性發生變化，原來的及物動詞變成不及物動詞；除非經過賓語名詞的併入，否則無法再轉爲及物動詞。另一方面，在偏正式複合動詞裏出現的名詞語素則在論元功能上屬於「非必用」(optional) 的「語意論元」(semantic argument)，因而狀語名詞的併入並不改變複合動詞的「次類畫分功能」(subcategorizing function)，仍然保留中心語動詞的「及物性」或「不及物性」(intransitivity)。漢語偏正式複合動詞的名詞語素併入可以用下面③的樹狀結構來表示：

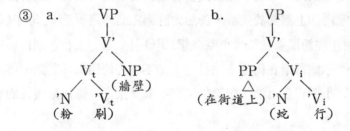

③ a.
```
          VP
          |
          V'
         /  \
        Vt   NP
       /  \  (牆壁)
      'N  'Vt
     (粉  刷)
```

b.
```
          VP
          |
          V'
         /  \
        PP   Vi
        △   /  \
   (在街道上) 'N  'Vi
           (蛇  行)
```

　　出現於偏正式複合動詞裏的名詞語素應該分析爲狀語語素，不應該分析爲主語語素（因而與動詞語素合成「主謂式複合動詞」）。其理由有三。第一，偏正式複合動詞是以動詞爲中心語的同心結構，因此中心語動詞的句法屬性（如「動詞」、「及物」或「不及物」等）都從中心語動詞「滲透」到複合動詞上面來，成爲整個複合動詞的句法屬性。另一方面，主謂式複合動詞是無中心

語的「異心結構」(exocentric construction)❸，動詞語素的
句法屬性也就無法滲透到複合動詞上面來。這裏所討論的複合動
詞，旣然允許中心語動詞語素句法屬性的滲透，那就只可能是偏
正式，不可能是主謂式。第二，我們有證據顯示：以及物動詞為
中心語的複合詞，必須先滿足「域內論元」的賓語名詞語素，然
後才能滿足「域外論元」(external argument) 的主語名詞語
素❹。因此，漢語有'充血'(由及物動詞語素與賓語名詞語素合
成)這個複合名詞，也有'腦充血'(由及物動詞語素、賓語名詞語
素與主語名詞語素合成)這個複合動詞，卻不可能有'*腦充'(由
及物動詞語素與主語名詞語素合成)這樣的複合動詞。這裏所討
論的複合動詞旣然有屬於及物動詞的，那就只可能是偏正式，不
可能是主謂式。第三，偏正式複合動詞的名詞語素在句法功能上
與語意內涵上都屬於狀語，仍然允許與主語連用而形成句子(如
'小明正在粉刷牆壁'、'小華夢想PRO將來有一天會遇到白馬王
子'、'示威羣衆在街道上蛇行')，卻不容許使用同類狀語來修飾
(如'?*小明正在用油漆粉刷'、'?*示威羣衆像一條河流緩慢的蛇
行'❺)。

---

❸　參後面有關漢語主謂式複合動詞的討論。
❹　參湯 (1988b) 的有關討論。
❺　但是含有狀語語素的偏正式複合動詞允許不同類狀語的修飾(如'小
　　明正用一把大刷子粉刷牆壁'裏表示「工具」的'用一把大刷子'與
　　表示「材料」的'粉(刷)')，而且似乎也允許同類但有注釋作用的
　　狀語(如'示威群衆像一條大蟒蛇在街道上緩慢的蛇行')。這些事實似
　　乎顯示：同類狀語的不能連用是由於語意上的限制，而不是句法上的
　　限制。

漢語的「主謂式複合動詞」(subject-predicate compound verb) 由主語名詞語素與動詞或形容詞謂語語素合成❻，在詞法結構上屬於異心結構，而且只有少數主謂式複合詞可以充當動詞（如'好久沒有地震過了'、'老先生又在氣喘了'、'老兄言重了'）。主謂式複合詞由主語名詞語素與動詞或形容詞謂語語素合成，因而在句法結構上具有句子的形態；在語意內涵上常表示「事態」(state)、「事件」(event) 或「行動」(action)，在語法功能上常屬於形容詞（以表示事態的形容詞為謂語語素，如'頭痛、面熱、心煩、肉麻、膽怯、性急、年輕、言重'）或名詞（以表示事件或行動的動詞為謂語語素，如'夏至、霜降、地震、兵變、頭痛、氣喘、便秘、耳鳴'）。因此，湯（1988b）把'地震、氣喘、頭痛、言重'等的動詞用法分析為名詞或形容詞的「轉類」(conversion)。但是我們似乎也可以把這些複合名詞與複合形容詞的動詞用法分析為主語名詞語素的被併入謂語動詞或形容詞語素，例如：

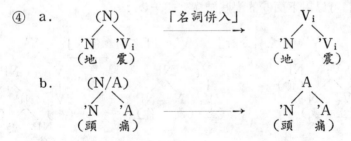

④ a.　　　　(N)　　　　「名詞併入」　　　　　　V_i
　　　　　'N　'V_i　　　⟶　　　　　　'N　'V_i
　　　　（地　震）　　　　　　　　　　　　（地　震）

　　b.　　　(N/A)　　　　　　　　　　　　　　A
　　　　　'N　'A　　　　　⟶　　　　　　　'N　'A
　　　　（頭　痛）　　　　　　　　　　　　（頭　痛）

---

❻ 如果謂語語素是及物動詞或及物形容詞，就可以含有賓語名詞語素（如'腦充血、肺結核、腹積水、佛跳牆(菜名)、螞蟻上樹(菜名)'），謂語語素中也可能含有狀語語素（如'胃下垂、金不換（藥名)'）。但是充當動詞的主謂式複合動詞都僅能以不及物動詞或形容詞為謂語語素。

三、「名詞組併入」

　　如前所述，漢語的述賓式複合動詞因本身已經含有賓語名詞語素，所以在無標的情況下都充當不及物動詞。只有在賓語名詞語素被併入及物動詞語素的情況下，述賓式複合動詞才能例外的充當及物動詞，另外帶上句法上的賓語名詞組。不過漢語的述賓式複合動詞還有一種例外帶上賓語名詞組的方法。有些述賓式複合動詞(如'幫忙、操心、造謠、逗笑、丟臉、叼光、託福、中意、合意、吃醋')雖然不能直接帶上賓語名詞組，卻可以經過「重新分析」而把賓語名詞語素('N)與賓語名詞組(NP)共同分析爲賓語名詞組，再經過「名詞組併入」(NP-incorporation)把原來的賓語名詞組(NP)「領位化」(genitivize)而成爲賓語名詞語素('N)的修飾語，如'幫你的忙、操大家的心、造他的謠、逗你的笑、丟我的臉'等)❼。這種「重新分析」與「名詞組併入」可以用下面⑤的樹狀結構來表示❽：

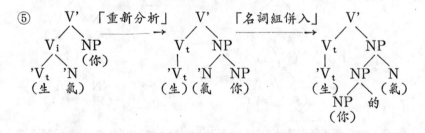

⑤

------

❼　黃(居仁)(1987)從「概化詞組結構語法」(generalized phrase structure grammar; GPSG) 的觀點分析這種結構。

❽　嚴格說來，'你的'在「X標槓結構」(X-bar structure) 中移入「限定詞組」(determiner phrase; DP) 指示語的位置。

　　根據⑤的詞語結構分析，述賓式複合動詞'生氣'帶上句法上的賓語名詞組'你'的時候，可以經過詞組結構的「重新分析」而由'[vp [v' [v [v' 生] [N 氣]] [NP 你]]'變爲'[vp [v' [v 生] [NP [N 氣] [NP 你]]]'。這個時候，由於名詞'氣'無法指派格位給出現於右方的名詞'你'❾，所以名詞組'你'必須移入名詞組指示語的位置以便獲得領位。結果，產生了'[vp [v' [v 生] [NP 你的氣]]]'這樣的表面結構。❿

四、「量詞組併入」

　　除了名詞組以外，漢語的「量詞組」也在一定的語境裏可以併入賓語名詞組。例如，及物動詞'讀'可以以名詞組爲賓語（如'(他讀了)小說'），也可以以表示期間的量詞組爲補語(如'(他讀了)三個小時'）。但是如果及物動詞同時帶有賓語名詞組與補語量詞組的話，那麼或者要在補語量詞組的前面重複動詞（如'(他讀小說)讀了三個小時'），或者經過「重新分析」把補語量

---

❾　根據 Chomsky (1986a:193ff)，名詞與形容詞也在深層結構裏指派「固有格位」(inherent Case)，卻不能指派「結構格位」(structural Case)。因此，名詞與形容詞所指派的固有格位必須藉「領位標誌」(genitive marker) '的' 或「客體論元」(theme argument) 的「固有格位標誌」(inherent Case marker) '把'（如'老板把小李免職了'（比較：'老板免了小李的職'））或'對'（如'李小姐對你很關心'（比較：'李小姐很關心你'））等結構格位「顯現」(re-alize) 出來。

❿　沒有經過「重新分析」的名詞組'你'也可以出現於複合動詞的左方，而從介詞'對'獲得斜位，如'李小姐對你(很)生氣'。

詞組併入賓語名詞組裏面（如‘（他讀了）三個小時的小說’）。
這種補語量詞組與賓語名詞組之間的重新分析與併入可以用下面
⑥的詞組結構分析來表示：

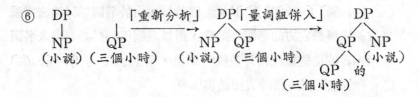

根據⑥的詞組分析，賓語名詞組(‘〔NP 小說〕’)與補語量詞組
(‘〔QP三個小時〕’)經過重新分析而由‘〔NP小說〕〔QP三個小時〕’
變爲‘〔DP〔NP 小說〕〔QP 三個小時〕〕’。由於名詞‘小說’無法指
派格位給出現於右方的量詞組‘三個小時’，所以量詞組‘三個小
時’必須移入名詞組指示語的位置；結果，衍生了‘〔DP〔QP 三個
小時的〕〔NP 小說〕〕’這樣的表面結構來。

　　我們有理由相信：‘三本小說’或‘這三本小說’等名詞組⓫可
以在基底結構直接衍生；但是‘三個小時的小說’這樣的名詞組卻
無法在基底結構直接衍生。因爲‘三本小說’與‘這三本小說’這類
名詞組可以在句首主題的位置、句中動詞的前面與句尾動詞的後
面等幾種不同的位置出現，而‘三個小時的小說’卻只能在句尾動
詞後面的位置出現。試比較：

　　⑦　a.（這)三本小說，我都讀(完)了。

⓫　關於‘三本小說’與‘這三本小說’之間在詞組結構上的差別，參湯
　　(1990d)＜「限定詞組」、「量詞組」與「名詞組」的「X標槓結構」：
　　英漢對比分析＞。

  b．我(這)三本小說都讀(完)了。

  c．我把(這)三本小說都讀(完)了。

  d．我讀(完)了(這)三本小說。

⑧ a．*三個小時的小說，我都讀(完)了。

  b．*我三個小時的小說(都)讀(完)了。

  c．*我把三個小時的小說(都)讀(完)了。

  d．我讀(*完)了三個小時的小說。

同時，⑨的例句顯示：「動相標誌」(phase marker; 如'完、好
、下去'等)與「動貌標誌」(aspect marker; 如'過、起來'等)
一般都不能與期間補語連用。⑫ 試比較：

⑨ a．我讀小說讀了三個小時；我讀了三個小時的小說。

  b．*我讀小說讀完了三個小時 ; *我讀完了三個小時的
   小說。

  c．?*我讀小說讀下去三個小時 ; ?*我讀下去三個小時的
   小說。

  d．??我讀小說讀過三個小時 ; ??我讀過三個小時的小
   說。

---

⑫ 這是由於「行動動詞」(activity verb; 如'讀、看、做、跑、賣、
  唱'等) 帶上動相或動貌標誌以後，常變成「完成動詞」(accom-
  plishment verb; 如'讀完、做好')或「終結動詞」(achievement
  verb; 如'看到、賣掉')，因而一般都不能與期間補語連用。就是能
  與期間補語連用的時候，這些期間補語也不表示行動所持續的時間，
  而表示行動完成或終結後所經過的時間。

而⑩的例句顯示：表示期間的量詞組不能與限定詞‘這、那、每、哪’等連用，例如：

⑩　a.　我讀這一本小說讀了三個小時。

　　b. *我讀這一本三個小時的小說。

因此，如果量詞組‘三個小時的小說’是由量詞組‘三個小時’與名詞組‘小說’的併入而產生，那麼例句⑨與⑩裏有關期間補語與動相標誌、動貌標誌、限定詞等連用的句法限制就獲得自然合理的詮釋。⑨的例句顯示：期間量詞組，無論是單獨出現或是併入於賓語名詞組裏面，都不能與一般動相或動貌標誌連用。而⑩的例句則顯示：併入名詞組裏指示語位置的量詞組與本可以出現於這個位置的限定詞之間有「互不相容」(mutually exclusive) 的關係，不能同時在這個位置兼有限定詞與量詞組。而且，在‘三個小時的小說’這一個名詞組裏，‘小說’是不具「指涉功能」(referential function) 的「虛指」(non-referential) 名詞。這不但說明為什麼這個名詞組不能含有‘這、那、每’等有定限定詞，而且也說明為什麼這個名詞組無法移到句首主題或動詞前面的位置，因為在漢語裏虛指的名詞組是不能出現於這些位置的。

　　除了期間補語以外，「動量補語」(verbal measure complement; 如‘三次、三場’等) 似乎也可以併入名詞組，例如：

⑪　a.　我跳舞跳了三次；我跳了三次舞。

　　b.　我看電影看了三場；我看了三場電影。

但是動量補語與期間補語在句法結構與功能上有下面幾點差異。

(一)期間補語是含有名詞組補述語 (NP complement) 的量詞組，而動量補語是不含有名詞組補述語的量詞組。試比較：

⑫　a.
```
        QP
       /  \
    Num    Q'
    (三)   /  \
          Q    NP
        (個) (小時)
```

b.
```
        QP
       /  \
    Num    Q'
    (三)   |
           Q
        (次/場)
```

這個詞組結構上的差異說明：含有名詞組結構的期間量詞組在併入名詞組以後，帶上領位標誌'的'；而不含有名詞組的動量量詞組則不需要帶上'的'。

(二)含有期間量詞組的名詞組不能與限定詞'這、那、每、哪'等連用，而且不能出現於句首主題或句中動詞前面的位置。而含有動量量詞組的名詞組，則可以與限定詞連用；而且除了動詞的後面以外，還可以出現於句首與動詞前面的位置。試比較：

⑬　a.　他跳了那一次舞就走開了。

　　b.　每一次舞，他都認真的跳了。

　　c.　他每一次舞都認真的跳了。

　　d.　他把每一次舞都認真的跳了。

因此，含有期間量詞組與動量量詞組的名詞組似乎分別具有⑭a與⑭b的詞組結構。

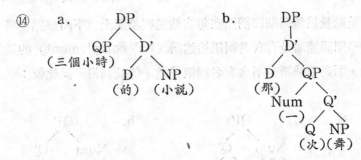

(三)含有期間量詞組的名詞組與動相標誌以及動貌標誌的連用頗
受限制；而含有動量量詞組的名詞組則似乎沒有這些限制。試比
較：

⑮　a.　他跳完了那一{支/？次}舞就走開了。

　　　b.　你一定要把這一{支/？次}舞跳下去嗎？

以上的分析討論似乎顯示：含有動量量詞組的名詞組是可以在基
底結構直接衍生的。

　　除了上面所討論的動量量詞組以外，漢語裏還有比較特殊的
動量補語(如'一口，一腳'等)，例如：

⑯　a.　他咬了我一口。⑬

　　　b.　李小姐踢了男朋友一腳。

這一類動量補語與前面所討論的動量量詞組都表示回數，卻在句
法功能上有下列幾點差異。

---

⑬　除了'他咬了我咬了三次'以外，很多人也接受'他咬了我三次'的說
　法。

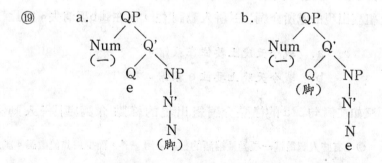

（一）這一類動量補語不能出現於賓語名詞組的前面。試比較：

⑰　a. *他咬了一口我。

　　b. *李小姐踢了一腳男朋友。

（二）這一類動量補語只能出現於動詞與賓語名詞組的後面，不能出現於句首主題或動詞前面的位置。試比較：

⑱　a. *我一口 他咬了；*一口 他咬了我。

　　b. *他 我一口 咬了；*他 一口 咬了我。

（三）這一類動量補語所包含的量詞（'口，腳'）與前一類動量量詞組所包含的「專用動量量詞」（'次、遍、下、場'等）不同，是來自名詞的「借用動量量詞」❷。這些借用動量量詞原來的名詞用法表示動作（如'咬、踢'）的手段（即'以口咬、用腳踢'），有些名詞還允許與「名量量詞」連用（如'一隻腳'）。我們為這些「借用動量量詞」擬設下面⑲a 或⑲b 的詞組結構。

⑲　　a.　　　　QP　　　　　　　b.　　　　QP

　　　　Num　　Q'　　　　　　　Num　　Q'
　　　　（一）　　　　　　　　　（一）
　　　　　　Q　　NP　　　　　　　　Q　　NP
　　　　　　e　　│　　　　　　　（腳）　│
　　　　　　　　N'　　　　　　　　　　　N'
　　　　　　　　│　　　　　　　　　　　│
　　　　　　　　N　　　　　　　　　　　N
　　　　　　　（腳）　　　　　　　　　　e

---

❷　與名詞連用的名量量詞也有來自名詞的借用量詞，如'一杯水、一瓶酒、一桌菜、一(滿)屋子人、一(滿)桌子菜'等。

⑲a 與 ⑲b 詞組的結構分析顯示：借用動量量詞組（‘一口，一腳’）是「有缺陷」（defective）的詞組；或許就是因爲這些動量補語不是完整的量詞組，所以「依附」（cliticize to）出現於前面的賓語名詞組而不另外需要格位的指派❺。

五、「介詞併入」

在以上所討論的「併入現象」裏，或者名詞語素經過「名詞語素併入」後失去原來的語法範疇與語法功能而成爲複合動詞的一部分，或者名詞組與量詞組分別經過「名詞組併入」與「量詞組併入」而與名詞共同形成限定詞組，並充當這個限定詞組的指示語。無論是「名詞併入」裏的名詞語素或是「名詞組併入」與「量詞組併入」裏的名詞組與量詞組，在併入後都能保持其語音形態，並不因爲併入而消失。但在這裏所要討論的「介詞併入」（P-incorporation）中，介詞卻可能因爲併入而消失（用符號‘e’來表示）❻。例如下面例句⑳a與⑳b的例句顯示：在⑳a的處所介詞組裏出現的處所介詞‘在’併入動詞‘住’，而在⑳b裏消失。試比較：

⑳　a．　我今天晚上要住在旅館。

　　b．　我今天晚上要住 e 旅館。

又如在例句㉑a的終點介詞組出現的終點介詞‘到’併入動詞

---

❺　有些人認爲這一類動量補語的數詞多用‘一’，而少用其他數詞。試比較：

　（i）？他咬了我兩口。

　（ii）?? 李小姐踢了男朋友三腳。

❻　（見次頁）。

'飛',而在 ㉑b 裏消失。試比較：

㉑　a.　他們下星期要飛到歐洲。

　　b.　他們下星期要飛 e 歐洲。

同樣的,在例句 ㉒a 的終點介詞組出現的終點介詞'給'(表示「接受者」(recipient))併入動詞'送',而在 ㉒b 裏消失❼。試比較：

㉒　a.　小明送一束鮮花給小華；*小明送一束鮮花 e 小華。

　　b.　小明送給小華一束鮮花；小明送 e 小華一束鮮花。

請注意：在㉒、㉑與㉒的例句裏,名詞組'旅館'、'歐洲'與'小華'無論介詞'在、到、給'是否存在都分別充當「處所」、「終點」、「接受者」等「論旨角色」(theta-role; θ-role)；而且,只有動詞與介詞相連出現的時候相關介詞才能併入動詞。這種「介詞併入」的現象,可以用㉓的詞組結構分析來表示。

---

❻　這種「併入」的現象與討論,見於 Gruber (1976: Part 1) 中。例如下面(i)的例句表示介詞 'up' 併入於及物動詞 'climb' 中,而(ii)的例句則表示介副詞 'down' 併入於及物動詞 'fall' 中。

(i) a. John {climbed *up*/climbed *down*} the ladder.

　　b. John climbed (=climbed *up*) the ladder.

(ii) The boy {fell/fell *down*} and hurt himself.

Gruber (1976) 甚至把'enter'與'leave'分別視爲由 'go into'與 'go from' 的「詞彙前併入」(prelexical incorporation)得來。

❼　除了動詞'送'以外,'賞、還、託(付)'等也可以在雙賓結構中間接賓語提前的情況下,併入終點介詞'給'。

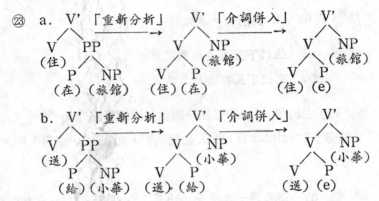

㉓ a. V'「重新分析」→ V'「介詞併入」→ V'

b. V'「重新分析」→ V'「介詞併入」→ V'

　　另一方面，下面㉔的例句裏，「完成貌標誌」'了'出現位置的不同則顯示：介詞'給'在㉔b與㉔c裏與動詞'送'相連出現而併入動詞中，但仍然保持其語音形態而沒有消失。試比較：

㉔ a. 小明送了字典給小强；?小明送字典給了小强。

　　b. 小明送給了小强字典；*小明送了給小强字典。

　　c. 小明把字典送給了小强；?小明把字典送了給小强。⑱

這種發生於動詞與介詞之間的「重新分析」可以用下面㉕的詞組

⑱　除了表示接受者的介詞'給'以外，表示「終點」的介詞'到'也可以與動詞相連而併入動詞中，例如：

（ⅰ）小明（等小華）等〔PP 到九點鐘〕；小明（等小華）等到（了）〔NP 九點鐘〕。

這種重新分析暗示：動相標誌的'到'也可能經過類似的介詞併入而產生的。試比較：

（ⅱ）小明（讀書）讀〔PP 到第五課〕；小明（讀書）讀到〔NP 第五課〕。

（ⅲ）小明看〔PP 到小華〕；小明看到〔NP 小華〕。

結構分析來表示。

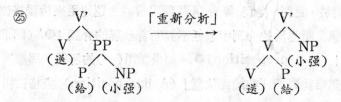

㉕

「重新分析」

介詞除了與動詞相連出現並且併入動詞而消失以外，還可能因為出現於句首主題的位置而消失。例如在下面㉖的例句裏出現於句首的處所、時間介詞'在'與起點介詞'從'都可以刪略。

㉖ a. (在)桌子上有一本書。

b. (在)花瓶裏插著一朵花。

c. (在)上學的途中小明遇到了小強。

d. (在)吃飯的時候我們談得很愉快。

e. (從)前面來了三個小流氓。

出現於介詞'把'後面的處所介詞'在'也經常刪略。試比較：

㉗ a. 她在花瓶裏插了一朵花；她把(*在)花瓶裏插了一朵花。

b. 他在黑板上寫滿了字；他把(*在)黑板上寫滿了字。

例句 ㉖ 裏介詞的消失，可以有兩種不同的解釋：（一）句首主題的位置⑲是不需要格位的位置；因此，格位指派語的介詞可以出

---

⑲　可能是「大句子」（S'; CP）指示語或附加語的位置，也可能是加接於「小句子」（S; IP）左端的位置。參湯（1989e，1990b）的有關討論。

現，也可以不出現。(二)句首主題需要格位；因此，'至於、關
於、對於、說到、提到'等介詞與動詞常與主題連用來指派格位。
這些與主題連用的介詞中包括不具語音形態的介詞'Φ'(卽「零
介詞」(null preposition)❷。如果採用(一)的解釋，那麼㉕的
介詞刪略就屬於「非論元位置」(A-bar position) 裏格位指派
語(卽介詞)的任意刪略。但是如果採用(二)的解釋，那麼例句㉖
與㉗裏的介詞刪略都可以分析爲在介詞相連出現的情況下，後面
的介詞被前面的介詞併入。這一種「介詞併入」的現象可以用下
面㉘的詞組結構分析來表示。

㉘　a.
```
        PP                「介詞併入」              PP
       /  \               ──────→                /  \
      P    PP                                    P    NP
      Φ   /  \                                  / \  (花瓶裏)
         P    NP                               P   P
       (在) (花瓶裏)                            Φ   e
```

　b.
```
        PP                「介詞併入」              PP
       /  \               ──────→                /  \
      P    PP                                    P    NP
     (把) /  \                                  / \  (花瓶裏)
         P    NP                               P   P
       (在) (花瓶裏)                           (把)  e
```

　　另外，根據 Li (1969: 125) 與 Chao (1968: 318)，下面
㉙裏(a)與(b)兩個例句都可以通。其中，㉙b的例句可以分析爲
先經過㉙c的「間接賓語提前」(Dative Shift；又稱「與位轉
移」)，再經過㉙d的「重新分析」而形成合成動詞'給給'後，刪

─────────────────

❷　參湯 (1990b) 的有關討論。

除一個重複的音節'給'得來。這種「疊音刪簡」(haplology) 的現象似乎可以視為在「語音形式」(phonetic form; PF) 裏所適用的「音韻併入」(phonological incorporation)❷ 。

㉙　a.　他給(了)十塊錢給我。

　　b.　他給(了)我十塊錢。

　　c.　他給(了)〔PP 給我〕十塊錢。

　　d.　他〔V 給給〕(了)〔NP 我〕十塊錢。

　　至於那些介詞(如表示「處所」的'在'、表示「終點」的'到、給'、表示「起點」的'從'等)可能併入,那些介詞(如表示「工具」的'用'、表示「受惠者」的'替、為'、表示「主事者」的'被'等)不可能併入,則除了在結構佈局上是否出現於句首主題的位置以及是否與動詞相連出現等語境限制以外,似乎還與這些介詞語意內涵的「能否還原」(recoverability) 有關。例如,表示處所的介詞'在'最容易併入是由於前面的「存在動詞」(verbs of existence) 含有'〔＋存在〕'的語意屬性而後面的賓語名詞則含有'〔＋處所〕'的語意屬性有關,而且處所介詞組也常出現於句首主題或動詞後面補語的位置。又如表示處所終點的介詞'到'的可能併入也與前面的「移轉動詞」(verbs of transport) 含有'〔＋移轉〕'的語意屬性而後面的賓語名詞則含有'〔＋處所〕'的語

---

❷　參湯 (1979: 204) 與 (1988a: 506)。其他如'認得、記得、拾得、吃得'等述補式複合動詞,在中間插入'得'字後就變成'認得'('認得得→認得')等,而與中間插入'不'字的'認不得、記不得、捨不得'等相對應的情形,也是漢語裏「音韻併入」的現象之一。

・159・

意屬性有關，而處所終點介詞組也常出現於動詞後面補語的位置。他如表示接受者終點介詞的'給'也由於前面的「交接動詞」(verbs of transfer) 含有'〔＋交接〕'的語意屬性以及後面的賓語名詞組含有'〔＋有生〕'的語意屬性而比較容易還原介詞的語意內涵❷。

六、「動詞併入」

漢語的「述補式複合動詞」(verb-complement compound verb) 由述語動詞語素與補語動詞語素或補語形容詞語素合成。述語動詞語素常表示行動或變化，而補語動詞或形容詞語素則常表示行動或變化的結果。述補式複合動詞可以依其內部結構與外部功能再分爲下列幾類。

（甲）述補式「使動、及物」複合動詞：又可以分爲三個次類。

（一）以及物動詞爲述語語素，而以「作格動詞」(ergative verb) 爲補語語素，形成「使動動詞」(causative verb)；例如'打開、打破、打倒、打碎、搖動、叫醒、消滅、說服、擊落、灌醉'等❷❸。試比較：

❷ 在'送、賞、還、託（付）'等動詞後面出現的動詞可以併入介詞'給'而在'寄、交、傳、遞、許、賣'等動詞後面出現的動詞則無法併入介詞'給'。在這些交接動詞中，前一類交接動詞似乎**比**後一類交接動詞更強調終點的概念。另外根據 Chao (1968: 317) 的分類，動詞'輸'不能併入'給'，但是根據著者與許多學生的說話習慣，動詞'輸'卻可以併入'給'。因此，這裏可能牽涉到「方言差異」(dialectal variation) 的問題。

❸ 在這些例詞中有些補語動詞語素（如'醒、落、醉'等）在現代漢語裏似乎已失去「使動用法」；但出現於述補式複合動詞的時候，仍然保持這種用法。

㉚ a. 他打開了窗戶；他開了窗戶。

　 b. 他把窗戶打開了；他把窗戶開了。

　 c. 窗戶打開了；窗戶開了。

㉚a 帶上賓語名詞組（'窗戶'）的'打開'是「使動、及物」(causative-transitive)用法，㉚b 出現於「把字句」的'打開'是所謂的「反被動」(antipassive) 用法㉔，而㉚c 的'打開'則是「非受格」(unaccusative) 的不及物用法㉕。這類述補式複合動詞在句法表現上的特點是：(i) 在句法功能上具有「使動」、「反被動」與「非受格」等三種用法；(ii) 在動詞分類上屬於「完成動詞」(accomplishment verb)，因此一般都不能與期間量詞組連用。試比較：㉖

㉛ a. ?*他推開了門三個小時了。

　 b. ?*他推開門推開三個小時了。

古漢語裏動詞的使動用法相當普遍，連一般不及物動詞都可以有使役或使動用法：例如，'止子路宿，殺雞爲黍，而食之，見其二子焉'（《論語》，〈微子〉）；'小子鳴鼓而攻之可也'（《論

㉔　Yoon (1989) 把漢語的「把字句」分析爲由於及物動詞（如'推開'、'開'）失去指派「結構格位」(structural Case) 的能力，因而賓語名詞組（如'窗戶'）出現於及物動詞的左方，並由介詞'把'來指派表示「客體」(theme) 的「固有格位」(inherent Case)。

㉕　也就是及物動詞的「起動」(inchoative) 用法。

㉖　即使認爲例句㉛ "勉強可以通" (marginally acceptable) 的人，也承認'三個小時'不能解釋爲動作持續的時間，而只能解釋爲動作完成後所經過的時間。

語》，〈先進〉）；'已而見之，坐之堂下，賜僕妾之食'（《史記》，〈張儀列傳〉）；'且王之所求者，鬥晉楚也'（《史記》，〈越王句踐世家〉）；'乃與趙襄等謀，醉重耳'（《史記》，〈晉世家〉）；'項王東擊破之，走彭越'（《史記》，〈項羽本紀〉）。㉗

(二) 以及物動詞爲述語語素，而以「作格」用法的形容詞爲補語語素，形成「使動」動詞；例如'擴大、縮小、升高、降低、扶正、改善、革新、澄清、鞏固、漂白、摔壞'等。試比較：

㉜ a. 這種食物可以降低血壓。（「使動」用法）

b. 這種食物可以把血壓降低。（「反被動」用法）

c. 血壓可以降低。（「非受格」用法）

這類述補式複合動詞，與第(一)類述補式複合動詞一樣，可以有「使動」、「反被動」與「非受格」用法，而且在動詞分類上也是屬於「完成動詞」。在古漢語裏，形容詞的使動用法也相當普遍：例如，'夫子欲寡其過而未能也'（《論語》，〈憲問〉）；'登泰山而小天下'（《孟子》，〈盡心上〉）；'王請大之'（《孟子》，〈梁惠王（下)〉）。但在現代漢語裏，這種形容詞的使動用法則頗受限制，僅在'硬著頭皮、挺著胸膛、彎著腰、直一直腰、狠著心、充實生活、豐富人生、壯大陣容'等用例上發現古漢語形容詞使動用法的痕跡。另一方面，述補式使動及物複合動詞乃是中古漢語以後的產物，其功用顯然是在於代替古漢語形容

㉗ 參 Ohta (1958: 204-5)。

詞的使動用法。㉘

　　根據以上的觀察與討論，漢語的述補式使動及物複合動詞可能是經過下面㉝的演變而衍生的。

㉝　a.　$NP_i\ V_t\ NP_j\ [NP_j\ \{V_i/A\}\ ]$
　　　　　　↓「述語的作格化」
　　b.　$NP_i\ V_t\ NP_j\ [\ (\ \{V_i/A\}\ >\ )\ V_e\ NP_j]$
　　　　　　↓「子句的合併與動詞的重新分析」
　　c.　$NP_i\ [_V\ V_t\ V_e]\ NP_j$

㉝a 的結構佈局由兩個子句合成。一個子句含有主語名詞組 (NP_i)、及物動詞 (V_t) 與賓語名詞組 (NP_j)，如‘他推窗戶’；而另外一個子句則含有主語名詞組 (NP_j) 與不及物動詞 (V_i) 或形容詞 (A)，如‘窗戶開’。同時，第一個子句的賓語名詞組 (NP_j) 與第二個子句的主語名詞組 (NP_j)，其「指涉指標」(referential index) 必須相同。㉝a 第二個子句的述語不及物動詞 (V_i) 或形容詞 (A) 經過「作格化」(ergativization) 變為及物使動動詞 (V_e)；因而形成㉝b的結構佈局，再經過兩個子句的「合併」(merger)㉙與兩個述語動詞的「重新分析」，衍

────────

㉘　漢語裏另外一種孳生力甚強的「使動及物動詞」造詞法是由名詞或形容詞語素與動詞詞綴‘化’合成的派生詞，如‘氧化、洋化；惡化、軟化、硬化’等。
㉙　參 Marantz (1984)，特別是225至230頁。這裏的「子句合併」相當於「關係語法」(relational grammar)的「子句聯合」(clause union)。

生㉝c的結構佈局。在㉝c 的結構佈局裏，原來㉝b 的結構佈局所包含的所有「論元」(argument; 卽 'NP$_i$' 與 'NP$_j$') 與「論元關係」(argument relation; 卽 'NP$_i$' 與 'V$_t$ NP$_j$' 之間的「主謂關係」，以及 'V$_t$' 與 'NP$_j$' 或 'V$_e$' 與 'NP$_j$' 之間的「述賓關係」）都完整的加以保存，因而符合 Marantz (1984) 的「合併原則」(The Merger Principle)㉚。㉝c 裏因述語動詞的「重新分析」所發生的「動詞併入」，可以用下面㉞的樹狀結構分析來表示。

㉞
$$V_e$$
$$\diagup \diagdown$$
$$'V_t \quad 'V_e$$

在㉞的詞語結構裏，作格動詞語素('V$_e$)是述補式複合動詞的主要語。因此，這個主要語的句法屬性(包括「使動」、「及物」(causative-transitive) 與「起始」、「不及物」(inchoative-intransitive)）都滲透到複合動詞(V$_e$)上面來，使整個複合動詞也成爲作格動詞㉛，具有「使動、及物」與「起動、不及物」兩種用法。

(三) 以不及物動詞或形容詞爲述語語素，而以「作格」用法的不

㉚　參 Marantz (1984: 225)；句子成分 'X' 與 'Y' 在句法表顯層次 'L' 裏合併時，必須保持 'X' 與 'Y' 之間所有的語法關係。

㉛　在一般論著裏(包含著者的舊著在內)，所有述補式複合動詞都一律分析爲「主要語在左端」的同心結構，但是在新加坡與薛鳳生兄的 "一夕激辯" 卻改變了著者對這個問題的看法。在此謹謝薛鳳生兄的啓示。

及物動詞或形容詞爲補語語素，形成「使動、及物」動詞。這類述補式複合動詞又可以分爲兩個次類：(a) 述語語素與補語語素分別具有指涉相異的主語名詞組；例如'跌斷(腿)、笑破(肚皮)、哭濕(手帕)、喊啞(喉嚨)、笑歪(嘴)、吃壞(肚子)、餓壞(身體)、嚇呆(孩子)、累壞(身體)、忙壞(身體)'❸❷；(b)述語語素與補語語素以指涉相同的名詞組爲主語，例如'氣死(人)、笑死(人)'。試比較：

㉟ a. 他跌了；(他的)腿斷了。

  （「不及物動詞述語」＋「不及物動詞補語」）

 b. 他跌斷了腿了。

 c. 他把腿跌斷了。

 d. (他的)腿跌斷了。

㊱ a. 她哭了；(她的)手帕濕了。

  （「不及物動詞述語」＋「形容詞補語」）

 b. 她哭濕了(她的)手帕了。

 c. 她把手帕哭濕了。

 d. (她的)手帕哭濕了。

㊲ a. 他累了；(他的)身體壞了。

  （「形容詞述語」＋「形容詞補語」）

 b. 他累壞了身體了。

 c. 他把身體累壞了。

 d. (他的)身體累壞了。

---

❷ '累'與'忙'在詞性上屬於形容詞。

㊳　a.　他氣了；他（差一點）死了。

　　b.　他（差一點）氣死了。

　　c.　你（差一點）氣死他了。

　　d.　你（差一點）把他氣死了。㉝

㊱到㊳的例句似乎更能顯示：漢語述補式複合動詞的主要功能在於使整個複合動詞成為具有「使動」（如例句(b)與(c)）與「起動」（如例句(d)）兩種用法的「作格動詞」。因為在這些例句裏，述語語素都是不及物動詞或形容詞；單獨使用的時候，既不是及物動詞，更不是使動動詞。㉞不過，在㊳的例句裏，充當補語語素的'死'表示「程度」的引申意義，因而與出現於'殺死、害

㉝　'氣死(人)、笑死(人)'這些說法裏的'氣、笑'是不及物用法，而'吵死(人)、煩死(人)'這些說法裏的'吵、煩'卻是及物用法。試比較：

a. 孩子{吵／煩}我；我（快要）死了。

b. 孩子快要{吵／煩}死我了。

c. 孩子快要把我{吵／煩}死了。

動詞'氣'與'笑'雖然也有及物用法，但是'他在氣我'裏的'氣'以「感受者」（Experiencer）為主語，不似'吵、煩'的以「施事者」（Agent）或「起因」（Cause）為主語；而'他在笑我'裏的'笑'則含有類似'嘲笑、譏笑'的貶義。

㉞　又'尿'字在漢語裏多半當名詞用，除了在「孩童語」（baby talk）的'尿尿'以外，很少當動詞用。但在'他又尿濕了褲子；他又把褲子尿濕了；（他的）褲子又尿濕了'的用例裏，'尿濕'是不折不扣的「作格動詞」。

死'裏表示字面意義的'死'不同。㉟但是這些語意功能上的差異，似乎無礙於「作格動詞」的形成。因此，我們仍然可以用下面㊴的衍生過程與㊵的動詞(或形容詞)併入來表示這類述補式複合動詞。

㊴　a.　$NP_i \{V_i/A\} \lbrack NP_j \ V_i \rbrack$

$$\downarrow$$

$NP_i \{V_i/A\} \lbrack \ (V_i >) \ V_e \ NP_j \rbrack$

$$\downarrow$$

$NP_i \lbrack_{v_e} \{V_i/A\} \ V_e \rbrack NP_j$

　　b.　$NP_i \ V_i \lbrack NP_i \ V_i \rbrack$

$$\downarrow$$

$NP_i \ V_i \lbrack \ (V_i >) \ V_e \ NP_i \rbrack$

$$\downarrow$$

$(NP_j) \lbrack_{v_e} V_i \ V_e \rbrack NP_i$

㊵　　　　　　　V_e

　　　　　$\{'V_i/'A\} \quad 'V_e$

（乙）述補式「及物」複合動詞：又可以分爲兩個次類。

（一）以及物動詞爲述語語素，而以及物動詞或不及物動詞爲補語

㉟　由名詞語素'毒'與動詞語素'死'形成的偏正式複合動詞'毒死'，也可以有「使動」或「及物」用法；如'他毒死了那隻狗；他把那隻狗毒死了'。又有些使動複合動詞的起始不及物用法較爲不自然；如'那隻狗??（被）{殺死／害死／毒死}了'。參㊷。

語素，形成「及物」動詞；例如'學會、聽懂、看懂、聽見、看見；看慣、住慣、吃飽、喝醉'等。試比較：

㊶ a. 他學英語；他會英語。

　　b. 他學會英語了。

　　c. 他把英語學會了。

㊷ a. 他吃飯；他飽了。

　　b. 他吃飽飯了。

　　c. *他把飯吃飽了。

(二)以及物動詞爲述語語素，而以'到、完、掉、好、光、盡、得、住、著㊱、了㊲、消、及、過、起㊳'等「動相標誌」(phase marker)㊴或「動相補語」爲補語語素，合成及物動詞；例如'看到、聽到、買到、得到、看完、聽完、做完、賣掉、用掉、丟掉、做好、畫好、煮好、吃光、用盡、認得、記得、拿住、穩住

㊱ 讀音〔ㄓㄠˇ；zhaoˇ〕。

㊲ 讀音〔ㄌㄧㄠˇ；liaoˇ〕。

㊳ 其他表趨向的'出'(如'看出')、'上'(如'派上')、'來'(如'說(得)來')也可以出現於這類述補式複合動詞。

㊴ 漢語的動相標誌，不但與「動貌標誌」(aspect marker)'了、著、過'等有讀音上的區別，而且常與這些動貌標誌連用而出現於動貌標誌的前面(如'看完了書了、煮好了飯了、從來沒有對不起過你')並且還可以在動相標誌的前面插入表示可能與不可能的'得/不'(比較：'看{得/不}完、煮{得/不}好'與'看{*得/*不}了、煮{*得/*不}過')。

❹、用(得)著、忘(得)了、吃(得)消、對(得)起❹、住(得)起、
付(得)起、賽(得)過、說(得)過'。試比較：

⑬　a．　他看我們；?*他到了。

　　b．　他看到我們了。

　　c．*他把我們看到了。

⑭　a．　他賣了書；?*書掉了。

　　b．　他賣掉了書了。

　　c．　他把書賣掉了。

　　乙類述補式複合動詞與前面甲類述補式複合動詞在句法功能
或表現上有下列幾點異同：

(一) 甲類與乙類述補式複合動詞都屬於「完成動詞」，因而都不
能與期間量詞組連用，例如：

⑮　a．　他吃飽飯(*吃(飽)了一個小時)了。

　　b．　他看到我(*看(到)一個小時)了。

(二) 甲類述補式複合動詞是「作格動詞」，具有「使動及物」與
「起動不及物」兩種用法。因此，下面 ⑯a、⑰a 與 ⑱a 的例句
分別「含蘊」(entail) ⑯b、⑰b 與 ⑱b 的例句。

⑯　a．　他打開門了。

---

❹　'穩'字單用時的詞性是形容詞。

❹　'對'字有動詞與形容詞兩種用法，如'我 (很) 對 {得/不} 起 (他)'。
　　但是只有動詞用法的'吃'也在'吃{得/不}開、吃{得/不}消'這些複合
　　詞裏有形容詞用法，如'他很吃得開、我很吃不消'。

b. 門打開了。

⑰ a. 他摔壞椅子了。

b. 椅子摔壞了。

⑱ a. 她哭濕手帕了。

b. (她的)手帕哭濕了。❷

　　另一方面，乙類述補式複合動詞是「及物動詞」，因此，⑲a 的例句未必「含蘊」⑲b 的例句、⑳a 的例句也沒有「含蘊」⑳b 的例句。試比較：

⑲ a. 他吃飽飯了。

b. 飯吃飽了。❸

⑳ a. 他看到我了。

b. 我看到了。

(三) 甲類述補式複合動詞都可以出現於「把字句」(或「反被動句」)；而乙類述補式複合動詞則或視補語語素的及物或不及物，或視整個複合動詞的「動態」(actional; dynamic) 抑或「靜態」(stative)，或視「動相補語」的種類而決定能否出現於「把字

---

❷ ⑯b、⑰b與⑱b三個例句的**比較**似乎顯示：在「隱含施事」(implicit agent) 的情形下，以形容詞爲補語語素的述補式複合動詞**比**以動詞爲補語語素的述補式複合動詞更容易獲得「起動不及物」的解釋。

❸ ⑲b 的例句不應解釋爲'吃飯'的「起動、不及物」用法，而應該分析爲以移位到句首的賓語('飯')爲主題，而以「空號代詞」(null pronoun; Pro) 爲主語的句子，即'飯 Pro 吃飽了'。

句」。例如，以'完、掉、好、光、盡、住'等爲補語語素的複合動詞，一般都可以出現於「把字句」，而以'到、得、著、了、消、及、起、過'等爲補語語素的複合動詞則一般都不能出現於「把字句」。試比較：

(51) a. 他把英語學會了。
b. 他把我的話聽懂了。

(52) a. *他把飯吃飽了。
b. *他把酒喝醉了。

(53) a. *他把你的話聽見了。
b. *他把這種事看慣了。

(54) a. 他把書統統{看完/賣掉/包好/丟光}了。
b. 他終於{把情緒穩住/把家產耗盡}了。

(55) a. *他把書{看到/認得㊹/用(得)著/忘(得)了/買(得)起}了。
b. *他把你{對(得)起/賽(得)過㊺}。

㊹ 有些人認爲'小孩已經把你{認得/記得}了'的例句可以通，但是大多數的人都認爲這種例句不太通順自然。同時，其他以'得'爲補語語素的複合動詞(如'懂得、捨得、吃得')都不能出現於「把字句」。一般說來，含有表示可能與不可能的'得/不'的複合動詞都不容易出現於「把字句」，而以'得'爲補語語素的複合動詞則事實上含有表示可能的'得'，不過由於「疊音刪簡」(即'V得得' → 'V得')而在表面上呈現'V得'的語音形態罷了。

㊺ '{來/等/趕}{得/不}及了'等說法都要以動詞組爲補語，如'來{得/不}及通知你'、'等{得/不}及上廁所'。

乙類述補式複合動詞的能否出現於「把字句」似乎與述語動詞的「動態」與「靜態」無關，因爲同樣的動詞'看、聽'與'到'連用的時候無法出現於「把字句」，而與'完'連用的時候則可以出現於「把字句」。試比較：

㊄⑥ a．*他把我們的信看到了。

    b．*他把我們的話聽到了。

㊄⑦ a． 他把我們的信看完了。

    b． 他把我們的話聽完了。

(四)乙類述補式複合動詞一般都可以在動詞語素與補語語素之間插入表示可能或不可能的'得/不'，有些乙類述補式複合動詞(如'吃{得/不}消、對{得/不}起、說{得/不}過')甚至非插入'得/不'不可。另一方面，甲類述補式複合動詞中含有「黏著語素」(bound morph) 或已經「凍結」(frozen) 的文言或書面語複合動詞(如'擴大、縮小、革新、提高、澄清、鞏固、增強、擊落')一般都無法插入'得/不'；由不及物動詞述語與形容詞補語合成的口語複合動詞(如'哭濕、喊啞、笑死、餓壞、嚇呆')也比較不容易插入'得/不'。試比較：

㊄⑧ a．我們{擴(*{得/不})大/縮(*{得/不})小}範圍。

    b．她{哭(?*{得/不})濕手帕/喊(?*{得/不})啞喉嚨}。

㊄⑨ a．我們{吃({得/不})飽飯/聽({得/不})懂他的

話}。

    b. 她 {看({得 / 不})到 / 記(不)得}我們。

(五)甲類述補式複合動詞的補語語素都是不折不扣的動詞。另一
方面，乙類述補式複合動詞中補語動詞(如'會、見、懂')固然是
比較完整的動詞，但(二)類述補式複合動詞的補語動詞(如'到、
得、著、掉、住'等)卻已經虛化，不但語意內涵趨於虛幻，而且
不能獨立使用。❻試比較：

⑥ a. 他學會英語 (比較：他學英語；他會英語)。

    b. 他看懂英文 (比較：他看英文；他懂英文)。

    c. 他聽見我們 (比較：他聽我們；他見我們)。❼

⑥ a. 他看到我們 (比較：他看我們；*他到我們)。

    b. 他賣掉了房子(比較：他賣房子；*他掉了(房
子))。

    c. 他吃光了菜(比較：他吃菜；*他光了(菜))。

同時，甲類述補式複合動詞的述語語素可能是及物動詞，也可能
是不及物動詞❽。但是乙類述補式複合動詞則原則上以及物動詞
爲述語語素❾。

---

❻ 有些甲類述補式複合動詞的述語動詞也發生「虛化」的情形，如'打
開'、'弄清'等。

❼ 雖然'他見我們'是合語法的句子，但'他聽見我們'在語意上並不含
蘊'他見我們'。

❽ 甚至可能是形容詞，如'累壞(身體)'。

❾ 只有'穩住'等少數以形容詞爲述語語素的例詞。

　　以上的觀察與討論似乎顯示：甲類述補式複合動詞以「自由語素」（free morph）的補語作格動詞（包括作格用法的形容詞）為主要語，並把這個主要語的句法屬性（如「使動、及物」、「起動、不及物」等）與語意屬性（如‘(打)死’以「有生」（animate）名詞為賓語，‘(搖)動’以具體名詞為賓語等）滲透到整個複合動詞上面來，成為整個複合動詞的句法或語意屬性。另一方面，乙類述補式複合動詞中的第(一)類則以自由語素的述語及物動詞為主要語，並把這個主要語的句法屬性（如「及物」）與語意屬性（如‘看(見)’以具體名詞為賓語，‘聽(見)’以‘聲音’等名詞為賓語，‘喝醉’以液體名詞為賓語❺❶等）滲透到整個複合動詞上面來，成為整個複合動詞的句法或語意屬性。至於乙類述補式複合動詞的第(二)類則似乎可以分析為以自由語素的述語動詞為「詞根」（root），而以黏著語素的「動相標誌」為「準詞綴」（semi-affix）或「準後綴」（semi-suffix）❺❶，共同形成複合動詞或「合成動詞」（complex verb）。動相標誌雖由動詞虛化而來，但其動作意義已經薄弱，並轉而表示動相意義，所以能與許多及物動詞結合（如‘見到、聽到、拿到、得到、找到、撿到、拾到、買到、回到、碰到、叫到’、‘賣掉、丟掉、扔掉、用掉、花掉、換

---

❺❶　當然補語動詞與主語名詞之間也常有一定的「選擇限制」（selection restriction），如補語動詞‘醉’必須以「有生」或「屬人」（human）名詞為主語。

❺❶　我們把「動貌標誌」與「動相標誌」的句法與語意功能兩相比較之下，把前者稱為「詞綴」或「後綴」（suffix），而把後者稱為「準詞綴」或「準後綴」；把前者與動詞的結合視為句法現象，而把後者與動詞語素的合成視為詞法現象。參❺❷。

掉、辭掉、退掉、打掉、去掉、除掉、刪掉、燒掉、忘掉、吃
掉'、'見著、用著、碰著、找著、猜著、打著、逮著、管(得)著
、犯(得)著'等),其孳生力似較一般補語動詞爲強。因此,我們
爲乙類述補式複合動詞的(一)、(二)兩類擬設下面⑫與⑬的詞語
結構分析。試比較:

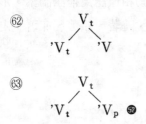

⑫

⑬

根據⑫與⑬的詞語結構分析,述語動詞語素('V_t')是主要語,因
而主要語動詞語素的句法與語意屬性都滲透到整個複合動詞上面
來。

(丙) 述補式「不及物」複合動詞:又可以分爲兩個次類。

(一) 以不及物動詞爲述語語素,而以不及物動詞或形容詞爲補
語語素,形成「不及物」動詞,例如'走動、跑動;站穩、坐直
、走慣、睡慣;(股市行情)走軟、走疲、走俏、走紅、走黑、走
挺⑬'等。

---

⑫ ''V_p' 代表「動相標誌」。動相標誌的「準後綴」性質,可以由這些
動相標誌能夠與雙音複合動詞結合(如'感覺到、覺悟到、意識到、
發覺到、發現到;吸引住、打發掉、反對掉、蒸發掉、揮發掉;放鬆
(不)得、批評(不)得、發現(得)了')這一點上看得出來。

⑬ 另外'(股市行情)看好、看俏'的'看'做不及物動詞'看來,看起'
,似乎也可以歸入這一類。

⑥④ a. 我要到處走動走動。

b. 她不但跑不動，而且也站不穩了。

c. 這幾天的股市雖然走軟，但是過年後仍有走挺甚至
走紅的可能。

(二)以不及物動詞爲述語語素，而以動相標誌爲補語語素，形成
「不及物」動詞，例如'停住、站住❸、睡著、餓著、凍著、走掉
、跑掉、逃掉、死掉、去了、跑了❺'等。

⑥⑤ a. 我{站不住/睡不著/走不掉}了。

b. 他{睡著了/逃掉了/跑得了}嗎？

以上這兩類述補式不及物動詞分別相當於乙類述補式及物動詞的
(一)、(二)兩類，因此可以分別擬設下面⑥⑥與⑥⑦的詞語結構分析
。試比較：

⑥⑥ a.　　　　Vᵢ
　　　　　 ╱　╲
　　　　'Vᵢ　 {'V/'A}

b.　　　　Vᵢ
　　　　 ╱　╲
　　　'Vᵢ　 'Vₚ

---

❸ '住'在北平官話裏可以單獨做不及物動詞用，但主語限於'雨、風、
雷、聲'等，如'風停雨住'、'槍聲漸漸住了'。參 Lü et al (1980:
616)。

❺ '了'的讀音〔ㄌㄧㄠˇ；liaoˇ〕。

（丁）述補式「兼語」及物動詞

這一類述補式及物動詞以及物動詞為述語語素與補語語素，形成「二元」(two-place) 或「三元」(three-place) 述語動詞；例如'變成、看成、說成、寫成、讀成、編成、改成、連成❺；當做、改做、叫做；變為、成為、改為、轉為、化為、視為、稱為❺；放進、存進、踢進'等。這些複合動詞做「二元」述語使用時，常以「客體」名詞組為主語，而以「終點」名詞組為賓語。做「三元」述語使用時，常以「施事」名詞組為主語，「客體」名詞組為賓語，而以「終點」名詞組為補語。而且，做「三元」述語使用時，常出現於「把字句」，例如：

⑥⑦ a. 荒野變成良田。

b. 移民把荒野變成良田。

⑥⑧ a. '俟'字不能讀成'候'字。

---

❺ 補語動詞語素'成'也可以與雙音複合動詞結合，如'轉變成(民營)、培養成(幹部)'。因此，這裏的'成'也可以分析為表示「結果」或「終點」的介詞，並與其他終點介詞一樣，出現於動詞的後面。如果把'成'分析為介詞，那麼就可以說明為什麼'成'後面的名詞組不能移位，因為漢語一般介詞的賓語都不能移出。又這裏的'成'與表示成功、完成、實現的動相補語'成'不同；動相補語'成'允許在動詞與'成'之間插入'得/不'，也允許賓語名詞的移出，如'筐子編成了'、'文章昨天才寫成'。參 Lü et al (1980: 95)。

❺ 補語動詞語素'為'也可以與雙音複合動詞結合，如'轉化為(力量)、轉變為(能量)、進化為(人類)、退化為(魚鰭)'，因此也可能分析為表示「結果」或「終點」的介詞，如果分析為介詞，就可以說明為什麼'為'後面的名詞組不能移位。參❺。

　　b． 你不能把'侯'字讀成'候'字。

⑥⑨　a． 這個房間可以當做汽車房。

　　b． 我們可以把這個房間當做汽車房。

⑦⓪　a． 悲憤應該化為力量。

　　b． 我們應該把悲憤化為力量。⑩

⑦①　a． 他把錢放進抽屜。

　　b． 他把球踢進球門。

這一類複合動詞的述語動詞語素與補語動詞語素本來都是二元述語，但是整個複合動詞卻可以做三元述語使用。可見所牽涉的不僅是單純的併入，而是較為複雜的「合成述語的形成」(complex predicate formation)。我們可以為這一類動詞擬設下面⑦②a 的深層結構與⑦②b, c 的衍生過程。

⑦②　a． NP_i V_t NP_j 〔Pro_j V_t' NP_k〕

　　　　　　↓　　「合成述語的形成」

　　b． NP_i 〔v_t V_t V_t'〕 NP_j NP_k

　　　　　　↓　　「反被動」

　　c． NP_i 把 NP_j 〔v_t V_t V_t'〕 NP_k

⑦②a 的深層結構很像「受賓語控制」(object-controlled) 的「控制結構」(control construction; 如'他叫我$_i$〔Pro_i 幫你〕')，母句動詞(V_t)的賓語名詞組(NP_j)與子句謂語(V_t' NP_k)

---

⑤⑧　⑦⓪b 的例句可以說成'我們應該化悲憤為力量'，表示'化為'是由'化 NP'與'為NP'合成的「合成述語」(complex predicate)。

的空號主語(Pro_j㊾)指涉相同。在㋧a 的中間結構裏，母句動詞(V_t)與子句動詞(V_t')合成「合成謂語」(complex predicate; 即 '$[_{Vt}$ V_t V_t'$]$')，並保存所有有關論元(即 NP_i, NP_j, NP_k)以符合 Marantz (1984) 的「合併原則」。Chao (1962: 124) 把㋲a 這種由母句賓語兼充子句主語的句式稱爲「兼語結構」(pivotal construction)；因此，我們把 '$[_{Vt}$ V_t V_t'$]$' 稱爲「兼語動詞」("pivotal" verb)。由於兼語動詞只能指派賓位給「終點」名詞組(NP_k)，所以沒有格位的「客體」名詞組(NP_j)就出現於兼語動詞的前面，並由介詞'把'獲得格位，因而衍生㋧c 的表層結構❻。至於㋲a 裏'變成'等的二元述語用法，則可以擬設下面㋩a 的深層結構與㋩b 的表層結構❻。

㋩　a. NP_i V_t $[Pro_i$ V_t' $NP_j]$

　　　　↓　　「合成述語的形成」

　　b. NP_i $[_{Vt}$ V_t V_t'$]$ NP_j

㋩a 的深層結構很像「受主語控制」(subject-controlled) 的「控制結構」，即母句動詞(V_t)以子句(即 'Pro_i V_t' NP_j') 爲補

㊾ 我們在這裏暫不做「大代號」(PRO) 與「小代號」(pro) 的區別，而依照 Huang (1989) 的分析，以「概化的空號代詞」(Pro) 來表示。

❻ 我們假定合成謂語的 'V_t' 從右方到左方的方向指派「固有格位」給 'NP_j'，但是從左方到右方的方向指派「結構格位」。參 Yoon (1989) 以及㊾、⑩、⑩、⑬的詞組結構分析。

❻ 其他如㋱a 的例句 "'侯'字不能讀成'候'字" 等，則可以分析爲客體名詞組移首當主題，並由空號代詞充當主語的句子(即 "'侯'字 Pro 不能讀成'候'字")。

語，而且母句主語 (NP$_i$) 與子句主語 (Pro$_i$) 的指涉相同，經過母句主語與子句主語的合併以及母句動詞與子句動詞的合成，衍生了⑦b 的表層結構。

至於「並列式複合動詞」(coordinative compound verb; 如'代替、選擇、詢問、幫助、居住、跳躍、動搖、尊重、壯大、端莊、犧牲、物色、呼吸、洗刷、忘記'等)，則由兩個詞類與次類畫分屬性都相同，而且語意相似或相對的兩個動詞(或形容詞、名詞)語素並列而成，在句法結構上屬於「主要語在兩端」(double-headed) 的同心結構，因此似不發生主要語語素併入非主要語語素的問題。

七、其他詞類的併入

上面討論了漢語名詞語素、名詞組、量詞組、介詞與動詞的併入。漢語其他詞類如形容詞、副詞、數詞、代詞、連詞、助詞等，是否也有併入的可能？

我們在前面「名詞語素併入」的討論裏，把出現於偏正式複合動詞的修飾語名詞語素(如'空襲、蛇行、路祭'等)分析為名詞語素被主要語動詞語素併入。因為在這些偏正式複合動詞裏，(一) 名詞語素並沒有指涉對象（即屬於「虛指」），(二) 不能用數量詞或形容詞來修飾，(三) 不是充當主語、賓語或補語，而是充當狀語，完全失去一般名詞的句法功能。根據同樣的觀點，出現於偏正式複合動詞的修飾語形容詞語素，如'早退、遲到、暗殺、痛哭、輕視、重賞、熱愛、冷笑、傻笑、多謝、假裝、榮任'等，也在這些複合動詞裏充當描述情狀的狀語，不能用程

度副詞'很、太、最'等來修飾❷，不能出現於比較句，似乎也失去了一般形容詞的句法功能；因而可以分析爲被併入於主要語動詞，以主要語動詞的句法與語意屬性爲整個複合動詞的句法與語意屬性。

⑦⑷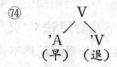

除了名詞與形容詞語素可以充當偏正式複合動詞的修飾語，副詞語素也可以充當偏正式複合動詞的修飾語，如'再見、自私、公開、私奔、互選、預備、切記、過獎、姑息、休怪'等。在這些複合動詞裏，副詞語素也與⑦⑷的形容詞語素一樣，可以分析爲被併入於主要語動詞。

⑦⑸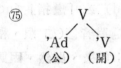

與出現於偏正式複合動詞的形容詞與副詞一樣，出現於偏正式複合動詞的數詞也在複合動詞中充當狀語，因而失去了一般數詞可以與量詞或名詞連用的句法功能，如'（勢不）兩立、三分（天下）、三返（投唐）、三顧（茅廬）、三呼（萬歲）、三跪九叩、四

❷　我們雖然可以說'非常重視這個問題、更加熱愛祖國'，但這裏的'非常、更加'分別修飾'重視（這個問題）'與'熱愛（祖國）'，而且動詞'愛'單用時也可以與程度副詞連用，如'非常愛（他）'。

分五裂'等。因此，這些數詞也可以分析爲被併入於主要語動詞。不過這種形容詞、副詞、數詞(以及前面所討論的動詞)在偏正式複合動詞的併入大都見於書面語或文言詞彙，而且經過修飾語素的併入之後，複合動詞的句法功能與主要語動詞的句法功能常有不一致的情形，例如'早退、遲到、冷笑'等複合動詞失去主要語動詞的及物用法而整個複合動詞卻獲得不及物用法；'火葬、筆談、將就、旁觀、過獎'等複合動詞也由及物動詞轉爲不及物動詞。這些觀察顯示：偏正式複合動詞與主要語動詞比較之下，雖有「不及物化」(intransitivization) 的用例，卻少有「及物化」(transitivization) 的用例。

漢語的代詞'你、我、他'等很少形成複合詞，因而也就沒有被其他詞語併入的可能。究其原因，似乎是由於代詞在本質上是「指涉性」(referential) 的詞語，而複合詞的名詞成分卻必須是「非指涉性」(nonreferential) 或「虛指」(non-referring) 的[63]。漢語的連詞，無論是單音節(如'跟、和、與、同、及')或雙音節(如'連同、以及；如果、雖然、因爲')，都很少有併入的例子。這可能是由於「併入現象」一般都發生於詞語 (X°) 與詞語 (X°) 之間[64]，特別是以動詞 (V°) 或名詞

---

[63] 在'利他'、'自我'、'他端'、'他動'(與'自動'相對)、'他家'、'他鄉'、'他山'、'他日'、'他人'這些複合名詞中，'他'與'我'都不做代詞解。在'我方'、'我軍'、'我家'、'吾國'、'吾民'等說法裏出現的'我'與'吾'，雖然是代詞用法，但這是文言用法，而且分別與'我們這一邊'、'我們的軍隊'、'我(們)的家'、'我們的國家'、'我們的同胞'同義，可能應該分析爲名詞組。

[64] 名詞組與量詞組的併入是少數的例外。

(N°)爲「併入語」(the incorporating word)，而且「併入語」與「被併入語」(the incorporated word) 必須形成「姐妹成分」(sister constituents)❻❺。連詞在本質上必須連接兩個「連接項」(conjunct)，因而這兩個「連接項」必然與連詞形成含有三支「分枝」(branch) 的詞組結構⑦⑥。

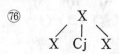

我們有理由相信：⑦⑥可能是合語法的句法結構❻❻，而不可能是合語法的詞法結構；因爲複合詞的每一個「節點」(node) 至多只能有兩支分枝。試比較：

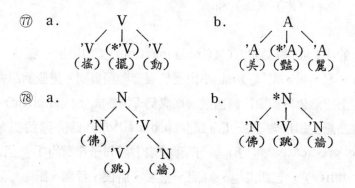

---

❻❺　參 Roeper & Siegel (1978) 的「直接姊妹成分原則」(First Sister Principle)。

❻❻　如'你我他'、'士農工商'、'喜怒哀樂'、'酸甜苦辣'、'追趕跑跳碰'、'柴米油鹽醬醋茶'等並列名詞組、動詞組與形容詞組。

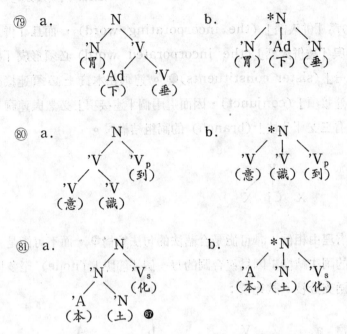

⑦9 a.

N
  'N   'V
  （胃）
        'Ad   'V
        （下） （垂）

b.

*N
  'N   'Ad   'N
  （胃） （下） （垂）

⑧0 a.

N
  'V   'Vₚ
                （到）
  'V   'V
  （意） （識）

b.

*N
  'V   'V   'Vₚ
  （意） （識） （到）

⑧1 a.

N
  'N   'Vₛ
              （化）
  'A   'N
  （本） （土）⑥7

b.

*N
  'A   'N   'Vₛ
  （本） （土） （化）

漢語的「（句尾）助詞」（(final) particle)；如'的、嗎、了、呀、吧、哩、呢'等)，也不出現於複合動詞裏面。這些動詞在語音上雖然依附前面的詞語發音而成為「依前成分」(enclitic)，但在語意上卻以句子或「命題」(proposition) 為陳述的對象（'be predicated of'），表示說話者有關句子命題的「情態」(modality)，包括直述、疑問、感嘆、祈使、推測、斷定等語氣。漢語助詞語意內涵的虛靈，以及漢語助詞以句子為姐妹成分（因而不與動詞或名詞形成姐妹成分)的句法與語意屬性，可能就

---

⑥7　'Vₛ'代表「動詞後綴」(verb suffix)，請參照下面的⑥8。

是助詞不出現於複合詞，也就無從被動詞或名詞併入的理由。⑱

八、漢語「併入現象」的特徵與限制：

以上就漢語裏可能發生的「併入現象」做了相當詳盡的分析與討論。這裏所謂的「併入」，不包括 Gruber (1976) 所指由「語意屬性」合併而形成「詞語」的「詞彙前併入」，而僅指「語素」與「語素」合併形成「複合詞」的「詞彙前併入」(prelexical incorporation)⑲ （參⑧）以及「詞語」與「詞語」（參⑧）、「語

---

⑱ 漢語表示被動的‘被’在詞性上近似介詞，但‘被’後面可以出現「空缺」(gap) 或「痕跡」(trace)（如‘他被e騙了’），因而允許「介詞遺留」(preposition stranding)。這一點卻與漢語一般介詞不相同（Chao (1968) 認為‘把’在北平官話裏亦可允許「介詞遺留」，如‘信，他已經把e寄出去了’）。單獨出現的‘被’（或‘把’）在發音上依附後面的動詞成為「依後成分」(proclitic)，似乎已經被後面的動詞併入。這樣的分析可以解釋為什麼‘被’（與‘把’）允許「介詞遺留」。另外，「動詞後綴」(verb suffix; 'Vs) ‘化’在現代漢語裏孳生力甚強，可以與單音或雙音名詞或形容詞形成「使動動詞」（或「作格動詞」），如‘火化、風化、氧化；美化、洋化、硬化；工業化、本土化、多元化；合理化、民主化、理想化’等）與「副詞後綴」(adverb suffix; 'Ads) ‘然、爾’（如‘居然、雖然、突然、忽然、偶然；忽爾、偶爾、莞爾、蔓爾’等，在現代漢語裏已無孳生力）與詞根的結合似應分析為以這些後綴為主要語的「派生詞」(derivative word)。例如，「動詞後綴」‘一化’具有「使動及物」（＋〔NPi___NPj〕）與「起動不及物」（＋〔NPj___〕）等句法屬性，因而與名詞詞根或形容詞詞根合成「來自名詞」(denominal) 或「來自形容詞」(deadjectival) 的「派生動詞」(derivative verb)。

⑲ 以下簡稱「詞法併入」(lexical incorporation)。

素」與「詞組」（參⑧a）、「詞組」與「詞組」（參⑧b）合併形成
「詞組」，乃至「詞語」與「詞語」合併形成「合成述語」（⑧c）
的「詞彙後併入」（postlexical incorporation）⑩。我們把漢語
的併入現象分類舉例如下：

⑧ 「語素」與「語素」之間的「詞法併入」

    a. 述賓式複合動詞的「名詞語素併入」

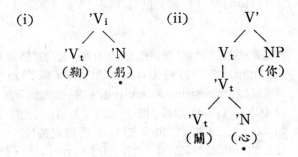

    b. 偏正式複合動詞的「名詞語素併入」

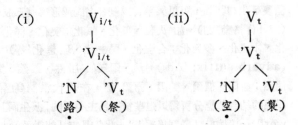

    c. 主謂式複合動詞的「名詞語素併入」

---

⑩ 以下簡稱「句法併入」（syntactic incorporation）。

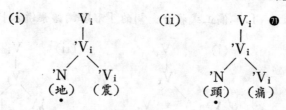

(i)　Vi
　　　'Vi
　　'N　　'Vi
　　（地）　（震）

(ii)　Vi　　⑪
　　　'Vi
　　'N　　'Vi
　　（頭）　（痛）

d. 述補式複合動詞的「動詞(/形容詞)語素併入」

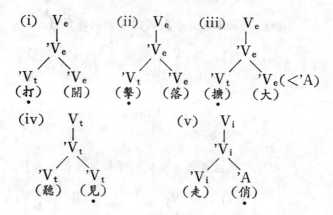

(i)　Ve
　　　'Ve
　'Vt　　'Ve
　（打）　（開）

(ii)　Ve
　　　'Ve
　'Vt　　'Ve
　（擊）　（落）

(iii)　Ve
　　　'Ve
　'Vt　　'Ve(<'A)
　（擴）　（大）

(iv)　Vt
　　　'Vt
　'Vt　　'Vt
　（聽）　（見）

(v)　Vi
　　　'Vi
　'Vi　　'A
　（走）　（俏）

e. 偏正式複合動詞的「動詞語素併入」

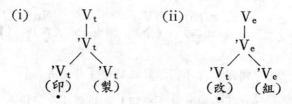

(i)　Vt
　　　'Vt
　'Vt　　'Vt
　（印）　（製）

(ii)　Ve
　　　'Ve
　'Vt　　'Ve
　（改）　（組）

---

⑪　與不及物動詞‘在頭痛’相對，形容詞‘(很)頭疼’的詞法結構如下：

A
'A
'N　'A
頭　疼

f. 偏正式複合動詞的「形容詞語素併入」

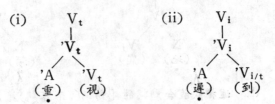

(i)
V_t
'V_t
'A   'V_t
(重)   (視)

(ii)
V_i
'V_i
'A   '$V_{i/t}$
(遲)   (到)

g. 偏正式複合動詞的「副詞語素併入」

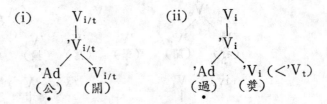

(i)
$V_{i/t}$
'$V_{i/t}$
'Ad   '$V_{i/t}$
(公)   (開)

(ii)
V_i
'V_i
'Ad   'V_i ($<$'V_t)
(過)   (獎)

h. 偏正式複合動詞的「數詞語素併入」

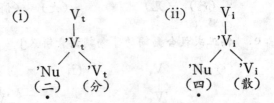

(i)
V_t
'V_t
'Nu   'V_t
(二)   (分)

(ii)
V_i
'V_i
'Nu   'V_i
(四)   (散)

⑧③ 「詞語」與「詞語」之間的「句法併入」

a. 「動詞」與「介詞」之間的「介詞併入」

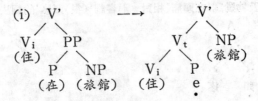

(i)
V'
V_i PP
(住)
    P   NP
    (在) (旅館)

⟶

V'
V_t NP
       (旅館)
V_i P
(住)   e

(ii)

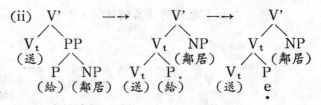

b. 「名詞」與「介詞」之間的「介詞併入」

(i)

PP —→ PP
P NP P NP
(在)(桌子上) e (桌子上)

(ii)

PP —→ PP
P NP P NP
(從)(前面) e (前面)

c. 「介詞」與「介詞」之間的「介詞併入」

(i)

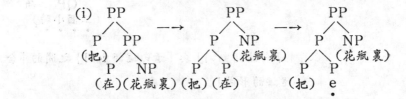

(ii)

PP —→ PP —→ PP
P PP P NP P NP
Φ P NP P P (桌子上) e (桌子上)
(在)(桌子上) e (在)

⑧④ 「語素、詞語或詞組」與「詞組」之間的「句法併入」

a. 述賓式複合動詞的「賓語名詞語素」與「賓語名詞

組」之間的「名詞組併入」

```
      V'                    V'                      V'
     / \          →        / \          →          / \
   Vt  'DP              Vt    DP                Vt    NP
    |  （你）            / \   / \             （吃）  / \
   'Vt                Vt  N' NP               NP    N'
   / \                |   |  （你）           / \    |
 'Vt 'N             'Vt 'N                   NP  的  N
 （吃）（醋）        （吃）（醋）            （你）   （醋）
```

b. 「賓語名詞組」與「期間量詞組」之間的「量詞組併
   入」

```
        V'                    V'                       V'
       / \          →        / \          →           / \
      V'  QP              Vt   DP                   Vt   DP
     / \ （三個小時）   （讀）  / \               （讀）  / \
    Vt  NP                   NP  QP                   QP   NP
  （讀）（小説）          （小説）（三個小時）        / \  （小説）
                                                   QP  的
                                                （三個小時）
```

c. 「母句述語動詞」與「子句述語動詞」之間的「合成
   述語的形成」

```
(i)     V'                    V'                      V'
       / \          →        / \          →          / \
      Vi  S               Vi   S                   Ve   NP
    （哭）/ \           （哭） / \               （哭）（手帕）
       NP  VP                VP  NP               / \
    （手帕）|              |  （手帕）           Vi  Ve
           V'              V'                  （哭）（濕）
           |               |
         Ve(<A)           Ve
          （濕）          （濕）
```

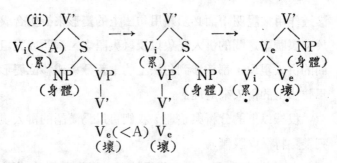

我們把⑧d的‘打開、擊落、擴大、聽見、走俏’等述補式複合動詞分析爲語素與語素在詞法上的併入，而把⑧d的‘哭濕、累壞’等述**補式**複合動詞分析爲詞語與詞語在句法上的併入。兩類述補式複合動詞之間最主要的區別在於前一類述補式複合動詞常常牽涉到「黏著語素」（bound morph; 如‘擊、落、擴、俏’等），而且整個複合動詞的語意內涵常不等於構成語素語意內涵的總和（如‘打開’的‘打’並不表示‘敲打’，‘聽見’的‘見’並不表示‘看見’等），整個複合動詞的句法與語意屬性都可以由構成語素的句法與語意屬性的滲透作用來說明；因而這一類述補式複合動詞似乎應該預先儲存於「詞庫」（lexicon）中。另一方面，後一類述補式複合動詞則統統由「自由語素」（free morph; 如‘哭、濕、累、壞’等）合成，整個複合動詞的語意內涵幾等於構成語素語意內涵的總和⑫。而且，這一類述補式複合動詞的述語動詞與補語動詞原本都是一元述語，但整個複合動詞卻做二元述語使用。因此，整個複合動詞的句法屬性不能全由構成語素的

---

⑫　唯一的語意改變是由於補語語素的「作格化」，因而整個複合動詞也變成「使動動詞」。

滲透作用來說明；而必須藉用句法上的變形來衍生合成述語。至
於⑧裏詞語之間的併入現象以及⑭裏語素、詞語或詞組與詞組之
間的併入現象，都牽涉到句法上的重新分析或移位變形，似應做
爲句法上的併入來處理。

根據以上的分析與整理，我們可以爲漢語的併入現象提出下
列幾點特徵與限制。

(一) 在詞法併入裏，併入語與被併入語都是語素('X)；並且併
入語是主要動詞語素('V)；而被併入語是充當賓語、修飾語或
主語的名詞語素('N)、充當補語或修飾語的動詞語素('V)
以及充當修飾語的形容詞('A)、副詞('Ad)與數詞('Nu)語
素。

(二) 在句法的併入裏，併入語可能是語素('X)、詞語(X°)或
詞組(XP)；而被併入語則可能是詞語(X°)或是詞組(XP)。
併入語包括名詞語素('N；如賓語名詞語素與賓語名詞組之間
的併入，'吃你的醋，幫你的忙')、動詞(V°；如動詞與介詞之
間的介詞併入，'住(在)旅館，送(給)鄰居'，以及母句述語動
詞與子句述語動詞之間的合成述語形成，'哭濕(手帕)，累壞
(身體)')、名詞(N°；如處所名詞與介詞之間的介詞併入，'(在)
桌子上(面)，(從)前面')、介詞(P°；如介詞與介詞之間的介詞
併入，'把(*在)花瓶裏')、名詞組(NP；如賓語名詞組與期間量
詞組之間的量詞組併入，'三個小時的小說')等；而被併入語則
包括介詞(P°)、名詞組(NP)、量詞組(QP)與動詞(V°)。

(三) 充當併入語或被併入語的名詞語素與名詞組原則上都是「虛
指」(nonreferring) 或「泛指」(generic) 的，也就是說所有

這些名詞語素或名詞組都沒有確定的「指涉對象」(referent)。
唯一的例外是由述賓式複合動詞的賓語名詞語素(如'(吃)醋')併
入賓語名詞組(如'(吃)你(先生)的(醋)')時,併入語素('醋'是
虛指的,但被併入詞組('你'或'你先生')卻是「定指」(defin-
ite) 的,因而有確定的指涉對象。

(四) 併入只能發生於兩個構形成分之間,無法發生於三個或三個
以上的構形成分之間。因此,與併入有關的「結構佈局」(struc-
tural configuration) 都是「兩叉」(binary) 的,而不可能
是「三叉」(ternary) 或「多叉」(n-nary) 的。併入現象的「兩
叉」特徵似乎與漢語複合動詞音節數目的限於兩個有關,但在由
「名詞詞幹」(noun stem) 或「形容詞詞幹」(adjective stem)
與「動詞後綴」(verbal suffix) 合成的「派生動詞」(deriva-
tive verb) 裏卻例外的可以有三個音節,例如:

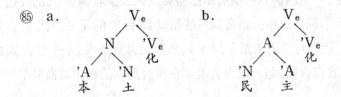

但是⑧的詞組結構仍然呈現「兩叉分枝」(binary branching),
而排除下面⑧裏「三叉分枝」(ternary branching) 的結構分
析。

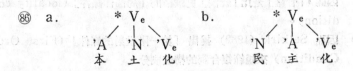

（五）在「線性次序」(linear order) 上併入語與被併入語必須「相鄰接」(adjacent)，而且在「階層組織」(hierarchical structure) 上併入語必須「c 統制」(c-command) ⑬ 被併入語。在詞法併入裏，併入語甚至「管轄」(govern)⑭ 被併入語，因而被併入語是併入語的「第一姐妹」(first sister) ⑮。「c 統制」與「管轄」都是有關詞法或句法領域「局部性」(locality) 的條件，可見漢語的併入現象也遵守這個條件。因此，述賓式複合動詞'送禮'裏的'禮'固然要分析爲充當直接賓語的客體名詞，就是'送客'裏的'客'也只能分析爲充當直接賓語的客體名詞，不能分析爲充當間接賓語的接受者名詞。同樣的，雖然有'放魚到水裏'這樣含有賓語名詞組與補語介詞組的動詞組，但在複合動詞'放水'裏出現的'水'卻只能做賓語解，不能做補語解。又由於複合動詞的「兩叉分枝」以及複合成分的「第一姐妹」這兩個條件之下，漢語裏只可能有由述語動詞與賓語名詞合成的「述賓式複合動詞」或由主語名詞與述語動詞合成的「主謂式複合動詞」，而不可能有主語名詞、述語動詞與賓語名詞三者合成的「主述賓複合動詞」。這也就表示在複合動詞的詞語結構裏不可能

---

⑬ α「c 統制」β；唯如「支配」α 的「第一個分枝節點」(first branching node) 支配 β，而 α 與 β 則不互相支配。

⑭ α「管轄」β；唯如 (i) α 是「最小投影」或「主要語」'X°'，(ii) α「c 統制」β，而 (iii) β 沒有受到「最大投影」'XP' 的保護。因此，「管轄」是比「統制」更嚴格的「局部性條件」(locality condition)。

⑮ 因而 Selkirk (1982) 提出「第一階投射的條件」(First Order Condition) 來規範複合詞的構成成分。

有詞組(XP)的存在。

(六) 由於動詞後綴'化'與動相標誌'到、完、掉'等的存在,漢
語裏可能產生'本土化、民主化、意識到、感覺到'等三音節複合
動詞,並且可能帶上動貌標誌'了'而形成'(已經){本土化/民主
化/意識到/感覺到}了'這樣的四音節詞串。因此,我們似乎可以
區別三種不同的詞語形成過程 (three levels of word form-
ation processes)。

⑧ a. 語素與語素在複合動詞內部的結合:'X+'X
    ('+' 代表連結語素與語素的「語素界標」(mor-
    pheme boundary))。

b. 詞語與語素(動詞後綴或動相標誌)間的結合:X#'X
    ('#' 代表連結詞語與語素的「詞語與語素界標」
    (word-morpheme boundary))。

c. 詞語與詞語(動貌標誌)間的結合:X ## X
    ('##'代表連結詞語與詞語的「詞語界標」(word
    boundary))。

依據這個區別,'本土、民主、意識、感覺'這些複合詞內部構
成語素的結合情形可以用"'X+'X"來表示,並且整個複合詞可
以獨立做為詞語"##'X+'X##"來使用。另一方面,'本土化、
民主化、意識到、感覺到' 這些派生動詞或複合動詞內部構成語
素的結合情形則可以用"'X+'X#'X"來表示⑯,整個派生動詞或

---

⑯ '看到、聽到、想到'等複合動詞內部構成語素的結合情形則可以用
"X#'X"來表示。

複合動詞可以獨立做爲詞語(卽"##'X＋'X#'X##'")來使用。至於
這些派生動詞或複合動詞與動貌標誌的結合(如'本土化了、感
覺到了'則可以用"##'X＋'X#'X##"來表示。試比較：

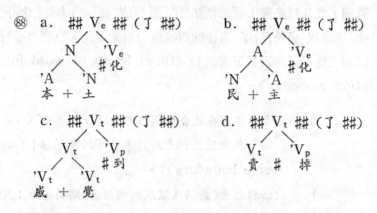

⑱ a.　## Vₑ ## (了 ##)　　b.　## Vₑ ## (了 ##)
　　　　　　N　'Vₑ　　　　　　　　　A　'Vₑ
　　　　　　　　#化　　　　　　　　　　#化
　　　'A　'N　　　　　　　　　'N　'A
　　　本 ＋ 土　　　　　　　　民 ＋ 主

　　 c.　## Vₜ ## (了 ##)　　d.　## Vₜ ## (了 ##)
　　　　　Vₜ　'Vₚ　　　　　　　　Vₜ　'Vₚ
　　　　　　 #到　　　　　　　　賣 # 掉
　　'Vₜ　'Vₜ
　　感 ＋ 覺

這樣的詞語結構與界標分析顯示：語素與語素間的結合(用'＋'
的界標來表示)先於詞語與語素間的結合(用'#'的界標來表
示)，而詞語與語素間的結合又先於詞語與詞語間的結合(用'##'
的界標來表示)，因而支持「層次前後次序的假設」(the level
ordering hypothesis)⑰。同時，不同的界標似乎也反映了有
關語素的結合力或孳生力的大小，卽"##X"的孳生力大於"#X"
，而"#X"的孳生力則又大於"＋X"。

(七) 在漢語的併入現象裏，無論是詞法併入或句法併入，都只有
主要語的句法屬性（如「詞類屬性」(categorial feature) 與
「次類畫分屬性」(subcategorization feature)）與語意屬性

---

⑰　參 Siegel (1974), Allen (1978), Selkirk (1984) 與 Williams
　　(1981)。

（如「選擇限制屬性」（selection restriction feature））可以滲透到整個複合動詞或名詞組上面來，成為整個複合動詞或名詞組的句法或語意屬性，因而支持「主要語屬性滲透的假設」(the head percolation hypothesis；即合成詞主要語的詞類等屬性滲透到整個合成詞來[78]），而且這一個假設不僅適用於複合詞內部的詞法併入，同時也適用於牽涉到詞組的句法併入。在複合動詞中，述賓式複合動詞、主謂式複合動詞與偏正式複合動詞的主要語當然是動詞，但是在以作格動詞‘化’為後綴的派生動詞則以‘化’為主要語[79]。至於述補式複合動詞，則情形較為複雜。以作格動詞為補語語素的述補式複合動詞，以這個作格動詞為主要語；而非以作格動詞（包括以動相標誌（如‘到、完、掉’）、受格動詞（如‘見、懂、會’）、不及物動詞（如‘慣、飽、醉’）與形容詞（如‘俏、挺、軟’））為補語語素的述補式複合動詞則以述語動詞為主要語。但是以作格動詞為補語語素的複合動詞中，以不及物動詞為述語語素（如‘哭（濕）、喊（啞）、餓（死）、笑（破）、跌（斷）’）或以「來自形容詞」（deadjectival）的作格動詞為補語語素（如‘（擴）大、（縮）小、（澄）清、（提）高、（降）低、（改）善、（革）新’[80]）的複合動詞，似乎比以及物動詞為述語而以「來自動

---

[78] 參 Williams (1981), Allen (1978), Lieber (1980), Hoekstra et al. (1980)。又 Kageyama (1982: 228-229) 認為在日語複合詞裏非主要語的「詞彙屬性」(lexical featrue；如「非固有（詞彙）」〔-Native〕) 有時候也要滲透到上面來。

[79] 因此，湯 (1988 b) 曾建議把這一類動詞概化為主要語在右端的偏正式動詞。

[80] 這些複合詞多屬於書面語詞彙，而且述語動詞常屬於黏著語素。

詞」(deverbal) 的作格動詞爲補語的複合動詞(如'(推)開、(敲)開、(害)死、(殺)死'❸) 更具有作格動詞的特徵。試比較：

⑧⑨ a. 這一場災荒不曉得餓死了多少人

b. 不曉得有多少人餓死了

⑨⑩ a. 我差一點笑破了肚子了

b. 差一點肚子都笑破了

⑨⑪ a. 這顆藥丸可以降低你的血壓

b. 你的血壓可以降低

⑨⑫ a. 他不曉得害死了多少人

b. 不曉得有多少人?*(被他)害死了

⑨⑬ a. 他用力推開了門

b. 門?*(被他)用力推開了

在⑧⑨到⑨⑬的(a)句裏出現的動詞都可以做「使動及物」用法解釋，但是在⑧⑨、⑨⑩與⑨⑪的(b)句裏出現的動詞都可以做「起動不及物」用法解釋，而在⑨⑫與⑨⑬的(b)句裏出現的動詞卻比較不容易做這樣的解釋。換句話說，⑧⑨、⑨⑩與⑨⑪的(b)句不需要擬設「隱含的施事」(implicit agent; 如'被他'或空號代詞 'Pro')就可以成立，而⑨⑫與⑨⑬的(b)句卻似乎需要擬設隱含的施事才能成立。下面⑨⑭的(b)句似乎也可以做「起動不及物」的「作格用法」(ergative use; 即'門(自動)開了')與「非使動及物」的

---

❸ '開'與'死'分別有'開了門；門開了'與'死了心；心死了'的作格用法。

「受格用法」(accusative use; 即'門(被人)開了')這兩種解釋。

⑭　a.　他開了門
　　　　　・
　　b.　門開了
　　　　・

因此，如果我們對漢語的「作格動詞」做非常嚴格的解釋，那麼
'害死'與'推開'都不能視為純粹的作格動詞，而只能視為一般
(非使動)及物動詞或「受格動詞」(accusative verb)❽。

(八) 漢語的主要詞類中，名詞組、形容詞組、副詞組都是屬於主
要語在右端的同心結構，而動詞組主要語的決定則較為複雜❽。
在漢語複合動詞中，主謂式複合動詞、偏正式複合動詞與帶動詞
後綴'化'的派生動詞，其主要語在右端。述賓式複合動詞，其主
要語在左端。述補式複合動詞中，以作格動詞為補語的，其主要
語在右端；非以作格動詞為補語的，其主要語在左端。我們可以
用下面⑮的公式來決定漢語複合動詞的主要語。

⑮　a.　〔〔+V〕＋ {〔+N〕/〔-Ve〕} 〕→〔+V〕
　　　　　(述賓式複合動詞與非以作格動詞為補語的述補式
　　　　　複合動詞，其主要語在左端)
　　b.　〔X ＋〔+V〕〕→〔+V〕
　　　　　(其他複合動詞，其主要語在右端)

---

❽　因此，這些複合動詞的主要語是述語動詞，而不是補語動詞。就是動
　　詞'開'也似應視為具有作格動詞與受格動詞兩種用法。
❽　參 Huang (1982: 42) 的漢語「X標槓結構限制」(X-bar Struc-
　　ture Constraint)。

⑨的結論顯示：漢語的複合動詞有主要語在右端的，也有主要語在左端的；因而 Williams (1981) 的「主要語在右端的規律」(the Righthand Head Rule) 並不完全適用於漢語。

(九) 詞法上的被併入語包括名詞語素、動詞語素、形容詞語素、副詞語素、數詞語素等；而句法上的被併入語則包括介詞、動詞、名詞組與期間量詞組。被併入的名詞語素在複合動詞裏所充當的語法關係包括「域內論元」(internal argument; 卽賓語與必用狀語)、「域外論元」(external argument; 卽主語) 與「語意論元」(semantic argument; 卽可用狀語)；而所充當的「論旨角色」(thematic role; θ-role) 則包括「客體」(Theme; Affected)、「情狀」(Manner)、「結果」(Result; Effected)、「處所」(Location)、「起點」(Source)、「終點」(Goal)、「工具」(Instrument)、「原因」(Cause)、「目的」(Objective)、「時間」(Time) 等，例如：

⑨ a.「客體」：如'吃飯、開箱、退票、送客；鬥鷄、賽馬、走人；地震、頭痛'等

b.「客體／情狀」：如'瓦解、玉碎、風行、雲起、蛇行、蜂擁、蠶食'等

c.「結果」：如'煮飯、點火、做夢、繪畫'等

d.「處所」：如'在家、走路、住校、落後、留級；路祭、心服、腰折、夢見、意料'等

e.「起點」：如'下臺、跳樓、出家、退伍；空襲'等

f.「終點」：如'上馬、下海、跳水、進洞、留美、登

陸’等⑭

g. 「工具」：如‘開刀、跳傘、拼命；槍斃、毒殺、筆試、口試、火葬、油炸、目睹、耳聞’等

h. 「原因」：如‘戰死、逃命’等

i. 「目的」：如‘利用’等

j. 「時間」：如‘冬眠’等

述語動詞與域內論元、域外論元、語意論元以及這些論元所充當的論旨角色之間的關係，可以用下面⑰的「論旨網格」(theta grid; θ-grid) 來表示：(i) 述語動詞語素(出現於‘＿’的位置)優先以充當客體、結果、處所、起點、終點、工具、原因等論旨角色的名詞語素爲域內論元(卽賓語)，賓語名詞出現於述語動詞的右方；(ii) 述語動詞語素如果沒有域內論元充當賓語，就以充當情狀、處所、起點、工具、目的等論旨角色的名詞語素爲語意論元(卽狀語或修飾語)，狀語或修飾語名詞出現於述語動詞的左方；(iii)述語動詞如果旣無域內論元又無語意論元，就以充當客體這個論旨角色的名詞語素爲域外論元(卽主語)，主語名詞出現於述語動詞的左方。

---

⑭ 有時候，同一個複合動詞卻可以有兩種解釋。例如，‘下堂’的‘堂’可以解爲起點而做‘課畢出敎室’解，也可以解爲終點而做‘降階而至堂下’解。又如‘下山’的‘山’可以解爲起點而做‘(人)從山上下來’解，也可以解爲終點而做‘(太陽)下到山邊’解。

⑨⑦ 〔客體〔 ｛情狀/處所/起點/工具/目的｝〔 ＿ ｛客體/結
果/處所/起點/終點/工具/原因｝〕〕〕⑧⑤

出現於偏正式複合動詞而充當修飾語的動詞、形容詞、副詞、數
詞等語素也可以分析爲充當「情狀」的語意論元，因此也可以納
入⑨⑦的「論旨網格」。

(十) 我們把複合動詞內部的併入現象分析爲詞法上的併入或詞
彙前併入。換句話說，這些複合動詞都預先儲存於漢語的詞庫
中，而有關這些複合動詞併入現象的原則與限制則只能做爲詞庫
內部的「詞語形成規律」(word-formation rule) 或判斷漢語
複合動詞「是否合格」(well-formedness) 的「認可條件」
(licensing condition)。我們之所以把複合動詞內部的併入現
象做爲詞法上的併入而不做爲句法上的併入⑧⑥來處理，主要有四
點理由。

(i) 複合動詞內部的併入現象常牽涉到黏著語素(如‘目睹、耳聞
、擴大、革新’等)，而黏著語素無法直接或獨立出現於句法
結構裏面。同時，出現於複合動詞裏面的名詞語素(如‘(綁)
票’)都無法帶上數量詞(如‘*綁一張票’)，形容詞語素(如
‘(幫)忙、(擴)大’)也無法帶上加強詞(如‘*幫很忙⑧⑦’、‘*擴
太大’)，可見這些名詞語素或形容詞語素都失去了一般名詞

---

⑧⑤ ⑨⑦的「論旨網格」如果不考慮論旨角色的內容種類或論旨角色的指派
方向，就可以概化爲“〔〔〔＿θ$_i$〕θ$_j$〕θ$_k$〕”，並依從左方到右方的次
序依次把論旨角色「放流」(discharge) 或「飽和」(saturate)。

⑧⑥ 如 Huang (1989) 有關‘綁票’等複合動詞的衍生方式。

⑧⑦ 卻可以說‘幫大忙’或‘幫倒忙’。

或形容詞的句法功能。

(ii) 有許多複合動詞經過內部併入之後，常改變其次類畫分屬性。例如，述賓式複合動詞雖然在內部結構裏已經含有賓語名詞語素，但是經過「賓語名詞語素併入」之後仍然可以帶上句法上的賓語名詞組(如‘颱風登陸花蓮’或‘颱風在花蓮登陸’)，甚至可以經過「賓語名詞組併入」而把內部的賓語名詞語素與外部的賓語名詞組(如‘吃你的醋、捞他一票’[88])合併成爲一個詞組。又如，偏正式複合動詞的主要語動詞常失去及物用法(如‘遲到(*學校)’)或增加不及物用法(如‘(要)改組內閣、內閣(要)改組’)。如果這些複合動詞都由句法上的變形來衍生，就不容易處理這些問題。

(iii)不少複合動詞(如‘吃醋、綁票、打開’)的語意內涵並不等於構成語素語意內涵的總和。如果以句法上的變形來衍生這些複合動詞，就不容易處理這種因變形而改變語意的問題。

(iv)複合動詞裏構成語素與構成語素的「搭配」(collocation) 有其句法上或語意上相當「獨特的」(idiosyncratic) 限制。這些獨特的限制不容易用句法上的一般原則來處理，應該在「詞庫」(lexicon) 或「詞項記載」(lexical entry) 中加以處理。

不過，我們並沒有採取「極端的詞彙主義」(a strong version of lexicalism)，而主張所有的漢語複合詞都要在詞彙部

---

[88] 複合動詞‘幫忙’，除了‘幫你的忙’這個說法以外，還在與複合動詞‘幫助’的「類推」(analogy) 之下產生了‘幫忙你’這樣的說法。在褚文誼的自傳中也出現‘幫忙我十年的朋友’這樣的用法。

門加以「詞彙化」(be lexicalized)。例如，在有關現代漢語
「述補式使動及物複合動詞」演變過程的討論㉝裏，我們曾經提
到子句的合併與重新分析的問題，而所謂子句的合併則暗示述補
式複合動詞在句法部門衍生的可能。特別是以不及物動詞或形容
詞為補語語素的述補式使動及物複合動詞（如‘跌斷、笑破、哭濕
、喊啞、笑歪、吃壞、餓壞、嚇呆、累壞’等），不但前後兩個語
素都是自由語素，並且前後兩個語素之間都成立「動作、事態」
與「結果」的句法與語意關係；而且，述語語素雖然都是不及物
動詞或形容詞，整個複合動詞卻都是使動及物動詞。因此，我們
可以把這些述補式複合動詞分析為「合成述語」，並且用下面㉘
或㉙的 X 標槓結構來表示‘他哭濕手帕’這個合成述語的衍生過程
。㉙

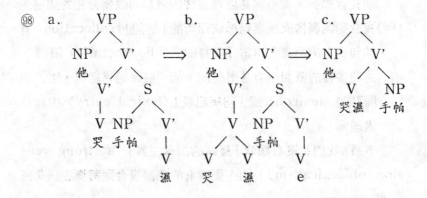

㉘　a.　　VP　　　　b.　　VP　　　c.　VP

㉙　㉘與㉙分別代表湯（1989a）與（1990f）為漢語詞組結構所擬設的X
　　標槓結構。

⑨ a.
```
        PrP
       /   \
      NP    Pr'          ⟹
      他    /  \
         Pre   VP
          e    |
               V'
              /  \
            V'    PrP
            |    /   \
            V   NP    Pr'
            哭  手帕  /  \
                   Pre   VP
                    e    |
                         V'
                         |
                         V
                         濕
```

b.
```
        PrP
       /   \
      NP    Pr'          ⟹
      他    /  \
         Pre   VP
          哭   |
               V'
              /  \
            V'    PrP
           / \   /   \
          V  NP  Pr'
          e 手帕 /  \
               Pr   VP
               濕   |
                    V'
                    |
                    V
                    e
```

c.
```
        PrP
       /   \
      NP    Pr'          ⟹
      他    /  \
         Pr    VP
         哭    |
               V'
              /  \
            V'    PrP
           / \   /   \
          V  NP   Pr'
          濕 手帕 /  \
               Pre   VP
                e    |
                     V'
                     |
                     V
                     e
```

d.
```
        PrP
       /   \
      NP    Pr'
      他    /  \
         Pr    NP
        /  \   手帕
      Pr    Pr
     /  \
    Pr   Pr
    哭   濕
```

在以主語名詞組為動詞組指示語的 X 標槓結構 ⑨a 裏，補語子句

‘手帕濕’❺的形容詞（或作格動詞）‘濕’提升加接到主要子句動詞‘哭’而成爲⑱b 的合成動詞‘哭濕’，並經過「結構樹修剪」（tree-pruning）而成爲⑱c。在以主語名詞組爲「述詞組」（predicate phrase; PrP）指示語的X標槓結構⑲a 裏，母句主要語動詞‘哭’先提升移入主要語述詞的位置成爲⑲b，補語子句的形容詞（或作格動詞）‘濕’也經過主要語述詞與母句動詞的空節（如⑲c）提升加接到主要子句述詞‘哭’，並經過結構樹修剪而成爲⑲d。

　　同樣的，述補式（非使動）及物複合動詞（如‘吃飽、喝醉、看慣、住慣’等）也都由自由語素構成，也都在述語語素與補語語素之間成立「動作」與「結果」的句法與語意關係，似也可以用⑩或⑩的合成過程來衍生‘（他）吃飽了（飯了）’這樣的合成述語。

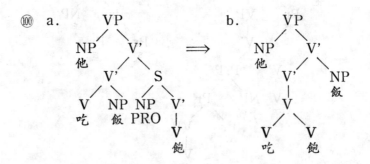

⑩　a.　VP

---

　　❺　我們暫以句子（Ｓ）來代表‘手帕濕’的詞組結構，而不討論這個句子究竟是小句子（IP）還是大句子（CP）。

⑩ a. 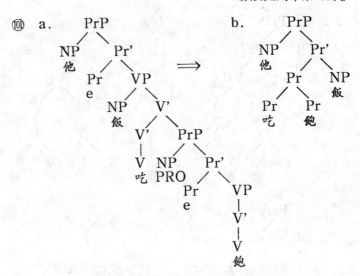 b.

至於「賓語名詞組併入」、「期間數量詞組併入」、「介詞併入」等併入現象則發生於詞語與詞語、語素與詞組或詞組與詞組之間，因此宜用句法上的變形來處理。例如，「賓語名詞組併入」（如'(他吃)你的醋'）與「期間量詞組併入」（如'(他讀)三個小時的小說'）可以分別用⑩與⑱的移位變形來處理。**⑨**

⑩ a. b. c.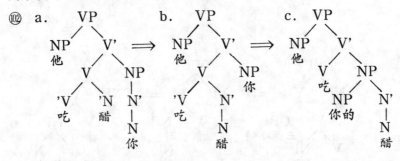

⑨ ⑩與⑱(a,b,c) 是根據湯 (1989a) 的X標槓結構分析，(a',b',c',d') 是根據湯 (1990d, 1990f) 的X標槓結構分析。

a'.
```
        PrP
       /   \
     DP    Pr'        ⟹
     他   /   \
        Pr    VP
        e    /   \
           DP    V'
           |     |
           D'    V
          / \    |
         D  NP  'V  'N
         e  你  吃  醋
```

b'.
```
        PrP
       /   \
     DP    Pr'        ⟹
     他   /   \
        Pr    VP
        吃   /   \
           DP    V'
           |     |
           D'    V
          / \    |
         D  NP  'V  'N
         e  你  e   醋
```

c'.
```
        PrP
       /   \
     DP    Pr'        ⟹
     他   /   \
        Pr    VP
        吃   /   \
           DP    V'
           |    / \
           D'  V  'V
          / \  e
         D  NP  'V
         e  NP  N'
            你  |
                N
                醋
```

d'.
```
        PrP
       /   \
     DP    Pr'
     他   /   \
        Pr    DP
        吃   /   \
           NP    D'
           你   /  \
               D   NP
               的   |
                    N'
                    |
                    N
                    醋
```

⑩³ a.
```
      VP
     /  \
    NP   V'
    他  /   \
       V'   QP
      / \  三個小時
     V  NP
     讀 小説
```
⟹

b.
```
      VP
     /  \
    NP   V'
    他  /   \
       V    NP
       讀    |
             N'
            / \
           N   QP
          小説 三個小時
```
⟹

c.
```
      VP
     /  \
    NP   V'
    他  /   \
       V    NP
       讀   /   \
          QP    N'
        三個小時的 |
                 N
                小説
```

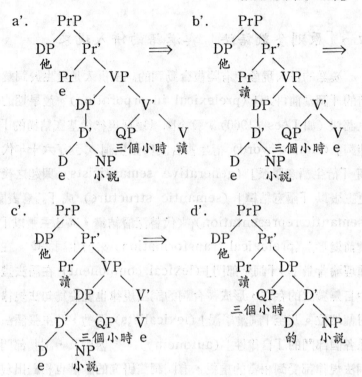

⑩⑫的(a)經過重新分析成爲(b)，再經過賓語名詞組'你'移入指示語的位置並經過結構樹修剪而成爲(c)；或(a')的主要語動詞提升移入主要語述詞的位置成爲(b')，再經過重新分析(c')與結構修剪而成爲(d')。⑩⑬的(a)經過重新分析成爲(b)，再經過期間量詞組'三個小時'移入指示語的位置並經過結構樹修剪而成爲(c)；或(a')的主要語動詞提升移入主要語述詞的位置成爲(b')，再經過重新分析(c')、期間量詞組的移入限定詞組指示語的位置與結構樹修剪而成爲(d')。

九、「原則參數語法」與漢語的併入現象

漢語的併入現象中有關複合動詞的詞法併入是發生於詞彙以前的「詞彙前併入」(prelexical incorporation)。最早期的衍生語法（如 Lees (1960)）曾企圖以變形規律從基底結構的「單純詞」(simple word) 衍生複合詞與派生詞。到了六十年代後期「衍生語意學派」(generative semanticists) 興起之後，更主張以「語意結構」(semantic structure) 或「語意表顯」(semantic representation) 來代替深層結構，甚且主張以「詞彙前變形」(prelexical transformation) 來衍生詞語❷。在這種理論背景下，「詞彙部門」(lexical component) 在語法體系中自無獨立的存在，形成複合詞的詞法規律也就淪為句法規律的附傭地位。及至「詞彙學派」(lexicalists) 得勢，乃主張語法體系各個部門的「自律性」(autonomy)。影響所及，詞彙部門與詞法規律都受到相當的重視，有關詞法研究的論著也相繼出現。❸但是所謂詞彙部門的自律性並不表示詞彙部門與句法部門在組織上與功能上完全獨立而彼此不相干，因為這一種極端的詞彙學說與當代「模組語法」(modular grammar) 的理論觀點不相符。例如，依據「原則參數語法」的觀點，人類自然語言的「普

---

❷ 例如，從 'CAUSE to BECOME not alive' 來衍生 'kill'，從 'strike as similar' 來衍生 'remind'。

❸ 在這一段時期，依據「詞彙論的假設」(the Lexicalist Hypothesis) 所完成的論著有 Siegel (1974)、Aronoff (1976)、Allen (1978)、Lieber (1980)、Selkirk (1982) 等。

遍語法」(universal grammar) 乃由各自獨立存在但互相密切
聯繫的「原則」(principles) 與數值未定但值域確定的「參數」
(parameters) 構成。所有句法結構與句法現象都可以由這些原
則與參數來「演繹」(deduce)、「認可」(license) 或「詮釋」
(explain)。在這一節裏我們準備從「原則參數語法」的觀點來
檢討漢語的併入現象,包括詞法上的併入與句法上的併入,藉以
檢討普遍語法的理論原則如何適用於漢語的詞法或句法問題。

　　「原則參數語法」的原則系統主要包括下列八種理論原則。

(一)「投射理論」(Projection Theory)

　　　自然語言的句法與詞法結構在基本上可以視爲述語的「論元
結構」(argument structure) 與 「論旨屬性」(thematic
property) 的「映射」(mapping),而述語的論元結構與論旨
屬性則可以用「論旨網格」來表示,例如:'笑'('{施事}'或'
〔施事__〕')、'打'('{客體,施事}'或'〔施事〔客體__〕〕')、
'放'('{客體,處所,施事}'或'〔施事〔處所〔客體__〕〕〕')、
'認爲'('{命題,經驗者}'或'〔經驗者〔命題__〕〕')等❹。
同時,投射理論中的「投射原則」(Projection Principle) 規
定:述語動詞的論元結構與論旨屬性都要原原本本的從詞項記載
裏投射到所有的「句法表顯層次」(levels of syntactic repre-

---

❹　在「論旨網格」裏只要登記根據述語動詞的語意內涵所選擇的「論旨
　　角色」即可,至於這些論旨角色的語法範疇則可以根據論旨角色的「典
　　型結構型式」(canonical structural realization) 來推定;例如
　　,「施事」與「經驗者」是有生名詞組,「客體」是名詞組,「處所」、
　　「終點」、「起點」是介詞組,「命題」是小子句、小句子、大句子等。

sentation) 上面來。如果我們除了「深層結構」(D-structure)、
「表層結構」(S-structure)、「邏輯形式」(Logical Form; LF)
以外，還把「詞語結構」(word-structure; W-structure) 包
括在自然語言語法理論的句法表顯層次裏面，那麼投射理論就可
以詮釋：爲什麼漢語複合詞的詞法結構與漢語句子的句法結構，
就述語動詞的論元結構與論旨屬性而言基本上相同；也可以詮釋
爲什麼在詞法結構與句法結構之間引起違背投射原則的情形(如
述賓式複合動詞同時帶有內部賓語名詞語素與外部賓語名詞組)
時，就會產生詞法上的併入(如在述賓式複合動詞內部經過「賓
語名詞語素的併入」而成爲及物複合動詞)，或句法上的併入（如
述賓式複合動詞內部的賓語名詞語素與外部的賓語名詞組經過
「賓語名詞組的併入」而成爲單一的賓語名詞組)，來解除這種違
背的情形。另外，在子句動詞與母句動詞合併而形成合成動詞之
前的句法結構佈局固然要遵守投射原則，就是形成合成動詞之後
的句法結構佈局仍不得違背投射原則。因此，Marantz (1984:
225) 的「合併原則」(The Merger Principle; 卽句子成分'X'
或'Y'在句法表顯層次'L'裏合併時，必須保持'X'與'Y'之
間的所有語法關係)似可視爲投射原則的當然結果而不必另加規
範。

(二)「X標槓理論」(X-Bar Theory)

X標槓理論對於自然語言詞組結構的「階層組織」(hierar-
chical structure) 提出下面相當簡明扼要的「X標槓公約」(X-
Bar Convention)。

⑩ a. X" → 〔Spec Y"〕, X'

  (「指示語規律」：詞組 → 指示語，詞節)

 b. X' → 〔Adjt Y"〕, X'

  (「附加語規律」：詞節 → 附加語，詞節)

 c. X' → 〔Comp Y"〕, X

  (「補述語規律」：詞節 → 補述語，詞語)

根據這個公約，任何詞類的詞組結構都由主要語「詞語」(X; X°)
與其「補述語」(complement; Comp) 形成「詞節」(X')，並
可由詞節與任意數目的「附加語」(adjunct; Adjt) 形成詞節，
再由詞節與其「指示語」(specifier; Spec) 形成「詞組」(XP;
X")。同時，任何詞組結構的主要語都必須與其補述語、附加語、
或指示語形成詞類相同的詞節或詞組，也就是要形成「同心結構」
(endocentric construction)。另外，補述語、附加語都應由
最大投影的詞組(Y")來充當，而且詞組結構裏的每一個節點都
至多只能分爲兩枝，不能分爲三枝或三枝以上⑨。⑩的X標槓公
約本來僅適用於句法上的詞組結構，但是稍加修改或註釋以後，
似乎也可以適用於詞法上的詞語結構。詞組結構的構成成分是詞
語、詞節與詞組，所以句法上必須承認 'X, X', XP' 這三個
「槓次」(bar-level)。相對的，詞語結構的構成成分是語素（我
們用 ''X' 這個符號來表示)，所以詞法上只需要承認 'X, 'X'
這兩個槓次。如此，X標槓公約在詞法上的適用可以用下面⑩的

---

⑨ 請注意，我們在「兩叉分枝的公約」(Binary Branching Conven-
tion) 的假設之下並沒有在 'Y" 的右上角附上代表'0'(零)到'n'
(任何正整數) 的「變數星號」(Kleene star; 卽'(Y")*')。

「規律母式」（rule schemata）來表示。

⑩ a. X → 'Y, 'X

b. 'X → 'Y, 'X

⑩a 的規律規定：任何詞類的派生詞或複合詞'X'都由「主要語」（head）語素''X'與「非主要語」（nonhead）語素（''Y'；包括補述語語素、附加語語素與指示語素語）合成同心結構，而⑩b 的規律則規定：任何詞類的語素也都由主要語語素與非主要語語素合成同心結構。在⑩b 的規律母式裏，語素（'X）出現於「改寫箭號」（rewrite arrow; 卽 '→'）的左右兩邊，因此''X'這個節點可以「反復衍生」（recursively or iteratively generate），如⑩：

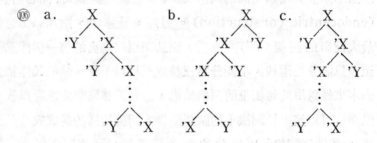

兩音節複合動詞（如 '〔ᵥ〔ᵥ 幫〕〔ₙ 忙〕〕'、'〔ᵥ〔ᵥ 幫〕〔ᵥ 助〕〕'、'〔ᵥ〔Ad 微〕〔ᵥ 笑〕〕'）與派生動詞（如'〔ᵥ〔A 綠〕〔ᵥ 化〕〕'、'〔ᵥ〔ₙ 鈣〕〔ᵥ 化〕〕'）僅用⑩a的規律卽可以衍生，但是三音節複合動詞（如 '〔ᵥ〔ᵥ〔ᵥ 覺〕〔ᵥ 悟〕〕〔ᵥ 到〕〕'）與派生動詞（如 '〔ᵥ〔ₙ〔A 本〕〔ₙ 土〕〕〔ᵥ 化〕〕'、'〔ᵥ〔A〔ₙ 民〕〔A 主〕〕〔ᵥ 化〕〕'）則必須

合用 ⑩b 的規律才能衍生。❻ Roeper & Siegel (1978) 與 Selkirk (1982) 分別提出「直接姐妹成分的原則」(First Sister Principle) 與「第一階投射的條件」(First Order Condition) 來規範複合動詞的合成成分必須形成姐妹成分，而且只能包含兩個成分。但是這些原則與條件所規範的內容似乎是⑩的 X 標槓公約必然的結果，因而不必另做規定。另外，「主要語屬性滲透的假設」(the head percolation hypothesis; 卽複合詞與派生詞主要語語素的句法與語意屬性滲透到複合詞與派生詞，成爲整個複合詞或派生詞的句法與語意屬性) 也與⑩的 X 標槓公約裏有關「同心結構」的要求相吻合❼。又 Kageyama (1982) 提出「不得含有詞組的限制」(the No Phrase Constraint) 來規範複合詞或派生詞不能以詞組爲構成成分，但是這個限制也已經包含在⑩的 X 標槓公約裏面，因而也不必另設特別的限制。

（三）「論旨理論」(Theta Theory)

X 標槓公約只規範詞組結構或詞語結構的階層組織，卻不涉及構成成分的「前後位置」(precedence) 或「線性次序」(linear

---

❻ 至於三音節或三音節以上的複合名詞(如 '〔N〔N 肺〕〔V〔V 結〕〔N 核〕〕)'、'〔N〔V〔V 隔〕〔N 音〕〕〔N〔N 設〕〔N 施〕〕〕'、'〔N〔N 螞〕〔N 蟻〕〕〔V〔V 上〕〔N 樹〕〕〕')與複合形容詞(如 '〔A〔V〔V 透〕〔N 心〕〕〔A 凉〕〕'、'〔A〔N〔N 芝〕〔N 蔴〕〕〔A 大〕〕'、'〔A〔Ad 不〕〔N〔N 景〕〔N 氣〕〕〕')等也都要合用 (105b)的規律。

❼ Lieber (1981) 與 Selkirk (1982) 除了主要語詞法屬性的滲透以外，還允許非主要語的詞法屬性，在不與主要語詞法屬性發生衝突的條件下，滲透到複合詞或派生詞。

order)。有關構成成分線性次序的問題則委由論旨理論與格位理論來決定。論旨理論，簡單的說，是規定述語動詞或形容詞的論元與論旨角色之間「論旨關係」(thematic relation) 的理論原則。例如，「論旨準則」(theta criterion; θ-criterion) 規定：論元與論旨角色的搭配必須是「一對一的對應關係」；每一個論元都只能充當一種論旨角色，而每一種論旨角色也只能指派給一個論元。我們不妨約定：在每一個述語動詞或形容詞的論旨網格裏所出現的論旨角色都必須依照從左到右(如'充：{結果，客體}'❾❽、'放：{客體，處所，施事}')或從裏到外(如'充：〔客體〔結果__〕〕'、'放：〔施事〔處所〔客體__〕〕〕')的次序指派給域內論元與域外論元❾❾。如此，必須先由動詞語素'充'，把「結果」這個論旨角色指派給域內論元(如'血')，而獲得述賓式複合詞'充血'之後，才能由'充血'指派「客體」這個論旨角色給域外論元(如'腦')而獲得主謂式複合詞'腦充血'。因此，不可能有未指派結果給域內論元而只指派客體給域外論元的複合詞(如'*腦充')。

論旨角色的指派含有三個「參數」(parameter)，包括「論旨角色指派語的參數」(θ-marker parameter)、「論旨角色被指派語的參數」(θ-markee parameter) 與「論旨角色指派方

---

❾❽ 也可能是'充：{結果，處所} 或 〔處所〔結果__〕〕'。

❾❾ Fukui & Speas (1986) 把「論旨準則」概化為「飽和的原則」(the Saturation Principle)：卽論旨網格上的每一個位置(包括「格位」(Case) 與「功能屬性」(f-feature)) 都必須「放流」(discharge)；而放流這些位置時，每一個位置都只能放流一次。

向的參數」（θ-marking directionality parameter），而這些參數的「值」（value）則委由個別語言的語法來決定。在漢語裏述語動詞、形容詞、名詞都可以指派論旨角色，而名詞組（或限定詞組）、介詞組、小句子、大句子都可以獲得論旨角色的指派。我們也可以從漢語句法結構的觀察中發現漢語論旨角色是由指派語從右到左的方向指派給被指派語。這樣的假設可以詮釋爲什麼在漢語的句法與詞法結構裏主語與狀語都出現於述語的左方。嚴格說來，充當「語意論元」或「可用論元」的狀語並非由述語動詞來指派論旨角色，因爲狀語出現於「非論元位置」（A-bar position）。但是在「類推」（analogy）或「零假設」（the null hypothesis）的考量下，我們似乎可以說：在沒有相反的語言事實或不違反其他理論原則的認可條件之下，所有漢語的論元都一律出現於述語的左方。至於補述語（包括賓語與補語）之出現於述語的右方則是由於述語動詞從動詞組主要語位置提升移入述詞組主要語位置的結果，而述語動詞的提升（Verb-Raising）是爲了指派論旨角色給主語以及爲了指派格位給賓語的緣故[100]。

（四）「格位理論」（Case Theory）

除了論旨理論以外，格位理論也與詞組結構構成成分的線性次序有關。這裏所謂的「格位」（Case）不指「形態上的格」（morphological case），也不指「語意上的格」（semantic case），而是指「抽象格」（abstract Case）。因此，格位既不意味形態標誌，也不代表語意角色，而與某一個詞組（通常是名詞

---

[100] 參湯（1990f）。

組）在句法結構中出現的位置有關；而格位理論則是詮釋或決定
格位分佈的理論原則。例如，「格位濾除」(Case Filter) 規定：
凡是具有語音形態的名詞組❿ 都必須獲得格位的指派。 另外，
「格位衝突的濾除」(Case-conflict Filter) 則規定：同一個
名詞組不能同時指派兩種或兩種以上的格位。

格位理論也含有三個參數，包括「格位指派語的參數」(Case-
assigner parameter)、「格位被指派語的參數」(Case-assignee
parameter） 與 「 格位指派方向的參數 」 （Case-assignment
directionality parameter)，分別決定那些句子成分可以指派
那些格位、那些句子成分必須獲得格位的指派、以及格位指派語
與被指派語之間的前後次序應該如何。在漢語裏及物動詞應該指
派 「賓位」(accusative Case) 給其賓語名詞組，介詞指派「斜
位」(oblique Case) 給其賓語名詞組，而格位的指派方向是從
左方到右方。這樣的假設不但可以詮釋爲什麼在動詞組與介詞組
裏主要語動詞都出現於賓語名詞組的左方 ， 而且也可以詮釋爲
什麼在述賓式複合詞裏述語動詞語素都出現於賓語名詞語素的左
方。例如，'放海豚'與'放海豚到海裏（面）' 這兩個動詞組都是
合語法的句法結構 ， 因爲這裏名詞組'海豚'與'海裏(面)'都分
別由動詞('放')與介詞('到')獲得格位。另一方面，'放生'與
'放水'這兩個複合詞也都是合語法的詞法結構，因爲這裏名詞素
語'生'與'水'都從動詞語素'放'獲得格位；但是'*放生水'與'*

---

❿ 因此，不具有語音形態的 「大代號」(PRO) 與 「小代號」(pro)（或
　者把二者概化爲「空號代詞」(Pro)) 可以不受「格位濾除」的規範。

放水生'這樣的複合詞卻是不合語法的詞法結構，因爲兩個名詞語素中只有'生'與'水'可以獲得格位，而另外一個名詞語素則由於無法獲得格位而違背「格位濾除」。

除了及物動詞[102]與介詞分別指派賓位與斜位以外，「領位指派語」(genitive Case-marker) 從右方到左方的方向指派「領位」(genitive Case)。至於漢語裏「主位」(nominative Case) 是否存在，以及如果主位確實存在，那麼究竟由什麼格位指派語如何指派主位等問題，則至今仍無確論。Huang (1982) 與 Li (1985) 似乎都默認漢語的主位亦與英語的主位[103]一樣，由屈折語素中的呼應語素所指派。但是湯 (1988g; 1989c (238; 543-544)) 曾列舉 (i) 漢語裏並無明顯的時制語素或呼應語素來證實屈折語素的存在，(ii) 漢語不受管轄的「大代號」似乎可以出現於限定子句主語的位置，(iii) 漢語主語名詞組與屈折語素之間可以介入副詞或狀語，因而形成「鄰接條件」(Adjacency Condition; 卽格位指派語與被指派語必須相鄰接) 的例外，與 (iv) 漢語的主謂式複合詞(如'地震、頭痛、佛跳牆、螞蟻上樹'等)雖然沒

---

[102] 包括及物形容詞與作格動詞，如'(很)關心(你的健康)、(很)生(你的)氣、(很)小(心)、大(著膽子)、彎(著腰)'等。

[103] 一般語法學家雖然都承認英語裏主位的存在，但是有主張由「屈折語素」(I) 的「呼應語素」(Agr) 從右方到左方的方向指派主位的；有主張由「補語連詞」(COMP) 中與屈折語素相對應的呼應語素從左方到右方的方向指派主位的 (參 Stowell (1981))；有主張呼應語素與主語名詞組在「指標相同」(co-indexation) 的條件下指派主位的 (參 Travis (1984))，彼此間似乎仍有異論。

有也不可能含有屈折語素而仍然允許主語名詞的出現❿等幾點事
實來質疑漢語的主位由屈折語素或呼應語素指派的說法。因此，
Wible (1989) 主張漢語的主語名詞組在深層結構與表層結構都
出現於漢語動詞組裏指示語的位置；而湯 (1989e) 則提議漢語
的主語名詞組實際上是移入大句子裏指示語的位置或加接到小句
子的左端充當主題。由於篇幅的限制，我們無法詳細討論有關的
語言事實與語法理論，但是主謂式複合詞的存在似乎為漢語主位
的指派提供了難題。解決這個難題的方法可能包括：(i) 把主謂
式複合詞分析為「主(題)評(述)式複合詞」(topic-comment
compound)，因而出現於非論元位置的主題名詞語素不需要指
派格位❻；(ii) 把主謂式複合詞分析為偏正式複合詞(至少是複
合名詞，如'胃(的)下垂、肺(的)結核、心肌(的)梗塞'等，而
且複合形容詞也有'冰(一般)冷、雪(一般)白、油(一般)膩'等確
實屬於偏正式的例詞)，出現於偏正式複合詞修飾語(亦即非論
元)位置的名詞語素(如'空襲、路祭、蛇行'等)都不必指派格位
；(iii) 主謂式複合詞確實由主語語素與謂語語素合成，並由動詞
語素(或連同賓語、補語等補述語語素)從右方到左方的方向指派

---

❿ '胃下垂'、'金不換'等主謂式複合詞的存在更顯示：狀語語素'下'與
'不'可以介入主語語素'胃、金'與動詞語素'垂、換'之間，仍然形成
「鄰接條件」的例外，而且也無法擬設「補語連詞」的存在而由這個
補語連詞來指派主位。

❻ 在句法結構裏也出現'今天星期三'、'我山東人'這樣不含述語動詞
的「主評句」(topic-comment sentence)，但在句子裏充當主題
('今天'，'我')與述語('星期三'，'山東人')的虛指名詞組都出現於
非論元位置，所以無需指派格位。

格位。⑩(i)與(iii)的解決方法連帶的要求在句法結構上也做相同的分析，而(ii)的解決方法雖然不致於牽動有關句法結構的分析，卻似乎比較不容易適用於'佛跳牆、螞蟻上樹'等主謂式複合名詞、'地震、頭痛、言重'等複合動詞以及'面熟、年輕、嘴硬'等複合形容詞的分析。

又 Chomsky (1986a: 193ff) 區別「固有格位」(inherent Case) 與「結構格位」(structural Case)，並且區別「格位(的)指派」(Case-assignment) 與「格位(的)顯現」(Case realization)。根據這些區別，英語的(及物)動詞、介詞、屈折(或呼應)語素可以指派固有格位與結構格位；但名詞與形容詞只能指派固有格位，而結構格位則分別藉「領位標誌」'-'s」與「語意空洞的介詞」(dummy preposition) 'of'顯現出來。Yoon (1989) 接受固有格位與結構格位的區別，並主張在漢語裏以「固有格位指派方向的參數」(inherent Case-assignment directionality parameter; 在漢語裏是從右方到左方) 來取代「論旨角色指派方向的參數」。Yoon (1989) 的主張有下列幾個優點。

(i) 無論在句法與詞法，都不必在深層結構中界定構成成分的前後線性次序，而只界定上下支配關係。Chomsky (1981)

---

⑩ Wible (1989) 認為漢語的主語名詞組出現於動詞組指示語的位置，而且由於出現於指示語位置的名詞組都必然滿足「可見性的條件」(the Visibility Condition) 而不違背「格位濾除」。不過，對於漢語的主語名詞組在表層結構中仍然出現於動詞組裏指示語的位置以及凡是出現於指示語位置的名詞組都必然滿足可見性的條件這兩點假設，似乎未能充分提出獨立自主的證據。

與 Stowell（1981）都設法從深層結構中抽離線性次序的概念，而讓其他的理論原則在表面結構中認可線性次序。「（固有）格位的指派」可以說是屬於深層結構的概念，而「（結構）格位的顯現」則可以說是屬於表層結構的概念。

（ii）如果說漢語裏論旨角色的指派方向是一律從右方到左方，而格位的指派方向是一律從左方到右方，那麼漢語介詞的賓語名詞組在深層結構中都必須出現於主要語介詞的左方❿，然後在表層結構中再移到主要語介詞的右方獲得格位。但是這樣的移位，無論是分析爲主要語介詞的移位或補述語名詞組的移位，都不容易獲得認可。但是如果把介詞分析爲只能從左方到右方指派結構格位，而不能指派固有格位，那麼介詞的賓語名詞組就可以在深層結構中直接出現於介詞的右方。

（iii）另一方面，及物動詞（如‘看’）與形容詞（如‘（很）關心’）則分析爲從右方到左方的方向指派固有格位，而從左方到右方指派結構格位。結果，補述語可能出現於主要語及物動詞或形容詞的左方，並藉適當的介詞來指派結構格位（‘如把書看完；對你很關心’）；也可能出現於主要語及物動詞或形容詞的右方，由這些及物動詞或形容詞獲得格位（如‘看完書；很關心你’）。

（iv）至於不及物動詞（如‘接吻’）或形容詞（如‘（很）憤慨’）則只能從右方到左方的方向指派固有格位。因此，補述語只能出

---

❿　我們接受 Fabb（1984）的看法而認爲：先由述語動詞指派論旨角色給補述語介詞組，再由這個補述語介詞組的主要語介詞指派同樣的論旨角色給介詞的賓語名詞組。

現於主要語不及物動詞的左方，並藉適當的介詞來指派結構格位
（如‘跟她接吻；對這件事很憤慨’）。

　　(v) 在漢語複合詞裏述語動詞語素都從右方到左方的方向指
派固有格位給賓語、狀語、主語（或主題）名詞語素，而從左方
到右方指派結構格位給賓語名詞語素。因此，不需要結構格位的
狀語⑩與主語（或主題）名詞語素都出現於主要語動詞語素的左方
，而需要結構格位的賓語名詞語素則出現於主要語動詞語素的右
方。

　　另外，Chomsky (1981) 曾企圖整合格位理論的「格位濾
除」與論旨理論的「論旨準則」，因而提出「可見性的條件」(the
Visibility Condition)；卽句法成分只有獲得格位的時候才能
被指派論旨角色。也就是說，格位指派是論旨角色指派的先決條
件。但是「可見性的條件」雖然可以適用於名詞組，卻不適用於
補述語介詞組與補述語子句，因為介詞組與子句一般都認為不需
要指派格位（因而在線性次序上總是出現於需要指派格位的名詞
組後面）⑩。另外，不具有格位的「大代號」(PRO) 也必須指
派論旨角色。同時，論旨角色的指派應該發生於深層結構，而格

---

⑩　在句法上的詞組結構裏出現於狀語位置的名詞組仍需要藉介詞來顯現
　　結構格位，而出現於主題位置的名詞組則不需要藉介詞來顯現結構格
　　位。我們目前還不知道為什麼狀語名詞組（出現於動詞組、述詞組、
　　小句子、大句子等附加語的位置）與主題名詞組（出現於大句子指示語
　　的位置或加接於小句子的左端）之間有這樣的區別，也不知道為什麼
　　狀語名詞組需要顯現格位，而狀語名詞語素則不需要顯現格位。

⑩　但是 Yim (1984) 認為介詞組與子句分別由介詞（包括連詞）與補語
　　連詞（如英語的 ‘that’、‘whether’、‘if’ 與 ‘for’）指派格位。

位的指派或顯現則發生於表層結構。因此，論旨角色的指派似乎
應該獨立於格位的指派。⑩ 又 Nagasaki (1988) 提議以'〔-V〕'''
（包括名詞組、大代號、介詞組、限定子句與不定子句）做為指
派英語論旨角色的「可見性條件」，但是如果這個條件要適用於
漢語複合詞，那麼至少也得並列'〔-V〕°'以便包含名詞語素。

　　在前面所討論的漢語併入現象中，「(賓語)名詞語素的併
入」、「(賓語)名詞組的併入」以及「期間量詞組的併入」都與格
位理論有關。述賓式複合動詞的賓語名詞語素(如'關心')經過
併入而成為及物複合動詞以後，才能指派賓位給賓語名詞組
(如'關心你的健康')。述賓式複合動詞的賓語名詞語素(如'吃
醋')與賓語名詞組(如'(吃醋)你')也經過併入才能分別獲得賓
位(如'吃你的醋')與領位(如'吃你的醋')。期間量詞組出現於
賓語名詞組的後面(如'讀小說三個小時')時，只有賓語名詞組
(如'(讀)小說')獲得賓位，而期間量詞組則無法獲得格位；因而
期間量詞組併入賓語名詞組中，以便獲得領位(如'讀三個小時的
小說')。

(五)　「管轄理論」(Government Theory)

　　句法現象所發生的「句法領域」(syntactic domain) 常受
「局部性」(locality) 的限制。例如，在句法成分'α'與句法成
分'β'之間發生某種句法現象(如'α'移到'β'，或'α'與'β'照
應等)的時候，'α'與'β'必須出現於特定的狹隘的領域內。管

---

⑩　Emonds (1985) 也認為論旨角色的指派與格位的指派應該互相獨
　　立。

・漢語語法的「併入現象」・

轄理論就是有關這個"特定的狹隘的領域"或「局部性」的理論原則。

Chomsky（1981）主張論元名詞組論旨角色的指派應該在述語動詞「管轄」（govern）論元名詞組的條件下才能產生。「管轄」是比「c統制」（c-command）或「m統制」（m-command）更嚴格的局部性條件。因為如果支配 α 的第一個分枝節點支配 β，而 α 與 β 不互相支配，那麼 α 就「c統制」β（而 β 也「c統制」α）；如果 α 不支配 β，而支配 α 的每一個最大投影 γ 都支配 β，那麼 α 就「m統制」β⑪。但是 α「管轄」β 的時候，不但 α 要「c統制」β，而且 α 必須是主要語（X°），同時在 α 與 β 之間沒有最大投影的介入來形成阻礙管轄的「屏障」（barrier）。 我們在前面的討論中已經發現：述語動詞與述語動詞語素分別管轄賓語名詞組與賓語名詞語素，因而指派域內論元論旨角色給賓語名詞組與名詞語素；述語動詞與賓語名詞組以及述語動詞語素與賓語名詞語素也分別管轄主語名詞組與主語名詞語素，因而指派域外論元論旨角色給主語名詞組與名詞語素。⑫ 不過，Chomsky（1986b: 13）則把「論旨角色指派語」（θ-marker）改為主要語（如動詞(V)指派論旨角色給

---

⑪ 因此，「c統制」是比「m統制」更嚴格的局部性條件。因為在「c統制」裏無論是最大投影(XP)或是中介投影(X')都可以充當「第一個分枝節點」（亦即"特定的狹隘的領域"），而在「m統制」裏則只有最大投影（XP）可以充當"特定的狹隘的領域"。

⑫ 「評述」（C'或IP）也管轄「主題」（出現於CP的指示語或加接到IP的左端）。但是在深層結構中直接衍生於大句子指示語的主題並非由評述（C'）來指派論旨角色，而加接到小句子（IP）左端的主題則在小子句內獲得論旨角色的指派以後，加接到這個位置來。

・225・

域內論元)或最大投影(如動詞組(VP)指派論旨角色給域外論元),並且要求論旨角色的指派語與被指派語 (the recipient of the θ-role) 必須是「姐妹成分」(sisters);卽 α(指派語)與 β(被指派語)必須受同樣的「詞彙投影」(lexical projection)的支配。這種「姐妹關係」(sisterhood)也是局部性條件之一。

除了論旨角色的指派以外,格位的指派也是在格位指派語管轄格位被指派語(或格位指派語與被指派語形成姐妹關係)的條件下,由指派語指派給被指派語⓵。這種論旨角色或格位的指派語與被指派語之間的管轄或姐妹關係,不但適用於句法結構,而且還適用於詞法結構。因此,在漢語裏,無論是句法上或詞法上的併入,併入語都管轄被併入語,併入語與被併入語也互相成爲姐妹成分。

(六)　「限界理論」(Bounding Theory)

限界理論是有關句法成分移位限制的理論。原則參數語法僅允許兩種移位:「代換移位」(substitution) 與 「加接移位」(adjunction)。在代換移位中,句法成分從一個節點移入另一個「空(號)節(點)」(empty node)。在「結構保存假設」(the Structure-Preserving Hypothesis; 卽詞語(X°)只能移入詞語空節,而詞組(XP)則只能移入詞組空節,藉以保持詞組結構的不變)與「論旨準則」(卽述語動詞的補述語是與述語動詞的次類畫分有關的域內論元,必須指派特定的論旨角色而不得任意變更)

⓵　與管轄有關的理論中還包括「空號原則」,擬在下面有關句法成分移位的「限界理論」裏一併討論。

的考量下，詞語只能從主要語的位置移入另外一個主要語的位置，而詞組則只能從補述語、附加語或指示語的位置移入指示語的位置。這也就是說，只有詞語（主要語）與詞組（補述語、附加語或指示語）可以移位，而詞節則不得移位；只有主要語與指示語可以成爲「移入點」(landing site)，而補述語則不得成爲移入點 ⑭。另一方面，在加接移位中，句法成分則從一個節點（α）移到另一個節點（β），並在這個節點（β）上面設定直接支配這個節點並與這個節點相同的節點（β）以後，再加接到下面節點（β）的左端或右端，因而形成下面⑩的結構佈局：

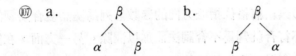

⑩ a.　　β　　　　b.　　β

根據 Chomsky (1986b: 6)，加接移位的成分限於詞組，而且只能加接到出現於「非論元位置」的詞組（如小句子(IP)與動詞組(VP)）的左端或右端。

　　在我們所討論的漢語併入現象中，動詞與介詞的併入（如'住(在)宿舍'）、動詞與介詞的重新分析（如'送給了他一本書'）以及介詞與介詞的併入（如'把(在)花瓶裏'）都發生於主要語與主要語之間，但既不涉及代換移位，亦不涉及加接移位。但在合成述語（如'哭濕(手帕)、喊破(喉嚨)'）的形成過程中，子句述語動詞

---

⑭ 在理論上，附加語也應該成爲移入點。但是一般的X標槓理論都較少提到附加語，所以也就較少人討論句法成分移入附加語的問題（參湯(1990e)）有關副詞與狀語移位的問題）。

（如‘濕、破’）移入母句述語動詞的位置，並加接到母句述語動詞而形成合成述語，則牽涉到主要語的移位與加接。因此，雖然在句法上只允許詞組與詞組之間的加接，但在詞法上則似乎應該允許詞語與詞語之間的加接。⑯ 事實上，最近的句法分析已經允許詞語與詞語之間（如屈折語素（Ⅰ）與動詞（Ⅴ）之間）的加接。又動詞組的主要語動詞在深層結構中本來出現於賓語名詞組的右方，然後由於主要語動詞的提升移入述詞組裏主要語述詞的位置，而在表層結構中出現於賓語名詞組的左方。但是我們似乎不需要在詞法上為述賓式複合動詞裏述語動詞語素與賓語名詞語素的線性次序擬設同樣的深層結構與表層結構。我們只要把固有格位（或論旨角色）與結構格位指派方向的參數值列為漢語複合動詞的認可條件，不符合就判為不合詞法而加以濾除。另一方面，在賓語名詞組的併入（如‘吃你的醋’）與期間量詞組的併入（如‘讀三個小時的小說’）中賓語名詞組與期間量詞組則分別從補述語與附加語的位置移入限定詞組裏指示語的位置。可見詞組的代換移位僅發生於句法上的併入（這是詞語結構的構成成分不含詞組的當然結果），而且都沒有違背有關代換移位的限制。不過，在述賓式複合動詞的名詞語素與賓語名詞的併入（如‘吃醋你’→‘吃你的醋’）裏，複合動詞的賓語名詞語素（’N）在重新分析裏要分析為

---

⑯ 另外，複合動詞裏賓語、主語或狀語名詞語素被述語動詞語素併入的時候，我們在有關詞語結構的分析中讓主要語動詞語素來支配名詞語素，結果呈現了類似加接的結構佈局，例如：

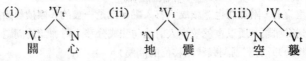

    (i)   ’V_t   (ii)   ’V_i   (iii) ’V_t

        ’V_t ’N   ’N ’V_i   ’N ’V_t

        關   心   地   震   空   襲

由名詞節(N')所支配的名詞(N)。

句法成分的移位也要遵守「局部性條件」。例如，限界理論的「承接條件」(the Subjacency Condition) 規定：句法成分的移位不得在一次移位中同時越過兩個「限界節點」(bounding node; 如名詞組（NP）與小句子(IP))。⑯ 賓語名詞組與期間量詞組的代換移位都發生於動詞組裏面；因此，這些移位都不違背承接條件的限制。句法成分的移位限制還包括有關「空號詞」(empty categories; 例如因名詞組與疑問詞組移位而留下的「痕跡」(trace)) 認可條件的「空號原則」(the Empty Category Principle; ECP)；即空號詞必須「受到適切的管轄」(be properly governed)，包括「詞彙主要語管轄」(lexical-head government; 即由 V°, P°, A°, N° 等主要語（但不包括 I°, C°) 來管轄)與「前行語管轄」(antecedent government)。⑰ 例如，子句動詞從動詞組(或述詞組)主要語的位置移入母句

---

⑯ Chomsky (1986b) 為了整合管轄理論與限界理論而提出了「屏障理論」(the Barriers Theory)，因為與本文中所討論的漢語併入現象關係不大，所以不在這裏詳論。

⑰ 「空號原則」有許多不同的主張與內容，包括企圖整合「約束理論」與空號原則中「前行語管轄」部分的「概化的約束理論」(the Generalized Binding Theory: 參 Aoun (1986) 與 Aoun, et al (1987))、主張縮小「主要語管轄」而擴大「前行語管轄」的「γ 指派」(γ-assignment) 的建議 (參 Lasnik & Saito (1984))、以及主張某一種管轄關係只能「阻礙」(block) 同一種管轄關係 (即主要語管轄只能阻礙主要語管轄，而前行語管轄只能阻礙前行語管轄) 的「相對化的貼近性條件」(the relativized minimality; 參 Rizzi (1990)) 等。這裏主要依據 Chomsky (1981) 的理論，並參照 Chomsky (1986b) 的主張。

動詞組(或述詞組)主要語的位置形成合成述語時,子句動詞移位後所留下來的痕跡受到移位動詞的前行語管轄,即移位痕跡(t_i)受到與此痕跡「同指標」(coindexed)的移位動詞(V_i)的「m統制」[118],而且痕跡與動詞之間並無「屏障」來阻礙管轄,例如:

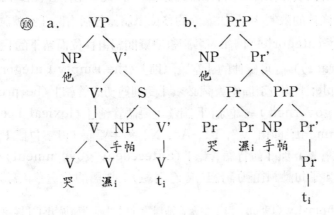

又述賓式複合動詞的賓語名詞語素與賓語名詞組的併入,係在重新分析後的同一個名詞組(或限定詞組)裏移入指示語的位置,所以移位後所留下的名詞組痕跡也受到移位名詞組的前行語管轄,例如:

[118] 在「約束理論」裏界定「照應詞」、「稱代詞」、「指涉詞」、「變項」等與其前行語之間的約束關係時,所需要的似乎是「c統制」的概念,而在其他句法關係(例如在「空號原則」裏「適切管轄語」(proper governor) 與「被管轄語」(governee) 的關係)裏則可能需要「m統制」。參 Chomsky (1986b: 8)。

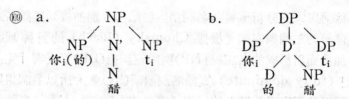

但是⑩的詞組結構分析有一個問題，那就是「重新分析」能否允許這麼“激烈”的結構改變？⑩的詞組結構很像加接結構，但眞正的加接結構應該是⑩或⑪。試比較：

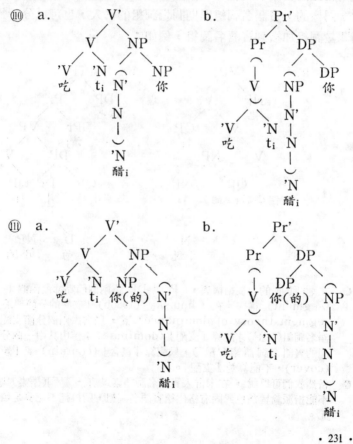

根據⑩與⑪的分析，賓語名詞語素（‘醋’）分別加接到賓語名詞組（‘你’）的左端與右端。根據 Chomsky (1986b) 的屏障理論，因加接而新形成的名詞組（NP）與限定詞組（DP）都沒有「完全支配」（fully dominate) 賓語名詞語素（'N）❿，所以名詞組與限定詞組並不構成管轄上的屏障，賓語名詞語素（‘醋$_i$’）也就適切的管轄了它的痕跡（‘t_i’）。但是重新分析是否允許這樣的加接結構？同時，在這種加接裏，非最大投影的名詞語素加接到了充當域內論元的賓語名詞組❷，因此也非放鬆加接的條件不可。

同樣的，賓語名詞組與期間量詞組的併入，也可以分析爲把期間量詞組加接到賓語名詞組，例如：

⑪

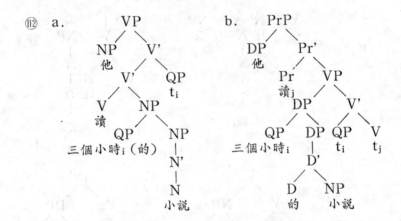

---

❿ 在 ⑩ 與 ⑪ 的加接結構裏，NP 與 DP 這兩個節點都由兩個「分節」(segment) 構成。在 Chomsky (1986b)「支配的分節理論」(a segment theory of dominance) 下，只有由兩個分節支配的賓語名詞組（‘你’）才能算「支配」(dominate)；僅由其中一個分節支配的賓語名詞語素（‘醋’），只能算「包含」(contain) 或「覆蓋」(cover)，不能算是「支配」。

❷ 當然我們可以說，在未併入賓語名詞語素以前，動詞（語素）‘吃’並不能指派論旨角色或固有格位給賓語名詞組，所以還不能算是域內論元。

在⑪a 的詞組結構裏，期間量詞組('三個小時ᵢ')沒有「m 統制」它的痕跡('tᵢ')，反而被它的痕跡「m統制」；因此，移位痕跡並沒有受到適切的管轄。相對的，在⑪b 的詞組結構裏，期間量詞組沒有受到限定詞組(DP)的完全支配，所以DP不構成管轄上的阻礙；因此，期間量詞組的痕跡受到前行語的「m統制」而得到適切的管轄。⑪a與⑪b兩種詞組結構分析的比較，似乎支持「述詞組」的存在以及賓語名詞組在動詞組裏充當指示語的詞組結構分析。而且，在⑪b 的加接結構裏，最大投影的量詞組(QP)加接到非論元⑳的最大投影限定詞組的左端，因此也似乎完全符合加接移位的條件。由於⑪b 的詞組結構分析能夠獲得認可，所以在句法結構與功能上與⑪b 極為相似的⑩或⑪的詞組結構分析似乎也有希望獲得認可。但是，目前對於「結構改建」(restructuring) 與「重新分析」(reanalysis) 的內容或限制仍然不十分了解，我們只能留為將來研究的課題。㉒

(七) 「約束理論」(Binding Theory)

約束理論，簡單的說，是規範或詮釋各種名詞組(或限定詞組)在句法結構中出現分佈的情形以及這些名詞組(或限定詞組)與其前行語之間的指涉關係的理論原則。例如「約束原則」(the Binding Principle) 要求：(A)「照應詞」(anaphor; 包括「反身詞」(reflexive, 如'自己')、「交互詞」(reciprocal, 如'彼此')、「名詞組痕跡」(NP-trace; 即名詞組移位所留下的痕

㉑ 在⑪b 的詞組結構裏，限定詞組(DP)是動詞節(V')的姊妹成分，不是動詞(V)的姊妹成分。

㉒ 有關「結構改建」與「重新分析」的主要文獻是 Manzini (1983)。

跡))必須在其「管轄範疇」(governing category)⑫內「受到約束」(be bound)⑫;(B)「稱代詞」(pronominal;;包括「實號代詞」(overt pronoun, 如'他、她、它')與「空號代詞」(null pronoun, 如「小代號」(pro))必須在其管轄範疇內「自由」(free)⑫;(C)「指涉詞」(R-expressions, 包括一般的「指涉性名詞組」(referential NP/DP, 如'小明、小華、李大明先生、那一隻貓、這一本書')與「疑問詞組痕跡」(wh-trace))必須自由。

「指涉」(reference)本來是屬於名詞組(NP)或限定詞組(DP)的屬性,而詞法的構成成分卻不是詞組(XP),而是語素('X)。我們在前面曾經指出:在複合詞裏所出現的名詞語素都是

---

⑫ 所謂(α 的)「管轄範疇」係指包含 α、α 的「管轄語」(governor)、以及 α「可以接近的大主語」(accessible SUBJECT)這三者的「最貼近」(minimal)的最大投影(通常是小句子、大句子、名詞組(或限定詞組))。「大主語」包括句子的主語、名詞組(或限定詞組)的領位主語、以及「呼應語素」;而「可以接近」(或「接近可能性」(accessibility))則指當 α「c 統制」β,而把 α 的「指標」(index)指派給 β 的結果,並不致於違背「i 在 i 內的條件」(the "i-within-i" condition; 卽整個名詞組(或限定詞組)與其部分名詞組(或限定詞組)之間不可以享有相同的「指涉指標」(referential index))。

⑫ "α 在其管轄範疇內受到 β 的約束"表示:"α 在這個句法領域內受到 β 的「c 統制」,而且 α 與 β 具有「相同的指標」(co-index)"。

⑫ "α 在其管轄範疇內自由"表示:"在這個句法領域內沒有既「c 統制」α 又與 α 具有相同指標的 β"。也就是說,稱代詞在其管轄範疇內必須與任何「c 統制」這個稱代詞的名詞組或限定詞組具有「相異的指標」(contra-index)。

「非指涉性」或「虛指」的；旣不能指涉，就無法在複合詞內容納或成爲照應詞、稱代詞、指涉詞。因此，約束理論原則上不能適用於詞法。非但如此，出現於複合詞裏面的名詞語素不能從複合詞外部加以修飾(如'(*太)空襲、(*迅)風行、(*屋)瓦碎、(*惡)夢想、(*白)粉刷、(*黑的)螞蟻上樹；開(*一把)刀、跳(*一棟)樓；(*很)遲到、(*太)早退、(*非常)過獎')，也不能用稱代詞或指涉詞加以照應(例如在'太陽快要下山了，但我從來沒有爬上{那座山/那裏}'這一句話裏，'那座山'與'那裏'不可能指'下山'的'山')，甚至不能用疑問詞加以詢問(例如，除了「回響問句」(echo question) 以外，不可能用'吃什麼？'、'開什麼？'、'跳什麼？'等來期望對方回答'吃醋'、'開刀'、'跳傘')。就這一點而言，複合詞可以說是「句法上的孤島」(syntactic island)，因而不受外部句法規律的支配或適用。

但是複合詞的「孤島性」(islandhood) 也不是絕對的，因爲許多述賓式複合動詞允許在述語動詞語素與賓語名詞語素之間出現「動貌標誌」(如'開{了/過}刀、幫{了/過}忙')或「數量詞」(如'開過一次刀、幫過幾次忙')，也有不少述補式複合動詞允許在述語動詞語素與補語動詞或形容詞語素之間出現表示可能或不可能的'得/不'(如'打{得/不}開'、聽{得/不}見、看{得/不}到')。而且有些句法規律似乎也可能影響複合詞內部的結構或詞序。例如，在名詞組「並列結構刪簡」(Coordinate Structure Reduction) 中，「逆向刪略」(backward deletion) 的'昨天(的)(客人)與今天的客人、三角(的)(圖形)與橢圓的圖形'比「順向刪略」(forward deletion) 的'*昨天的客人與今天

（的）（客人）、三角的圖形與四角（的）（圖形）'好。同樣的，在複
合名詞的並列結構刪簡中，逆向刪略的'？順（時鐘方向）與反時
鐘方向、？前（蔣經國時期）與後蔣經國時期'也比順向刪略的
'＊順時鐘方向與反（時鐘方向）、前蔣經國時期與後（蔣經國時期）'
好。

（八）「控制理論」（Control Theory）

　　約束理論係詮釋在一般句法結構中所出現的照應詞、稱代詞
、指涉詞與其前行語之間的分佈情形以及指涉關係，而控制理論
則詮釋在「控制結構」（control construction）中所出現的「大
代號」（PRO）與其「控制語」（controller）之間的分佈情形以
及指涉關係。根據「管轄與約束理論」（the Government-and-
Binding Theory），大代號兼具「照應」（〔＋anaphoric〕）與
「稱代」（〔＋pronominal〕）兩種句法屬性；既屬於照應詞而必須
在其管轄範疇內受到約束，又屬於稱代詞而必須在其管轄範疇內
自由。針對這種兩難的情形，只得提出「大代號原理」（the PRO
Theorem）來解決；即大代號不受管轄㉖，因而沒有管轄範疇，
也就不必遵守「約束原則」的條件A或條件B。由於不受管轄，
所以英語的大代號只能出現於不定子句、分詞子句、動名子句等
非限定子句裏主語的位置。大代號依其控制語之是否在句中出現，
可以分爲「任指的大代號」（arbitrary PRO）與「限指的大代

㉖　但是也有人主張英語裏「任指的大代號」（arbitrary PRO）不受管
　　轄，而「義務（或限指）的大代號」（obligatory control PRO）則
　　要受管轄。參 Mohanan（1983）、Bouchard（1984）、Koster
　　（1987）等有關討論。

號」(obligatory control　PRO)　兩種。任指的大代號，其指
涉對象或控制語不在句中出現，而要靠「語言情境」(speech
situation)　或「上下文」(context) 來認定。限指的大代號，
其控制語必須在母句中出現，並且控制語必須在母句中充當論元
(如母句主語或賓語)來「c 統制」充當子句主語的大代號[127]。
大代號通常出現於「控制動詞」(control　verb) 的不定子句補
語裏。一般說來，如果母句裏含有賓語，那麼子句主語的大代號
就以母句賓語名詞組爲其控制語(叫做「受賓語控制的大代號」
(object control PRO; 如 'John forced Mary$_i$〔PRO$_i$ to go
away〕；小明強迫小華$_i$〔PRO$_i$ 走開〕')；如果母句裏不含有賓
語，那麼子句主語的大代號就以母句主語名詞組爲其控制語(叫
做「受主語控制的大代號」(subject control　PRO；如 'John$_i$
attempted〔PRO$_i$ to escape〕；小明$_i$ 企圖〔PRO$_i$ 逃跑〕')。
但是在「有標」(marked) 或例外的情況下，雖然母句含有賓語
，有些控制動詞的子句主語大代號卻以母句主語爲其控制語(如
'John$_i$ promised　Mary〔PRO$_i$ to come〕；小明$_i$ 答應小華
〔PRO$_i$ 來〕')。[128]

　　由於漢語裏限定子句與非限定子句的界限不很明確，以及漢
語裏應否承認呼應語素等問題至今尚無定論，所以漢語裏大代號

---

[127]　但是大代號與其控制語的關係，與移位語與其痕跡的關係不同，並非
　　　由於移位而產生，所以不受「承接條件」的限制。

[128]　關於漢語大代號的屬性特徵以及大代號控制語的認定等問題，參 Xu
　　　(1986) 與 Huang (1989a) 的有關討論。

與小代號的區別與分佈也就不容易界定清楚⑫。但是包括大代號在內的所有空號詞都不可能成為複合詞的構成成分；因為在複合詞裏不可能找到痕跡的移位語或大代號的控制語，其他空號詞也不可能在複合詞內部受到適切的管轄。因此，「空號原則」與「約束原則」本身就排除了空號詞在複合詞裏面出現的可能。⑬大代號雖然不可能在詞法結構中出現，但在句法上形成合成動詞的時候，大代號卻可能成為子句動詞的域外論元。例如，漢語裏有些述補式二元複合動詞(如'推開、摔破')與述補式三元複合動詞(如'當做、放進、讀成')可以分析為從以大代號(PRO)(或以概化的空號代詞 (Pro))為主語的子句裏提升子句動詞而得來，例如：

⑬ a. 小明推門ᵢ〔PROᵢ 開〕→ 小明推開門 → 小明把門推開

　　b. 小華摔杯子ᵢ〔PROᵢ 破〕→ 小華摔破杯子 → 小華把杯子摔破

　　c. 我們當他ᵢ〔PROᵢ 做最好的朋友〕→ ？我們當他做最好的朋友⑬ → 我們把他當做最好的朋友

---

⑫ 參 Li (1985)、Xu (1986)、Huang (1989a)、湯 (1988a, 1990a)的有關討論。

⑬ 如果所有空號詞都屬於最大投影的詞組(XP)，那麼只能允許語素('X)為構成成分的複合詞也勢必排除空號詞在複合詞出現的可能。不過，Fukuyasu (1987) 主張英語的大代號可以以詞組（XP）、詞節（X'）與詞語（X°）為其控制語。

⑬ 雖然有很多人認為這個句子通，但是這些人卻認為'?*我們當他的家做我們的家'不能接受，而必須改為'我們把他的家當做我們的家'。

d. 她放錢ᵢ〔PROᵢ 進抽屜裏〕→？她放錢進抽屜裏 →
她把錢放進抽屜裏

e. 他讀'侯'字ᵢ〔PROᵢ 成'候'字〕→ *他讀'侯'字成
'候'字 → 他把'侯'字讀成'候'字

我們在前面的分析裏沒有把這類述補式複合動詞當做合成動詞來
衍生，因爲：(i) 有些與此同類的述補式複合動詞以黏著語素爲
補語(如'變爲、成爲、改爲、轉爲、化爲、視爲、稱爲'的'爲'
，就是'變成、看成、說成、寫成、讀成、改成'的'成'也都在書
面語中才能做自由語素使用)，似乎不宜做爲合成動詞來衍生；
(ii) 在這類述補式複合動詞裏充當述語的動詞語素並不屬於「控
制動詞」⑬ ；(iii) 這類述補式複合動詞雖然屬於及物動詞，卻有
許多地方並不能出現於賓語名詞組的前面，而只能出現於「把字
句」(如例句(⑪c,d,e)⑬ ；(iv) 就這類述補式複合動詞的「孳

---

⑬ 大代號也可以出現於漢語的結果或程度補語裏(如'你怎麼氣得〔PRO
成這個樣子〕'、'他氣得〔PRO 說不出話來〕'、'她氣得〔PRO 發
抖〕'、'她氣得〔PRO 哭了〕'、'她氣得〔PRO 哭出來〕')，但是只
能在一定的條件下才能成爲合成述語。例如，我們雖然可以說'你
怎麼氣成這個樣子'或'她氣哭了'，卻不能說'*他氣說不出話來'、
'*她氣發抖'或'*她氣哭出來'。因此，除了母句動詞與子句動詞之
間的語意選擇以外，還得就'得'字(或許可以分析爲與'到…(的程度/
地步)'功能相同的終點介詞或連詞)的出現與否以及母句動詞與子句
動詞的音節數目等設立相當獨特的限制。

⑬ Baker (1985c) 提出「格位框式保存的原則」(the Case Frame
Preservation Principle)；卽屬於詞類 α 的合成詞語 X° 至多只
能以原來屬於詞類 α 的構成語素所能指派的(結構)格位屬性爲其
(結構)格位屬性。根據這個原則，這些述補式複合動詞的述語與補語
動詞都是二元述語，只能指派一個結構格位(賓位)。因此，述補式複
合動詞也頂多只能指派一個賓語給賓語名詞組；另外一個賓語名詞組
則只能指派固有格位，因而必須藉介詞'把'來指派結構格位。

生力」（productivity）而言，做爲複合動詞在詞彙中衍生，抑或做爲合成動詞在句法中衍生，似無多大差別。❿

十、結語：詞法與句法的相關性

以上就漢語的併入現象，包括複合動詞內部的詞法上的併入與賓語名詞組併入、期間量詞組併入、介詞併入、動詞併入等句法上的併入，提出了相當詳細的分析與討論。本文的目的不僅在於闡明漢語併入現象的內容、特徵與限制，並且更進一步透過詞法上與句法上的併入來探討詞法與句法的相關性。

漢語詞法結構與句法結構的相似性，早爲漢語語言學家所指出。例如 Chao（1968: 194頁與366頁)曾經分別提到："至於由詞根合成的複合詞，因爲所牽涉的關係多半與句法結構裏的關係相似……"與 "漢語裏大多數的複合詞都具有句法結構……"。但是漢語的詞法結構與句法結構究竟如何相似，以及爲什麼如此相似？Selkirk（1982: 2）指出："詞法結構具有與句法結構同樣的一般形式要件，甚至由同樣的規律系統衍生"，而 Baker（1985b）也提出「互映原則」（the Mirror Principle）來主張 "詞語結構的衍生必須反映句法結構的衍生(而句法結構的衍生也必須反映詞語結構的衍生)"。但是漢語的詞語結構與句法結構究

---

❿ 清華大學語言學研究所的張淑敏同學正依據 Baker（1985c）的併入理論來比較研究這類動詞在詞法中抑或句法中衍生的可能。Baker（1985c）的併入理論，企圖以「併入理論」、「格位理論」與「管轄理論」（尤其是「空號原則」）統合各種改變「語法功能」（grammatical function）的句法規律（如「被動」、「間接賓語提前」、「領位名詞組提升」等）與本文所稱的「併入」並不盡相同。

竟具有怎麼樣的一般形式要件？漢語的詞法結構與句法結構究竟
是由什麼樣的規律系統如何衍生的？

　　本文把漢語裏詞語結構與句法結構的併入現象（包括重新分
析與主要語屬性的滲透）概化爲「影響α」（Affect α）的顯現❸
，並從「原則參數語法」的各個理論原則來檢驗這些併入現象的
內容與限制；結果發現投射理論、論旨理論、X標槓理論、格位
理論、管轄理論與限界理論都一律適用於詞法上的併入與句法上
的併入。❸ 由於句法結構由詞組構成，而詞組則由詞節與詞語構
成，所以句法結構形成三個槓次的階層組織；而詞語結構則全以
語素構成，所以僅能形成兩個槓次的階層組織。這種句法結構與
詞語結構在階層組織上的差異，直接反映於二者在X標槓結構的
差別；也就是說，這種差異可以直接從詞語的定義中演繹出來，
而不必另做規範。其他在過去詞法論著上所提出的條件或限制，
如「第一階投射的條件」、「第一姐妹條件」、「鄰接條件」、「不含
詞組的條件」等，似乎也都可以從詞語的定義、管轄理論以及X
標槓理論❸的聯繫中演繹出來。至於與詞組的移位、指涉、控制

----

❸　「影響 α」的其他顯現是「移動 α」（Move α）、「刪除 α」（Delete
　　α）與「指派同指標給 α」（coindex α）等。

❸　但是「格位濾除」的定義必須加以概化而包含賓語名詞語素在內，卻
　　要設法排除附加語名詞語素在外。另外，主謂（或主評）複合詞的存在
　　，對於漢語主語（或主題）名詞語素應否指派格位、漢語是否眞正具有
　　呼應語素、漢語主語在深層結構與表層結構出現的位置以及移位的過
　　程究竟如何等問題，則似應重新加以檢討。

❸　特別是「兩叉分枝的公約」。有關句法結構與詞語結構的「兩叉分枝
　　性」（binary branching），參 Kayne (1984)，Selkirk (1982) 等。

有關的約束理論與控制理論,則與以語素爲構成成分的詞語無關,因此原則上在詞語結構中不適用。⑱

　　我們承認在漢語語法中「詞語結構」(word structure; W-structure) 與「詞彙部門」的存在。但我們並不主張詞彙部門的完全自律,而主張詞語結構與其他句法表顯層次(如深層結構、表層結構、邏輯形式)同受原則系統的支配。因此,原則參數語法的理論原則都在詞語由語素構成的定義或限制下一律適用於詞語結構。同時,我們把所有理論原則的規定或要求視爲詞語結構「(句法)表顯合格的條件」(well-formedness conditions on (syntactic) representation),而不視爲「規律適用的限制」(constraints on rule application),因此無論是複合(動)詞、派生(動)詞或合成(動)詞都同樣的適用。這樣的結論,非但支持原則參數語法成爲普遍語法理論體系的「詮釋上的妥當性」(explanatory adequacy),而且也似乎更能符合「孩童語言習得」(children's language acquisition) 的眞相;卽孩童不必爲句法結構與詞語結構分別習得兩套不同的語法規律。

* 本文應邀於1990年 6 月20日至22日在香港城市理工學院舉行的 International Conference on Theoretical and Applied Studies of Chinese and English 上發表,並曾刊載於《清華學報》(1991) 新二十一卷第一期 (1至63頁) 與第二期 (337至376頁)。參考文獻(見383頁至404頁)

---

⑱　但是與移位有關的限界理論與管轄理論中的「空號原則」則適用於合成述語的「動詞提升」。

對比分析篇

「原則參數語法」與英華對比分析

一、前　言

　　「對比分析」（contrastive analysis）對語言教學的重要性，早為語言學家與語文教師所共認，但是至今尚無人就華語與其他重要國際語言（英語、法語、德語、西語、日語等）之間提出明確、簡要而有系統的對比分析來❶。推其原因，主要是由於缺少一套完整而周延的語法理論來把這幾種語言之間句法結構上的

---

❶　作者個人在這方面的嘗試有＜普遍語法與漢英對比分析＞（湯，1988g）
　　與＜普遍語法與英漢對比分析：「Ｘ標槓理論」與詞組結構＞（湯，
　　1989a），分別收錄於湯（1989c）213-256頁與257-545頁。

異同有條有理對照起來。 本文有鑒於此，擬從「原則參數語法」（ principles-and-parameters approach ） 的觀點來討論華語與英語主要句法結構的對比關係。「 原則及參數語法 」是由各自獨立存在但是互相密切聯繫的「原則」（principles）與數值未定但值域確定的「參數」（parameters） 所構成的「模組語法」（modular grammar），希望能以少數簡單的原則與參數來「詮釋」（explain） 或「演繹」（deduce） 英語與華語之間在句法結構上相當複雜的表面差異。

二、「規律系統」與「原則系統」

「原則參數語法理論」是「普遍語法」（universal grammar; UG) 理論的一種， 旨在闡明自然語言內在的「普遍性」(language universals) 與人類幼童「 習得語言 」(language acquisition) 的眞相。 根據此一理論， 所有自然語言的語法體系都由「規律」與「 原則 」兩個「 次系統 」(subsystems) 構成。規律系統的內容相當貧乏，如今僅剩「移動 α」(Move α) 或更爲概括的「影響 α」(Affect α) 這一個「變形規律」(transformational rule)。 這一條變形規律既沒有表示輸入結構「 詞組標記 」（ phrase-marker; P-marker ） 的「 結構分析 」(structural analysis; SA)，也沒有規定輸出結構詞組標記的「結構變化」(structural change; SC)，而允許任何句子成分從任何位置移到任何位置去，或允許對任何句子成分做「移位」(movement)、「加接」(adjunction)、「刪除」(deletion)、「指派同指標」(co-indexing) 等任何處置。 這樣漫無限制的變

形規律，勢必「蔓生」（overgenerate）許多不合語法的句法結構，但是事實上由「移動 α」或「影響 α」所衍生的句法結構都必須獲得原則系統下各個原則的「認可」（licensing）。任何句法結構的衍生，如果違背這些原則而無法獲得認可，那麼就要遭受「濾除」（filtering out）而被淘汰。

　　與規律系統比較之下，原則系統的內容則相當豐富、具體而明確，主要包括「投射理論」、「論旨理論」、「格位理論」、「X標槓理論」、「控制理論」、「限界理論」、「管轄理論」、「約束理論」❷ 等。這些理論都是有關「規律適用的限制」（constraints on rule application）或有關「（句法）表顯合格的條件」（well-formedness conditions on（syntactic）representation）❸，而且都含有若干「數值」（value）未定的「參數」，委由個別語言來選定參數的數值。這些參數與數值可以用特定的「屬性」（feature）與其「正負值」（＋／－）來表示，或者從特定少數的「項目」（item）中加以選擇。因此，不但原則系統裏參數的數目

---

❷　Baker（1985c）還包括「主謂理論」（Predication Theory），相當於「擴充的投射原則」（Extended Projection Principle）的擴充部分，討論主語名詞組與謂語詞組的對應。Chomsky（1986a）也提出了「完整解釋的原則」（Full Interpretation Principle），要求句子語音形式與邏輯形式的每一個成分都必須獲得適當的解釋。另外，也有人提出「有標理論」（Markedness Theory）來研究「有標結構」（marked construction）的特徵與限制。

❸　最近的理論趨勢是趨向「表顯合格的條件」，並整合各種原則而更加突顯其模組性。

極爲有限，而且這些參數的數值也只容許極少數的選擇餘地。

三、「普遍語法」與「個別語法」

　　「原則參數語法」不但否定了「專爲個別語言而設定的語法規律」(language-specific rule)，而且也否定了「專爲個別句法結構而設定的語法規律」(construction-specific rule)。這是因爲「原則參數語法」，從普遍語法的觀點，把支配個別語言與個別結構語法規律的「條件」(condition) 或「限制」(constraint) 統統抽離出來納入普遍性的原則系統中。結果，描述語言與詮釋語言的重心便從規律系統移到原則系統上面來。在「原則參數語法」的理論下，我們不必比較個別語言的「深層結構」(deep structure) 或「表面結構」(surface structure)，也不必比較個別語言的「詞組結構規律」(phrase structure rules) 與「變形規律」(transformational rules)。我們應該集中討論的是：原則系統裏的各個原則在個別語言適用上的異同如何。

　　我們不妨把「原則參數語法」比喻做代表「普遍語法」(universal grammar; UG) 的機器。這一部普遍語法的機器可以「衍生」(generate) 任何自然語言的「個別語法」(particular grammar; PG)，而個別語法則可以衍生個別語言裏所有合語法的句子，而不會產生任何不合語法的句子。這一部機器由「規律」與「原則」這兩個「部門」(component) 構成。其中，「規律部門」利用「移動 α」或「影響 α」的變形操作，把由「詞

庫」（lexicon）映射出來的句子「深層結構」（D-structure）
轉變成「表層結構」（S-structure），而「原則部門」則在各個
原則嚴密的監視下把規律部門所衍生的表層結構一一加以檢驗。
如果表層結構的句法表顯沒有違背所有的原則，那麼這一個表層
結構就獲得原則部門的「認可」而被判為合語法的句子。 相反
的，如果表層結構的句法表顯違背任何一條原則，那麼這一個表
層結構就遭受原則部門的「濾除」而被判為不合語法的句子。原
則部門裏各個原則可能附有「參數」。「參數」好比是整部機器裏
某一段操作過程中的控制鈕，可以向左(「正」)或向右(「負」)扭轉
，因而打開不同的電路，從不同的觀點或規格來監視或檢驗句子
表層結構的合格與否。

四、「核心語法」與「周邊」

由上面普遍語法的機器，經過規律部門與原則部門所衍生出
來的個別語法就叫做「核心語法」（core grammar）。個別語言
裏主要的、一般的或「 無標 」（unmarked） 的句法結構都由核
心語法來衍生。個別語法，除了以核心語法為主要內容以外，還
包含「 周邊 」（periphery） 來掌管邊緣的、例外的或「 有標 」
（marked） 的句法結構。個別語法的「周邊」部分，包括各種詞
類中的「不規則變化」（irregular change)❹、由「類推」(a-

---

❹ 例如英語詞彙裏來自拉丁語、希臘語、義大利語等的複數名詞與英語
   固有複數名詞的形態不同，以及英語裏複數名詞的不規則變化與動詞
   過去式、過去分詞式的不規則變化等都必須一一記憶。

nalogy) 所產生的句法結構❺、代表「歷史痕跡」(historical vestige) 的句法現象❻、不同語言之間「語法上的借用」(syntactic borrowing)、以及某些較為特殊的「刪除結構」(deletion structure) 等。因此,周邊語法的「描述能力」(descriptive power) 可能要比核心語法為強,核心語法的原則系統在周邊語法的適用也可能有一部分要放鬆些。

　　根據「原則及參數語法」的理論,普遍語法的研究旨在闡明 "什麼是可能的自然語言?",並詮釋 "人類幼童如何習得自然語言?"。 我們可以假設人類幼兒天生賦有類似普遍語法的「習得語言裝置」(language acquisition device) 或「語言能力」(language faculty),並由於接觸周遭父母、兄姊、同伴所使用的母語,因而觸動其「習得語言裝置」(也就是我們上面所討論的「普遍語法的機器」) 來建立有關母語的「核心語法」。由於這個裝置是天生賦有或靠遺傳獲得來的,所以人類的幼童「習得」(acquire) 母語時不必刻意的去「學習」(learn)。 這樣的假說相當合理的揭開了語言學上「柏拉圖的奧秘」(Plato's problem):人類的幼童為什麼在無人刻意教導的情形下,僅憑周遭所提供的殘缺不全、雜亂無章的「原初語料」(primary linguistic data),就能夠在極短期間內迅速有效的學會母語❼?。至於

---

❺　例如與'Jane is difficult to reason with'比照類推之下所產生的'Jane is pretty to look at'等說法。

❻　例如'*Ask not* what your country can do for you'等說法。

❼　也就是所謂「刺激匱乏」(poverty of stimulus) 的問題。

個別語法的周邊，則像詞彙的擴大一樣，要靠個人後天的學習。

五、「原則參數語法」與「對比分析」

個別語言的「個別語法」以「普遍語法」所衍生的「核心語法」為主要內容，另外可能含有一些獨特的「周邊」現象。換句話說，每一種個別語言都必須遵守普遍語法的規律系統與原則系統。這就說明了為什麼語言與語言之間有這麼多相似的句法特徵。另一方面，原則系統所包含的參數則由個別語言來選定其數值，因而各個原則在個別語言的適用情形並不盡相同。同時，各個原則之間的密切聯繫與交錯影響，以及周邊現象與有標結構的存在，更導致個別語言之間的變化與差異。這就說明了為什麼語言與語言之間有不少相異的句法特徵。

在以下各節裏，我們把「原則參數語法」的各個原則一一扼要加以介紹，並討論這些原則在英語與華語之間如何適用，如何產生相同或相異的句法結構或現象。由於篇幅的限制，我們僅做大綱性的一般敍述，而避免在小節上做技術性的詳論。我們的目的在於透過「原則參數語法」來全盤而有系統的掌握英語與華語的句法結構或句法現象有那些共同點與相異處。

六、「投射理論」

自然語言的句法結構在基本上可以視為「述語」(predicate) 的「論元結構」(argument structure) 與「論旨屬性」(thematic properties) 的「投影」(projection)。以「一元述語」

(one-place predicate) 'laugh/笑'為例，這一個不及物動詞根據其語意內涵在「語意上選擇」(s(emantically)-select)「有生」(〔+Animate〕) 或「屬人」(〔+Human〕) 的「論旨角色」(thematic-role; θ-role)：「施事（者）」❽（Agent）為唯一的「必用論元」(obligatory argument)，再根據這一個語意選擇在「詞類上選擇」(c(ategorially)-select)「名詞組」(noun phrase; NP) 來充當施事論元(只有「名詞組」纔能充當「有生」或「屬人」的「施事」)。這一個唯一的施事論元就在表層結構裏充當「主語」(subject)，因而衍生 'John laughed/小明笑了' 這一類句子。再以「二元述語」(two-place predicate) 'see/看見'為例，這一個及物動詞根據其語意內涵在語意上選擇「客體」❾ (Theme)與「感受（者）」(Experiencer)分別為「域內論元」(internal argument) 與「域外論元」(external argument)，並在詞類上選擇名詞組來充當這兩種論元。這兩種論元在表層結構裏分別充當「賓語」(object) 與主語，因而衍生 'John saw Mary/小明看見了小華' 這一類句子。復以動詞 'put/放'為例，這一個「三元述語」(three-place predicate) 在語意上選擇「施事」(名詞組)、「客體」(名詞組)與「處所」(Location)(介詞組 (prepositional phrase; PP)) 來分別充當主語、賓語與補語，因而衍生 'John put the book on the desk/小明把書放在桌子上' 這一類句子。 有關這些述語的論元結構

---

❽　又譯「主事（者）」。

❾　又譯「主體、論旨」，亦稱「受事（者）」(Patient)。

與論旨屬性都在「詞庫」裏每一個「詞項」(lexical item) 的「詞項記載」(lexical entries) 裏以「論旨網格」(thematic-grid; θ-grid) 的方式加以登記或儲存，例如：'laugh/笑'｛施事｝；'see/看見'｛客體，感受｝；'put/放'｛客體，處所，施事｝（讓我們以「公約」(convention) 來規定：論旨網格裏論旨角色都依域內論元先而域外論元後的前後次序排列，並依此次序分別充當賓語、補語與主語❿。至於「必用論元」以外的「可用論元」(optional argument) 或「語意論元」(semantic argument)，也就是在句法結構上充當「附加語」(adjunct) 或「狀語」(adverbial) 的「受惠(者)」(Beneficiary)、「手段」(Instrument)、「情狀」(Manner)、「起點」(Source)、「終點」(Goal)、「時間」(Time) 等，則不必在詞項記載裏一一加以登記，而可以利用「詞彙冗贅規律」(lexical redundancy rule) 來做概括性的規定（例如與「施事」連用的「動態動詞」(actional verb; dynamic verb) 一般都可以帶上「受惠」、「手段」、「情狀」等語意論元爲附加語）。

句子的句法結構既然在基本上是述語「論旨網格」的投影，那麼應該有一個原則來掌管有關這些論旨網格的投影，而這一個

---

❿ Larson (1988:382) 主張「論旨階層」(Thematic Hierarchy)；所有的「論旨論元」(thematic argument) 都依照"施事＞客體＞終點＞其他語意論元"的次序從上而下的出現於動詞組的X標槓結構裏。

原則便是「投射理論」(Projection Theory) 中的「投射原則」
(Projection Principle)。這一個原則要求：述語的「論元結
構」與「論旨屬性」都要原原本本的從詞項記載裏投射到「深層
結構」、「表層結構」與「邏輯形式」(Logical Form; LF) 這三
個「句法表顯層次」(levels of syntactic representation)。
換句話說，如果述語 'laugh/笑'、'see/看見' 與 'put/放' 分別
具有{施事}、{客體，感受}與{客體，處所，施事}這樣的論旨網
格，那麼含有這三個述語的句子，無論在深層結構、表層結構、
邏輯形式都必須完備論旨網格裏的論旨角色。試比較：

① a. *John* laughed// 小明 笑了

　 b. * e laughed//e 笑了⓫

　　　('e' 代表「空節」(empty node) 或「空位」)

② a. *John* saw *Mary*// 小明 看見了 小華

　 b. *Mary* was seen (*by John*)//

　　　小華被(小明)看見了

　 c. **John* saw e //小明看見了 e

③ a. *John* put *the book on the desk*//

　　　小明 把書放在桌子上

⓫　在實際言談裏我們當然可以聽到'(聽了你的笑話)大家笑了沒有？'
　　'e (當然) 笑了'這樣的對話。但是這個時候 'e' 並不是眞正的「空
　　節」，而是由不具語音形態的稱代詞（即「小代號」(pro)）所佔據。
　　在'老張見到老李沒有？''e 見到了 e'的對話裏所出現的兩個'e'也
　　是屬於這種「小代號」。

b. *The book* was put *on the desk (by John)*//

小明　在桌子上　放了(一本)書

c. **John* put *the book* e //小明　e　放了(一本)書

「擴充的投射原則」(Extended Projection Principle) 更規定：英語的句子必須含有主語；但是華語裏卻似乎不需要這樣的額外規定。因此，英語裏必須藉'there'與'it'這樣的「冗贅語」(pleonastic) 或「填補語」(expletive) ⑫ 來充當句子的主語，而華語裏卻不需要，因而不具有這樣的冗贅主語。試比較：

④ a. *There* is a book on the desk //

桌子上　e　有一本書

b. I want 〔*there* to be no more misunderstanding between us〕//

我希望〔 e 在我們彼此之間再也沒有誤會〕

c. *There* being no taxi, we walked home //

(因為) e 沒有計程車，我們走路回家了

⑤ a. *It* has started raining// e 下雨了

b. 〔PRO to practice English〕is important; *It* is important 〔PRO to practice English〕//

〔PRO 練習英語〕很重要

('PRO'「大代號」表示不具有語音形態的「稱代

---

⑫ 請注意：「冗贅語」的'there'與'it'並非論元，也不具有論旨角色，所以它們的出現並不違反「投射原則」。

詞」(pronominal))⑬

c. *It* is necessary〔that you go there with me〕

//你必須跟我一起到那裏去

　　除了動詞具有論元結構與論旨屬性，因而可以經投射而形成句子以外，形容詞與名詞也可以有論元結構與論旨屬性並經投射而形成形容詞組與名詞組。例如述語形容詞'heavy/重'與'important/重要'分別具有{客體}與{客體，終點}的論旨網格，並且分別可以投射成⑥與⑦的例句。

⑥　*This luggage* is rather heavy//

　　這一件行李相當重

⑦　*Clean air* is very important to us//

　　乾淨的空氣 對我們 很重要

又如名詞'professor/教授'與'front/前面'分別具有{客體}與{處所}的論旨網格，並且分別可以投射成⑧a與⑧b的名詞組。

⑧　a. a professor *of linguistics*//語言學的教授

　　b. the front *of the house*//屋子的前面

----

⑬　關於華語裏的「大代號」(PRO)與「小代號」(pro)應該如何區分、其分佈應該如何限制等問題，至今尚未有定論。我們暫時假定：「大代號」必須「受到論元約束」(A-bound)，僅能出現於小句子主語的位置(或動詞組指示語的位置)，並只能「內指」(endophoric)；而「小代號」則必須「不受論元約束」(A-free)，具有「言談稱代詞」(discourse pronoun)的功用，而可以「外指」(exphoric)。參湯(1990a)<漢語的「大代號」與「小代號」>。

七、「論旨理論」

如果把述語動詞所表達的語意內涵比喻做劇情（卽「論旨」（theme）），那麼這個動詞的「域內論元」與「域外論元」好比是演員，而「施事」、「客體」、「感受」等「論旨角色」則好比是劇中的角色。在英語與華語裏，「域內論元」常扮演「客體」、「起點」、「終點」等角色，而「域外論元」則常扮演「施事」、「感受」等角色；如此，所謂的「論旨網格」實與演員的角色分配表無異。「域內論元」與「域外論元」經常充當句子的賓語、補語與主語，好比是戲劇裏的主角與配角，而「時間」、「處所」、「工具」、「原因」等可有可無的「語意論元」則活像舞臺上的佈景、道具或燈光設備。「論旨理論」（theta-theory; θ-theory）可以說是規定動詞的論元與論旨角色之間「論旨關係」（thematic relation）的理論原則。

「論旨理論」中的「論旨準則」（theta-criterion; θ-criterion）要求：論元（演員）與論旨角色（劇中角色）的搭配必須是「一對一的對應關係」（one-to-one correspondence）；卽每一個論元都只能賦有一種論旨角色，而每一種論旨角色也只能指派給一個論元。換句話說，每一個論元都只能扮演一種論旨角色，旣不允許同一個演員來兼演兩個角色，也不允許同一個角色由兩個演員來共演。這一個「論旨準則」會依附著前面所討論的「投射原則」投射到句子的每一個表顯層次。因此，論元與論旨角色之間一對一的對應關係，無論是在深層結構、表層結構或是

邏輯形式，都要一律遵守。由於論旨準則的存在，再加上句子成分的移位必須留下「痕跡」(trace) 並與「移位語」(mover) 共同形成「連鎖」(chain) 而且共同充當同一種論旨角色❶，所以表達部分句義的論旨關係不必追尋到深層結構，在表層結構或是邏輯形式中仍然清楚的表現出來❶。

論旨理論中有一個相當重要的參數，那就是「論旨角色指派方向的參數」(θ-marking directionality parameter)。這個參數決定：動詞、形容詞、名詞等「詞彙主要語」(lexical head) 把各種論旨角色指派給充當域內、域外、語意論元的名詞組、介詞組、子句的時候，其指派的方向是從左方(或前面)到右方(或後面)，還是從右方(或後面)到左方(或前面)。我們有理由推定：英語裏論旨角色的指派方向是從左方到右方，而華語裏論旨角色的指派方向卻是從右方到左方❶。這就表示：英語的「詞組結構」(phrase structure) 基本上屬於「主要語在左端」(left-headed construction)，而華語的詞組結構則基本上屬於「主要語在右端」(right-headed construction)。因此，這兩種語言裏，「主要語」(head) 與「修飾語」(modifier) 的相對位置

---

❶ 因此，嚴格說來，「論旨準則」應該修正爲：'每一個「連鎖」都只能扮演一種論旨角色'。下面「格位理論」中的「格位濾除」與「格位衝突的濾除」裏所指的「名詞組」也應該解釋爲「(名詞組)連鎖」。

❶ 因此，從前「標準理論」(Standard Theory) 裏"深層結構決定語意"的說法，似乎應該修正爲"語意雖然決定於深層結構，但仍然可以在表層結構(或更準確的說是在「邏輯形式」)中尋得"。

❶ 參 Koopman (1984) 與 Travis (1984)。

往往形成詞序正好相反的「鏡像關係」(mirror image)。試比
較：

⑨　動詞組

　　a.　(John) studied *diligently at the library*
　　　yesterday//(小明)昨天 在圖書館裏 認真的讀書

　　b.　(Mary) went *to school together with her*
　　　friends//(小華)跟她朋友一起到學校去了

⑩　形容詞組

　　a.　(This matter is) extremely important *to us*
　　　//(這件事)對我們非常重要

　　b.　(This car is) much more expensive *than*
　　　that one//(這輛汽車)比那輛還要昂貴

⑪　名詞組

　　a.　that student *of linguistics with long hair*//
　　　那一個(留)長頭髮的 語言學系(的)學生

　　b.　the rumor *that John has eloped with Mary*
　　　which is getting about the village//
　　　正在村子裏流傳的 小明與小華私奔的謠言

但是英語的「疑問詞組」(wh-phrase)必須移到句首，而華語
的疑問詞組則通常留在原位(但也可以移到句首而充當「焦點」
(focus))。因此，各類疑問詞組在兩種語言裏的前後次序，就可
能會一樣。例如：

⑫　a．*When, where* and *how* did John study?//

小明在什麼時候、什麼地方、怎麼樣讀書？

在論旨準則的要求之下，句子成分只能從「論旨位置」(theta-position; θ-position) 移到「非論旨位置」(non-theta position; $\bar{\theta}$-position)，如英語名詞組在被動句或從「提升結構」(raising construction) 裏移到主語的位置❶，或疑問詞組在疑問句裏移到句首的位置，而不能從論旨位置移到論旨位置；否則同一個「連鎖」而獲有兩種論旨角色，必然違背論旨準則而遭受濾除。

八、「格位理論」

語言學上的「格」(case) 可以有幾種不同的含義。有一種「格」是指名詞在「形態上的格」(morphological case)，例如 'John/小明' 是可以出現於主語、賓語、補語位置的「通格」(general case)，而 'John's/小明的' 是可以出現於名詞修飾語的「領屬格」(genitive case)。英語的「稱代詞」(pronominal)，如 'I, my, me; he, his, him' 等，則有「主格」、「領屬格」、「賓格」等三種不同的形態格。另外一種「格」是指名詞組在「語意上的格」(semantic case) 或「語意角色」(semantic

---

❶　例如，英語被動句 'e was broken the glass (by Mary)' ⇨ '*The glass* was broken by Mary)' 與提升結構 'e seems 〔John to be intelligent〕' ⇨ '*John* seems to be intelligent'。

role)，相當於我們在前面所討論的「論旨角色」如「施事」、「客體」、「感受」等等。「原則參數語法」所討論的「格」與前兩種「格」都不相同，指的是「抽象格」（abstract Case），既不意味形態標誌，也不代表語意角色，而與某一個詞組（通常是名詞組）在句法結構中出現的位置有關。因此，我們把這一種格（在英語裏常以大寫字母開頭）譯爲「格位」。「格位理論」（Case Theory）則是有關如何指派格位的理論原則。

「格位理論」中的「格位濾除」（Case Filter）要求：凡是具有語音形態的名詞組（因此不包含不具有語音形態的「大代號」（PRO）與「小代號」（pro））必須賦有格位。另外，「格位衝突的濾除」（Case-conflict Filter）則要求：同一個（名）詞組不能同時指派兩種或兩種以上不同的格位。

「格位理論」含有三個參數。其中，「格位指派語的參數」（Case-assigner parameter）決定那些句子成分可以指派那些格位，「格位被指派語的參數」（Case-assignee parameter）決定那些句子成分可以獲得格位的指派，而「格位指派方向的參數」（Case-assignment directionality parameter）則決定格位指派語與被指派語之間的前後次序或前後位置應該如何。英語的格位，從左方到右方的方向由及物動詞與介詞分別指派「賓位」（accusative Case）與「斜位」（oblique Case）給賓語名詞組，並由「限定句子」（finite sentence）的「呼應語素」（a-greement; AGR）從右方到左方的方向指派「主位」（nominative Case) 給主語名詞組(亦有人主張由與限定句子「呼應語素」相對應的句子「補語連詞」(complementizer; COMP) 從左方到右方的方向指派「主位」給主語名詞組，以求格位指派方向的一致⓲)，而由「領屬格標誌」(genitive marker) '-'s' 來指派「領位」(genitive Case) 給領位名詞組。至於名詞與形容詞則無法直接指派格位。同時，只有名詞組需要指派格位，而「形容詞組」(adjective phrase; AP) 與「動詞組」(verb phrase; VP)，以及「副詞組」(adverbial phrase; Adp)、「量詞組」(quantifier phrase; QP) 等「次要詞類」(minor lexical category) 則不須要指派格位。至於「介詞組」(prepositional phrase; PP) 與「子句」(S')，則或者由於介詞或補語連詞本身已經指派格位給介詞組與子句，所以不能再指派其他格位⓳，或者由於「格位濾除」僅以名詞組為對象，所以名詞組以外的詞組結構不需要指派格位。

另一方面，華語裏的格位指派語是及物動詞、及物形容詞與介詞，而且一律從左方到右方的方向分別指派「賓位」與「斜位」給其賓語名詞組。另外，由領位標誌 '的' 來指派領位給領位詞組。由於華語裏並沒有明顯的「呼應語素」，而且華語的句子也並不一定需要主語；所以華語裏如何指派「主位」給主語名詞組，

⓲ 亦有人主張「主位」是由主語名詞組在與呼應語素具有「相同指標」(coindex) 的條件下獲得的；因此不發生格位指派方向或違反鄰接條件等問題。

⓳ 參 Yim (1984) 的分析與主張。

甚至於華語所謂的主語名詞組究竟是出現於動詞組裏、「小句子」(S) 裏還是「大句子」(S') 裏「指示語」(specifier) 的位置，至今仍有爭論。我們在這裏暫且假定華語裏沒有呼應語素的存在，因而無法指派主位給主語名詞組。華語裏所有出現於「謂語詞組」(predicate phrase) 前面的名詞組事實上並非出現於小句子主語的位置，而是出現於大句子「主題」(topic) 的位置或「加接」(adjoin) 到小句子左端的位置❷。又華語與英語一樣，只有名詞組必須指派格位，其他詞組則不能或者不需要指派格位❷。另外，英語與華語的格位指派都要遵守相當嚴格的「鄰接條件」(Adjacency Condition)；卽格位指派語與被指派語必須互相鄰接，中間不能允許其他句子成分的介入。

　　從以上的討論，我們可以推演下列有關英語與華語對比分析的幾點結論：

---

❷　這裏所謂的「加接」是指「杭士基加接」(Chomsky-adjunction)；卽在原有的「節點」(node) 上面再增加一個支配這個節點的完全同樣的節點，然後把要加接的句子成分加接到下面的節點。因此，把主語名詞組 (N") 加接到小句子 (I") 的結果會形成下面的詞組結構：

```
        I"
       /  \
     N"    I"
      :    :
```

❷　關於華語「格位被指派語參數」的討論，參 Li (1985) 與湯 (1986) <關於漢語的詞序類型>（收錄於湯 (1988a) 449-537 頁）。

(一)英語與華語的名詞都不能指派格位；而且，英語名詞從左方到右方的方向指派論旨角色，而華語名詞則從右方到左方的方向指派論旨角色。因此，英語名詞的「詞組修飾語」(phrasal modifier)原則上出現於主要語名詞的右方，並由介詞或補語連詞來指派格位㉒。另一方面，華語名詞的(詞組)修飾語則一概出現於主要語名詞的左方，並以「領位標誌」或「補語連詞」(complementizer)㉓'的'來指派格位。試比較：

⑬ a. that professor *of physics with a beard*//
那一位 留鬍子的 (教)物理的 教授

b. the book *about ecology that you lent me last week*//
那本 你上星期借給我的 有關生態學的 書

c. the news *that John went bankrupt which I've just received*//我剛接到的 小明破產的 消息

d. the pollution *of air (caused) by these factories*; the *air* pollution *(caused) by these factories*//由這些工廠所引起的 空氣(的) 污染

㉒ 參湯 (1988h)<英語的「名前」與「名後」修飾語>與湯 (1989a)<普遍語法與英漢對比分析：「X標槓理論」與詞組結構>，分別收錄於湯 (1988e: 453-514) 與湯 (1989c: 276-348)。

㉓ 我們把出現於「關係子句」與「同位子句」句尾的'的'分析為補語連詞。又除了表示「領位標誌」的'的'與表示補語連詞的'的'之外，還有表示「形容詞詞尾」(adjective suffix) 的'的'與表示「副詞詞尾」(adverb suffix) 的'的'(常寫成'地')。

(二)英語的形容詞不能指派格位，但與名詞一樣從左方到右方的
方向指派論旨角色；所以英語的詞組修飾語一概出現於主要語形
容詞的右方，並由介詞或連詞（我們把連詞視爲介詞的「次類」
（subcategory），詳後）來指派格位。另一方面，華語的不及物
形容詞雖然不能指派格位，但及物形容詞卻可以指派格位。又華
語的及物形容詞也與名詞一樣從右方到左方的方向指派論旨角色
。因此，不及物形容詞的詞組修飾語一概出現於主要語形容詞的
左方，並由介詞或連詞來指派格位。另一方面，及物形容詞的賓
語名詞組則可以出現於主要語形容詞的右方獲得格位，也可以出
現於主要語的左方充當附加語，但必須由介詞引介，以便從介詞
獲得格位。試比較：

⑭　a.　(John is) very kind *to Mary*//

　　　　（小明)對小華很親切

　　b.　(John is) even smarter *than Mary*//

　　　　（小明)比小華還要聰明

　　c.　(John is) as smart *as Mary used to be*//

　　　　（小明)跟過去的小華一樣聰明

　　d.　(I'll) be as punctual *as I can*//

　　　　（我會)盡(我)可能的守時

⑮　a.　(John is) very concerned *about Mary*//

　　　　（小明)很關心小華；(小明)對小華很關心

　　b.　I am very sympathetic *to her*//

　　　　我很同情她；我對她很同情

    c. (Mary is) very sure *of herself*//

      (小華)對自己很有信心

(三)英語的及物動詞無論是論旨角色或格位的指派都是從左方到右方的方向。因此，英語及物動詞的賓語名詞組經常出現於主要語動詞的右方。 華語的及物動詞論旨角色的指派是從右方到左方，而格位的指派卻是從左方到右方。因此，華語及物動詞的賓語名詞組可以出現於主要語動詞的右方並從動詞獲得格位，但也可以出現於主要語動詞的左方並從介詞 ‘把’㉔獲得格位。試比較：

⑯ a. John finished *the work*//

      小明做完了工作(了)；小明把工作做完了

    b. Mary lost *the money*//

      小華丟了錢(了)；小華把錢丟了

華語的「把字句」在動詞（如「動態」）、賓語名詞組 (如「有定」) 以及動貌、動相、補語方面有些限制 ， 並不是所有的華語動詞都可以出現於「把字句」㉕。試比較：

***

㉔ 華語的介詞 ‘把’似可分析爲表示「客體」的「固有格位」(inherent Case) 藉介詞 ‘把’而「顯現」出來。關於「格位指派」(Case-assignment) 與「格位顯現」(Case realization) 的區別，參 Chomsky (1986a: 193ff)。

㉕ 有關華語「把字句」的特徵與限制，參湯 (1977a: 147-159)。

⑰ a. John saw *Mary*//小明看見小華

　　b. John bought *a book*//小明買了一本書

　　c. John has read *this book*//小明讀過這一本書；

　　　小明讀完這一本書；小明把這一本書讀完了

(四)名詞組、介詞組與子句同時出現於及物動詞的右邊充當域內論元的時候，無論是英語或華語，名詞組必須出現於介詞組或子句的前面以便與及物動詞相鄰接而獲得格位，例如：

⑱ a. I told *him about last night*//

　　　我告訴他有關昨天晚上的事情㉖

　　b. John sent *a book to Mary*//

　　　小明送了一本書給小華

　　c. I told *him that I couldn't go with him*//

　　　我告訴他我不能跟他一起去

　　d. John asked Mary *PRO to go with him*//

　　　小明要求小華 PRO 跟他一起去

㉖ '有關昨天晚上的事情'的詞組結構不應該分析爲'〔P" 〔P 有關〕〔N" 〔〔N" 昨天晚上〕的〕〔N 事情〕〕〕'（即介詞組），而應該分析爲'〔NP 〔〔P" 〔P 有關〕〔N" 昨天晚上〕〕的〕〔N 事情〕〕'（即名詞組）。這一點可以從'事情是"有關""昨天晚上的"'（「主謂關係」）與'這是"有關昨天晚上"'而不是"有關前天晚上"'的事情'（即「對等連接」）這些說法獲得支持。同樣的，'對於小明的關心'也應該分析爲介詞組'對於小明'修飾名詞'關心'而形成名詞組，不應該分析爲介詞'對於'引導名詞組'小明的關心'而形成介詞組。這些反例的存在不得不令人懷疑 Li (1985) 有關華語介詞組不能修飾名詞的說法。

由於華語動詞指派論旨角色的方向是從右方到左方，三元述語的
「有定」(definite; determinate) 賓語名詞組常出現於主要語
動詞的左方，並從介詞 '把' 獲得格位。英語動詞指派論旨角色
的方向是從左方到右方，所以沒有這種「賓語名詞組提前」的現
象。

⑲ a. John mailed {*a/the*} *letter to her new address*
　　//小明寄了一封信到她的新地址；小明/把(那封)
　　信寄到她的新地址

　 b. John put {*a/the*} *book on the desk*//
　　(？)小明放了 一本書 在桌子上；小明 把(那本)
　　書 放在桌子上

　 c. John returned {*a/the*} *book to Mary*//
　　(？)小明還了 一本書 給小華；小明 把(那本)書
　　還 給小華㉗

　　只有在華語的「雙賓動詞」(ditransitive verb) 裏，間接

㉗ 華語裏可以有'小明把書還了給小華'與'小明把書還給了小華'這兩種
　說法。在第一種說法裏，「完成貌標誌」(perfective aspect mark-
　er) 出現於動詞 '還' 與介詞組 '給小華' 之間。在第二種說法裏，
　'了'卻出現於介詞'給'與名詞組'小華'之間，照理應該違背「鄰接條
　件」而會阻礙介詞指派格位給後面的名詞組。但是在第二種說法裏，
　動詞'還'與介詞'給'經過「重新分析」(reanalysis) 而變成「合
　成動詞」(complex verb) '還給'，因而動貌標誌 '了' 就出現於合
　成動詞的後面。這種重新分析的現象，在英語裏也頗為常見，例如
　"What are you *looking at*?"。

賓語纔可能以介詞組的形式出現於直接賓語名詞組的前面。英語雙賓動詞的間接賓語也可能出現於直接賓語的前面，但必須以名詞組的形式出現而不能以介詞組的形式出現。試比較：

⑳ a. John mailed *a Christmas card to her*; John mailed *her a Christmas card*//小明寄了 一張 聖誕卡片 給她；小明寄 給她 一張聖誕卡片

　 b. John sent *a Christmas present to her*; John sent *her a Christmas present*//小明送了 一份 聖誕禮物 給她；小明送 給她 一份聖誕禮物❷

英語與華語雙賓動詞的直接賓語也可能由於「重量名詞組移轉」(Heavy NP Shift) 而移到句尾❷，結果也呈現雙賓動詞後面介詞組在前而名詞組在後的結構佈局，例如：

㉑ John gave *the necklace that he bought with all the money he had saved to Mary*; John gave *to Mary the necklace that he bought with all the money he had saved*//小明送了 用他所有積蓄

---

❷ '小明送他一份聖誕禮物' 的說法是由「間接賓語提前」(即間接賓語 '他' 的移前)而得來的，而'小明送給他一份聖誕禮物' 的說法卻可能是由「重量名詞組移轉」(即直接賓語 '一份聖誕禮物' 的移後) 而得來的。因此由'一份聖誕禮物' 與其痕跡所形成的「連鎖」依然具有格位。請參照下面㉑的例句與說明。

❷ 「重量名詞組移轉」在性質上屬於「體裁變形」，因而可能是屬於語音形式部門的「移動 α」。

買來的項鍊 給小華；小明送 給小華 用他所有積蓄買
．．．．．　．．．　　　　　．．．
來的項鍊
．．．．

⑳的「間接賓語提前」(Dative Movement) 與「從舊到新」
(From Old to New) 的「語用原則」(pragmatic principle)有
關❸；因此可以在深層結構直接衍生，但也可以在「語音形式部門」
以「移動 α」的「體裁變形」(stylistic transformation) 衍
生。㉑的「重量名詞組移轉」則與「從輕到重」(From Light
to Heavy) 的語用原則有關❸，宜在語音形式部門裏以「移動
α」的體裁變形衍生。

另外，在英語與華語少數主要動詞後面，間接賓語與直接賓
語都可以以名詞組的形式出現於主要語動詞右方。這個時候，華
語的間接賓語常可以另外有以介詞組的形式出現於主要語動詞左
方的情形，而英語裏卻不允許這樣的情形。試比較：

㉒ a. John told *Mary a story*//

　　小明告訴 小華 一個故事
　　　　　　．．．．

　 b. I'd like to ask *you a question*; I'd like to

　　ask *a question of you*//

　　我想請教 你 一個問題；我想 向你 請教 一個問題
　　　　　　．　　　　　　　　．．．

---

❸ 參湯 (1984)〈英語詞句的「言外之意」：「功用解釋」〉與湯 (1986)
〈國語與英語功用語法的對比分析〉，分別收錄於湯 (1988e: 247-
319; 397-451)。

❸ 參湯 (1988e: 276-277; 427-429)。

c. John borrowed *10 dollars from Mary*//

小明借了 小華 十塊錢；小明 {向小華／從小華那裏} 借了十塊錢

另外有一些英語的動詞（如 'envy, forgive'）可以同時帶上間接賓語與直接賓語兩個名詞組，但在華語裏這兩個名詞組卻必須合而成為一個名詞組。試比較：

㉓ a. John envied *Mary her intelligence*//

小明羨慕 小華的聰明

b. Mary forgave *John his rudeness*//

小華原諒小明的粗魯㉜

表層結構裏主要語動詞右方兩個名詞組的連續出現以及介詞組的在名詞組前面出現，都會形成前面所討論的「格位理論」的例外。因為在名詞組或介詞組後面出現的名詞組並未與主要語動詞相鄰接，按理無法獲得格位的指派。尤其是動詞後面連續出現兩個名詞組的時候，主要語動詞所能指派的格位已由第一個名詞組獲得，第二個名詞組並無其他獲得格位的來源。關於這個問題，有

㉜ ㉓的例句顯示：語意內涵相似的英語與華語詞彙，其「次類畫分屬性」(subcategorization feature) 或「次類畫分框式」(subcategorization frame) 並不一定相同(卽英語的'envy'與'forgive'可能充當「三元述語」，而華語的'羨慕'與'原諒'則只能充當「二元述語」；又'forgive'不能以子句為賓語 (如 'Please forgive me *for not writing to you sooner*')，而'原諒'則似可以子句為賓語(如 '請原諒我沒有早一點給你寫信')。

幾種可能的解決方案。其中一個方案是在名詞組或介詞組後面出現的名詞組在詞庫的詞彙記載裏預先獲得「固有格位」(inherent Case)。另外一個方案是主要語動詞與相鄰接的名詞組或介詞組形成「合成述語」(complex predicate)，再由這個合成動詞指派格位給後面的名詞組❸。而第三個方案則是在第二個名詞組前面擬設不具語音形態的介詞。

(五)在及物動詞後面同時出現賓語名詞組與附加語名詞組、介詞組、子句等的時候，在英語裏賓語名詞組必須出現於主要語動詞的右方以便與此相鄰接而獲得格位，附加語名詞組、介詞組、子句等則依照論旨角色的指派方向出現於賓語名詞組的後面。相形之下，在華語裏，賓語名詞組固然可以出現於主要語動詞的右方來獲得格位，但也可以在由介詞'把'來引介並指派格位之下，出現於主要語動詞的左方。至於附加語名詞組、介詞組、子句等則一律在介詞或連詞引介之下出現於主要語動詞的左方。試比較：

㉔ a. John ate *Chinese food with chopsticks today* //小明 今天 用筷子 吃了 中國料理

b. John {hit/chased away} *the dog with a stick when he discovered that it stole his meat*//
小明 發現狗偷吃肉的時候 用棍子 {打了牠 / 把牠趕走了}

在「無標」的情況下，英語的賓語、補語、狀語都一律出現

---

❸ 有關這個問題的討論，英語部分參 Larson (1988)，華語部分參 Li (1985)。

於主要語動詞的右方，以符合論旨角色與格位的指派方向。另一方面，在華語裏則原則上只有域內論元可以出現於主要語動詞的右方，而所有附加語或狀語都一律出現於主要語動詞的左方，以符合論旨角色與格位的指派方向。華語裏出現於主要語動詞的右方的句法成分可以分述如下：

(甲)賓語名詞組出現於及物動詞的右方，以便依照格位指派方向的參數從及物動詞獲得賓位。

(乙)「處所」或「終點」介詞組出現於動詞或賓語名詞組後面充當補語。這些介詞組屬於動詞的域內論元，與動詞的「次類畫分」(strict subcategorization) 有關，預先登錄於動詞的論旨網格中。試比較：

㉕　a.　John lives *in the dormitory*//
　　　　 小明住在宿舍裏㉞
　　b.　Mary {sat/stood/lay} *on the sofa*//
　　　　 小華{坐/站/躺}在沙發椅上
　　c.　John jumped *onto the desk*//小明跳到桌子上
　　d.　Mary {jumped/fell} *into the water*//

㉞　在華語裏‘住在宿舍’可以經過「介詞併入」(preposition incorporation) 而有‘住宿舍’的說法；英語裏也有‘*climb up* the mountain’ (但不是‘*climb down* the mountain’) 裏動詞‘climb’併入介詞‘up’而成爲‘*climb* the mountain’的說法。

小華{跳/掉}進水裏

㉖ a. John posted *a notice on the wall*//( )小明貼
了 一張佈告 在牆上；小明 在牆上 貼了 一張佈告

b. John sent *a bunch of flowers to Mary*//
小明寄了 一束花 給小華

c. Mary mailed *a letter to his old address*//
小華寄了 一封信 到他的舊地址

出現於動詞左方的處所或終點介詞組應該分析爲附加語或「連謂
結構」(serial VP construction)，並分別由介詞或動詞指派
格位給後面的名詞組。試比較：

㉗ a. John is eating *in the dormitory*//
小明 在宿舍裏 吃飯

b. John was jumping *on the sofa*//
小明 在沙發椅上 跳躍

c. Mary went *to the park* {for/to take} a walk
//小華 （走)到公園 去散步

d. Mary got *into the water* {for/to catch} her
hat //小華 進水裏 去抓取她的帽子

(丙)名詞組或子句出現於動詞與賓語名詞組後面充當「客體」、
「終點」（或「結果」(result)）等論旨角色。這些名詞組與子句
也都屬於動詞的域內論元，都與動詞的次類畫分有關。試比較：

㉘ a. John told Mary {*a story/that she should*

marry him}//

小明告訴 小華 {一個故事/(她)應該跟他結婚}

b. John asked Mary {*a question/whether she would marry him*}//

小明問 小華 {一個問題/(她)願不願意跟他結婚}

c. John owed Mary *twenty dollars*//

小明欠 小華 二十塊錢

d. John forced Mary *PRO to marry him*//

小明強迫 小華 PRO 跟他結婚

e. John promised Mary *PRO to marry her*//

小明答應 小華 PRO 跟她結婚

以上（甲、乙、丙）的例句顯示：華語的域內論元常出現於主要語動詞的右方，而「處所介詞組」、「終點介詞組」與「客體子句」甚至非出現於主要語動詞的右方不可。另一方面，英語的域內論元則不分論旨角色與詞組結構一律出現於主要語動詞的右方。

(丁)附加語與狀語等語意論元，原則上出現於主要語動詞的左方。但是「期間詞組」(duration phrase) 與「動量詞組」(verbal measure phrase) ㉟ 卻例外的出現於主要語動詞的右方，例如：

___

㉟ 「期間詞組」與「動量詞組」似可連同「程度副詞」概化為「量詞組」(quantifier phrase)。

㉙　a.　He read the book *for three hours*//

　　　他(看書)看了三個小時

　　b.　She lay in bed *for a while*//

　　　她在床上躺了一會兒

　　c.　They saw *two movies*//他們(看電影)看了兩場

　　d.　He ate *three bowls of rice*//他(吃飯)吃了三碗

㉙a,c,d 的例句顯示：如果主要語動詞本身已經帶有賓語(如'看書、看電影、吃飯')那麼期間詞組與動量詞組的前面必須「重複」(reduplicate) 主要語動詞(如'看三個小時、看兩場、吃三碗')。這個事實似乎又顯示：這些動詞的重複似乎是爲了指派格位給期間詞組與動量詞組。因此，如果這些期間與動量詞組成爲名詞組附加語而併入賓語名詞組，主要語動詞就不必重複，例如：

㉚　a.　他看了三個小時的書

　　b.　他們看了兩場電影

　　c.　他吃了三碗飯

但是㉙b 的例句顯示：不能指派格位的不及物動詞'躺'後面仍然可以出現期間詞組。㉛的例句也顯示：有些動量詞組前面並不需要重複動詞。

㉛　a.　John met Mary *twice*//小明見了小華兩次

　　b.　John gave the dog *a kick*//小明踢了狗一脚

　　c.　他咬了老張一口

㉜的例句更顯示：本來不需要格位的形容詞組（或「副詞組」）
與子句前面仍然重複動詞。

㉜ a. Mary danced *well*//小華(跳舞)跳得很好
  b. John was afraid Mary *so much so that he
     never dared speak loudly in front of her*//
     小明怕小華怕得 PRO 從來不敢在她面前大聲說話

我們在下面有關「主題句」的討論裏試圖從另一個觀點來解釋這
些例句裏動詞重複的原由❸。
(戊)表示「方位」的'上、下、進、出、過、開、起、回'與表示「
趨向」的'來、去'可以出現於主要語動詞或其賓語名詞組後面
。華語這些方位動詞與趨向動詞在意義與功能上分別與英語的「
介副詞」（如'up, down, in, out, over, off, away, back'
等）及「趨向副詞」（如'toward…, away from…'）非常相
近，因而似乎可以比照英語連同前面的動詞分析爲「片語動詞」
(phrasal verb)。試比較：

㉝ a. John walked *in*(*to* the room)//
     小明走進(屋裏){來／去}
  b. Mary jumped *down* from the second floor//
     小華從二樓跳下 {來／去}

---

❸ 請參考湯 (1988a: 503-507) 的討論。

c. The car ran *over* a dog and killed it//
車子輾過一隻狗，把牠輾死了

d. Go *away*. Don't bother me any more//
走開，不要再煩我

華語的方位動詞與英語的介副詞一樣，可以有「字面意義」（lit-eral meaning；如㉝句）與「引申意義」（extended meaning；如㉞句）。試比較：

㉞ a. This ring has been handed *down* in my
family // 這一隻戒指一直在我們家裏傳下來

b. A string broke, but the pianist kept *on*
playing //
有一條琴絃斷了，但鋼琴家還是繼續彈下去

c. Mary fainted *away* at the shock of the news
//小華聽到了消息震驚得昏過去了

d. She came *around* when we threw drops of
water on her face//
在她臉上撒了幾滴水，她就醒過來了

以上的討論顯示：在英語裏無論是域內論元與語意論元都出現於主要語動詞的右方，而在華語裏則只有域內論元以及極少數的語意論元例外的可以出現於主要語動詞的右方。因此，原則上在英語動詞右方出現的句子成分的數目不受限制，而在華語動詞

右方出現的句子成分則至多只能有兩個。

(六)我們在前面有關格位指派的討論裏已經提到：英語的屈折語素（或與此相對應的補語連詞）❸裏有相當明顯的呼應語素可以指派主位給主語名詞組；而在華語裏則沒有如此明顯的呼應語素存在，因而無法指派主位給主語名詞組。華語裏屈折語素與呼應語素的不存在或不確定，可以從下面幾點語言事實獲得佐證：(i)漢語限定子句與非限定子句的界限並不明確，根據「大代號原理」(PRO Theorem)應不受呼應語素「管轄」(govern)的「大代號」似乎可以出現於限定子句裏主語的位置；(ii)漢語裏找不到與英語的「不定子句」、「分詞子句」、「動名子句」等相對應的非限定子句，這也可能是由於英華兩種語言在屈折與呼應語素上的差別而來；(iii)一般語法分析都認為華語的屈折語素與呼應語素出現於主語名詞組與述語動詞組之間，而華語卻在這兩者之間允許副詞或狀語的介入，因而違背指派格位的「鄰接條件」❸；(iv)華語的「主謂式複合詞」(subject-predicate com-pound；如‘地震、頭痛、佛跳牆、螞蟻上樹’等)允許主語語素在不含有屈折語素或呼應語素的複合詞裏出現(如‘很久沒有地震過了、你還在頭痛嗎？’)，因而與沒有主謂式複合詞的英語形成

---

❸　例如英語的補語連詞‘that’與限定(陳述)子句對應；‘for’與不定(陳述)子句對應；‘if’與限定(疑問)子句對應；而‘whether’則與限定或不定疑問子句對應。

❸　根據我們的分析，華語的補語連詞出現於小句子的句尾，更無法與主語名詞組相鄰接。另外，華語裏既沒有呼應語素的存在，也就無法在「指標相同」的條件下指派格位。

顯著的對比❸。

　　我們假設：主要語動詞、形容詞、介詞（包含連詞）的各種論元（包括域內、域外與語意論元）都於深層結構中在這些主要語的「最大投影」（maximal projection；卽分別是動詞組、形容詞組、介詞組）裏出現。以動詞爲例，賓語名詞組（域內論元）出現於「補述語」（complement; Comp）的位置，並與主要語動詞形成「姊妹成分」（sister constituents）；各種副詞與狀語（語意論元）出現於「附加語」（adjunct; Adjt）的位置，而主語名詞組（域外論元）則出現於「指示語」（specifier; Spec）的位置，因而形成㉟的結構佈局❹。

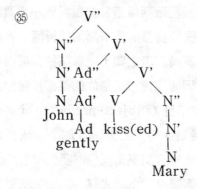

_____

❸　因此，華語的「主謂式複合詞」可能是由「主題」與「(評論)謂語」合成的。

❹　請參照 Larson (1988) 所提出的與此相似卻不相同的結構佈局。又 Bowers (1988, 1989a, 1989b) 則主張在小句子與動詞組之間擬設「述詞組」（predicate phrase; PrP）的存在。據此分析，主語名詞組在深層結構中出現於述詞組裏指示語的位置，而在表層結構中移入小句子裏指示語的位置；賓語名詞組在深層結構與表層結構中都出現於動詞組裏指示語的位置；而主要語動詞則在表層結構中移入述詞組裏主要語的位置。參湯（1990f）。

　　動詞組裏補述語與指示語的位置是「論元位置」（argument position; A-position），而出現於論元位置的名詞組必需獲得格位的指派。因此，在深層結構裏出現於動詞組指示語位置的英語名詞組 'John' 就經過「移位 α」而在表層結構裏出現於小句子（S＝IP＝I"）指示語的位置，並從小句子的主要語屈折語素（I）（或大句子（S'＝CP＝C"）的主要語補語連詞（C））裏的呼應語素（Agr）獲得主位，因而形成㊱的結構佈局。

㊱

```
                    C"
               ╱       ╲
             e           C'
                      ╱     ╲
                    C         I"
                  〔Agr〕  ╱    ╲
                      N"      I'
                      │     ╱   ╲
                      N'   I      V"
                      │  〔Agr〕  △
                      N        gently kiss(ed) Mary
                     John
```

　　另一方面，在深層結構裏出現於動詞組指示語的華語名詞組 '小明' 則因爲小句子的主要語屈折語素（I）裏缺乏明顯的呼應語素（Agr）而無法從此獲得格位，只好經過「移位 α」而在表層結構裏出現於大句子（C"）裏指示語的位置（㊲a），或經過「杭氏加接」（Chomsky-adjunction）而出現於小句子（I"）左端的位

────────────

㊶　出現於大句子裏指示語位置的是「論旨主題」（theme topic），而加接到小句子左端的則可能是「焦點主題」（focus topic）。參湯（1990 b）＜漢語的「主題句」＞。

置(㊲ b)❹，因而形成㊲的結構佈局。

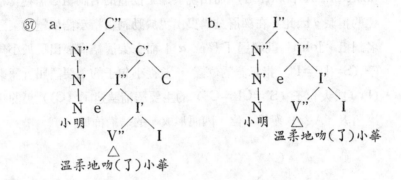

㊲ a.

請注意：在㊱的結構佈局裏英語的補語連詞（C）與屈折語素（I）都分別出現於大句子與小句子的左端；而在㊲的結構佈局裏華語的補語連詞與屈折語素則分別出現於大句子與小句子的右端。同時也請注意：在㊱的結構佈局裏英語的主語名詞組是從「無格位的論元位置」移到「有格位的論元位置」；而在㊲的結構佈局裏華語的主題名詞組是從「無格位的論元位置」移到「無需格位的非論元位置」❹。

---

❹ 根據「格位理論」，名詞組只能從「無格位的論元位置」（Caseless A-position）移入「有格位的論元位置」（Case-marked A-position），以便獲得格位，如英語「被動句」與「提升結構」的名詞組移位；或從「有格位的論元位置」移入「無格位的非論元位置」（Caseless Ā-position），以避免遭受「格位衝突的濾除」，如英語「wh詞組」的移入大句子裏指示語的位置。而我們在這裏則主張：名詞組從「無格位的論元位置」移入「不需格位的非論元位置」或加接到「無格位的非論元位置」，因而並未觸犯「格位濾除」。

㊱與㊲在結構佈局上的差異反映了英語與華語之間「主語取
向語言」(subject-oriented language) 與「主題取向語言」(
topic-oriented language) 的類別。華語裏主題的存在，以及
主題名詞組不需要指派格位（因為在句子裏找不到格位指派語）
的事實，可以從下面的例句看出。

㊳ a. 今天 星期五；明天 清明節

b. 我 臺灣人；中國 面積廣 人口衆多

c. 婚姻的事，我自己做主

d. 小華，小明認識她

e. 魚，我最喜歡吃黃魚

f. 小明 被扒手 把錢包 給扒走了

華語的主題，除了代表舊信息的「論旨主題」(theme-topic，如
在㊳裏出現的主題) 在深層結構直接衍生以外，還包括因疑問詞
或不定代詞移位而衍生的「焦點主題」(focus-topic)❹ ，例如：

㊴ a. 哪一種人 你最{討厭 t/ t 討厭}❹

---

❹ 英語裏「論旨主題」與「焦點主題」的區別，參湯 (1988e: 257-260)。
❹ 如果採取賓語名詞組在深層結構中出現於動詞組裏補述語位置的觀點
，那麼這個賓語名詞可能只移到主要語動詞的右方(以便獲得格位)，
再移到主題的位置，但也可能直接從主要語左方的位置移到無需格位
的主題位置。另一方面，如果採取賓語名詞組在深層結構中出現於動
詞組裏指示語位置的觀點，那麼這個賓語名詞組本來出現於主要語動
詞的左方，然後因主要語動詞的提升移入主要語述詞的位置而出現於
主要語的右方。以下例句裏「痕跡」出現的位置，都表示表層構裏句
子成分移位前的位置。參湯 (1990d, 1990e, 1990f)。

　　　　　　　('ｔ'代表因爲句子成分移位後留下的「痕跡」
　　　　　　　(trace))

　　　b．　什麼時候 小明 ｔ 見到小華？

　　　c．　誰 我 都不{相信 ｔ/ ｔ相信}

　　　d．　什麼事 他 都懶得{做 ｔ /ｔ做}

華語裏每一個句子的主題不限於一個。例如，在㊴的例句裏，不
僅出現於句首的疑問詞或不定代詞要分析爲主題，而且出現於這
些主題後面的名詞組（卽‘你、小明、我、他’）也應該分析爲主
題，因爲根據上面的討論這些域外論元只能出現於主題位置。下
面㊵的例句也顯示：句首的兩個句子成分應該分析爲主題（卽論
旨主題與焦點主題）。試比較：

　㊵　a．　你 哪一種人 最{討厭 ｔ/ ｔ討厭}？

　　　b．　小明 什麼魚 最愛{吃 ｔ/ ｔ吃}？

　　　c．　我 誰 都不{相信 ｔ/ ｔ相信}

　　　d．　他 什麼事 都懶得{做 ｔ/ ｔ做}

㊶的例句更顯示：㊶a 的域內論元‘英語’出現於動詞組裏，並由
介詞‘把’來指派格位，而在㊶b 與㊶c 裏域內論元‘英語’則移到
無須格位的主題位置來。試比較：

　㊶　a．　小明 已經 把英語 讀好了

　　　b．　小明 英語 已經讀好了

　　c. 英語 小明 已經讀好了

除了名詞組以外，表示時間、處所等副詞組或介詞組也可以出現
於句首而充當主題，例如：

㊷　a. 昨天晚上 小明 在圖書館裏 已經把英語讀好了
　　b. 昨天晚上 (在)圖書館裏 小明 已經把英語讀好了
　　c. (在)圖書館裏 昨天晚上 小明 已經把英語讀好了
　　d. 英語 昨天晚上 在圖書館裏 小明 已經讀好了

㊷的例句顯示：越是出現於後面的主題，「對比」(contrast) 的
意味越濃；而且主題越多，句子就越不自然。但這是由於同一個
句子裏出現過多的主題，容易引起論旨角色的紊亂所致，應該不
屬於「句子語法」(sentence grammar) 的討論範圍。不過兩
個以上主題的同時出現，除了在深層結構裏直接衍生於大句子指
示語的位置外，還要靠「移位」與「加接」來衍生（關於這一點
容後詳述）。我們甚至可以假設：所有華語的句子，除了「有無
句」（如 '桌子上有一本書'）、「氣象句」（如 '下雨了'）、「引介
句」（如 '牆上掛著一幅肖像、前面來了一部計程車、昨天又走
了一位朋友'）等引介主題的句子以外，都在「根句」(root sen-
tence; 卽結構樹裏最高的大句子) 指示語的位置含有主題（包
括以「前文」(previous context) 的主題為論旨主題的「零主
題」(null topic)），並且由句子成分的移位而衍生焦點或對比
主題。

英語雖然屬於「主語取向語言」，但在口語中仍然可以發現含有「論旨主題」與「焦點主題」的例句，例如：

⑬ a. *John,* I met *t* in New York
  b. *Joe* his name is *t*
  c. *Macadamia nuts* they're called *t*
  d. *Dates* I could never remember t
  e. *Three years ago in Japan* John first met Mary *t t*
  f. *In China* I was born *t,* and *in China* I'll die *t*

英語裏也可以發現在深層結構裏直接衍生主題的例句。這個時候，主題必須由介詞或動詞指派格位，例如：

⑭ a. *As for Mr. Taylor,* I met him in New York
  b. *Speaking of my friends,* I let them stay
  c. *As for Jane,* I hope to meet her husband someday

(七)格位指派的鄰接條件禁止在格位指派語與被指派語之間介入其他句子成分；因此，副詞與狀語只能出現於主語之前、賓語之後、或主語與謂語之間，不能出現於及物動詞、及物形容詞或介詞與其賓語之間。試比較：

㊺ a. *Often* John borrowed money from Mary;
John *often* borrowed money from Mary;
John borrowed money from Mary *often*

b. （？）常常小明向小華借錢；小明常常向小華借錢

c. *John borrowed *often* money from Mary;
*John borrowed money from *often* Mary

d. *小明向小華借常常錢；*小明向常常小華借錢

（八）最後，英語與華語的「領位」分別由領位標誌 '-'s 與 '的' 指派給出現於主要語名詞左方的名詞組。英語的稱代詞有其特定的形態格，而華語的稱代詞則與名詞一樣一律帶上 '的'。同時，英語的附加語或補述語名詞組除了出現於主要語名詞左方而從領位標誌 '-'s 獲得格位以外，還可以出現於主要語名詞的右方並從介詞 'of' 獲得格位；而華語的附加語或補述語名詞組則一律只能出現於主要語名詞的左方並從領位標誌 '的' 獲得格位。試比較：

㊻ a. *my* father; *Mr. Lee's* wife//
我的父親；李先生的太太

b. the principal *of this school*; the top *of the desk*; the study *of linguistics*; the advent *of spring*//這一所學校的校長；桌子的上面；語言學的研究；春天的來臨

c. the destruction *of the garden by the neigh-*

　　　　　　　　bors; the garden's destruction *by the neigh-*
　　　　　　　　bors; *the neighbors*' destruction *of the*
　　　　　　　　garden //

　　　　　　院子的 被（？鄰居的）破壞；？鄰居的破壞院子

出現於「複合名詞」（compound noun）裏的名詞，與出現於
「名詞組」裏的名詞組不同，不必指派格位。另外，如果在同一
個華語名詞組裏一連出現好幾個領位標誌'的'時，常可以在語音
形式裏刪略不必要的'的'，以求節奏的順暢。試比較：

⑷　a.　professors of linguistics; linguistics profes-
　　　　　sors//語言學的教授；語言學教授
　　　b.　*Mr. Lee's wife's* brother; *your neighbor's*
　　　　　children//
　　　　　李先生（的）太太的弟弟；你們（的）鄰居的小孩子

九、「X標槓理論」

　　「音素」（phoneme）能組合成為「語素」（morpheme），
語素能組合成為「詞」（word），而詞則能組合成為「詞組」（
phrase）。詞組結構可以從兩種不同的觀點來分析。一種是從形
成詞組的「成分」（constituent）與成分之間的「前後出現位置
」（precedence）來分析其「線性次序」（linear order）。另一
種是從形成詞組的成分與成分之間的「上下支配關係」（domi-
nance）來分析其「階層組織」（hierarchical structure），而

「X標槓理論」(X-bar Theory) 便是有關自然語言階層組織的
理論原則。X標槓理論的 'X' 代表「詞類變數」(categorial
variable)；例如，名詞 (N)、形容詞 (A)、動詞 (V)、介詞
(P) 等。而「標槓」(bar; over-bar) 則代表這些詞類在詞組結
構中的不同層次或「槓次」(bar-level)，例如「零槓」(X; X°)
、「單槓」(X; X′)、「雙槓」(X; X″) 等。

　　X標槓理論的內容相當簡明扼要，可以用下面⑱的三條「規
律母式」(rule schemata) 來表示：

　⑱　a．X″ → Spec, X′（指示語規律）

　　　b．X′ → Adjt, X′（附加語規律）

　　　c．X′ → Comp, X（補述語規律）

'X' 代表「詞(語)」(word)，在X標槓結構裏充當整個詞組的
「主要語」(head) 或「中心語」(center)。'X″' 代表「詞節」(
semi-phrase)，也就是主要語 'X' 的「中介投影」(interme-
diate projection)。⑱c 的規律母式規定：任何詞類的「詞節」
(X′) 必須由其「主要語」(X) 與「補述語」(complement;
Comp) 合成。⑱b 的規律母式規定：「詞節」也可以由「詞節」
與「附加語」(adjunct; Adjt) 合成。在⑱b 的規律母式裏，詞
節 (X′) 出現於「改寫箭號」(rewrite arrow, 卽 '→') 的左
右兩邊，所以附加語可以「反復衍生」(recursively generate)
，因而在同一個詞組結構裏可以同時含有一個以上的附加語。
'X‴' 代表「詞組」，也就是主要語 'X' 與詞節 'X″' 的「最大投

影」(maximal projection)。⑱a 的規律母式規定：「詞組」由
「詞節」與其「指示語」(specifier; Spec) 合成。

上面⑱的「Ｘ標槓公約」(X-bar Convention) 只規範詞組
的「階層組織」，而不涉及詞組成分之間的「線性次序」。因此，
⑱的規律母式僅規定：所有自然語言的所有詞組結構都必須是
「同心結構」(endocentric construction)，卽詞組、詞節與主
要語的詞類必須相同；並且最大投影的詞組支配詞節與指示語，
而詞節則可能再支配詞節與附加語(並且可以如此連續衍生詞節
與附加語)，也可能直接支配主要語與補述語。但是⑱的規律母
式對於這些指示語、附加語、補述語之出現於詞節或主要語的左
方抑或右方，以及這些指示語、附加語、補述語的詞類與數目等
則完全沒有交代，而委由原則系統中的其他原則或其參數來決定
。例如指示語、附加語、補述語之究竟出現於詞節或主要語的左
方抑或右方，由論旨理論中論旨角色指派方向的參數與格位理論
中格位指派方向的參數等共同來決定。又如指示語、附加語、補
述語的詞類與數目等則顯然與動詞、形容詞、名詞、介詞等的論
元結構與論旨屬性有關，可以直接由這些詞項的論旨網格投射到
詞組結構上面來。不過指示語、附加語、補述語都必須由最大投
影的詞組來充當，而且除了附加語的數目可由連續衍生而不受限
制以外，指示語原則上只能有一個；而補述語則最多只能有兩個
。如此，「詞組結構規律」的功能幾由Ｘ標槓公約、詞項記載(特
別是論旨網格)、論旨角色指派方向參數，以及格位指派語與被
指派語、指派方向參數等來掌管，也就事實上否定了詞組結構規

律本身的存在意義與價值。

(一)名詞組的X標槓結構

　　英語與華語的名詞組都以名詞（N）為主要語，並與補述語形成名詞節（N'），再與指示語形成名詞組（N"）。英語名詞的補述語包括「介詞組」、「that子句」（「同位子句」）、「不定子句」，而附加語則包括「介詞組」、「狀語名詞組」（adverbial NP）、「關係子句」、「不定子句」、「分詞子句」等。名詞補述語是與主要語名詞的「次類畫分」（subcategorization）有關的域內論元，受主要語名詞的「管轄」（government）並與此鄰接而成為姊妹成分；附加語與名詞的次類畫分無關，只是主要語名詞可有可無的修飾成分或語意論元，既不受主要語名詞的管轄亦不與此形成姊妹成分。又英語的主要語名詞原則上依照從左方到右方的方向指派論旨角色；因此，介詞組、狀語名詞組（在深層結構裏可以分析為由「零介詞」（null preposition）所引導的介詞組❹）、關係子句、不定子句、分詞子句（後三者可以概括地分析為大句子）等「主要語在左端」的詞組結構都必須出現於主要語名詞的右方成為「名後補述語」（postnominal complement）或「名後附加語」（postnominal adjunct）。但形容詞組、名詞組(要變成領位)等「主要語在右端」的詞組結構則出現於主要語名詞的左方成為「名前附加語」（prenominal adjunct）❹。華語名詞的補述語，包括「名詞組」、「介詞組」、「同位子句」，都

---

❹　參湯（1989c: 301-303）。

❹　參湯（1988e: 453-514）與湯（1989c: 296-348）。

受主要語名詞的管轄並與此形成姊妹成分；而附加語則包括「數量詞組」、「形容詞組」、「關係子句」（華語裏沒有明顯的屈折語素與呼應語素，所以沒有限定子句與非限定子句(包括動名子句、不定子句、分詞子句等)的區別），既不受主要語名詞的管轄亦不與此形成姊妹成分。又華語的主要語名詞從右方到左方的方向指派論旨角色，而且無法直接或經由介詞指派格位，所以無論是指示語、附加語、補述語都一律出現於主要語名詞的左方。至於名詞組的指示語，則暫時可以了解爲領屬詞、限定詞(包括冠詞、指示詞等)等。試比較：

⑭ a. *that* professor *of linguistics*//
那一位 語言學的 教授 (介詞組//名詞組)

b. *Professor Chomsky's* comment *on the book*
//杭斯基教授(的) 有關這一本書的 評論 (介詞組)

c. *the* rumor *that John eloped with Mary; the*
question *whether we should go (or not)* //
小明跟小華私奔的 謠言；我們該不該去的 問題
(同位子句)

d. *our* expectation {*of leaving/to leave*} *early*
//我們早些離開的 期望
({動名子句/不定子句}//同位子句)

⑮ a. *the* book *on the desk; the* man *with long*
hair//那一本 在桌子上的 書；那一個 (留)長頭髮
的 男人 (介詞組//關係子句)

b．*the* meeting *yesterday; the* bicycle *outside* //昨天的 開會；外面的 脚踏車（狀語名詞組）

c．*the* boy {*who practices Enflish every day*/ (*who is*) *practicing English now*/ (*who was*) *bitten by a snake*/ (*who is*) *to help you study English*}//那一個 {每天練習英語/正在練習英語/被蛇咬/要幫你練習英語}的男孩子 ({限定/分詞/不定}關係子句//關係子句)

d．*These ten expensive new German* cars// 這十輛 昂貴的 嶄新 德國(產的) 汽車 (限定詞組＋數量詞組＋形容詞組)

英語與華語的論旨角色指派方向正好相反，因而會造成如下詞序相反的鏡像關係。

(51) a．the professor *of linguistics with long hair* (*sitting*) *in the corner*// 那一位(坐)在屋角的 (留)長頭髮的 語言學 敎授

b．the rumor *that John had eloped with Mary which was getting about the village*// 在村子裏傳開的 小明與小華私奔的 謠言

（二） 限定詞組與數量詞組的X標槓結構

最近有人對於名詞組提出更明確更周延的X標槓結構。根據

這一個主張，所謂「名詞組」其實就是「限定詞組」(determiner phrase; DP/D")。這個限定詞組以「限定詞」(D) 為主要語，並以「數量詞組」(quantifier phrase; QP/Q") 為補述語而與此形成「限定詞節」(D')，再以「限制詞」(limiter; Lm) 為指示語並與此形成「限定詞組」(D")。另一方面，數量詞組則以「量詞」(measure, classifier; Q) 為主要語，並以名詞組為補述語而與此形成「數量詞節」(Q')，再以「數詞」(number; Nu) 為指示語而與此形成「數量詞組」(Q")。有關英語與華語限定詞組的結構樹與例句如下。

⑤ a.

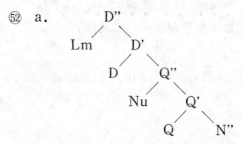

b. *only these three* books *of John's;*
even every one PRO *of my children//*
只有 小明的 這三本書；連 我的 每一個 孩子

⑤b 的例句顯示：由於英語的限定詞裏「指示詞」與「領位名詞組」(現在應該稱為「領位限定詞組」)不能同時出現於主要語名詞的左方，所以領位名詞組必須改為「介詞組」而出現於主要語名詞的右方；另一方面，華語的限定詞則沒有這種限制，所以所有的修飾語都出現於主要語名詞的左方。又可數名詞與數詞連用

的時候，華語的量詞是必用成分，但英語的量詞卻是可用成分。同時，英語的數量詞組以量詞為主要語的時候，經常以介詞 'of' 引導的介詞組為其補述語。試比較：

⑤ *several* (*copies of*) books; *those three gallons of* gasoline; *a group of* English teachers//

幾本 書；那 三加侖 汽油；一羣 英語老師

另外，英語與華語都允許限定詞組裏只含有數量詞組而可以不含有名詞組。這時候可以分析為數量詞組裏不含有名詞組補述語，但也可以分析為以不具語音形態的「大代號」（PRO）為補述語。如果名詞組補述語裏含有形容詞組附加語，那麼英語裏必須使用「名詞節替代詞」（pro-N'）的 'one'，而華語則仍然可以用大代號為替代詞。試比較：

⑤ a. these three {*cars/PRO/Φ*} (are mine)//
    這三部 {汽車/PRO/Φ} （是我的）
  b. these three new {*cars/ones*} (are mine)//
    這三部新的 {汽車/PRO} （是我的）

英語與華語裏表示「全數」（total）的時候，領屬詞常出現於數詞的前面；而表示「部分」（partitive）的時候，領屬詞則常出現於數詞的後面。試比較：

⑤ a. *my three* children; *Prof. Lee's ten* students//

我的 三個 孩子；李教授的 (那)十個 學生 (全數)

b. *three* of *my* children; *ten* of *Prof. Lee's* students

//三個 我的 孩子；十個 李教授的 學生 (部分)

cf. *those three* students; *three* of those students

//那三個學生；那些學生裏面的三個

請注意：英語的 'one of your books' 與 'a book of yours' 兩種說法之間，以及華語的'你的一本書'與'一本你的書'兩種說法之間，在整個限定詞組的定性上有很微妙的區別。試比較：

⑤ a. *one* of *your* books (is on the desk);

*a book of *yours* (is on the desk)//

你的 一本 書 (在桌子上)；

??一本 你的 書 (在桌子上)

b. (there is) *a* book of *yours* (on the desk);

*(there is) one of *your* books (on the desk)

// (桌子上有) 一本 你的 書；

??(桌子上有) 你的 一本 書

英語的數量詞組(特別是表示度量衡的數量詞組)，除了可以出現於限定詞組內充當名詞節的附加語以外，還可以在形容詞組、副詞組、介詞組內出現於主要語的前面充當附加語，或在動詞組內出現於主要語的後面充當附加語。華語的數量詞組可以在形容詞組與副詞組內出現於主要語的前面充當附加語，但在介詞組與動

詞組裏卻只能出現於主要語的後面。試比較：

㊄ a. (a) *five-years* old (boy);

(he stands) *sixfeet* tall//

（一個）五歲大（的小孩子）；（他有）六英呎高

b. (dug) *three-inches* deep; (ran) *three times*
faster // （挖了）三英吋深；（跑得）三倍快

c. *ten feet* under the water;

three days after his arrival//

cf. 在水底下 十英呎；在他到達之後 三天

d. (she) weighs *200 pounds;* (he) walked *five
miles*//（她）重 兩百磅；（他）走了 五英哩

（三） 動詞組的X標槓結構

　　「動詞組」（V"）以「動詞」（V）為主要語並與補述語合成「動詞節」（V'），再由動詞節與附加語合成動詞節（並且可以如此連續衍生好幾個動詞節），最後再由動詞節與指示語合成動詞組。補述語是主要語動詞的域內論元（包括賓語論元與補語論元），受主要語動詞的管轄並由此獲得論旨角色（如客體、終點、起點、受惠者等）的指派。附加語是動詞節可有可無的語意論元（包括工具、手段、情狀等狀語），由動詞節獲得論旨角色，而指示語是主要語動詞（或動詞節）的域外論元（亦即主語論元），並由主要語動詞（或動詞節）獲得論旨角色的指派。把主語名詞組不設定於小句子指示語位置而設定於動詞組指示語位置的結果

，不但可以簡化「論旨網格」的論旨角色分派（卽論旨網格裏所包含的論旨角色，必須按照所登記的從左到右的線性次序分派給補述語、附加語與指示語），而且也反映了英語與華語有關「主語取向語言」與「主題取向語言」的差別（卽英語動詞組的域外論元必須移到小句子指示語的位置，獲得主位的指派而充當主語；而華語動詞組的域外論元則必須移到不需要格位的大句子指示語的位置或加接於小句子而充當主題），因而也支持了英語裏「擴充的投射原則」（Extended Projection Principle）與「塡補詞主語」（pleonastic subject）的需要（限定子句裏呼應語素所指派的格位必須由包括 'it' 與 'there' 這些塡補詞在內的主語名詞組來接受）與華語裏「零主語」（null subject）或「小代號刪除」（pro-drop）的可能性（華語句子主語的位置或者留爲「空節」（empty node），或者由不需要格位的「小代號」（pro）來移入）。

補述語是與主要語動詞的次類畫分有關的域內論元，原則上至多只能有兩個域內論元，英語主要語動詞的補述語包括名詞組、介詞組、子句（又包括「陳述子句」、「疑問子句」、「感嘆子句」、「限定子句」、「不定子句」、「動名子句」、「分詞子句」、「小子句」等）與副詞組；而華語主要語動詞的補述語則包括名詞組、介詞組、子句（包括「陳述子句」、「疑問子句」、「感嘆子句」，但並不區別「限定子句」、「不定子句」、「動名子句」、「分詞子句」、「小子句」）、形容詞組等。試比較：

⑱　a.　John loves *Mary*//小明愛 小華（名詞組）

b. John stayed *in a hotel*//
　　小明住 在一家旅館裏（介詞組）

c. John wrote *a letter to Mary*//
　　小明寫了 一封信 給小華（名詞組，介詞組）

d. John sent *Mary a present*//
　　小明送 （給)小華 一件禮物（名詞組，名詞組）

e. John knows *that Mary admires him*//
　　小明知道 小華崇拜他（陳述子句）

f. John told *Mary that he liked her*//
　　小明告訴 小華 他喜歡她（名詞組，陳述子句）

g. John doesn't know *whether (or not) Mary likes him*//
　　小明不知道 小華喜不喜歡他（疑問子句）

h. John asked *Mary when they should get married*// 小明問 小華 他們該什麼時候結婚（名詞組，疑問子句）

i. John knows {*what an attractive woman*/ how attractive} Mary is//小明知道 小華是{多麼漂亮的女人 / 多麼的漂亮}（感嘆子句）

j. John considers {*that Mary is very intelligent/Mary to be very intelligent/Mary very intelligent* }//小明認為 小華很聰明
　　（限定子句/不定子句/小子句//限定子句）

k. Mary regards *John as a big fool*//

　　　　小華當 小明是個大傻瓜（小子句//限定子句）

1. John wanted *PRO to mary Mary*//
　　　小明想 PRO 跟小華結婚（不定子句//限定子句）

m. John asked *Mary PRO to be his wife*//
　　　小明請小華 PRO 做他的太太（名詞組，不定子句
　　　//限定子句）

n. John admitted *PRO dating with Mary*//
　　　小明承認 PRO 跟小華約會（動名子句//限定子句）

o. John treated *Mary very kindly*//
　　　小明待 小華 很好（名詞組，副詞組//形容詞組）❼

英語允許兩個介詞組、一個介詞組與一個子句、或一個名詞組與
一個副詞組同時出現於主要語動詞的右方充當補述語；但在與此
相對應的華語的說法裏，只有名詞組或子句可以出現於主要語動
詞的右方，而介詞組與副詞組則常出現於動詞的左方。試比較：

⑤ a. John talked *to Mary about Bill*//
　　　小明 跟小華 談 有關小強的事情

b. John suggested *to Mary that they could get*
　　married in July//
　　　小明 向小華 提議 他們可以在六月裏結婚

c. John phrased his words very carefully//
　　　小明 很謹慎的 用詞；小明用詞用得 很謹慎❽

---

❼ 可以有‘小明待小華不好’的否定句與‘小明待小華好不好’的正反問句。

❽ 可以有‘小明(的)措詞很謹慎’這樣的說法。

又英語與華語的賓語名詞組原則上出現於主要語動詞的右方，以便與主要語動詞相鄰接而獲得格位(賓位)的指派。但華語的賓語名詞組在一定的條件下可以出現於主要語動詞的左方，並由介詞獲得格位(斜位)的指派。試比較：

⑥ a. I have read *this book* before //
　　　我從前讀過這一本書

　 b. I have already finished reading this book//
　　　我已經看完了這一本書；我已經把這一本書看完了

英語與華語的「動貌(助)動詞」(aspectual auxiliary, 卽'have-en, be-ing'；分別與華語的'有，在'對應) 可以視爲以動詞組爲補述語的主要語動詞，而英語與華語的「動貌動詞」(aspectual verb, 如'start, continue, keep, finish, complete'；'開始，繼續'等)則可以視爲以動詞組或含有空號主語(卽 PRO 或 pro)的非限定子句爲補述語❹。試比較：

⑥ a. I haven't *seen him*//我沒有看到他
　 b. He is *taking a bath*//他在洗澡
　 c. It's {started/began} PRO{*to rain/raining*}//
　　　開始下雨了

---

❹ 也就是說，這些動貌動詞在句法功能上屬於「受主語控制」(subject-control) 的「控制動詞」(control verb)。

> d. John {kept *talking*/continued *to talk*/con-
> tinued *talking*} *about his girl friend*//
> 小明繼續談他女朋友的事情
> e. Mary has already {finished/completed}
> *packing her suitcase*//
> cf. 小華已經收拾好她的衣箱了

注意：華語裏沒有與英語動貌動詞 'finish, complete' 相對的
動貌動詞(華語的'完成、結束'與英語的 'terminate, close,
end'相似，只能以表示動作或事件的名詞組爲補述語，不能以
含有空號主語的不定子句或動名子句爲補述語)。另一方面，華
語卻有'(看)完、(做)好、(賣)掉、(用)盡、(吃)光、(聽)到'等
表示類似「動相」(phase) 概念的「詞幹」(stem) 可以加在動
詞的後面合成「完成動詞」(accomplishment verb) 或「成就動
詞」(achievement verb)。這些含有動詞幹的華語動詞在詞彙相
結構中屬於「述補式複合動詞」(verb-complement compound
verb)，應該與英語的「片語動詞」一樣分析爲主要語動詞。試比
較：

> ⑥² a. We've *packed up* the books for the movers
> //我們已經包好了東西隨時可以讓人搬走了
> b. *Eat up* your vegetables; there's a good girl!
> //把青菜吃完吧，乖女兒
> c. Who's *used up* all the detergent?//

　　　誰把所有的洗衣粉都用光了

d.　I'm sorry; all the bread is *sold out*//

　　　對不起，所有的麵包都已經賣光了

e.　Let's *throw* the old television set *away*//

　　　把這一部舊電視機丟掉吧

　　又英語的「情態助動詞」(modal auxiliary, 如'will, may, can, must, should'等) 具有明確的形態標誌 (只有現在式與過去式、而沒有第三身單數現在式、現在分詞、過去分詞或不定詞) 與獨特的句法表現 (例如在直接問句中移入大句子補語連詞的位置)，因而可以與一般動詞區別而形成「助動詞」這個獨立的詞類。另一方面，華語的「情態動詞」(modal verb) 則既缺乏明確的形態標誌，又沒有獨特的句法表現，似可以與動貌動詞一樣分析爲以含有空號主語的子句爲補述語❺。也就是說，華語

---

❺　華語的情態動詞，與英語的情態動詞一樣，可以分爲「義務用法」(deontic use) 與「認知用法」(epistemic use) 兩種。義務用法的情態動詞常以不含有動貌標誌的子句爲補述語；而認知用法的情態動詞則常以含有「動貌標誌」的子句爲補述語。試比較：

（ⅰ）a. 他應該讀英語。

　　　b. 他應該{在讀／讀過／讀了}英語。

（ⅱ）a. 你必須讀這一本書。

　　　b. 你可能{讀過／讀了}這一本書。

但是義務用法的情態動詞可以與「動相標誌」連用，例如：

（ⅲ）a. 你必須讀完這一本書。

　　　b. 你應該忘掉這件事。

的情態或動貌動詞，與英語的情態或動貌助動詞不同，不形成獨
立的「助動詞」，而是與「主語控制動詞」(subject-control
verb; 如 'try, attempt, manage; 嘗試、企圖‧設法'等)同屬
一類。試比較：

⑥ a. *Should* he come?//他應(該)不應該來？

b. You *shouldn't* do this//

你不應該這樣做；你這樣做(很)不應該

c. He {*might/couldn't* possibly} come//

他{可能／不可能}來

d. It is (*not*) *possible* that he *will* (*not*) come

//他(不)可能(不)會(不)來

e. He {*attempted PRO to bribe/could have*

bribed} the judge//

他{企圖／可能}PRO 向法官行賄

英語與華語的「域內論元」(包括與動詞的次類畫分有關的
賓語與補語)出現於主要語動詞補述語的位置，而「域外論元」
(與動詞的次類畫分無關的主語)則出現於動詞節指示語的位置。
域內論元與域外論元都是需要指派格位的「論元位置」，因此出
現於域內論元位置的名詞組都必須由及物動詞、介詞等依照從左
方到右方的位置指派格位；而出現於域外論元位置的名詞組則或
者移到小句子指示語的位置而充當主語(英語)，或者移到大句子
指示語的位置或加接於小句子的左端而充當主題(華語)，例如：

⑥4 a. *John* {used up/sold off} *all the detergent*//

小明{用光／賣掉}了所有的洗衣粉；

小明把所有的洗衣粉都{用光／賣掉}了

b. *Mary* put *the book on* {*the/a*} *desk*//

小華把書放在桌子上；小華在桌子上放了一本書；

?小華放了一本書在桌子上

c. Speaking of John, *he* has *his pocket* picked

(*of the purse*) *by a pickpocket*//

小明被扒手把(他的)錢包(給)扒走了

　　英語與華語都有一些「作格動詞」（ergative verb; 如 'open, close, move, lower, bend（down）；(打)開、關 (上)、移動、搖動、滾動、低(下)、垂(下)⑤1'等）。這些動詞 可以有及物（或「使動」(causative)）與不及物（或「起動」 (inchoative)）兩種用法。例如：

⑥5 a. John {opened/closed} *the door; The door* {opened/closed} // 小明 {打開/關上}了 門；小 明 把門 {打開／關上}了；門 {打開／關上}了

b. Mary {lowered/bent down} *her head; Her head* {lowered/bent down}//

---

⑤1 關於現代漢語藉述補式複合動詞大量衍生作格動詞這一點，參湯 (1990c)。

小華{低／垂}下頭來；小華把頭{低／垂}下來；
她的頭{低／垂}下來

c. He finally managed to roll *the ball* into the
hole; *The ball* finally rolled into the hole//

他終於把球滾進了洞裏；球終於滾進了洞裏

除了「作格動詞」以外，華語的「假及物動詞」(pseudo-tran-
sitive verb; 如'(腿)斷、(手)麻、(眼睛)瞎、(耳朵)聾、(臉)
紅、(人)死、(東西)丟')也在表面上有不及物(或「一元」)與假
及物(或「二元」)兩種用法。試比較：

⑥⑥ a. *John's arm* {broke/got broken};
John {broke *his arm*/had *his arm* broken}//

小明的腿斷了；小明斷了腿了

b. *Mary's face* turned red; Mary turned red *in
the face*//小華的臉紅了；小華紅了臉了

「作格動詞」與「假及物動詞」都兼有一元與二元述語兩種用法
，而且一元述語用法的主語(或主題)名詞組便是二元述語用法的
賓語名詞組。因此，這兩種動詞似可以分析為：在動詞組裏含有
域內論元(「客體」)與域外論元(「施事」(作格動詞)或「受事」
(假及物動詞))，分別出現於補述語與指示語的位置；如果在深
層結構裏僅出現域內論元，那麼這個域內論元就要從動詞組補述
語的位置移到動詞組指示語的位置，再從這個位置移到小句子或

大句子指示語的位置，而在表層結構裏充當主語（英語）或主題（華語）。至於一般及物或不及物動詞的深層結構主語，則一開始就出現於動詞組裏指示語的位置。

又英語的大多數及物二元動態動詞都可以有「假被動」（pseudo-passive; activo-passive; middle voice）的一元述語用法；卽以「客體」或「工具」名詞組爲主語，形成表面形態上的不及物句。與作格動詞不同的是：及物動詞的假被動用法只能以（現在）單純式（或「泛時制」（generic tense））出現，並且必須與副詞或狀語連用，例如：

⑥⑦ a. *The book* sells well//書的銷路很好

b. *This pen* writes smoothly//這支筆很好寫

c. *The meat* cuts tender//

這一塊肉很嫩，很容易切

d. *His passage* reads like poetry//

他的文章讀起來像首詩

我們似乎可以比照「作格動詞」與「假及物動詞」，把及物動詞的「假被動」用法分析爲由深層結構動詞組補述語到動詞組指示語以及小句子指示語的移位。至於英語的「被動句」（passive sentence），其主語名詞組一般也分析爲在深層結構中出現於「被動過去分詞」（passive V-en）補述語的位置。被動過去分詞在語法功能上屬於形容詞，雖然能指派論旨角色，卻無法指派格

位；因此，「客體」名詞組必須從動詞組補述語的位置移到小句
子指示語的位置去獲得格位，例如：

⑱ a. *The books* have been sold out *t*//

　　　書已經{賣光／售罄}了

　b. *The boy* was bitten *t by a snake*//

　　　小男孩被蛇咬了

　　與英語的被動句不同，華語被動句的動詞並沒有明顯的被動
標誌，而且在動詞後面還可以出現賓語名詞組，似乎顯示華語的
被動句動詞在一定的條件下仍然可以指派格位。試比較：

⑲ a. *He* was robbed *of his purse* by a *bandit*//

　　　他被土匪搶走了錢包

　b. *Mr. Lee* was relieved *of his position as a*
　　　section chief by the company//

　　　李先生被公司解除了課長的職務

　　另外，華語裏可以有與⑲的被動句（或稱「被字句」）相對應的
「把字句」。試比較：

⑳ a. *A bandit* robbed *him of his purse*//

　　　土匪把他搶走了錢包

　b. *The company* relieved *Mr. Lee of his posi-*

tion as a section chief//

公司把李先生解除了課長的職務

我們有理由相信華語的「把字句」在基底結構直接衍生，因爲由 '把'所引導的賓語名詞組不可能從及物動詞賓語的位置(賓語)移 到介詞賓語的位置(斜位)來。這樣的移位把名詞組從具有格位的 位置移到具有格位的位置，因而違反「格拉衝突的濾除」(Case-conflict Filter)。同時，⑩a, b 的「把字句」沒有與此相對應 的由'把'引介的賓語名詞組出現於及物動詞後面充當直接賓語的 情形('把'名詞組必須改爲領位名詞組)。試比較：

⑦ a. A bandit robbed *his purse*//

土匪搶走了{他的/*他}錢包

b. The company relieved *Mr. Lee's position* as a section chief//

公司解除了{李先生的/*李先生}課長職務

c. She ate *three of the five apples*//

她把五個蘋果吃了三個；她吃了五個{蘋果裏面的 /*蘋果}三個⓹

⓹ 漢語的「表份結構」(partitive construction) '五個蘋果裏面的 三個'在深層結構中似可分析爲'五個蘋果裏面的三個([NP PRO(= 蘋果])。而在漢語的表份結構中出現大代號(PRO) 時，表示全數的 名詞組後面就要加上'裏面'。試比較：

(i)(the) three apples of that child's

那個孩子(*裏面)的(那)三個蘋果

(ii) three of those five children

那五個孩子*(裏面)的三個 PRO

⑦例句裏的領位名詞組都無法從賓語名詞組裏移出。因此，「把字句」的'把'詞組似應分析爲在深層結構中出現於主要語動詞左方補述語的位置。同樣的，「被字句」的'被'詞組似乎也應該分析爲在深層結構中出現於主要語動詞左方指示語的位置。這樣的分析可以不藉移位而直截了當的在深層結構衍生⑦這一類兼有主題、'被'詞組與'把'詞組三者的例句。

⑦ a. Speaking of him, he was robbed *of his purse by a bandit*//他 被土匪 把錢包 (給)搶走了

b. Speaking of Mr. Lee, he was relieved *of his position as a section chief by the company*//李先生 被公司 把課長的職務 (給)解除了

c. Speaking of me, I had *three of my five apples* stolen *by her*//

我 被她 把五個蘋果 (給)偷走了三個

另外，「氣象動詞」(meteorological verb; 如'rain, snow, thunder, blow; 下(雨)、下(雪)、打(雷)、刮(風)、起(霧)'等)在英語裏常常是「零元述語」(zero-place predicate)，而在華語裏卻通常是「一元述語」。由於英語遵守「擴充的投射原則」，所以這些氣象動詞常以不具論旨角色的塡補詞'it'爲主語；而在華語裏這些氣象動詞的域內論元則可以出現於主要語動詞的後面充當補述語，也可以移到大句子指示語的位置充當主題

。試比較：

⑦ a. It's started {*raining/snowing/blowing*/thun-
dering}; *A fog* has set in//
下雨了；下雪了；刮風了；打雷了；起霧了

b. The {*rain/snow*} is still falling; *The wind*
is still blowing//{雨／雪}還在下；風還在吹

c. Thunder { rolled/rumbled/cracked }//
雷打得很響

d. *The wind* has {died away/gone down/died
down/dropped}; The fog has {lifted/disap-
peared/broken away}//風已經停了；霧已經散了

除了「氣象動詞」以外，華語的「隱現動詞」（verbs of ap-
pearance and disappearance; 如'來、到、走、跑、飛進來
、丟出去'等）與「存在動詞」（verb of existence; 如'坐、站
、躺、住'等））可以有域內論元出現於動詞組補述語的位置而代
表「信息焦點」（information focus），或出現於大句子指示語
的位置而充當主題的情形。這時候，相對應的英語例句中常以填
補詞'there'來充當主語。試比較：

⑦ a. There come *two people* (from the front);
The two people are coming (from the front)
//前面來了兩個人；那兩個人從前面來了

b. There {arrived/*left⑬} *a guest* yesterday;
A guest {arrived/left} yesterday//

昨天{到/走}了一位客人；有一位客人昨天{到/走}了

c. There lies in bed *a sick person;*
The sick person is lying in bed//

床上躺著個病人；那個病人躺在床上

d. There seated beside the president was *an attractive woman; An attractive woman* was seated beside the president//

董事長的旁邊坐著一位漂亮的女郎；

有一位漂亮的女郎坐在董事長的旁邊

　　動詞的「域內論元」出現於「補述語」的位置充當賓語或補語，「域外論元」出現於「指示語」的位置並經移位充當主語或主題，而「語意論元」則出現於附加語的位置充當副詞或狀語。由於論旨角色指派方向參數上的差異，英語的附加語原則上出現於動詞節的右方，而華語的附加語則原則上出現於動詞節的左方，因而常會呈現附加語出現次序正好相反的「鏡像關係」。但是附加語可以連續衍生，而且出現的前後次序也比較不受限制。試比較：

---

⑬　漢語裏表示「出現」與「隱失」的動詞都可以出現於這類「引介句」(presentative sentence)；而英語則只有表示出現的動詞可以出現於這類句型。

⑦⑤ a. John cut the picture out *carefully with scissors* //小明 用剪刀 很小心的把圖片 剪下來

b. Mary went to the concert (together) *with John by taxi*//

小華 跟小明(一起) 坐計程車 聽音樂會去了

c. John mailed a letter to Mary *for Bill by prompt delivery last night*//小明

昨天晚上 替小強 用限時專送 寄了一封信給小華

（四） 形容詞組的X標槓結構

「形容詞組」（A"）以「形容詞」（A）爲主要語並與補述語合成「形容詞節」（A'），再由形容詞節與附加語合成形容詞節（並且可以連續衍生好幾個形容詞節），最後再由形容詞節與指示語合成形容詞組。補述語是主要語形容詞的域內論元，受主要語形容詞的管轄，並由此獲得論旨角色（一般都是「客體」）的指派。由於英語的形容詞無法直接指派格位，所以名詞組補述語必須由介詞來指派格位，而補述語子句則或許由於本身不需要格位，或許由於從補語連詞獲得格位，所以可以直接出現於主要語形容詞的右方。華語的及物形容詞可以直接指派格位，因此補述語名詞組與子句都可以直接出現於主要語形容詞的右方。至於不及物形容詞，則不能直接指派格位，因而其補述語名詞組在介詞'對、跟'等引介之下出現於主要語形容詞的左方。試比較：

⑦⑥ a. John is very much afraid *of Mary*//

小明很怕小華

b. John is afraid (*of) *that Mary will be angry with him* //小明怕 小華會{對／跟}他生氣

c. What John is afraid *(of) is *that Mary will be angry with hin*//

小明（所）害怕的是 小華會{對／跟}他生氣❺❹

英語的子句補述語有陳述子句、疑問子句與感嘆子句以及限定子句與非限定子句（包括動名子句、不定子句與分詞子句）之分，而華語的子句補述語則只有陳述子句與疑問子句之分以及含有實號主語與含有空號主語之別。試比較：

⑦ a. Are you sure *that there is absolutely no mistake?* //

你有把握 絕對沒有錯誤 嗎？（陳述子句）

b. She's very much concerned about *whether you are safe*//

她非常關心 你是否平安（疑問子句）

c. I'm not sure *how it should be done*//

我沒有把握 這件事該怎麼做（疑問子句）

d. I'm surprised {*how beautiful/what a beautiful* girl} she is//

---

❺❹ 除了'{對/跟} 他生氣'以外，還可以經過「名詞組併入」（NP Incorporation）而說成'生他的氣'。參湯（1990c）。

我很驚訝 她竟然(長得)這麼漂亮（感嘆子句）

e. She's busy *PRO taking care of her children*
//她忙著 PRO 照顧孩子（動名子句；空號主語）

d. She's anxious *PRO to go home*//
她急著 PRO 要回家（不定子句；空號主語）

　　附加語是形容詞節可有可無的語意論元，並且可以連續衍生。形容詞組裏常用的附加語是「程度副詞」（degree adverb; 如 'very, so, too, more, most, even, extremely; 很、這麼、太、更、最、還要、非常'等）與「數量詞組」（「程度副詞」與「數量詞組」不能同時出現，因而可以視爲同屬一類），因爲不具有論旨角色也不需要格位，所以經常出現於形容詞節的左方（但華語的數量詞常可以出現於述語形容詞的右方）。至於介詞組附加語，則由於論旨角色指派方向參數的不同，在英語裏出現於形容詞節的右方，而在華語裏卻出現於形容詞節的左方。試比較：

⑱ a. I'm *very (very, very)* happy to see you//
我非常(非常、非常)高興見到你

b. He was *severely directly personally* critical of the President//cf. 他對總統有嚴厲、直接而刻薄的批評；他把總統批評得嚴厲、直接而刻薄

c. John is *even* taller *than Bill*//
小明比小強還要高

d. The water is *five feet* deep//

水有五英吹深；水深五英吹

e. John is *ten years* older than Mary//

小明比小華大十歲

f. I'm really happy *for you* that your son has returned safely//

我真為你高興你(的)兒子已經平安回來

g. I was sick at the stomach *with a cold*//

cf. 我因為感冒而肚子不舒服

　　華語的形容詞，與動詞一樣，可以單獨充當謂語。因此，形容詞組的指示語宜由述語形容詞的域外論元來充當，一如動詞組的指示語由述語動詞的域外論元來充當。另一方面，英語的形容詞則與動詞不同，不能單獨充當謂語，而必須成為 Be 動詞或「連繫動詞」(linking verb; 如 'become, get, grow, seem, remain' 等) 的補述語。在「論旨理論」與「X標槓理論」之聯繫下，我們要求所有論旨角色的指派都在主要語最大投影的範圍內完成，因而一元述語與二元述語形容詞的域外論元（其論旨角色通常分別是「客體」與「感受」）在深層結構出現於形容詞組指示語的位置，而二元述語形容詞的域內論元（其論旨角色通常都是「客體」或「起因」）則出現於補述語的位置。在華語裏，形容詞組直接充當謂語，其指示語名詞組移到大句子指示語的位置或加接到小句子而充當主題。另一方面，在英語裏，形容詞組出現於動詞組(或「繫詞組」(predicate phrase))裏補述語的位置，其指示語名詞組先移到動詞組指示語的位置，然後再移到小

句子指示語的位置來充當主語。試比較：

⑦ a. John is *tall*//小明很高

b. Mary is happy *with her grades*//

小華很滿意她的分數；小華對她的分數很滿意

c. John is concerned *about Mary*//

小明很關心小華；小明對小華很關心

d. Mary got angry *with John*//

cf. 小華{對/跟}小明生氣；小華生小明的氣

⑦d 的例句顯示：華語裏可以利用「名詞組併入」（NP Incor-
poration）的方式把表示「客體」或「起因」的介詞組改爲領
位名詞組並併入賓語名詞組裏(其他用例，如‘幫(你的)忙、
造(你的)謠、逗(我們的)笑、丟(我們的)臉、叨(你的)光
、託(大家的)福、中(你的)意、合(我的)意、吃(你的)醋’
等)。

（五）　副詞組的X標槓結構

英語的副詞常有語音形態（如‘early, late, fast, high,
wide’等副詞與形容詞同形，以及許多副詞都由形容詞加上詞尾
‘-ly’而成）與句法功能（如‘John's discovery was quite
independent *of mine*’與‘John discovered quite indepen-
dently *of me*’）相對應的形容詞，而華語的副詞則大都是在雙
音形容詞（可重疊亦可不重疊）或單音形容詞重疊之後加詞尾‘的
；地’而成（卽 {AB/AABB/AA} {的/地}），而且副詞與形容

詞的句法功能也極為相似（如未重疊的副詞與形容詞都可以用程度副詞修飾，副詞與形容詞的重疊都表示程度的加強或主觀的情意）。因此，英語與華語的副詞都有人主張不必單獨成類，甚而主張副詞組可以從形容詞組衍生，或讓副詞組逕以形容詞組的形式在 X 標槓結構中衍生。但是，在形容詞加上詞尾 '-ly; 的、地' 的方式衍生的副詞大都限於「情狀副詞」（manner adverb），其他如表示「時間副詞」(time adverb; 如 'today, tomorrow, yesterday, now, then, before; 今天、明天、昨天、現在、將來、過去、以前、從前' 等)、「頻率副詞」(frequency adverb; 如 'always, often, sometimes, never; 經常、時常、偶而、從不' 等)、「貌相副詞」(aspectual and phasal adverb; 如 'already, yet, still; 已經、尚未、依然、仍然' 等)、「處所副詞」(place adverb; 如 'here, there, everywhere; 這裏、那裏、到處' 等)、「情態副詞」(modal adverb; 如 'perhaps, maybe, possibly, certainly, surely; 或許、也許、大概、恐怕、一定、確實、原來' 等)、「語氣與觀點副詞」(style and content adverb; 如 'frankly, honestly, evidently, essentially; 居然、竟然、顯然、果然、到底、究竟、難道、乾脆' 等)、「連接副詞」(conjunctive adverb; 如 'also, too, as well, again; 還、又、再、重新' 等) 等副詞則有許多與形容詞的形態並不相同。同時，除了極少數的英語副詞可以有域內論元（如 'independently of…'）以外，英語與華語的副詞都不具有域內與域外論元，而且也不能單獨充當謂語。因此，我們應該承認「副詞」(adverb; Ad) 是獨立的詞類，而「副詞組」(adverb phrase;

AdP/Ad") 是以副詞為主要語的最大投影。 副詞組裏一般都缺乏補述語與指示語而僅以程度副詞為附加語，因而可以說是較為"發育不全"(defective) 或"退化"(degenerate) 的「詞彙範疇」(lexical category)。

　　副詞組除了可以出現於動詞組與形容詞組的附加語位置充當動詞節或形容詞節的修飾語以外，還可以出現於小句子與大句子附加語的位置充當「整句副詞」(sentence adverb)。同時，除了副詞以外，「狀語名詞組」(adverbial NP)、「狀語介詞組」(adverbial PP)、「狀語子句」(adverbial clause) 等也可以出現於這些位置而充當「謂語」(I') 或「子句」(C') 的附加語。由於論旨角色指派方向參數的差異，這些狀語在英語小句子裏原則上出現於謂語裏動詞組的右方，但是這些狀語可能經過「移位」而移到「大句子」指示語的位置，也可能「加接」到「小句子」的左端，因而有可能出現於句首的位置。㊿試比較：

⑧　a.　The children were playing games *happily in the park yesterday*//

　　　　孩子們　昨天　在公園裏　很快樂的　玩耍

　　b.　*Yesterday* the children were playing games happily in the park//

㊿　有關英語各種副詞與狀語在各種X標槓結構中出現的位置與次序，參湯 (1990e)。

　　　　　昨天 孩子們 在公園裏 很快樂 的玩耍

c. The burglar *probably* opened the safe *with a blowtorch during the night*//

　　　　小偷 可能 在晚 間用吹焰燈 打開保險箱

d. *Probably* during the night the burglar opened the safe with a blowtorch//

　　　　可能 在夜間 小偷 用吹焰燈 打開保險箱

（六） 介詞組的X標槓結構

英語的介詞包括狹義的「介詞」(preposition; 亦稱「前置詞」)與「介副詞」(adverbial particle; pre-ad)，是完全與動詞獨立的詞類。狹義的介詞必須帶上賓語，因此也可以稱爲「及物介詞」(transitive preposition)。介副詞原則上不能帶上賓語，因此也可以稱爲「不及物介詞」(intransitive preposition)。雖然介副詞也可以與動詞合成「片語動詞」(phrasal verb)而具有及物用法，但這時候所帶上的賓語既可以出現於動詞與介副詞之間，也可以出現於介副詞之後，因而與介詞賓語的必須出現於介詞後面的情形不盡相同㊶。另一方面，華語的介詞則由二元及物動詞虛化而來㊷；因此，介詞原則上必須帶上賓語，而且‘上、下、裏、外、前、後’等方位概念都不由介詞本身來表達而

㊶ 有關英語介詞與介副詞的詳細討論，參湯 (1984b: 69-87)〈英語的介系詞與介副詞〉。

㊷ 有關漢語動詞與介詞之間句法功能上的比較討論參湯 (1979: 169-180)〈動詞與介詞之間〉。

由「方位名詞」(locative noun; 如'上(面)、下(面)、裏(面)、外(面)、前(面)、後(面)'等)或「方位動詞」(directional verb; 如'上、下、進、出、開、過、回'等）與「趨向動詞」(deictic verb; 即'來，去')來表達。試比較：

㉛ a.　John jumped {*in/out/up/down/over/back*}//
　　　　小明跳{進／出／上／下／過／回}{來／去}

　　b.　Mary stayed {*inside/outside*} the house//
　　　　小華留在房子{裏／外}{面／邊}

　　c.　They will come {*at/before/after*} nine o'clock //
　　　　他們會在九點鐘{(的時候)／以前／以後}來；
　　　　他們(在)九點鐘{(的時候)／以前／以後}會來㉙

「介詞組」(P")以「介詞」(P)為主要語並與補述語合成「介詞節」(P')，再由介詞節與附加語合成介詞節。英語介詞的補述語或附加語包括名詞組或介詞組的單用以及名詞組與介詞組的連用，而華語的介詞卻只能單獨以名詞組為補述語或附加語。試比較：

㉙　有些人認為出現於情態動詞(如'會')後面，也就是出現於動詞組裏面的時間或處所介詞'在'比較不容易刪略，而出現於動詞組外面的介詞'在'則比較容易刪略。如果這樣的接受度判斷是正確的話，或許是由於動詞組外面的時間或處所狀語介詞組實際上是出現於非論元的主題或焦點位置，因為不需指派格位而可以刪略介詞。

⑧ a. John stayed *in the house with Mary*//

小明跟小華留在家裏

　　 b. Mary came *out of the room*//

小華從屋裏走出來

　　 c. John came *out from behind the tree*//

小明從樹木(的)後面走出來⑲

　　 d. They live *across the street from our house*

//他們住在我們家(的)對面⑳

　　 e. Mary worked *from nine to twelve* //

小華從九點工作到十二點㉑

⑧的例句顯示：英語的介詞組一律出現於動詞的右方充當補述語或附加語；而華語裏卻除了表示「處所」與「終點」的介詞組可以出現於動詞的右方充當補述語以外，其他一律出現於動詞的左

---

⑲ 請注意英語的介詞 'from'、'behind' 與介副詞 'out' 在漢語裏分別變成介詞 '從'、方位詞 '後面' 與方位(趨向)動詞 '出(來)'。同時，英語裏以介詞組爲補述語的介詞組 'from behind the tree' 在漢語裏卻變成以名詞組爲補述語的介詞組 '從樹木(的)後面'。

⑳ 請注意英語的介詞 'across' 在漢語裏變成介詞 '在' 與方位詞 '對面'；英語的介詞組 'from our house' 則變成漢語的領位名詞組 '我們家(的)'。可見無論是如何複雜的英語介詞組結構都在漢語裏都變成相當單純的介詞組。

㉑ 無論在英語或漢語裏「起點」介詞都出現於「終點」介詞組的前面，因而與經驗事實的發生次序相吻合。關於語言詞序與經驗事實之間的「共相關係」(iconicity)，參 Tai (1985, 1989), Haiman (1985, 1986), Hsieh (1989) 等。

方充當附加語。另一方面，在華語裏附加語量詞組一般都出現於
介詞節後面，附加語副詞組很少出現於介詞節前面（如⑧c的情
狀副詞'緊'出現於動詞前面）而出現於介詞節後面（如⑧d的期
間副詞'不久'），而在功能上相當於英語介副詞的方位詞則出現
於介詞與賓語名詞組的中間（如⑧e 的'上面'與⑧f 的'下面'）。
試比較：

⑧ a. They found the miners *50 yards* under the
       surface //
       他們在地下五十碼(的地方)發現了礦工

   b. They held a class reunion *20 years* after
       the war//
       他們在戰後二十年(的時候)舉行了同學會

   c. The bodyguards stood *really close* behind
       him //保鏢緊(貼著)站在他後面

   d. He died *very shortly* after the operation//
       他在開刀後不久去世了

   e. John found it *up* in the attic//
       小明在上面頂樓裏找到它

   f. Mary must have left it *down* in the cellar
       //小華一定是把它留在下面地窖裏

由於介詞組裏不含域外論元，因此也就沒有相當於動詞組與形容
詞組的指示語。就這點意義而言，介詞組與副詞組相似。

英語與華語的「連詞」(conjunction; Conj) 可以分為「對等連詞」(coordinate conjunction) 與「從屬連詞」(subordinate conjunction)。對等連詞（如 'and, or, but; 和、跟、與、或、而、但' 等）可以連接許多不同的詞組結構（包括名詞組、動詞組、形容詞組、介詞組、副詞組、小句子、大句子等），而且所連接的詞組結構必須相等而對稱（例如連接詞類相同的詞組與詞組、詞節與詞節、詞語與詞語）。含有對等連詞的句法結構無法由 X 標槓結構的規律母式衍生或限制，而由「對等連接規律母式」(coordinate conjunction rule schema; 如 'Xⁿ → Xⁿ, (Conj, Xⁿ)*') 與「右節提升」(Right-Node Raising) 的變形來衍生。另一方面，從屬連詞則只能連接句子，而且只能連接「主要子句」(main clause) 與「從屬子句」(subordinate clause)。狀語從屬子句常出現於大句子、小句子、動詞組、形容詞組裏附加語的位置充當域內論元❷或語意論元。因此，一般說來英語的狀語子句出現於主要語右方的位置，而華語的狀語子句則出現於主要語左方的位置；但是因充當主題而移到句首的英語狀語子句以及受歐語語法的影響而移到句尾的華語狀語子句則不在此限。

---

❷ 英語裏由「補語連詞」(complementizer, COMP; 如 'that, whether, if, for') 與「wh 詞組」(wh-phrase; 如 'who, what, when, where, how, why, whose (N), what (N), which (N)) 引介的補語子句則可以充當述語動詞或形容詞的補述語。華語裏沒有與英語相當的補語連詞，而疑問詞組則出現於疑問子句中，不一定要移到子句首。參下面⑱的例句與後面大句子 X 標槓結構的有關討論。

　　許多衍生語法學家都把從屬連詞視爲廣義的介詞，並把從屬子句分析爲廣義的介詞組❻，因爲有許多從屬連詞的語音形態與介詞完全相同（如'as, since, than, till, until, after, before; 到、爲了、以前、以後、（之）前、（之）後、的時候'等）或極爲相似（如'because (of), in case (of), except (that)；除非/除了、自從/從'等），就是語意內涵也極爲相近。而且，既然動詞可以針對名詞組、介詞組、小句子、大句子等不同的詞組範疇來次類畫分，那麼介詞當然也可以針對名詞組、介詞組、小句子、大句子來次類畫分。以名詞組或介詞組次類畫分的是狹義的介詞，而以小句子或大句子次類畫分的就是從屬連詞。試比較：

⑧ a. John left soon *after* {*the ball/the ball was over*} //

　　 小明在{舞會／舞會結束}（之）後不久離開

　 b. Mary waited *until* {*nine o'clock/John came*} //小華一直等到{九點鐘／小明來}

　 c. John doesn't know {*why/when/how*} Mary came//

　　 cf. 小明不知道小華{爲什麼／什麼時候／怎麼樣}來

　 d. *If it rains tomorrow,* (then) I won't go; I won't go *if it rains tomorrow*//

---

❻　但是 Lasnik & Saito (1989: ξ4: 1.2.2) 卻把'after'等從屬連詞分析爲「補語連詞」。如此，從屬子句則在 X 標槓結構中分析爲大句子。

　　如果明天下雨，(那麼)我就不去了；？

　　我不要去，如果明天下雨的話

e. I won't go *unless you go too*//

　　除非你也去，否則我就不去了；我不去，除非你也去

f. *As the typhoon is approaching,* (so) we
can't go; We can't go {as/because} the ty-
phoon is approaching//

　　因為颱風要來，(所以)我們不能去了；

　　我們不能去，因為颱風要來

這樣的分析不但自然妥當的把從屬子句納入 X 標槓結構，而且也
相當成功的把介詞與連詞概化爲同一種詞類。連詞與介詞不同，
只能以大句子或小句子爲補述語，而且只允許一個補述語；卻與
介詞相同，可以以量詞組或副詞組爲附加語，並且只有補述語
(域內論元)與附加語(語意論元)，卻沒有域外論元可以充當指示
語。試比較：

⑧⑤ a. John arrived {*20 minutes/shortly*} *after*
Mary left//

　　小明在小華離開(以)後{二十分鐘／不久}到達

b. John left {*five minutes/just*} *before Mary*
came//

　　小明{在小華來(之)前五分鐘／就在小華來之前}走
了

（七） 小句子的X標槓結構

「小句子」(S; IP/I") 係以「屈折語素」(inflection; I) 爲主要語，並以動詞組爲補述語共同形成「謂語（節）」(I')，再與指示語共同形成小句子。 英語的屈折語素包含「情態助動詞」(modal auxiliary; 如 'shall, will, may, can, must' 等) 與「時制語素」(tense; 如「過去(式)」(past) 與「非過去(式)」(non-past))，而時制語素則再包含「呼應語素」(agreement; Agr)。 如果屈折語素裏含有情態助動詞，那麼情態助動詞就與時制語素合成過去式或非過去式情態助動詞。如果屈折語素裏不含有情態助動詞，那麼動詞組裏的主要語動詞（包括「動貌助動詞」'have (V-en)' 與 'be (V-ing)'）就移到時制語素的位置(但也有人主張時制語素移到（動貌助）動詞的位置來，然後在邏輯形式裏再移回到時制語素的位置)來獲得時制，形成過去式或非過去式動詞。這種從動詞組的主要語位置到小句子主要語位置的移動叫做「主要語到主要語的移位」(Head-to-Head Movement)，不但屬於「移動 α」的一種，而且符合「結構保存的假設」(the Structure-Preserving Hypothesis)。

英語小句子的指示語在深層結構裏預留爲「空節」(empty node)，然後由動詞組的指示語（即域外論元）在表層結構中移入這個空節而形成小句子的主語。充當主語名詞組的域外論元，在動詞組裏已經獲有論旨角色，現在移入小句子指示語的位置並從呼應語素（或與呼應語素相對應的補語連詞）獲得主位。英語裏有些「提升述語」(raising predicate; ; 如 'seem, happen, appear, turn out, tend, (be) likely, (be) certain, (be) sure, (be) liable'等）在動詞組裏以「不定子句」與「限定子句」為補述語。不定子句的屈折語素不含有呼應語素，無法指派格位給域外論元；因此，不定子句的域外論元必須經過移位或「連續移位」(successive movement；如⑧ a) 移入主要子句指示語的位置以便獲得主位。但是如果補述語是限定子句，那麼限定子句的域外論元可以從這個子句的呼應語素獲得主位，不必也不能再移入主要子句指示語的位置獲得格位。這個時候，由於「擴充的投射原則」要求英語的句子必須有主語，所以就由填補詞‘it’來充當主語。試比較：

⑧ a. e *seems* (to me) 〔e *to be* wounded John〕;

　　 John seems 〔*t'* to be wounded *t*〕

　　 // cf.小明好像受傷了

　 b. e *seems* 〔that John *is* wounded〕;

　　 It seems 〔that *John* is wounded〕//

　　 cf. 好像小明受傷了

　 c. e is *likely* 〔Mary to come〕; Mary is likely 〔*t* to come〕 //cf. 小華(很)可能來

　 d. e is *likely* 〔that Mary *will* come〕;

　　 It is likely 〔that Mary will come〕//

　　 cf. (很)可能小華會來

又英語的「被動句」以「被動過去分詞」為動詞組裏主要語Be動詞或其他連繫動詞（如‘get, become’）的補述語。被動過

去分詞在句法功能上屬於二元述語形容詞，雖然能指派論旨角色（如「客體」（域內論元）與「施事/感受」（域外論元））卻無法指派格位。因此，「施事/感受」名詞組就從介詞‘by’獲得格位，而客體名詞組就從動詞組或形容詞組補述語的位置移入小句子指示語的位置以便獲得格位，例如：

⑧⑦ a. e has been *torn* down *the shack by John;*
　　　　 The shack has been torn down *t* by John
　　　　 // cf. 小屋被小明折掉了

　　 b. e was seen *Mary by John; Mary* was seen
　　　　 t by John// cf. 小華被小明看到了

　　由於英語的屈折語素比較複雜，除了「限定」（〔+Finite〕）與「非限定」（〔−Finite〕）的區別以外，「非限定」還可以細分為「動名」（gerundive; 即具有名詞屬性的‘−ing’）、「分詞」（participial; 即具有形容詞屬性的現在分詞‘−ing’與過去分詞‘−en’）、「不定」（infinitival; 即具有介詞屬性的‘to’），而「限定」則可以分析為以具有動詞屬性的屈折語素為主要語，例如：

⑧⑧ a. John believes 〔that Mary is intelligent〕//
　　　　 cf. 小明認為〔小華很聰明〕（限定子句）
　　 b. John believes 〔Mary to be intelligent〕//
　　　　 cf. 小明認為〔小華很聰明〕（不定子句）

c. John believes in 〔Mary's being intelligent〕
   // cf. 小明相信〔小華很聰明〕（動名子句）

d. John found 〔(that) Mary (was) crying〕//
   cf. 小明發現〔小華在哭〕
   （限定子句；(現在)分詞子句）

e. John found〔(that) Mary (was) bitten by a
   snake〕// cf. 小明發現〔小華被蛇咬了〕
   （限定子句；(過去)分詞子句）

f. John found〔Mary (to be) intelligent〕//
   cf. 小明認為〔小華很聰明〕（不定子句；小子句）

　　另一方面，華語在形態上不具有明顯的「時制」或「呼應」標誌，「限定」與「非限定」子句的界限也不明確，「動名」、「不定」、「分詞」等非限定子句的區別更是不存在（參照上面⑧英華例句的比較）。由於無法證實華語裏屈折語素與呼應語素的存在，我們在前面華語動詞組Ｘ標槓結構的討論裏曾經主張：華語動詞組的域外論元無法移入小句子指示語的位置獲得主位的指派，因而再移入不需要格位的大句子指示語的位置（或加接於小句子的左端）而充當主題。因此，我們雖然在華語的句子裏擬設屈折語素(I)與時制語素(Tns)的存在，並以此做為小句子的主要語，但是我們不承認呼應語素（Agr）的存在。抽象時制語素的擬設可以解釋‘小明昨天又來’、‘小明明天再來’等例句的合語法與‘*小明昨天再來’、‘*小明明天又來’等例句的不合語法。而否定呼應語素的存在，也就否定了華語名詞組可以在小句子指

示語位置獲得格位的可能性。至於屈折語素在小句子裏出現的位置，則可能與英語的屈折語素一樣，出現於動詞組的左方；也可能與英語的屈折語素相反，出現於動詞組的右方。我們不妨假定華語的屈折語素包含動貌標誌（如‘了、過、著、的’等）。華語的動詞可能從動詞組主要語的位置移入小句子主要語的位置獲得動貌，但也可能是動貌標誌從小句子主要語的位置降下移入動詞組主要語的位置而指派動貌。‘小明在看著書呢’⑭等例句的存在，似乎顯示動貌標誌是從小句子主要語的位置降入動詞組主要語的位置，但是由於篇幅的限制，我們不準備在這裏做更進一步的討論。

---

⑭ 我們不妨為這個例句擬設下面（i）的深層結構與（ii）的表面結構。
（i）

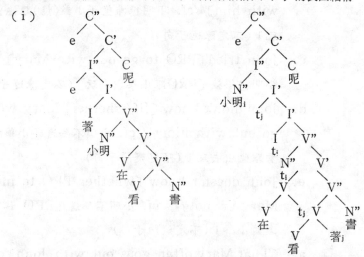

但究竟是小句子的主要語（即屈折語素‘I’）應該由「動貌語素」（aspect; As）取代，抑或在小句子之下應該另設以動貌語素為主要語的最大投影，則需要提出更多的證據來討論。

（八） 大句子的X標槓結構

「大句子」(S'; CP/C") 以「補語連詞」(C) 爲主要語，並
以「小句子」爲補述語，共同形成「子句」(C')。英語的補語連
詞包括引導「限定陳述子句」的'that'、引導「不定陳述子句」
的'for'、引導「限定疑問子句」的'if'以及引導「限定與不定疑
問子句」的'whether'等，例如：

⑧⑨ a. Everyone knows 〔(that) John loves Mary〕
// cf. 大家都知道〔小明喜歡小華〕
（限定陳述子句）

b. John wants very much 〔for Mary to go out
with him〕//cf. 小明很希望〔小華(能)跟他出去
玩〕（不定陳述子句）

c. John tried 〔PRO to go out with Mary〕//cf.
小明想辦法〔PRO跟小華出去玩〕（不定陳述子句）

d. John didn't know 〔{if/whether} Mary would
go out with him〕// cf. 小明不知道〔小華肯不
肯跟他出去玩〕（限定疑問子句）

e. John doesn't know 〔whether PRO to invite
Mary or not〕// cf. 小明不知道〔PRO 該不該
邀請小華〕（不定疑問子句）

⑨⑩ a. 〔That Mary often goes out with John〕does
not necessarily mean 〔(that) she is in love
with him〕//cf. 小華常跟小明出去玩並不表示她

　　愛上了他（限定陳述子句）

b.　[For John to be on time] would be impos-
sible//

　　cf. 要小明準時來恐怕不可能（不定陳述子句）

c.　[PRO to see pro] is [PRO to believe pro]//

　　cf. 眼見為信（不定陳述子句）

d.　[Whether he comes or not], the result will
be the same// cf. 不管他來不來，結果會是一樣
的（限定疑問子句）

　　英語大句子的指示語在深層結構中可能是空節，因而成為「
wh 詞組」（wh-phrase）以及「主題」（theme topic）或「焦
點」（focus topic）名詞組、副詞組等的「移入點」（landing
site），例如：

⑨　a.　John invited *someone* [PRO to attend the
party]; *Who* did John invite *t* [PRO to attend
the party]?//cf. 小明邀請某人 [PRO 參加舞會
]；小明邀請 {什麼人/誰} [PRO 參加舞會]？
（限定 wh 疑問子句）

b.　You think [*something* is in the box];
What do you think [*t* is in the box]?//
cf. 你想 [盒子裏有什麼東西]；你想 [盒子裏有什
麼東西]（呢）？（限定 wh 疑問子句）

c. John wouldn't tell Mary 〔*how* PRO to master English *t*〕//cf. 小明不肯告訴小華〔PRO 怎麼樣學好英語〕（不定 wh 疑問子句）

d. I can't believe 〔(that) John is *such a nice boy*〕; I can't believe 〔*what a nice boy* John is *t*〕//cf. 我簡直無法相信〔小明是這麼乖巧的孩子〕（〔what 感嘆子句〕）

e. I'm surprised 〔that Mary is *so very tall*〕; I'm surprised (at) 〔*how very tall* Mary is *t*〕// cf. 我沒有想到〔小華長得這麼高〕（「how感嘆子句」）

f. I'll never understand *John; John,* I'll never understand *t*//cf. 我一輩子也無法了解小明；小明，我一輩子也無法了解 t （主題名詞組）

g. Her name is *Mary; Mary* her name is *t*// cf. 她的名字{叫做／就是}小華；小華，她的名字{*叫做/就是}t （焦點名詞組）

h. John went to Japan with Mary *last year; Last year* John went to Japan with Mary *t*//cf. 小明去年跟小華一起到日本；去年小明 t 跟小華一起到日本 （主題副詞組）

英語有些主題在深層結構中就出現於大句子指示語的位置（否則必然違背論旨準則與投射原則），而且這類主題名詞組必須由介

詞組 'as for' 或動詞 'speaking of' 等來指派格位（否則會違背格位濾除），例如：

⑨ a. *{Speaking of John/*John}*, I'll never understand *{ him/this guy }* // cf. (提到)小明，
我一輩子也無法了解{他／這一個人}

b. {As for fish/*fish}, I like to eat tuna //
cf. (至於)魚，我喜歡吃鮪魚⑤

另外，英語的「同位子句」與「關係子句」分別具有「陳述子句」(that 子句) 與「疑問子句」(wh 子句) 的結構，也就是大句子的結構，例如：

⑨ a. We heard a rumor 〔that John eloped with
Mary〕//我們聽到〔小明跟小華私奔的〕謠言
(同位子句)

b. Those people 〔*who(m)* you saw *t* yesterday〕
are my relatives from the country//
〔你昨天見到 e 的〕那些人 是我來自鄉下的親戚

---

⑤ 與英語不同，華語這類主題名詞組並不需要藉介詞'至於'或動詞'提到，說到' 等來指派格位。另外華語裏不包含動詞的句子（如'今天星期三'，'我山東人'）裏出現於句首的名詞組（如 '今天'、'我'）也似應分析爲主題，而不是主語。這些事實似乎顯示：漢語的主題出現於無需指派格位的非論元位置。參湯 (1990b)。

（關係子句）

c. This is the boy 〔*who t* wants to speak to you〕 //

這就是那一位〔*e* 想跟你講話的〕男孩子

（關係子句）⑯

另一方面，華語大句子的 X 標槓結構究竟如何則至今尚無定論。我們在這裏提議：華語的大句子以「句尾（語氣）助詞」(final particle) 為主要語，並與小句子形成「子句」(C')。我們之所以做這樣的分析，主要有下列幾點理由：

(一)華語的 X 標槓結構，一方面找不到明確的補語連詞，另一方面卻尋不到適當的位置來衍生句尾助詞。以句尾助詞為大句子的主要語正好一箭雙鵰的解決這個問題。

(二)句尾助詞以小句子為補述語並與此形成姊妹成分，不但正確的反映了句尾助詞的語意範域及於整個小句子（但不包括出現於大句子指示語位置的主題），而且也說明在句尾助詞與小句子的句式之間存在著某種「選擇關係」(selectional relation)。華語的句尾助詞是主要語，根據不同的句尾語氣助詞所表示的情態意義選擇適當句式的小句子(如‘哩、啦’選擇陳述句、‘嗎、呢’選擇疑問句、‘啊、呀’選擇感嘆句、‘吧’選擇祈使句、‘的’引導關係子句等)為補述語；一如英語的補語連詞是主要語，根據不同的補語連詞所表示的情態意義選擇適當句式的小句子(如

---

⑯ 在漢語的關係子句裏出現的「空缺」，究竟是「移位痕跡」還是「空號代詞」，這裏暫不做評論。參湯 (1990a)。

'that'選擇限定陳述句、'for'選擇不定陳述句、'if'選擇限定疑問句、'whether'選擇限定與不定疑問句、以'that (who, which)'引導關係子句等)爲補述語。

(三)如果我們把補述語句子的「語意類型」(semantic type; 如「命題」(proposition; P❻❼)、「疑問」(question; Q)、「感嘆」(exclamation; E ❻❽ 等) 解釋爲由主要語句尾助詞(華語)或補語連詞(英語)來指派,那麼我們也可以比照英華兩種語言「論旨角色指派方向參數」來推定:在無標的情形下華語的指派方向是由右方到左方,而英語的指派方向則是由左方到右方。這就說明:在華語裏句尾助詞出現於小句子的後面,而在英語裏則補語連詞出現於小句子的前面。

(四)我們把出現於華語關係子句句尾助詞的'的'(亦可出現於同位子句的句尾,如'小明與小華私奔的謠言')分析爲出現於從屬子句的句尾助詞或「從句標誌」(subordinate marker)。一般說來,華語的句尾助詞只能出現於獨立的句子或「根句」(root sentence) 中,而不能出現於從屬子句中。試比較:

---

❻❼ 或「陳述」(statement)。

❻❽ 這類語意類型的區別,在句義的語意解釋上本來就是需要的,而且母句述語動詞與賓語子句之間的「選擇限制」(selectional restriction) 也要用這樣的語意類型來標示。例如動詞'know; 知道'可以選擇陳述句(＋〔__P〕)或疑問句(＋〔__Q〕)爲賓語子句,動詞'say; 說',只能選擇陳述句爲賓語子句,而動詞 'ask (someone); 問(某人)'則只能選擇疑問句爲賓語子句。又這種母句動詞(V)與賓語子句的補語連詞(C)之間的選擇限制是屬於普遍語法裏常見的「主要語與主要語之間的呼應關係」(agreement between heads)。

⑨ a. 他來不來?/〔他來不來(*呢)〕跟我有什麼關係?

b. 我吃完了飯了/等〔我吃完了飯(*了)〕,我纔告訴你

c. 他要來呢還是他太太要來呢?/我不知道〔他來(*呢)還是他太太要來(*呢)〕

d. 你快來呀!/小明在催你〔PRO快來(*呀)〕

也就是說,子句句尾助詞的'的'與根句句尾助詞有「互補分佈」(complementary distribution) 或「互不相容」(mutual exclusion) 的關係。我們還推測:在關係子句與同位子句裏句尾助詞'的'的出現,與領位名詞組裏領位標誌'的'的出現一樣,可能與格位的指派有關。總之,我們的分析相當自然合理的詮釋爲什麼英語的關係代詞(也就是補語連詞)'that'出現於子句句首,而華語的關係子句標誌(也就是句尾助詞)出現於子句句尾。

(五)我們的分析不但說明在英華兩種語言之間句尾助詞只在華語裏出現,而補語連詞則只在英語裏出現;而且也自然合理的說明只有英語的助動詞(包括「情態助動詞」與「動貌助動詞」)在「獨立疑問句」(independent question)與「倒裝句」(inverted sentence)中經過「主要語到主要語的移位」移到大句子主要語(卽補語連詞)的位置來。因爲華語大句子的主要語出現於小句子的句尾,所以任何動詞都無法移到句首來。試比較:

⑨ a. *Does* John *t* love Mary? //

小明{喜歡小華嗎/喜不喜歡小華呢}?

b. What *can* I *t* do for you?//

　　我能替你做什麼{呢/嗎}？

c. Never *have* I *t* seen him before! //

　　我從來沒有見過他呢！

　　華語大句子的指示語，與英語大句子的指示語一樣，可以在深層結構中預留為空節，以便做為主題或焦點的移入點(如⑨⑥a的例句)，但也可以讓一些句子成分在深層結構中出現於大句子指示語的位置，不經過移位就充當主題(如⑨⑥b,c 的例句)。

⑨⑥ a. 我以前見過李先生／李先生，我以前見過 t

b. 李先生，我以前見過(他/這個人)

c. 魚，我最喜歡吃鮪魚

與英語的「wh疑問句」(wh-interrogative) 或「wh 關係子句」(wh-relative) 不同，華語的疑問詞並不需要移入指示語的位置而留在句裏的原位，華語的關係子句也可能不牽涉移位而需要擬設「空號代詞」(在前面⑨③的例句中以 'e' 代表)。又華語的疑問詞（包括「疑問用法」(interrogative use) 與「任指用法」(distributive use)）也可以或必須移入大句子指示語的位置來充當焦點主題。試比較：

⑨⑦ a. 你最喜歡吃什麼魚／什麼魚你最喜歡吃 t （疑問用法）

b.＊ 我都不喜歡吃什麼魚／我什麼魚都不喜歡吃 t ／

什麼魚我都不喜歡吃 t ⑲ （任指用法）

但是華語裏出現於句首充當主題、焦點或「對比」(contrast) 的
句子成分有時候不只一個。因此，除了讓「主要主題」(primary
topic) 出現於大句子的指示語位置以外 ， 可能還要允許其他句
子成分從小句子裏移出並加接到小句子的左端，以便充當「次要
主題」(secondary topic) 或「對比主題」(contrastive topic)
，例如：

⑱ a. 〔c″ e 〔I″ e 〔v″ 我已經讀完數學了〕〕〕

　　　〔c″ 我ᵢ 〔I″ e 〔v″ tᵢ已經讀完數學了〕〕〕

　　　〔c″ 〔I″我ᵢ 〔I′ 數學ⱼ 〔I′ e 〔v″ tᵢ已經讀完 tⱼ了〕〕〕〕

　b. 〔c″ 魚 〔I″ e 〔v″ 我最喜歡吃鮪魚〕〕〕

　　　〔c″ 魚 〔I″ 我ᵢ 〔I″ e 〔v″ tᵢ最喜歡吃鮪魚〕〕〕〕

　　　〔c″ 魚 〔I″ 鮪魚ⱼ 〔I″ 我ᵢ 〔I″e 〔v″ tᵢ 最喜歡吃 tⱼ〕〕〕〕

　　由於主題的存在，華語產生許多相當獨特的句法結構，例如
在⑲a與⑲b的例句裏所出現的「空缺」(gap; 用符號'e'來
標示⑳) 都可以分析為以「空號主題」(null topic) 或「言談主

---

⑲ 華語裏「疑問用法疑問詞」的移首是可移，亦可不移；因而可能屬於
「語音形式部門」的「體裁變形」(stylistic transformation)。但
是「任意用法疑問詞」的移首是在表層結構非移不可，所以屬於「句
法部門」的移位變形。

⑳ 這裏的「空缺」究竟是「小代號」(pro) 還是「大代號」(PRO)，這
裏不做詳論，參湯 (1990a)。又有關漢語情狀補語與結果補語的討論
分析，參 Huang (1988)。

題」(discourse topic) 做爲「言談前行語」(discourse ante-cedent)。又如⑨c、⑨d、⑨e等含有情狀補語或結果補語的例句也可以分析爲以「命題」(proposition) 爲主題的句子。在⑨a與⑨b的例句裏，主題代表「舊的」(old) 或「已知的」(known) 信息；而在⑨c到⑨e的例句裏，主題則代表「已給的」(given) 信息。試比較：

⑨　a. "小明ᵢ見到小華ⱼ沒有？""〔〔eᵢ, eⱼ〕〔eᵢ 見到eⱼ 了〕〕"。

　　b. "小明ᵢ會來嗎？""〔〔eᵢ〕〔我想〔eᵢ會來〕〕〕"。

　　c. 〔〔他ᵢ 寫字〕〔eᵢ 寫得很快〕

　　d. 〔〔他寫字ᵢ〕〔eᵢ 寫得〔eᵢ 很漂亮〕〕〕

　　e. 〔〔他ᵢ 寫字〕〔eᵢ 寫得〔eᵢ 快要累死了〕〕〕

十、「管轄理論」與「限界理論」

句法現象的發生常侷限於狹隘的特定「句法領域」(syntac-tic domain) 內。例如，述語動詞、形容詞或名詞指派論旨角色給名詞組、介詞組或子句的時候，論旨角色的指派語與被指派語經常分別出現於同一個動詞組、形容詞組或名詞組裏面。又如及物動詞、及物形容詞、介詞或領位標誌指派格位給名詞組的時候，格位的指派語與被指派語也經常分別出現於同一個動詞節、形容詞節、介詞節或名詞節裏面。他如各種句法成分移位時的「移出點」(extraction site) 與「移入點」(landing site)，以及「照應詞」(anaphors; 如 'oneself, each other; 自己，彼此'等)、「稱代詞」(pronominals; 如 'he, she, it; 他，她，它'

等）與其「前行語」(antecedent) 之間的「同指標」(coindex
）或「異指標」(contra-index) 的關係，無一不侷限於狹隘的
特定句法領域。這種句法領域的狹隘性叫做句法現象的「局部性
」(locality)；而「管轄理論」(Government Theory) 就是
有關句法現象局部性的理論原則。

　　「管轄」(government) 是存在於兩個節點之間的結構關係
，有關「管轄」與「c統制」(c-command) 的定義分述如下：

⑩　　α「管轄」β，唯如
　　(i) α是主要語 (X; 如 N,V,A,P,I,C 等)，
　　(ii) α「c統制」β⑦，而且

---

❼　這是根據 Chomsky (1981) 的定義。Chomsky (1986b) 則把管轄
　的定義修訂如下：α「管轄」β，唯如 (i) α「m統制」β，而且 (ii)
　沒有一個「屏障」只支配β而不支配α。至於「m統制」(m-com-
　mand)、「屏障」(barrier)、「阻礙範疇」(blocking category)、
　「L標誌」(L-marking) 與「θ管轄」(θ-govern(ment)) 的定
　義則分別如下：
　「m統制」：α「m統制」β，唯如 (i) α不支配β，而且 (ii) 所有
　　　　　支配α的最大投影都支配β。
　「屏障」：α是β的「屏障」，唯如 (i) α直接支配γ，而γ是β的「阻
　　　　礙範疇」(此時α從γ那裏間接承襲充當屏障的資格而成為
　　　　「承襲屏障」(inherited barrier))；或者 (ii) α是β的
　　　　「阻礙範疇」，而α不是小句子 (此時α充當「固有屏障」
　　　　(inherent barrier))。
　「阻礙範疇」：α是β的「阻礙範疇」，唯如(i)α沒有獲得「L標誌」；
　　　　　而且 (ii)α支配β。(—→)

(──→)「L標誌」：α「L標誌」β，唯如(i) α是「θ管轄」β的「詞彙範疇」
(lexical category; 卽 N,V,A,P (但不包含 I,C))；
或者(ii) β與被α「θ管轄」的γ的主要語互相呼應。

「θ管轄」：α「θ管轄」β，唯如(i) α是主要語（卽 N,V,A,P,I,
C)；而且(ii) α是β的姊妹成分，或者β是α的姊妹
成分γ的主要語。

Chomsky (1986b: 8) 認爲在「約束原則」裏「管轄範疇」的定義
中可能需要「c統制」的概念，而其他一般「管轄」則需要「m統制」
的概念。另外 Chomsky（1986b）對於支配採取「完全支配」
("exhaustive" dominance) 的概念；卽（因加接而致上下有兩個
「分節」(segment) 時，）所有α的節點（包括分節）都要支配β。
因此，「支配」(dominate)、「(不適切的)包含」(improperly
contain)、「排除」(exclude) 的結構佈局分別舉例如下：

(i) α「支配」β：

(ii) α「包含」β：

(iii) α「排除」β：

由於把α加接到最大投影β所形成的新節β並不完全支配α而不構成
屏障，所以加接結構常有「拆除屏障」(debarrierize) 的功能。

> (iii)所有支配 α 的最大投影 (X"; 如 NP,VP,AP,PP,
>   IP,CP 等)都支配 β，而所有支配 β 的最大投影也
>   都支配 α。

⑩ α「c 統制」β，唯如

（ⅰ）α 與 β 不互相支配，而且

（ⅱ）支配 α 的「第一個分枝節點」(the first branch-
    ing node) 支配 β。

因此，如果 α 管轄 β，那麼 α 一定是充當主要語的詞語(X°)，
而 β 則經常是充當補述語的詞組(X")或是由這個詞組所支配
的詞組；也就是說，管轄的領域常侷限於以 α 爲主要語而投射形
成的詞節(X')。 在前面所討論的論旨角色或格位的指派裏，指
派語是「管轄語」(governor)，而被指派語是「被管轄語」(
governee)，指派語與被指派語之間都形成⑩的管轄關係。❷

以主要語爲管轄語的管轄，叫做「主要語管轄」(head gov-
ernment)；其中以詞彙範疇的主要語（N,V,A,P）爲管轄語
的，叫做「詞彙管轄」(lexical government) ❸。除了詞彙管

---

❷ 域外論元論旨角色的指派與格位的指派是唯一的例外。因爲根據前面
  的討論，英語與華語的域外論元都由動詞節(V')在動詞組(V")內
  指派，而英語域外論元的格位則由屈折語素(I, 或其所包含的呼應語
  素(Agr))在小句子(I")內指派。因此，Chomsky (1986b) 把管轄
  的定義裏「c 統制」的概念，修訂爲「m統制」的概念，藉以包容域
  外論元論旨角色與格位的指派。

❸ 或稱「θ管轄」(θ-government)。

轄以外，還有一種管轄，叫做「前行語管轄」（antecedent government）。這是句法成分移位時，在「移位語」（mover）與其痕跡之間所成立的管轄關係。前行語管轄的管轄語不一定是出現於主要語位置的詞語，而可能是出現於指示語位置的詞組。但是管轄語必須「c統制」（或「m統制」）被管轄語，而且管轄語與被管轄語之間必須是「同指標」的關係。管轄理論的「空號原則」（the Empty Category Principle; ECP）規定：「非稱代性」（non-pronominal ❼）的空號詞（卽痕跡）必須受到詞彙管轄或前行語管轄❼。根據這個原則，凡是因為移位而產生的痕跡（包括「中介痕跡」（intermediate trace））都必須獲得詞彙管轄或前行語管轄的認可。例如在下面⑩的例句裏，在英語的被動句⑩a、提升結構⑩b、wh問句⑩c、關係子句⑩d 裏出現的

---

❼ 因而不包括「空號代詞」的「大代號」（PRO）或「小代號」（pro）。

❼ 詞彙管轄與前行語管轄合稱「適切的管轄」（proper government）。又 Lasnik & Saito (1989) 對於前行語管轄的定義是：α前行語管轄β唯如 (i) α「約束」（bind）β，而且 (ii) α與β之間沒有受α「c統制」而支配β的(名詞組或大句子)γ，但如果β是α的主要語時不在此限。根據這個定義，前行語必須「c統制」痕跡，並且與痕跡同指標。同時，名詞組與大句子是前行語管轄的「絕對屏障」（absolute barrier），而且只有主要語允許「域外前行語管轄」（external antecedent government）。Lasnik & Saito (1989) 的定義，與 Chomsky (1981) 的定義不同，不以「管轄」（government）而以「約束」（binding）為要件；同時，在所有最大投影之間只有名詞組與大句子構成前行語管轄的絕對屏障，並且允許主要語的域外前行語管轄。

移位痕跡都分別受到過去分詞（'(be) eaten'）⑯、母句動詞（'seem'）⑰、及物動詞（'meet'）與「介詞動詞」（prepositional verb）（'count on'）的詞彙管轄，而且也受到同指標前行語（'the apple', 'John', 'who', 與「空號運符」（null operator）'O_i'⑱）的前行語管轄。試比較：

---

⑯ 英語的過去分詞，含有「過去分詞語素」（past participle morpheme; '-en'），因而在語法功能上類似形容詞，只能指派論旨角色，卻不能指派「結構格位」（structural Case）給域內論元（如⑩b 的 'the apple'）。因此，域內論元必須由原來的「論旨/無格位位置」（θ-/Caseless position）移到主語的「非論旨/有格位位置」（non-θ-/Cased position），以便在不違反「論旨準則」的條件下獲得格位。為了顯示對比分析，我們也對華語做同樣的分析，但是在華語的表層結構裏⑩a的域內論元（'蘋果'）可能要出現於主題的位置。

⑰ 英語動詞'seem'與'appear, look, happen; believe, consider, find; certain, sure'等同屬於「例外指派格位」（Exceptional Case Marking）的述語動詞或形容詞。由於「大句子(句界)刪除」（S'-deletion）或「大句子(句界)透明」（S'-transparency），這些動詞或形容詞可以例外充當「域外管轄語」（external governor），越過大句子的句界(S')來管轄出現於小句子指示語位置的痕跡（這時候補語連詞'that'等不能出現於大句子主要語的位置，否則仍然無法域外管轄）。又⑩b的華語例句裏'好像'是「情態副詞」（modal adverb），而不是動詞(因此我們不能說'*小明好(像)不好像很聰明？')，但是句中的痕跡(t_i)仍然受到出現於主題位置的'小明$_i$'的前行語管轄。

⑱ 英語的介詞能否充當適切管轄語，學者之間仍有異論。一般說來，出現於「wh問句」（或因「wh移位」而形成的）的「介詞遺留」（prepositional stranding）比出現於被動句（或因「名詞組移位」而形成）的介詞遺留更容易接受。試比較（例句採自 Riemsdijk and Williams (1986:147)）：
（i）a. *What$_i$ did you talk to Bill about t_i?
　　 b. *This problem$_i$ was talked to Bill about t_i by no one. (→)

(——→)(ii) a. *How many hours*ᵢ did you aruge for *t*ᵢ?

b. **Many hours*ᵢ were argued for *t*ᵢ.

但是如果動詞與介詞形成「自然述語」(natural predicate)，那麼就可以經過「重新分析」(reanalysis) 而分析爲動詞，因而可以充當適切的管轄語。試比較：

(iii) a. (They have already arrived 〔ₚ‧‧ at the station〕;

**The station*ᵢ has already been arrived at *t*ᵢ.

b. (They have already 〔ᵥ arrived at〕 the conclusion;)

*The conclusion*ᵢ has already been arrived at *t*ᵢ.

可見 (ib)、(iib) 與 (iiia) 的不合語法並不是由於違反「空號原則」，而是由於違背「格位衝突的濾除」(Case-conflict Filter)；即被動句主語在痕跡的位置已從介詞獲得斜位，再移到主語位置而從呼應語素獲得主位。因爲同一個「連鎖」(chain; 由痕跡與其移位語形成) 具有兩種不同的格位，所以不合語法。至於 (iiib) 的合語法，是由於動詞 ('arrive') 與介詞 ('at') 形成「合成動詞」(complex verb; 'arrive at') 並以過去分詞出現的時候不再指派格位給賓語名詞組，也就不會違背「格位衝突的濾除」。

⑲「空號運符」(常用符號 'O' 來表示) 在這裏可視爲不具語音形態的關係代詞，與其他具有語音形態的關係代詞 (如 'who, which' 等) 一樣從關係子句移入大句子指示語的位置。試比較：

(i) He is not a man 〔ᴄ‧‧ 〔ɴ‧‧ {*who(m)*ᵢ/*O*ᵢ}〕〔ᴄ‧ 〔ᴄ e〕〔ɪ‧‧ you can count on *t*ᵢ〕〕〕。

(ii) The money 〔ᴄ‧‧ 〔ɴ‧‧ {*Which*ᵢ/*O*ᵢ}＞〔ᴄ‧〔ᴄ e〕〔ɪ‧‧ you found *t*ᵢ on the floor〕〕〕 belonged to John。

傳統的英文法把補語連詞 'that' 也分析爲關係代詞，但是 'that' 並不具有一般 (關係) 代詞的句法功能 (如可以與介詞連用) 或形態特徵 (如主格、賓格、領格的變化)，而且在中古英語裏關係代詞 'who, which' 常可以與補語連詞 'that' 連用。因此，在關係子句裏出現的 'that' 宜分析爲補語連詞，而以空號運符爲關係代詞，例如：

(iii) He is not a man 〔ᴄ‧‧ 〔ɴ‧‧ *O*ᵢ〕〔ᴄ‧ 〔ᴄ that〕〔ɪ‧‧ you can count on *t*ᵢ〕〕〕.

(iv) The money 〔ᴄ‧‧ 〔ɴ‧‧ *O*ᵢ〕〔ᴄ‧ 〔ᴄ that〕〔ɪ‧‧ you found *t*ᵢ on the floor〕〕〕 belonged to John.

⑩ a. *The apple*$_i$ was eaten t_i by John//

　　　蘋果$_i$被小明吃掉 t_i 了

　　b. *John*$_i$ seems 〔t_i to be intelligent〕//

　　　小明$_i$好像〔t_i 很聰明〕

　　c. *Who*$_i$ did you meet t_i at the party?//

　　　你在宴會裏遇到了{哪些人 / 誰}？

　　　{哪些人$_i$/？誰$_i$}你在宴會裏遇到了 t_i?

　　d. He isn't *a man*$_i$ 〔O_i 〔you can count on t_i〕〕

　　　// cf. 他這一種人$_i$〔O_i〔你不能信賴 t_i〕〕

　　在上面⑩的例句中，英語裏 (a, b) 兩句的主語名詞組（'the apple' 與 'John'）從具有論旨角色但不具有格位的位置❽移入不具有論旨角色但具有格位的位置❽，而 (c, d) 兩句的疑問詞組（'who'）與空號運符（'O'）則從具有論旨角色與格位的位置移入不具有論旨角色與格位的位置❽；因此這些詞組的移位

---

❽　英語不定子句裏指示語的位置（也就是不定子句表面結構主語的位置），因為主要語屈折語素不含有呼應語素，所以無法獲得主位；但是不定子句的域外論元（也就是主語名詞組）仍然從不定子句的謂語 (I') 獲得論旨角色的指派。另一方面，英語被動句的域內論元從動詞過去分詞獲得論旨角色的指派，卻無法獲得格位的指派。

❽　英語提升結構的母句主語與被動句的主語都出現於限定句子指示語的位置，所以從屈折語素的呼應語素獲得主位；但這個位置是在深層結構預留為空節的「非論旨位置」（θ-bar position; $\bar{\theta}$-position），所以沒有獲得論旨角色的指派。

❽　疑問詞組與空號運符都分別出現於疑問子句與關係子句的大句子指示語的位置，而這個位置是既不具有論旨角色、亦不具有格位的「非論元位置」（A-bar position; $\bar{A}$-position）。

都沒有違背論旨理論與格位理論。同時，所有例句的痕跡都受到詞彙管轄⑧與前行語管轄，所以也不違背「空號原則」。在與英語⑩的例句相對應的華語的例句裏，⑩b 句裏主語名詞組（'蘋果'）的提升似與一般主語名詞組的移入主題的位置無異⑧；⑩c 句裏的疑問詞組（'哪些人／誰'）可以留在句子裏原來的位置形成所謂的「留在原位的疑問詞組」（wh-in-situ），也可以移到大句子指示語的位置或加接到小句子的左端來充當焦點主題⑧；而在⑩

---

⑧ 在⑩b的例句裏，「例外指派格位的動詞」（Exceptional Case-marking verb）'seem'越過小句子的句界（S）而從域外詞彙管轄痕跡，但是有些學者（如 Lasnik & Saito (1989)）認為只有主要語能「θ管轄」痕跡時始能滿足詞彙管轄的要件。

⑧ 華語的情態動詞中，表示「認知」（epistemic）的情態動詞（如'（表示預斷的）會、可能、應該'等）可以分析為以命題（大句子）為唯一論元或補語子句的「提升動詞」（raising verb; ＋〔e＿S'〕），然後由深層結構補語子句的主語名詞組提升移入母句裏指示語的位置來充當表層結構的主語或主題，例如：'〔c'' e〔I'' 〔v'' 應該〔c'' 他讀過英語〕〕〕'⇒'〔c'' 他i〔I'' t'i〔v'' 應該〔I'' t'i 讀過英語〕〕〕'。另一方面，表示「義務」（deontic）的情態動詞（如'（表示能力的）會、能夠、應該、必須'等）則可以分析為以「行動」（Action; 以「大代號」（PRO）為主語的小句子）為域內論元或補語子句的「控制動詞」（control verb; ＋〔NP＿S〕），例如：〔c''他i〔I'' t'i〔v'' 應該〔c'' PROi 讀英語〕〕〕'。請注意：認知用法的情態動詞以大句子為補語，所以子句述語可以帶上動貌標誌（如'他應該讀{了／過}英語'），可以包含情態或動貌動詞（如'他應該{會來／在讀英語／沒有讀過英語}'），甚至可以用否定式（如'他（不）可能（不）會（不）來'）；而表示義務用法的情態動詞則以含有大代號主語的小句子為補語，所以子句述語原則上不能含有動貌標誌、動貌動詞或情態動詞，也不可以用否定式。

⑧ 焦點主題的移位可以發生於語音形式部門，但是移位痕跡仍須受到適切的管轄。

d句裏不一定要擬設空號運符的存在，而可以分析爲論旨主題（'他這一種人'）直接由痕跡的位置移入大句子指示語的位置⑧或加接到小句子的左端。不過，在華語的例句中所有的痕跡受到詞彙管轄（如⑩a,c,d）⑧或前行語管轄（如⑩a,b,c,d）。但是英語裏「主語與賓語的不對稱」(subject-object asymmetry)似乎不在

---

⑧ 甚至可以分析爲論旨主題在深層結構直接衍生於大句子指示語的位置，並主張出現於評論子句的「空缺」不是「痕跡」，而是「小代號」(pro)或「概化的空號代詞」(Pro)。參 Xu & Langendoen (1985)、Huang (1987,1988a)、湯 (1990a,1990b)。

⑧ ⑩b 的「認知」情態副詞'好像'，與認知情態動詞'可能、應該'等一樣，要求補語子句包含「靜態」(stative) 述語。試比較：'他好像{?*讀/讀了/讀過/在讀}英語'。但是'好像'不是動詞或形容詞，所以可能無法越過大句子的句界而詞彙管轄補語子句內的痕跡。

⑧ 英語裏「主語與賓語不對稱」發生於下列幾種情形：

（一）所謂的「that痕跡效應」(that-trace effect) 只發生於主語名詞組的移位痕跡，不發生於賓語名詞組的移位痕跡。試比較：

(i) *Who*ᵢ do you think (*that) *t*ᵢ kissed Mary?

(ii) *Who*ᵢ do you think (that) John kissed *t*ᵢ?

（二）在兼含主語 'who' 與賓語 'what' 的「多種 wh 問句」(multiple wh-question) 中，主語疑問詞組（'who'）必須在句法部門移位，而賓語疑問詞組（'what'）則在邏輯形式部門移位。試比較：

(iii) *Who*ᵢ *t*ᵢ saw *what*?; [[*what*ⱼ [*who*ᵢ]]ᵢ [*t*ᵢ saw *t*ⱼ]]

(iv) **What*ᵢ did *who* see *t*ᵢ?; [[*who*ⱼ [*what*ᵢ]]ᵢ [*t*ⱼ saw *t*ᵢ]]

這是由於賓語疑問詞組的移位痕跡，無論在表層結構或邏輯形式都會受到及物動詞的詞彙管轄而滿足「空號原則」。但是限定子句主語疑問詞組的移位痕跡，則無法受到詞彙管轄而必須受到前行語管轄；因此，如果由於補語連詞'that'的介入(如(i)句)，或由於移位語與移位痕跡不同指標(如(iv)句)而無法受到前行語管轄時，這些句子就會違背「空號原則」而被判爲不合法。

華語裏發生㊳，因此有些語法學家(如 Huang (1982))認為華語
的屈折語素或呼應語素也可以成為適切的管轄語㊴。如果同意這
樣的主張，那麼⑩的華語例句也都受到詞彙管轄與前行語管轄。

在下面⑩含有雙賓動詞的例句中，直接賓語與間接賓語移位
導致不同的合法度判斷。試比較：

⑩　a.　John sent a book to Mary//

　　　　小明送了那一本書給小華

　　b.　*Who*ᵢ did John sent a book to *t*ᵢ?//

　　　　cf.*小華ᵢ，小明送了那一本書給 tᵢ㊿

㊴　我們在前面的討論裏，對於華語裏屈折語素或呼應語素的存在表示懷
　　疑。因此，對於以屈折語素或呼應語素做為適切管轄語的看法也表示
　　保留的態度。華語的主語痕跡或許是受到謂語 (I') 的「θ 管轄」而
　　獲得認可；或許是在主語（或主題）與謂語（或評論）的「同上標」
　　(co-superscript) 的條件下獲得認可。以「θ 管轄」來代替「詞彙
　　管轄」的主張，參 Chomsky (1986b)；有關「主謂理論」的討論，
　　參 Williams (1980) 與 Rothstein (1983)。

㊿　與英語⑩b相對的華語例句應該是：（ⅰ）'小明送了一本書給誰？'，
　　或(ⅱ)'*誰ᵢ小明送了一本書給 tᵢ？'。在（ⅰ）的例句裏，疑問詞組
　　'誰'並沒有移出，所以合語法。在(ⅱ)的例句裏，疑問詞組'誰'，
　　從介詞賓語的位置移出；因為華語的介詞不是適切的管轄語，所以違
　　背「空號原則」而不合語法。以疑問詞組為「焦點主題」的例句有時
　　候聽來並不通順自然，所以我們拿「論旨主題」的華語例句來與英語
　　例句加以對比。但無論是焦點主題或是論旨主題，主題詞組與移位痕
　　跡或空缺都具有同樣的句法結構與關係。

    c. *What*$_i$ did John sent t_i to Mary? //

       cf. 那一本書$_i$，小明送給（了）t_i 小華

    d. John sent Mary a book//

       cf. 小明送（給）小華一本書

    e. (？)*Who*$_i$ did John sent t_i a book?//

       cf. 小華$_i$，小明送（*給）t_i 了一本書

    f. *What*$_i$ did John send Mary t_i?//

       cf. 那一本書$_i$，小明送（給）了小華 t_i

在⑩a, b, c 裏直接賓語（'a book; what', '那一本書'）出現於
間接賓語（'Mary; who', '小華'）的前面。在英語的例句裏，
直接賓語與間接賓語都從具有格位的論旨位置移入不具格位的非
論旨位置，而且移位痕跡都（分別）受到（動詞與介詞的）詞彙管轄
與（移位疑問詞組'what'與'who'的）前行語管轄；因此，這些
移位都獲得有關理論原則的認可。在與此相對應的華語例句裏，
直接賓語與間接賓語也都從具有格位的論旨位置移入不具格位的
非論旨位置，而且移位痕跡似乎也都（分別）受到主題名詞組'那
一本書'與'小華'的前行語管轄❸；但是只有由動詞來詞彙管轄
的直接賓語痕跡獲得認可，而由介詞來詞彙管轄的間接賓語痕跡
卻被判爲不合語法。另一方面，在⑩d, e, f 的例句裏，間接賓語
因爲「與位提前」（Dative Shift）而出現於直接賓語的前面。

---

❸ 小句子（S；I"）與動詞組（V"）雖然都是最大投影，卻不是阻礙管轄的
    屏障；因爲動詞組獲得屈折語素（I）的「L標誌」，而小句子則不能
    構成固有屏障。參 Chomsky（1986b）。

在英語的例句裏，直接賓語與間接賓語都從具有格位的論旨位置
❷移入不具格位的非論旨位置，而且移位痕跡也都受到詞彙管轄
❸；因此，這些移位都可以獲得認可❹。在與此相對應的華語例
句裏，直接賓語與間接賓語也都從具有格位的論旨位置移入不具
格位的非論旨位置，而且移位痕跡也似乎都受到詞彙管轄與前行
語管轄；但是⑩e句的介詞'給'必須刪除，否則不合語法。這些
事實可能顯示：(一)華語的介詞可能不是適切的管轄語❺；(二)
適切的管轄可能要同時滿足詞彙管轄與前行語管轄。❻另外，下
面⑩含有雙賓動詞的被動句裏，英語與華語的例句也顯示不同的

---

❷ 一般學者都承認移到直接賓語前面的間接賓語從動詞獲得格位（但是
亦有學者主張：與位介詞'to'連同間接賓語名詞組移位，然後在語音
形式部門併入動詞而被刪除）。至於出現於間接賓語後面的直接賓語
如何獲得格位，則至今仍有異論：有主張由動詞在論旨網格裏指派固
有格位的（如 Chomsky (1981)）；有主張由動詞與間接賓語共同
形成「合成述語」（complex predicate）來指派結構格位的（如
Li (1985)）。參 湯 (1990f) 的有關討論。

❸ 主要語動詞與間接賓語共同形成「動詞節」（V'），但是經過「重新分
析」（reanalysis）而成為「合成述語」以後，則變成「單一動詞」
（unitary verb; 即 V）。

❹ 有些英美人士認為：英語⑩e 的例句不如⑩b, f 的例句通順自然。同
樣的，也有不少的華語人士認為⑩e 的例句不如⑩c, f 的例句通順自
然。

❺ 華語介詞不能充當適切的管轄語，因為華語的介詞除了極少數的介詞
（如'小明被(人)打了；那封信，我已經把(它)寄出去了'）以外都
不允許離開賓語名詞組而「單獨遺留」（stranding），而華語的動詞
則一般都允許離開賓語名詞組而單獨遺留。

❻ 參 Rizzi (1990) 的同樣主張。

合法度判斷。試比較：

⑭　a.　John sent *that book* to *Mary*//
　　　　小明送了那一本書給小華(了)

　　b.　*That book*$_i$ was sent t_i to Mary (by John)
　　　　// 那一本書$_i$ (被小明)送(了) t_i 給小華(了)

　　c.　*Mary$_i$ was sent that book to t_i (by John)
　　　　//* 小華$_i$ (被小明)送那一本書給 t_i

　　d.　John sent *Mary that book* //
　　　　小明送(給)小華那一本書

　　e.　*Mary*$_i$ was sent t_i that book (by John) //
　　　　*小華$_i$ (被小明)送(給) t_i 那一本書

　　f.　**That book*$_i$ was sent Mary t_i (by John)
　　　　//那一本書$_i$ (被小明)送$^?$(給)(了)小華 t_i (了)

在⑭b的被動句裏，英語與華語的直接賓語都從不具格位的論旨位置移入具有格位的非論旨位置，而且移位痕跡都受到被動式動詞 (‘was sent’ 與 ‘(被)送’)的詞彙管轄與名詞組移位語(‘that book’ 與 ‘那一本書’)的前行語管轄，因而這些移位都獲得有關理論原則的認可。在⑭c英語的被動句裏，間接賓語(‘Mary’)從具有格位(介詞賓語)的論旨位置移入具有格位(小句子主語)的非論旨位置，因而觸犯「格位衝突的濾除」；而直接賓語(‘that book’)卻留置於不具格位的論旨位置，因而觸犯「格位濾除」。因此，⑭c的英語例句，雖然移位痕跡受到

介詞('to')的詞彙管轄與名詞組移位語('Mary$_i$')的前行語
管轄而滿足「空號原則」，仍然被判爲不合語法。在與此相對的
⑭c的華語被動句裏，間接賓語('小華')從具有格位的論旨位
置移入不具有格位的非論旨位置❼❽。而且移位痕跡似乎也受到
介詞('給')的詞彙管轄與名詞組移位語('小華$_i$')的前行語管
轄，可是⑭c的華語例句仍然不合語法。推其理由，可能是由於
華語的介詞不能充當適切的管轄語，也可能是直接賓語('那一
本書')沒有獲得格位❾，也可能是兩種理由都有關係。另一方面
，在⑭e的英語被動句裏，間接賓語('Mary')從不具格位的
論旨位置移入具有格位的非論旨位置，移位痕跡也受到過去分詞

---

❼ 華語的被動句一般都有「受害」（victimization）的意思，因此有關
　的被動句例句都顯示：由於'那一本書'的轉讓而有人受損害。又⑭b
　的華語例句也有人說成：（ⅰ）'那一本書（被小明）送了給小華了'（動
　貌標誌'了'出現於主要語動詞與介詞組的中間）；也有人說成（ⅱ）'那
　一本書（被小明）送給了小華了'（介詞'給'併入主要語動詞'送'而形成
　「合成動詞」，所以動貌標誌'了'出現於這個合成動詞的後面）。⑭b句
　與⑭f 句的比較似乎顯示：（ⅰ）的被動句與⑭a的主動句相對應（由
　於痕跡（ t ）的介入，主要語動詞與介詞無法併入）；而（ⅱ）的被動句
　則與⑭d 的主動句相對應（由於沒有痕跡的介入，主要語動詞與介詞
　可以併入）。

❽ 注意，我們在前面的討論裏已經主張：華語的主語名詞組移入無法指
　派格位的論元位置（卽小句子指示語的位置）之後，因爲未能獲得格位
　而再移入無需格位的非論元位置（卽大句子指示語或小句子左端）。

❾ 華語的被動式動詞一般都「吸收」（absorb）賓語名詞組的格位，而
　逼迫賓語名詞組移位（如'小明$_i$被（人）打 t$_i$ 了'），但也有不吸收賓
　語名詞組的格位而讓賓語名詞組留置於原位的情形（如'小明被（人）偸
　走了錢包了'）。

動詞的詞彙管轄與名詞組移位語的前行語管轄。因此，這個移位
獲得有關理論原則的認可⑩。在與此相對應的⑩e的華語被動句
裏，間接賓語（'小華'）從具有格位的論旨位置⑩移入不具有格位
的非論旨位置，移位痕跡似乎也受到動詞或介詞的詞彙管轄與名
詞組移位語的前行語管轄；但仍然與⑩c的華語例句一樣是個病
句，而其理由也仍然是由於華語介詞不能充當適切的管轄語⑩。
至於⑩f的英語例句的不合語法，是由於間接賓語（'mary'）留
置於不具有格位的論旨位置而無法獲得格位的緣故；而⑩f的華
語例句則完全合語法，因為直接賓語（'那一本書'）從具有（固有）
格位的論旨位置移入不具格位的非論旨位置，移位痕跡也受到了
合成動詞（'送給（小華）'）的詞彙管轄（或「θ管轄」（與名詞組移
位語的前行語管轄，就是間接賓語（'小華'）也從介詞（'給'）獲得

---

⑩ 直接賓語（'that book'）由雙賓動詞（'（be）sent'）在論旨網格裏指
派固有格位，因此並未違背「格位濾除」。參註⑨。

⑩ 如果把間接賓語分析為被動式動詞（'送'）的賓語名詞組，那麼間接
賓語可能不具格位（但參註⑨）；但是如果把間接賓語分析為介詞
（'給'）的賓語名詞組（而介詞隨後可以在語音形式部門刪除），那麼間
接賓語就獲有格位。又如果把動詞組與小句子的指示語分析為「論元
位置」，而把大句子的指示語分析為「非論元位置」；那麼華語被動句
的主語名詞組先後從必須指派格位的論元位置（動詞組指示語與小句
子指示語）移入無需指派格位的非論位置（大句子的指示語，亦即主題
的位置），似乎也沒有違背「格位濾除」。

⑩ 我們假設：與英語裏一樣，出現於華語裏間接賓語後面的直接賓語也
由雙賓動詞在論旨網格裏指派固有格位。

格位，因此滿足所有有關的理論原則⑩。

　　除了詞組(X")可以從補述語、附加語或指示語的位置移入上面一個詞組指示語的位置(如⑩、⑩、⑩的例句)以外，詞語(X)也可以從主要語的位置移入上面一個主要語的位置。例如，英語的動詞從動詞組主要語的位置移入小句子主要語(卽屈折語素)的位置獲得「時制」(tense)的屈折變化，再移入大句子主要語的位置(卽補語連詞)的位置形成「是非問句」(yes-no question)，例如：

⑩　a. 〔$_{C''}$〔$_C$$Has_i$〕〔$_{I''}$he〔$_I$ t_i〕〔$_{V''}$〔$_V$$t_i$〕gone already〕〕〕?
　　　cf. 他已經走了嗎？；他是不是已經走了(呢)？

　　b. 〔$_{C''}$〔$_C$ Can_i〕〔$_{I''}$ you〔$_I$ t_i〕〔$_{V''}$ speak English〕〕〕?
　　　cf. 你會說英語嗎？；你會不會說英語(呢)？

　　c. 〔$_{C''}$〔$_C$ Did_i〕〔$_{I''}$I〔$_I$ t_i say_j〕〔$_{V''}$〔$_V$$t_j$〕that〕〕〕?
　　　cf. 我說那樣的話嗎？；我說了那樣的話沒有(呢)？；我{有沒有說/是不是說了}那樣的話(呢)？

根據我們的分析，華語的補語連詞出現於小句子的右端，所以不

---

⑩　有些人認爲：(ⅰ)'那一本書，(被小明)送(了)小華了'的說法比(ⅱ)'那一本書，(被小明)送給(了)小華了'的說法差。如果這種判斷正確的話，那麼可能是由於(ⅰ)的間接賓語('小華')在格位的指派上仍然有瑕疵。不過，大家都一致同意(ⅰ)的例句比⑩c,e 的華語例句好得多。

能有英語那樣把助動詞移入小句子左端補語連詞的位置來形成是
非問句⓿。但是華語可以在補語連詞的位置出現疑問助詞'嗎'來
形成「是非問句」，也可以在補語連詞疑問屬性（'〔＋WH〕' 或
'〔＋Q〕'）滲透之下，在屈折語素或主要語動詞的位置形成「正
反問句」（V-not-V question; A-not-A question）。

　　英語的疑問詞組除了可以在句法部門移位以外，還可以在邏
輯形式部門移位。例如，在下面⓰裏含有兩個疑問詞組的「多重
wh 問句」中，'who' 先在表面結構中移入大句子指示語的位置
，而 'what' 與 'why' 則分別在邏輯形式中加接到 'who' 的左端
⓯；結果，⓰a是合語法的句子，而⓰b卻是不合語法的句子。

⓿　主要語動詞則可能提升移入屈折語素的位置獲得動貌標誌，這個時候
　　出現於主要語動詞的痕跡可以獲得移位語動詞的前行語管轄。又我們
　　在⓮提到動貌標誌從屈折語素的位置降下移入主要語動詞的位置。這
　　個時候，出現於屈折語素位置的痕跡似無法受到移位語動貌標誌的前
　　行語管轄。但是，動貌標誌等黏著語素的加接移位是否應該留下痕
　　跡，學者間仍有異論（例如 Baker (1985a: 3) 認為屈折語素既不
　　指派論旨角色，亦不接受論旨角色的指派。因此，投射理論並不要求
　　屈折語素的移位必須留下痕跡）；而且在表層結構移位的動貌標誌還
　　可以在邏輯形式部門移入屈折語素或補語連詞的位置，因而使得原來
　　的痕跡獲得適切的管轄。

⓯　Aoun et al (1987) 與 Lasnik & Saito (1989) 認為英語疑問詞
　　組在表面結構中移入大句子補語連詞的位置，而在邏輯形式部門的疑
　　問詞組移位也加接到補語連詞的左端。我們在這裡根據 Chomsky
　　(1986b) 的提議把疑問詞組的移入點與加接點都分析為大句子指示語
　　的位置。

試比較：

⑩⑥　a.　*Who* saw *what?*;
　　　　〔c" 〔what$_j$ 〔who$_i$〕〕$_i$ 〔I" t$_i$ saw t$_j$〕〕// cf.
　　　　誰看到了什麼？；
　　　　〔c" 〔什麼$_j$ 〔誰$_i$〕〕$_i$ 〔I" t$_i$ 看到了 t$_j$〕〕
　　　b.　**What* did *who* see?*;
　　　　〔c"〔who$_j$ 〔what$_i$〕〕$_i$ 〔I" t$_j$ saw t$_i$〕〕// cf.*
　　　　什麼誰看到了？；
　　　　〔c" 〔誰$_j$〔什麼$_i$〕〕$_i$ 〔I" t$_j$ 看到了 t$_i$〕〕⑩⑥

同樣的，'why'在表面結構移位而'what'在邏輯形式移位的⑩⑦a
句合語法，但是'what'在表面結構移位而'why'在邏輯形式移
位的⑩⑦b句卻不合語法。試比較：

⑩⑦　a.　Why did you buy what?; 〔c" 〔what$_j$ 〔why$_i$
　　　　〕〕$_i$ 〔c'〔I" you bought t$_j$〕 t$_i$〕〕//
　　　　cf.? ｛為什麼你們／你們為什麼｝買了什麼？；
　　　　〔c" 〔什麼$_j$〔為什麼$_i$〕〕$_i$ 〔c' t$_i$〔I" 你們買了 t$_j$〕〕⑩⑦

---

⑩⑥　華語的疑問詞組移位，與英語的疑問詞組移位不同；前者是「可移位
亦可不移位」(optional)，而後者則是「非移位不可」(obligatory)。
因此，'你最喜歡吃什麼魚？'與'什麼魚你最喜歡吃？'都可以通；
'他為什麼沒有來？'與'為什麼他沒有來？'也都可以通。但是⑩⑥a的
華語疑問句似乎比⑩⑥b的華語疑問句好。

⑩⑦　我們暫且假定：表示理由或原因的英語與華語副詞或狀語都出現於大
句子附加語的位置。參湯（1990e）。又'?為什麼你買了什麼？'與
'?你為什麼買了什麼？'似乎都比'*｛為什麼 什麼／什麼 為什麼｝你
買了？'好；而⑩⑥b的'誰看到了什麼？'也比'*｛什麼 誰／誰 什麼｝
看到了？'好。這些合法度判斷顯示：英語與華語的多重疑問詞組都
不能全部在表面結構中移位。

　　　b. *What did you buy why?; [c″ [whyⱼ [whatᵢ
　　　]]ᵢ [c′[I″ you bought tᵢ] tⱼ]]//

　　　cf.*什麼你們為什麼買了?;

　　　[c″ [為什麼ⱼ[什麼ᵢ]]ᵢ [c′ tⱼ [I″你們買了 tᵢ]]]

至於含有'who'與'why'的「多重 wh 問句」，則不論那一個疑問詞組在那一個句法表顯層次移位都不合語法。試比較：

⑩　a. *Who left why?; [c″ [whyⱼ [whoᵢ]]ᵢ
　　　[c′ [I″tᵢ left] tⱼ]]// ⑩ cf. 誰為什麼離開了?;

　　　[c″ [為什麼ⱼ[誰ᵢ]]ᵢ [c′ t′ᵢ [c′ tⱼ [I″ tᵢ 離開了]]

　　b. *Why did who leave?;

　　　[c″ [whoⱼ [whyᵢ]]ᵢ [c′ did [I″ tⱼ leave] tᵢ]]

　　　//cf.*為什麼誰離開了?;

　　　[c″ [誰ⱼ [為什麼ᵢ]]ᵢ [c′ t′ⱼ [c′ tᵢ [I″ tⱼ 離開了]]]

　　Huang (1982) 指出：⑩a 與⑩b 兩個英語例句在合法度上的對比、⑩a 與⑩b 兩個英語例句在合法度上的對比，以及⑩ a 與⑩b 兩個英語例句的不合語法都可以依據「空號原則」來說明。在⑩a 的英語例句裏，'who'的移位痕跡 'tᵢ' 受到移位語'whoᵢ'的前行語管轄（'whatⱼ'加接到'whoᵢ'以後，主要語'whoᵢ'的「指涉指標」（referential index; 即「下標」

⑩　英語例句⑩a 的合法度判斷，根據 Lasnik & Saito (1989; 例句⑰b)。

(subscript) 的 'i')往上滲透而成爲整個加接節點的指標);而 'what' 的移位痕跡 't_j' 則受到主要語動詞 'saw' 的詞彙管轄。相對的,在⑩b的英語例句裏,'what' 的移位痕跡 't_i' 同時受到移位語 '$what_i$' 的前行語管轄與主要語動詞 'saw' 的詞彙管轄;但是 'who' 的移位痕跡卻沒有受到前行語管轄,也沒有受到詞彙管轄。因此,⑩a的英語例句合語法,而⑩b的英語例句則不合語法。同樣的,在⑩a的英語例句裏,'why' 的移位痕跡 't_i' 受到前行語管轄,而 'what' 的移位痕跡 't_j' 則受到主要語動詞的詞彙管轄,因而合語法。但是在⑩b的英語例句裏,'what' 的移位痕跡 't_i' 同時受到前行語管轄與詞彙管轄,而 'why' 的移位痕跡則沒有受到前行語管轄或詞彙管轄,因而不合語法。至於⑩a的英語例句,則只有 'who' 的移位痕跡受到前行語管轄,而⑩b的英語例句則只有 'why' 的移位痕跡受到前行語管轄,所以都不合語法。因此,Huang (1982) 認爲:所謂的「主語與賓語不對稱」可以概化爲「補述語與非補述語不對稱」(complement-noncomplement asymmetry),並且可以由「空號原則」獲得詮釋。補述語(即賓語)的移位痕跡經常受到主要語動詞的詞彙管轄,所以無論有沒有受到前行語管轄都能獲得適切的管轄。另一方面,非補述語(即主語與附加語或狀語)的移位痕跡則無法受到詞彙管轄,所以必須受到前行語管轄,否則無法獲得適切的管轄。

與⑩a 、⑩a 的英語例句相對的華語例句都合語法,而與⑩b、⑩b、⑩b 的英語例句相對的華語例句也都不合語法。但是與

⑱a的英語例句相對應的華語例句卻似乎可以接受⑲，至少比⑱b的華語例句好⑩。這可能與華語主語在句子中出現的位置有關。華語的主語，無論是指涉名語組（如'小明'）或疑問詞組（如'誰'），都可能出現於大句子指示語的位置或加接到小句子的左端來充當論旨主題或焦點主題。也就是說，華語的疑問詞組'誰'並不是因為「疑問詞組移位」才出現於句首的位置，而是因為本身是主語或焦點主題才出現於這個位置⑪。因此，從⑯到⑱的例句裏，凡是在表面結構中把疑問詞組移到主語或焦點疑問詞組'誰'前面的例句都不合語法⑫。這是由於在表面結構中大句子指

⑲ '誰為什麼離開了？'可以有兩種不同的解釋：一種是由於沒有聽清楚對方所說的話（如'老…因為…離開了'）而再詢問對方的「回響問句」（echo question）；而另一種是有好幾個人因為各種不同的理由離開了，所以就這幾個人各別的詢問離開的理由（「搭配問句」（paired question））。⑯的'誰看到了什麼？'與⑰的'你們為什麼買了什麼？'也都可以有這兩種解釋，但是我們所討論的以及邏輯形式所表示的都是第二種解釋。

⑩ ⑱a的英語例句似乎也比⑱b的英語例句好。

⑪ 英語的疑問詞組'who'卻有「空虛移位」（vacuous movement）的說法，即在深層結構中出現於小句子指示語位置的'who'，與在表層結構中因為「wh 詞組移位」而出現於大句子指示語位置的'who'，「在詞串的表面形態上看不出差異來」（string vacuous）。英語裏主語疑問詞組'who'與其他疑問詞組（'what, when, where, how, why'）在空虛移位上的差異，對於疑問詞組在邏輯形式部門的移位產生許多微妙的區別。參 Chomsky (1986: 48-52)「空虛移位假設」（the Vacuous Movement Hypothesis）的有關討論。

⑫ 在⑰所討論的例句中，同時把兩個（或兩個以上的）疑問詞組移到句首的例句也都不合語法。

示語的位置已經由'誰'佔據，不准再有其他的疑問詞組移入。

　　根據以上的觀察與分析，我們可以就英語與華語的疑問詞組移位獲得下面四點結論：

(一)英語的疑問詞組移位是表面結構的「必須移位」(obligatory movement)；凡是含有'〔＋WH〕'屬性的補語連詞，都必須由疑問詞組來填入補語連詞前面的指示語。華語的焦點詞組移位是表面結構的「任意移位」(optional　movement)；如果大句子的指示語沒有被(直接在深層結構衍生的)論旨主題或(因在表面結構的移位而產生的)焦點主題佔據，那麼出現於小句子的疑問詞組就可以移入這個位置來充當焦點主題。

(二)英語與華語裏未出現於大句子指示語位置的疑問詞組，都要在邏輯形式移入大句子指示語的位置來表示疑問詞組的「範域」(scope)。

(三)英語與華語都只在邏輯形式裏允許疑問詞組的加接；但在表面結構裏卻不允許兩個(或兩個以上的)疑問詞組在同一個大句子裏指示語的位置同時出現。

(四)英語裏含有'〔＋WH〕'(或'Q')'的補語連詞，必須由疑問詞組來填入前面的指示語；不含有'〔＋WH〕'的補語連詞，不能由疑問詞組來填入前面的指示語。華語裏沒有這樣的限制。

　　這些結論不僅有助於說明上面⑩到⑩裏英語與華語例句有關合法度判斷上的異同，而且也可以說明下面⑩到⑩英語與華語例句在合法度判斷上的異同。

⑩ a. Do you know *who* John admires most?

　　　Who do you know John admires most?

　　　你知道小明最欽佩誰嗎？

　　　誰，你知道小明最欽佩嗎？

　b. *Do you think who John admires most?

　　　Who do you think John admires most?

　　　你猜小明最欽佩誰呢？

　　　誰，你猜小明最欽佩呢？

在⑩a的例句裏，英語動詞‘know’與華語動詞‘知道’都可以以疑問子句為補述語，而補述語子句的補語連詞也都含有‘〔＋WH〕’。因此，在英語的例句裏，疑問詞組‘who’必須在表面結構移入補語子句前面指示語的位置，不能再提升移入主要子句前面指示語的位置。相對的，在華語的例句裏，疑問詞組‘誰’可以留置原位，也可以提升而移入主要子句前面的位置來充當焦點主題；但是疑問助詞只能用‘嗎’，因為‘誰’的疑問範域只及於補語子句，所以整個句子只能充當「是非問句」，而不能充當「特殊問句」來使用⑬。另一方面，在⑩b的例句裏，英語動詞‘think’與華語動詞‘猜’都只能以陳述子句為補述語，而補語連詞也都含有‘〔－WH〕’，所以英語的‘who’必須移入主要子句前面指示語的位置；而華語的‘誰’卻可以留置原位，也可以提升而移入主要子句前面的位置來充當焦點主題。這個時候，‘誰’的疑問範域及

---

⑬ 有關華語「特殊問句」與「是非問句」的區別以及疑問詞組疑問範域等問題，參湯 (1981)＜國語疑問句的研究＞與湯 (1984)＜國語疑問句研究續論＞，分別收錄於湯 (1988a: 241-312; 313-408)。

於整個句子，所以疑問助詞只能用「特殊問句」的‘呢’（從補語子句的大句子主要語的位置移入主要子句的大句子主要語的位置），不能用「是非問句」的‘嗎’。

　　從以上的討論我們可以發現，原則參數語法對於句子成分的移位只允許兩種移位方式。一種是「代換移位」（substitution）；包括詞組（X"）從補述語或附加語的位置移入指示語的位置，以及詞語（X）從主要語的位置移入另外一個主要語的位置。另外一種是「加接移位」（adjunction）；只有詞組（X"）可以加接，而且只能加接到出現於「非論元位置」的詞組（如小句子（I"）與動詞組（V"））的左端或右端。原則參數語法除了規定移位的種類與內容⑭，並從管轄理論的觀點要求移位痕跡必須受到適切的管轄以外，還在「限界理論」的「承接原則」（Subjacency Principle）裏規定：句子成分的移位不能同時越過兩個「限界節點」（bounding node）或「屏障」（barrier）。簡單的說，英語與華語的限界節點是名詞組與小句子。因此，凡是下面⑩裏 β 到 α（或 α 到 β）的移位都會違背「承接原則」。

　　⑩　a.　…α… $\lceil_S$ … $\lceil_S$ …β…

---

⑭　移位內容的限制並不完全要規範。例如，詞組（X"）只能移入指示語的位置，而詞語（X）則只能移入主要語（X）的位置；這是「結構保存假設」（the Structure-Preserving Hypothesis）的當然結果。補述語的位置不能成爲移入點，也是「投射原則」與「論旨準則」的當然要求。又如，充當論元的詞組不能成爲加接點，是爲了不讓加接來阻礙主要語的「論旨標誌」（θ-marking）。

b. …α… 〔_S … 〔_NP …β…

c. …α… 〔_NP … 〔_S …β…

d. …α… 〔_NP … 〔_NP …β…⑪⑮

但是「承接原則」有一個例外；那就是，在疑問詞組的移位裏大句子的指示語可以充當「連續移位」（succesive movement）的「緊急出口」（escape hatch）。例如，在⑩b的英語例句裏，疑問詞組'who'由⑪a裏深層結構的位置，先移入補語子句裏大句子指示語的位置，再移入主要子句裏大句子指示語的位置來衍生⑪b的表層結構。這種從大句子指示語到大句子指示語的移位，由於每一次移位只越過一個句子，所以無論連續多少次移位（參⑪c）都沒有違背「承接原則」。

⑪ a. 〔_C" e 〔_C' do 〔_I" you think 〔_C" e 〔_C' e 〔_I"
   John admires *who* most 〕〕〕〕〕〕

b. 〔_C" *who*_j 〔_C' do 〔_I" you think 〔_C" *t'*_i 〔_C' e
   〔_I" John admires *t*_i most〕〕〕〕〕〕

c. 〔_S' α 〔_S… 〔_S' *t'''* 〔_S … 〔_S' *t''* 〔_S … 〔_S' *t'* 〔_S
   …*t*…〕〕〕〕〕〕〕〕

---

⑮ 在這四種情形中，⑩c的結構佈局代表「合成名詞組」（complex NP；即含有子句補述語（同位子句）或子句附加語（關係子句）的名詞組），而⑩d的結構佈局則代表以名詞組為補述語或附加語的名詞組。在這些結構裏，β的「wh移位」勢必再越過一個小句子（S），因而可以包括在⑩b的情形裏面。

違背⑪⓪a的情形發現於所謂的「wh 孤島限制」(Wh-Island Constraint)；卽出現於「wh子句」的句子成分不得從這個「wh 子句」移出。例如，在下面⑪②的英語例句裏，出現於句首的疑問詞組或論旨主題都從「wh 子句」裏移出。因爲一次移位同時越過兩個限界節點(卽「wh子句」的小句子(S)與主要子句的小句子(S)⑪⑥)，所以不合語法。但是在與此相對應的華語例句裏，卻只有⑪②a裏疑問詞組從含有另外一個疑問詞組的疑問子句裏移出的例句不合語法。如果疑問詞組不移位而留在原位，那麼這樣的句子似乎有點瑕疵⑪⑦，但仍然比疑問詞組從疑問子句裏移出來的情形好。⑪②b的華語例句更顯示：論旨主題可以從正反問句裏移出。可見華語的「正反問句」，與英語的「whether 子句」不同，不構成「wh 孤島」。

⑪② a. *Who did [s you ask him [s' where [s John met t]]?

cf. ?? 你問他〔s 小明在什麼地方遇到誰〕嗎？；

*誰，〔s 你問他〔s 小明在什麼地方遇到 t〕嗎？

b. *Mary, [s I know [s' whether [s t came]]]

// cf. 我知道小華有沒有來；

小華，我知道，t 有沒有來

---

⑪⑥ 這個時候，補語子句的大句子指示語已經由疑問詞組佔據，所以不能充當連續移位的緊急出口。

⑪⑦ 參湯 (1984)〈國語裏「移動α」的邏輯形式規律〉，收錄於湯 (1988 a: 401-448)。

違背⑩b與⑩c的情形發生於「合成名詞組限制」(Complex NP-Constraint; 如⑬a句)、「名詞組限制」(NP-Constraint; 如⑬c句) 與「子句主語限制」((Sentential) Subject Constraint; 如⑬d句)等。

⑬　a.　*What did you read [NP the report [S' that [S John had discovered t]]]?

cf.你看了 [NP [S' [S 小明發現什麼東西] 的] 報告]?

*什麼東西，[S 你看了 [NP [S' [S 小明發現 t] 的] 報告]?

b.　*Who did [S [NP your interest in t] surprise everyone?

cf.[NP 你對誰的興趣] 使大家感到驚訝?

*誰，[S [NP 你對 t 的興趣] 使大家感到驚訝]? ⑱

c.　*What did [S [S' that [S John had discovered t]] surprise everyone]?

cf.[S 小明發現了什麼東西] 使大家感到驚訝?

什麼東西，[S [S 小明發現了 t] 使大家感到驚訝]? ⑲

在⑬的例句裏，英語的例句都是由於疑問詞組的移位同時越過兩

⑱　這個例句的不合語法可以由「空號原則」來說明，即華語的介詞不是適切的管轄語。

⑲　主語子句的主語名詞組也可以移外（如'小明，t 發現了什麼東西使大家感到驚訝?'）。其他的例句如：'這顆蘋果，小明吃 t 可不可以?'，'小明，t 吃這顆蘋果可不可以?'等。

個限界節點而不合該法。另一方面，⑬b的華語例句則同時違背了「空號原則」，而⑬c的華語例句則似乎可以接受。這些事實不但顯示「承接原則」與「空號原則」可能需要整合，而且也顯示有關華語限界理論或「承接原則」的研究有待今後做更進一步的探討。

又句子成分的移位不限於從右方到左方的移位，也可能牽涉到從左方到右方的移位。例如，在下面⑭a, b 的兩個例句裏，介詞組 'of a new book about French cooking' 與 'about French cooking' 分別從名詞組 'a review of a new book about French cooking' 移出⑳。但是只有⑭a的例句是合語法的句子，而⑭b的例句卻是不合語法的句子。因為前一句裏介詞組的移出只越過一個名詞組，而後一句裏介詞組的移出卻同時越過兩個名詞組，因而違背了⑪d的情形。試比較：

⑭　a.　〔NP A review *t*〕came out yesterday *of a new book about French cooking.*

　　b.　*〔NP A review 〔PP of 〔NP a new book *t*〕〕〕 came out yesterday *about French cooking.*

相對之下，華語裏似乎沒有這一種句子成分從左方移到右方的現象。

---

⑳　這是所謂的「從名詞組的移出」（Extraction from NP）。又例句⑭是師大英語研究所學生在上課時所提出的問題，但是題目的來源卻不詳。

十一、「約束理論」與「控制理論」

「約束理論」(Binding Theory)，簡單的說，是規範或詮釋各種名詞組在句法結構中出現分佈的情形，以及這些名詞組與其「前行語」(antecedent) 之間指涉關係的理論原則。約束理論中最重要的原則是下面⑮的「約束原則」(the Binding Principle)。

⑮　A.　「照應詞」(anaphor; 包括「反身詞」(reflexive; 如 'oneself; (他)自己'、「交互詞」(reciprocal; 如 'each other; 彼此')、「名詞組痕跡」(NP-trace; 即因名詞組移位所留下的痕跡)) 必須在其「管轄範疇」(governing category) ㉑內「受到約束」(be bound)㉒。

㉑　α的「管轄範疇」是包含α、α的「管轄語」(governor) 與α「可以接近的大主語」(accessible SUBJECT) 這三者的「最貼近」(minimal) 的最大投影；通常是小句子 (I")、大句子 (C")、以及名詞組(N")。「大主語」包括句子的主語、名詞組的領位主語、以及呼應語素。而「可以接近」(或「接近可能性」(accessibility)) 則指當α「c 統制」β，而把α的「指標」(index) 指派給β的結果，不致於違背「" i 在 i "內的條件」(the "i-within-i" condition)；即整個名詞組與其部分名詞組之間不可以具有相同的「指涉指標」(referential index))。

㉒　"α在其管轄範疇內受到β的約束" 表示："α在這個句法領域內受到β的「c 統制」，而且α與β之間具有「指標相同」(co-index) 的關係"。

B. 「稱代詞」(pronominals; 包括「實號代詞」(o-
vert pronoun, 如‘he, she, it; 他、她、它’) 與
「空號代詞」(null pronoun, 即「小代號」(pro))
必須在其管轄範疇內「自由」(free) ⑬。

C. 「指涉詞」(R-expressions; 包括一般的「指涉性
名詞組」(referential NP, 如‘John, my dog,
that book; 小明、我的狗、那一本書’) 與「疑問
詞組痕跡」 (wh-trace; 即因疑問詞組移位所留下
的痕跡)) 必須自由。

Aoun (1986) 更提出下面⑯的「概化的約束原則」(the Gen-
eralized Binding Principles)。

⑯ A. 「照應詞」(包括「疑問詞組痕跡」) 在其管轄範疇
內必須受到「X約束」(X-bound) ⑭。

B. 「稱代詞」在其管轄範疇內必須「X自由」(X-free
) ⑮。

---

⑬ “α在其管轄範疇內自由”表示：“在這個句法領域內沒有既「c統制」
α又與 α 同指標的 β”。也就是說，稱代詞在其管轄範疇內必須與任
何「c統制」這個稱代詞的名詞組之間具有「指標相異」(contra-
index) 的關係。

⑭ 「X約束」包括「A約束；論元約束」(即約束這個照應詞的前行語出
現於「論元位置」) 與「Ā約束；非論元約束」(即約束這個照應詞的
前行語出現於「非論元位置」)。

⑮ 「X自由」包括「A自由；論元自由」(即有關的前行語出現於「論元
位置」)「Ā自由；非論元自由」(即有關的前行語出現於「非論元位
置」)。

C. 「指涉詞」（仍然包括「疑問詞組痕跡」）必須「A 自由」（A-free）。

⑮的「約束原則」與⑯的「概化的約束原則」的不同在於：前者認爲疑問詞組痕跡與指涉性名詞組一樣必須自由；而後者則認爲疑問詞組痕跡仍須受到出現於非論元位置的疑問詞組移位語的約束。以下根據這兩種約束原則扼要討論約束理論在英華兩種語言的適用情形。

從約束原則的條件A與條件B，我們可以發現：無論在英語或是華語裏，照應詞與稱代詞的出現都有「互補分佈」（complementary distribution）的情形，例如：

⑰ a. 〔The men$_i$ took very good care of {*them-selves*$_{i/*j}$/*each other*$_{i/*j}$/*them* *$_{*i/}$ $_j$}〕//
〔那些人$_i$把{(他們)自己$_{i/*j}$/ 彼此$?_{i/*j}$/他們*$_{i/j}$}照顧得很好〕⑫。

b. 〔The men$_i$ expected {themselves$_{i/*j}$ / each other$_{i/*j}$ /them *$_{i/j}$} to win〕//
〔那些人$_i$認爲{(他們)自己$_{i/*j}$/ 彼此$?_{i/*j}$/ 他們$_{i/j}$}會贏〕

⑫ 方括弧（‘〔…〕’）代表「管轄範疇」，下面標浪線（‘∼∼∼’）的名詞組表示「可以接近的大主語」，而呼應語素也在屈折變化部分下面標浪線來表示「可以接近的大主語」（華語的呼應語素可能不存在，所以不用浪線來標示）。

c. The men_i expect 〔me_j to respect {*them-selves*_{*i/*j}/*each other*_{*i/ j}/ them _{*i/j} }〕//

　〔那些人_i認為〔我_j 會{尊重(他們)自己_{*i/j}/

　彼此*_{i/*j}尊重／尊重他們_{i/j}}〕

d. 〔The men_i showed pictures of {*themselves*_{i/*j}/*each other*_{i/*i}/*them*_{*i/ j}}〕//

　〔那些人_i把{(他們)自己_{i/*j}／彼此_{i/*j}／他們?_{*i/ j}}

　的相片拿出來給人看〕

e. The men_i showed 〔my_j pictures of {*them-selves*_{*i/*j}/*each other*_{*i/*j}/ them _{i/*j}}〕//

　那些人_i把〔我_j照的{(他們)自己_{*i/j}／彼此_{*i/j}／

　他們_{*i/*j}}的相片拿出來給人看〕

在⑰a的例句裏，英語的照應詞'themselves'與'each oth-er'以及華語的照應詞'他們自己'與'彼此'都在管轄範疇內受到前行語的約束，而英語的稱代詞'them'與華語的稱代詞'他們'則在管轄範疇內自由；所以這些例句都合語法。在⑰b的例句裏，英語與華語的照應詞也都在管轄範疇內受到前行語的約束，但是英語與華語稱代詞的指涉特性則稍有差別。英語有明顯的呼應語素來區別限定子句與非限定子句，所以不含呼應語素的補語子句無法成為管轄範疇，而必須以整個句子為管轄範疇。結果，不定子句賓語'them'的指涉指標必須與母句主語'the men'的指涉指標相異。相形之下，華語裏沒有明確的呼應語素，限定子句與非限定子句的區別曖昧不清。⑰b句的照應詞'他們自己'與

‘彼此’係在補語子句是不含有呼應語素的非限定子句這個分析下，以整個句子爲管轄範疇，並受到母句主語的約束。但是稱代詞‘他’則在補語子句可能是限定子句也可能是非限定子句這兩種分析下，其指涉指標可能與母句主語相異，也可能與母句主語相同。在⑪c 的例句裏，英語的‘me’與華語的‘我’是可以接近的大主語，因此補語子句是管轄範疇。照應詞在這個範圍內找不到同指標的前行語，所以不合語法；但是稱代詞則可以在這個範圍外找到同指標的前行語，所以合語法。至於⑪d與⑪e的區別，則在於：前一例句的賓語名詞組沒有領位代詞做可以接近的大主語，所以以整個句子爲管轄範疇，因而英語與華語的照應詞都在這個範圍內受到句子主語的約束；而後一例句的賓語名詞組則有領位代詞（‘my；我的’）做可以接近的大主語，所以以這個賓語名詞組爲管轄範疇，因而照應詞無法在這個範圍內找到同指標的前行語。依照約束原則的條件 B，英語與華語的稱代詞在⑪d 的例句裏必須具有與句子主語相異的指標，而在⑪e 的例句裏則可以具有與句子主語相同的指標。但是根據一般人的反應，⑪d 華語例句裏的‘他們’似乎仍可指涉句子主語‘那些人’。這可能是由於華語的‘他們的相片’來自關係子句‘他們（有 e）的相片’。

另外，英語與華語的反身詞都可以有「照應」（anaphorice）與「加強」（intensive）兩種用法。「照應反身詞」經常出現於論元（或補述語與指示語）位置，而且不常重讀；而「加強反身詞」則經常出現於非論元（或附加語）位置，而且常重讀⑫。在下

---

⑫　因此，‘He taught himself’這一句英語可以有‘He taught himsélf’（＝‘他自己敎過書’）與‘He táught himself’（＝‘他敎過自己＝他自修讀過書’）兩種不同的讀法與解釋。

面⑱的例句裏，這兩種用法的反身詞在同一個句子裏同時出現。

⑱ He *himself* can take care of *himself*//
　　他自己會照顧自己

又英語的加強反身詞可以以主語爲前行語，也可以以賓語爲前行語；可以以有生名詞組爲前行語，也可以以無生名詞組爲前行語；以主語爲前行語的加強反身詞可以出現於主語的後面，也可以出現於句尾。相形之下，華語的加強反身詞只能以有生主語爲前行語，也只能出現於有生主語的後面⓲。

⑲ a. I gave the book to *John himself* //
　　cf. 我把書給小明 {??自己 / 本人}

　　b. *The door* opened (of) *itself*//
　　cf. 門 {??自己 / 自動} 開了

　　c. *Carbonic dioxide* is not poisonous in *itself*//
　　cf. 二氧化碳 {??自己 / 本身} 並沒有毒

　　d. *Mary herself* did the job; *Mary* did the job *herself*//
　　cf. 小華自己做了這件工作；*小華做了這件工作自己⓳。

⓲ 有關華語的反身詞（包括「長程反身詞」(long-distance reflex-ive))的詳細討論，參 Tang, C.C. (1989) 與 Cole et al (1990)。

⓳ 華語加強反身詞的不能出現於句尾位置，與華語一般附加語出現位置的限制有關（參湯(1990e)）。又華語反身詞的只能以有生名詞組爲前行語，也是華語稱代詞的一般特徵。

英語的相互詞'each other'與'one another'只能出現於論元位置，而華語的'彼此'與'互相'則一般只能出現於非論元位置⑬⓪。試比較：

⑫⓪　a.　They love *each other*//
　　　　cf. 他們 {彼此 /?? 互相} 相愛

　　　b.　They didn't know *each other's* name //
　　　　cf. 他們不知道 {?彼此/*互相} 的姓名

　　　c.　They expect *each other* to win//
　　　　cf. 他們期望(PRO) {?彼此 /?*互相 / 對方} 會贏

　　　d.　*They expect that each other would win//
　　　　cf. 他們期望 {?彼此 /?*互相 / 對方} 會贏

另外，下面⑫①的例句顯示稱代詞'him'與'他'不能在管轄範疇內受到約束；而⑫②的例句則顯示指涉詞'John'與'小明'無論在管轄範疇內或管轄範疇外都不能受到任何前行語名詞組的約束。試比較：

⑫①　a.　〔He_i liked *him*_{*i/ j}〕// 〔他_i 喜歡他_{*i/j}〕

　　　b.　*He_i* said 〔he_j liked *him*_{i/*j/k}〕//
　　　　他_i 說 〔他_j喜歡他_{i/*j/k}〕

⑫②　a.　〔He_i liked *John*_{*i/ j}〕// 〔他_i 喜歡小明_{*i/j}〕

---

⑬⓪ 華語的'互相'只有副詞用法，而'彼此'則由於書面語代詞語素'彼'與'此'並列而成，所以副詞用法中仍多少帶一點代詞用法。請參照下面⑫⓪的有關例句。

b.　*He*ᵢ said 〔heⱼ liked *John*˙ᵢ/˙ⱼ/ ₖ〕//

他ⱼ 說〔他喜歡小明˙ᵢ/˙ⱼ/ₖ〕

　　有關名詞組痕跡的「論元約束」與疑問詞組痕跡的「非論元約束」已在前一節「空號原則」的前行語管轄裏加以討論，這裏不再重複。至於有關大代號與小代號的約束問題，則在下面控制理論的介紹裏一併討論。

　　約束理論的功能在於詮釋出現於一般句法結構的照應詞、稱代詞以及指涉詞與其前行語之間的分佈情形與指涉關係。而「控制理論」（Control Theory）的功能則在於詮釋在「控制結構」（control construction）中所出現的「大代號」（PRO）與其「控制語」（controller）之間的分佈情形與指涉關係。「空號代詞」（empty pronoun）本來分爲「小代號」（pro）與「大代號」。小代號在範疇屬性上屬於「稱代」（〔＋pronominal〕）而「非照應」（〔－anaphoric〕）。許多語法學家認爲英語在語言類型上屬於「非零主語語言」（non-pro-drop language; nonnull subject language），不具有小代號，但擁有 'it' 與 'there' 等填補詞來充當主語。另一方面，華語則被認爲在語言類型上屬於「零主語語言」（pro-drop language; null subject language），可以用不具有語音形態的小代號來充當主語，但不擁有相當於英語的填補詞。有些漢語語言學家（如 Huang (1982; 1987)）認爲華語的小代號只能出現於限定子句主語的位置；出現於賓語位置的空缺不是小代號，而是由「空號運符」（null operator）

所約束的「變項」(variable)。至於大代號，則兼具「照應」(〔+anaphoric〕)與「稱代」(〔+pronominal〕)兩種屬性；既屬於照應詞而必須在其管轄範疇內受到約束，又屬於稱代詞而必須在其管轄範疇內自由。針對這種矛盾兩難的情形，只得提出「大代號原理」(the PRO Theorem)來解決；即大代號不受管轄，因而沒有管轄範疇，也就不必受「約束原則」條件A或條件B的支配。由於不受管轄，所以英語的大代號只能出現於不定子句、分詞子句、動名子句、小子句等非限定子句裏主語的位置。有些漢語語言學家（如 Li (1985)）對於華語的大代號也採取類似的觀點，認為華語的大代號也不受管轄，因而只能出現於非限定子句裏主語的位置。

　　但是大代號究竟要不要受管轄，學者間仍有異論。有人主張英語裏「任指的大代號」(arbitrary PRO)不受管轄，而「義務(或限指)的大代號」(obligatory control PRO)則要受管轄⑬。所謂「任指的大代號」，其控制語不在句中出現，而要靠「語言情境」(speech situation)或「上下文」(context)來認定指涉對象。例如，在例句⑫裏出現的大代號則屬於任指的大代號。

　　⑫　a.　It is important 〔PRO to make efforts〕//
　　　　　cf.〔PRO 努力〕是很重要的

---

⑬　參 Mohanan (1983)、Bouchard (1984)、Koster (1987) 等有
　　關討論。

　　b. It is unpredictable 〔when PRO to die〕//
　　　 cf.〔PRO 什麼時候會死〕很難說

至於「限指的大代號」，則其控制語必須在母句中出現，並且這個控制語必須在母句中充當論元（如母句主語、賓語等）來「c統制」出現於子句主語位置的大代號⑬。大代號通常出現於「控制動詞」（control verb）的補語不定子句裏。一般說來，如果母句裏含有賓語，那麼子句主語的大代號就以這個賓語名詞組爲控制語，叫做「受賓語控制的大代號」（object-control PRO），例如：

⑭　a. John forced *Mary*ᵢ 〔PROᵢ to go away〕 //
　　　 小明强迫小華ᵢ〔PROᵢ 走開〕
　　b. John begged *Mary*ᵢ 〔PROᵢ〕 to marry him//
　　　 小明要求小華ᵢ〔PROᵢ 嫁給他〕
　　c. We elected *Bill*ᵢ 〔PROᵢ our captain〕//
　　　 我們選小剛〔PROᵢ 當我們的隊長〕

如果母句裏不含有賓語，那麼子句主語的大代號就以母句主語名詞組爲控制語，叫做「受主語控制的大代號」（subject-control PRO），例如：

---

⑬　但是大代號與其控制語的關係，與移位語與其痕跡的關係不同，並非由於句法成分的移位而產生，所以並不受「承接條件」的限制；也就是說，允許「長程控制」（long-distance control）。

⑫ a. *John*$_i$ attempted 〔PRO$_i$ to escape〕//

　　小明$_i$ 企圖 〔PRO$_i$ 逃跑〕

　b. *Mary*$_i$ began 〔PRO$_i$ to understand John〕//

　　小華$_i$ 開始 〔PRO$_i$ 了解小明〕

　c. *John*$_i$ knows 〔when PRO$_{i/j}$ to do it〕//

　　小明$_i$ 知道 〔PRO$_{i/j}$ 什麼時候該去做〕⑬

可是有時候雖然母句含有賓語，但例外的有以母句主語為控制語
的情形⑭，例如：

⑬ a. *John*$_i$ promised Mary 〔PRO$_i$ to come〕//

　　小明$_i$ 答應小華 〔PRO$_i$ 來〕

　b. John$_i$ impressed Mary 〔PRO$_i$ as being hon-
　　est〕//

　　小明 $_i$ 給小華的印象是 〔(PRO$_i$) 為人很誠實〕

　　同時，華語裏限定子句與非限定子句的界限不很明確，呼應
語素的存在與否至今尚無定論。雖然 Li (1985) 與 Huang（
1989a）認為可以用情態(助)動詞(如'會')與動貌標誌（如'過'）
等的能否出現來判定限定子句抑或非限定子句，但湯 (1986)⑮
與 Xu (1986) 都指出：情態(助)動詞的能否出現決定於「動態」

---

⑬ 'know'與'知道' 並不是「控制動詞」，所以⑫c句的大代號也可以
　解釋為「任指的大代號」。

⑭ 關於英語與漢語大代號的屬性特徵，以及大代號控制語的認定等問題，
　參 Mohanan (1983)、Xu (1986)、Huang (1989)、湯(1990a)等。

⑮ <關於漢語的詞序類型>，收錄於湯 (1988a: 449-538)。

(actional; dynamic) 抑或「靜態」(stative) 的語意限制(參⑫句);而動貌標誌'過'則可以出現於主要子句,也可以出現於補語子句,甚至可以同時出現於兩個子句(參⑱句)。試比較:❿

⑫　小明勸小華〔PRO {*會/*能/要/應該} 去〕

⑱　a.　小明請過小華〔PRO 吃飯〕

　　b.　小明請小華〔PRO 吃過飯〕

　　c.　小明請過小華〔PRO 吃過飯〕

由於華語裏限定子句與非限定子句的界限不明確,根據這個不明確的界限而論斷的華語大代號的不受管轄以及華語大代號只能出現於非限定子句的主語位置等結論也應該重新加以檢討。連帶的,華語大代號與小代號在出現分佈與句法功能上的區別,也可能有新的看法。例如,Xu & Langendoen (1985) 根據⑭這樣的例句主張:所有華語的論旨主題都在深層結構中直接衍生,並在評論子句中含有與主題同指標的「屬性代詞」(epithet pronoun; 如 'the guy, the bastard, the idiot; 那個傢伙,那個小混球')、稱代詞或「自由空號」(free empty category; 暫以小代號來表示)來滿足主題與評論之間的「關聯條件」(About-

---

❿　⑱b 的例句「含蘊」(entail)'他吃過飯',而⑱a 的例句則沒有這種含蘊。試比較:
（ⅰ）我請他吃過飯,??但是他並沒有接受。
（ⅱ）我請過他吃飯,　但是他並沒有接受。
又⑱c的合法度判斷稍微不穩定,但是 Xu (1986: 349) 在例句⑬裏也提出了類似的用例。

ness Condition)。

⑫ 小明ᵢ，我認識 {那個小伙子ᵢ／ 他ᵢ／ proᵢ}//

　　cf. (As for) *John*ᵢ, I know {*the guy*ᵢ／ *him*ᵢ／ *t*ᵢ}

但是 Hunag (1987) 反對這種主張，認爲「自由空號」的擬設無法詮釋華語補語子句裏「主語空缺」(subject gap) 與「賓語空缺」(object gap) 之間的非對稱性；因而主張把華語的主語空缺與賓語空缺分別分析爲「小代號」與「變項」。Huang（1989a) 更提出「概化的控制理論」(The Generalized Control Theory) 來整合「大代號」、「小代號」與「變項」。又如，英語的「分詞關係子句」(participial relative) 常分析爲以大代號爲關係子句的主語（如⑬句）。但是沒有限定與非限定之分的華語關係子句裏所包含的空缺，究竟是「空號代詞」（大代號還是小代號？）還是由「空號運符」(null operator) 所約束的變項？試比較：

⑬ 〔*The boy*ᵢ 〔{*who*ᵢ *t*ᵢ is／ PROᵢ}〕 sleeping in the next room〕〕 is my son//

　　cf. 〔〔{*t*ᵢ／ PROᵢ} 睡在隔壁的〕男孩子ᵢ〕 是我的兒子

又如「大代號」所能指涉的對象究竟只限於「詞組」(X")，還是包括「詞節」(X') 與「詞語」(X°)；除了名詞組（或限定詞組）以外，是否也能指涉其他詞組？⑬對於這些問題，我們另有專文討

---

⑬ Fukuyasu (1987) 認爲英語的大代號可以指涉詞組、詞節與詞語。

論⑬，這裏不再詳述。

十二、結　語

　　以上依據「原則參數語法」，分從「投射理論」、「論旨理論」、「格位理論」、「X標槓理論」、「管轄理論」、「限界理論」、「約束理論」與「控制理論」等原則系統針對英華兩種語言提出了相當深入淺出的對比分析。其中有關「管轄理論」、「控制理論」、「限界理論」與「約束理論」的討論，理論性較高，問題也較多，所討論的內容因而顯得較爲繁雜。本文是英華對比分析的初步嘗試，目的在介紹「原則參數語法」的主要內容，並進而提出較有系統、較有「詮釋功效」(explanatory force) 的英華對比分析來。以往國人學習英語，或外人學習華語，都在教材與教法上忽略這兩種語言之間的異同，旣不能利用兩種語言的共同點來達到「正面的遷移」(positive transfer)，也不能注意兩種語言的相異處來避免「負面的干擾」(negative transfer)。其實，無論是國人初學英語，或外人初學華語，大家都不是在"空無所有"或"茫然無知"的條件下出發，而是在具有相當豐富而明確的普遍語法知識或語言能力(也就是所謂的「前設語言能力」(meta-linguistic abilities)) 下開始。語文教師的重要職責之一就是：如何把這個「內在」(internalized)、「隱形」(covert) 的知識或抽象能力加以「條理化」(generalize) 與「形式化」(formalize)，明明白白、清清楚楚的傳授給學生，並且訓練他們如何利用這

---

⑬　參湯 (1990a)＜漢語的「大代號」與「小代號」＞。

個知識或能力來學習母語以外的語言。語文教師不能再以 "只能意會，不可言傳" 爲藉口來規避語文教學上的責任或推諉語文教學上的失敗，而應該堅定 "既可意會，必可言傳" 的信念積極參與教材教法的改進。我們相信：語文教學必須以 "有知有覺" 的「認知」（cognition）爲基礎，然後經過不斷的練習與應用方能養成 "不知不覺" 而能 "運用自如" 的「習慣」（habit）。

* 本文原爲英漢自動翻譯計畫而寫，後來應邀於新加坡華文研究會世界華文教學研討會(1989年12月27日至29日)上以〈「原則參數語法」與英漢對比分析〉的題目選擇前八節加以發表。另外，於一九九〇年在美國田納西州那什維爾市舉行的全美華文教師學會年會（1990年11月17日至19日）把原文擴充爲十二節發表。

參 考 文 獻

Abe, J., 1987, 'Generalized Binding Theory and the Behavior of Anaphors in Gerunds', English Linguistics 4, 165-185.

Abney, S., 1987, The English Noun Phrase in Its Sentential Aspect, Doctoral dissertation, MIT, Cambridge, Mass.

Akmajian, A., Steele, S. and Wasow, T., 1979, 'The Category AUX in Universal Grammar', Linguistic Inquiry 9, 261-268.

Allen, M., 1978, Morphological Investigations, Doctoral dissertation, University of Connecticut, Storrs, Conn.

Anderson, M., 1984, 'Prenominal Genitive NPs', The Linguistic Review 3, 1-24.

Anderson, S., 1982, 'Where's Morphology?', Linguistic Inquiry 13, 571-612.

Aoun, J., 1986, Generalized Binding: The Syntax and Logical Form of Wh-interrogatives, Foris, Dordrecht.

Aoun, J., and D. Sportiche, 1983, 'On the Formal Theory of Government', The Linguistic Review 3, 211-235.

Aoun, J., Hornstein, N., Lightfoot, D., and Weinberg, A., 1987, 'Two Types of Locality', Linguistic Inquiry 18, 537-577.

Aronoff, M., 1976, Word Formation in Generative Grammar, MIT Press, Cambridge, Mass.

Baker, M., 1985a, 'Syntactic Affixation and English Gerunds', WCCFL 4, 1-11.

Baker, M., 1985b, 'The Mirror Principle and Morpho-syntactic Explanation', Linguistic Inquiry 16, 373-415.

Baker, M., 1985c, Incorporation: A Theory of Grammatical Function Changing, Doctoral dissertation, MIT, Cambridge, Mass. (the University of Chicago Press, 1988)

Baltin, M., 1981, 'A Landing Site Theory of Movement Rules', Linguistic Inquiry 13, 1-38.

Barss, A. and H. Lasnik, 1986, 'A Note on Anaphora and Double Objects', Linguistic Inquiry 17, 347-354.

Bellert, I., 1977, 'On Semantic and Distributional Properties of Sentencial Adverbs', Linguistic Inquiry 8:2, 337-351.

Booij, G. E., 1985, 'Review of Wordsyntax (Toman, J., 1983)', Lingua 65, 260-270.

Bouchard, D., 1984, On the Content of Empty Categories, Foris, Dordrecht.

Bowers, J., 1987, 'Extended X-Bar Theory, the ECP and the Left Branch Condition', Proceedings of WCCFL 6.

Bowers, J., 1988, 'A Structural Theory of Predication', ms.

Bowers, J., 1989a, 'Predication in Extended X-Bar Theory', ms.

Bowers, J., 1989b, 'The Syntax and Semantics of Nominals', ms.

Bresnan, J., 1972, Theory of Complementation in English Syntax, Doctoral dissertation, MIT, Cambridge, Mass.

Bresnan, J.W. and J. Grimshaw, 1978, 'The Syntax of Free Relatives in English', Linguistic Inquiry 9, 331-391.

Bresnan, J.W., 1976, 'On the Form and Functioning of Transformations', Linguistic Inquiry 7, 3-40.

Chao, Y.R. (趙元任), 1968, A Grammar of Spoken Chinese, University of California Berkeley, California.

Cheng, L. L.S., 1986, Clause Structures in Mandarin Chinese, MA thesis of the University of Toronto, Toronto, Ontario.

Chomsky, N., 1965, Aspects of the Theory of Syntax, MIT Press, Cambridge, Mass.

Chomsky, N., 1970, 'Remarks on Nominalization', in R. A. Jacobs and P. A. Rosenbaum (eds.) Reading in English Transformational Grammar, Ginn, Waltham, Mass.

Chomsky, N., 1981, Lectures on Government and Binding, Foris, Dordrecht.

Chomsky, N., 1986a, Knowledge of Language: Its Nature, Origin, and Use, Praeger, New York.

Chomsky, N., 1986b, Barriers, Linguistic Inquiry Monograph 13, MIT Press, Cambridge, Mass.

Chomsky, N., 1989, Some Notes on Economy of Derivation and Representation', MIT Working Papers in Linguistics 10.

Cole, P., G. Hermon, and L.-M. Sung, 1990, Principles and Parameters of Long-Distance Reflexives', Linguistic Inquiry 21, 1-22.

Culicover, P.W. and Wexler, K., 1977, 'Some Syntactic Implications of a Theory of Language Learnability', in P.W. Culicover, T. Wasow, and A. Akmajian (eds.) Formal Syntax, 7-30, Academic Press, New York.

Culicover, P.W. and Wilkins, W.K., 1984, Locality in Linguistic Theory, Academic Press, New York.

Di Sciullo, A.M., and E. Williams, 1987, On the Definition of Word, MIT Press, Cambridge, Mass.

Dougherty, R., 1968, A Transformational Grammar of Conjoined Coordinate Structures, Doctoral dissertation, MIT, Cambridge, Mass.

Emonds, J.E., 1970, Root and Structure Preserving Transformations, Doctoral dissertation, MIT, Cambridge, Mass.

Emonds, J.E., 1976, A Transformational Approach to English Syntax, Academic Press, New York.

Emonds, J.E., 1985, 'On the Odd Syntax of Domain Adverbs', ms.

Emonds, J.E., 1985, A Unified Theory of Syntactic Categories, Foris, Dordrecht.

Ernst, T., 1984, Towards an Integrated Theory of Adverb Position in English, IULC, Bloomington.

Fabb, N., 1984, Syntactic Affixation, Doctoral dissertation, MIT, Cambridge, Mass.

Farmer, A., 1980, On the Interaction of Morphology and Syntax, MIT Press, Cambridge, Mass.

Fillmore, C., 1968, Indirect Object Constructions in English and the Ordering of Transformations, Mouton, The Hague.

Franks, S., 1986, 'Theta-role Assignment in NPs and VPs', Paper read at LSA Winter Meeting.

Fukui, N., 1986, A Theory of Category Predication and Its Applications, Doctoral dissertation, MIT, Cambridge, Mass.

Fukui, N. and M. Speas, 1986, 'Specifiers and Projection', MIT Working Papers 8.

Fukuyasu, K., 1987, 'Government of PRO, by PRO, for PRO', English Linguistics 4, 186-200.

Greenbaum, S., 1969, Studies in English Adverbial Usage, Longman, London.

Greenbaum, S., 1970, Verb-Intensifier Collocations in English, Mouton, The Hague.

Grimshaw, J., 1979, 'Complement Selection and the Lexicon', Linguistic Inquiry 10, 279-326.

Gruber, J.R., 1965, Studies in Lexical Relations, Doctoral dissertation, MIT, Cambridge, Mass.

Gruber, J.R., 1976, Lexical Structures in Syntax and Semantics, North-Holland.

Haiman, J. (ed.) 1985, Iconicity in Syntax, John Benjamins, Amsterdam.

Haiman, J. 1986, Natural Syntax, Cambridge University Press, Cambridge.

Hsieh, H-I., (謝信一)1989, 'Time Imagery in Chinese', in J. H-Y. Tai & F. F. S. Hsueh (eds.), Functionalism and Chinese Grammar, 45-94, Chinese Language

Teachers Association, Monograph Series 1.

Hankamer, J., 1971, Constraints on Deletion in Syntax, Doctoral dissertation, Yale University.

Hantson, A., 1984, 'For, With and Without as Non-Finite Clause Introducers', English Studies 63, 54-67.

Hashimoto, A. Y., 1971, Mandarin Syntactic Structure, Unicorn 8, 1-149.

Hoekstra, T., H. van der Hulst, M. Moortgut, 1980, 'Introduction', in T. Hoekstra et al. (eds.), 1981, Lexical Grammar, 1-48, Foris, Dordrecht.

Hornstein, N. and Lightfoot, D., 1981, Explanation in Linguistics, Longman, London.

Hornstein, N. and Weinberg, A., 1981, 'Case Theory and Preposition Stranding', Linguistic Inquiry 12, 55-91.

Huang, C.T. (黃正德), 1982, Logical Relations in Chinese and Theory of Grammar, Doctoral dissertation, MIT, Cambridge, Mass.

Huang, C.T.(黃正德), 1987,, Remarks on Empty Categories in Chinese', Linguistic Inquiry 18, 321-336.

Huang, C.T.(黃正德), 1988, 'Wo Pao De Kuai in Chinese Phrase Structure', Language 64, 274-311.

Huang, C.T. (黃正德), 1989a, 'Pro-drop in Chinese: A Generalized Control Theory', O. Jaggeli and K. Safir (eds.), 1989, The Null Subject Parameter, 185–214.

Huang, C.T. (黃正德), 1989b, 'Complex Predicates in Generalized Control', ms.

Hudson, R.A., 1976, 'Conjunction Reduction, Gapping, and Right-node Raising', Language 52, 535–562.

Jackendoff, R.S., 1968, 'Quantifiers in English', Foundations of Language 4, 422–442.

Jackendoff, R.S., 1971, 'Gapping and Related Rules', Linguistic Inquiry 2, 21–35.

Jackendoff, R.S., 1972, Semantic Interpretation in Generative Grammar, MIT Press, Cambridge, Mass.

Jackendoff, R.S., 1977, X-Syntax: A Study of Phrase Structure, Linguistic Inquiry Monograph 2, MIT Press, Cambridge. Mass.

Kageyama, T., 1980,《日英比較語彙の構造》，松柏社。

Kageyama, T., 1982, 'Word Formation in Japanese', Lingua 57, 215–288.

Kageyama, T., 1984, 'Three Types of Word Formation', Nebulae 10, 16–30.

Kageyama, T., and M. Shibatani, 1989,〈モジュール文法の語形成論――「の」名詞句からの複合語形成〉，in Kuno & Shibatani (eds.) 1989, 139–166.

Kayne, R., 1984, Connectedness and Binary Branching, Foris, Dordrecht.

Keyser, S.J., 1968, 'Review of S. Jacobsen, Adverbial Positions in English', Language, 357-373.

Kim, S-W., 1987, 'Remarks on Noun Phrase in English', Language Research 23, 217-232.

Kitagawa, Y., 1985, 'Small But Clausal', CLS 21/1, 210-220.

Kitagawa, Y., 1986, Subject in Japanese and English, Doctoral dissertation, University of Massachusetts at Amherst.

Klima, E.S., 1965, Studies in Diachronic Syntax, Doctoral dissertation, Harvard University, Cambridge, Mass.

Kobayashi, K., 1987, 'A Note on Bare-NP Adverbs', English Linguistics 4, 336-341.

Koopman, H., 1984, The Syntax of Verbs, Foris, Dordrecht.

Koster, J., 1987, Domains and Dynasties: the Radical Autonomy of Syntax, Foris, Dordrecht.

Koopman, H., and D. Sportiche, 1985, 'Theta Theory and Extraction', GLOW News letter.

Koopman, H., 1988, 'Subjects', ms.

Kuno, S. and M. Shibatani (eds.), 1989,《日本語學の新展開》，くろしお出版。

Kuroda, S.-Y., 1981, 'Some Recent Trends in Syntactic Theory and the Japanese Language', Coyote Papers

2, 103-122.

Lapointe, S., 1977, 'A Lexical Reanalysis of the English Auxiliary System', ms.

Lapointe, S., 1980, 'A Note on Akmajian, Steele, and Wasow's Treatment of Verb Complement Types', Linguistic Inquiry 11, 770-787.

Larson, R.K., 1985, 'Bare-NP Adverbs', Linguistic Inquiry 16, 595-621.

Larson, R.K., 1988, 'On the Double Object Construction', Linguistic Inquiry 19, 335-391.

Lasnik, H. and M. Saito, 1984, 'On the Nature of Proper Government', Linguistic Inquiry 15, 235-289.

Lasnik, H. and M. Saito, 1989, Move α, ms.

Lees, R.B., 1960, The Grammar of English Nominalization, Mouton, The Hague.

Li, C. N. and A. Thompson, 1981, Mandarin Chinese: A Functional Reference Grammar, University of California Press, L. A., California.

Li, Jin-xi（黎錦熙）, 1969,《國語文法》, 台灣商務印書館。

Li, M.-D.（李梅都）1988, Anaphoric Structures of Chinese, Student Book Co., Taipei, Taiwan.

Li, Y.H.（李艷惠）, 1985, Abstract Case in Chinese, Doctoral dissertation, University of Southern California, L.A., California.

Lieber, R., 1980, On the Organization of the Lexicon, MIT Press, Cambridge, Mass.

Longobardi, G., 1987, 'Extraction from NP and the Proper Notion of Head Government', ms.

Lu, Zhiwei (陸志韋) et al., 1975,《漢語的構詞法（修訂本）》，中華書局。

Lü, Shuxiang (呂叔湘), 1979,《漢語語法分析問題》，商務印書館。

Lü, Shuxiang(呂叔湘), 1984,《漢語語法論文集（增定本)》，商務印書館。

Lü, Shuxiang (呂叔湘), et al., 1980,《現代漢語八百詞》，商務印書館。

MacCawley, J.D., 1983, 'What's with With?', Language 59, 271-287.

MacCawley, J.D., 1988, 'Adverbial NPs: Bare or Clad in See-Through Garb?', Language 64, 583-590.

Manzini, R., 1983, Restructuring and Reanalysis, Doctoral dissertation, MIT, Cambridge, Mass.

Marantz, A.P., 1984, On the Nature of Grammatical Relations, MIT Press, Cambridge, Mass.

Mithun, M., 1984, 'The Evolution of Noun Incorporation', Language 60, 874-894.

Modini, P.E., 1977, 'Evidence from Chinese for an Extended Analysis of Exclamations', ms.

Mohanan, K.P., 1983, 'Functional and Anaphoric Control', Linguistic Inquiry 14, 641-674.

Muysken, P., 1982, 'Parametrizing the Notion 'Head', Journal of Linguistic Research 2:3, 57-75.

Nagasaki, M., 1988, 'θ-role Assignment Autonomous from Case Assignment', English Linguistics 5, 19-37.

Neijt, A.H., 1979, Gapping: A Contribution to Sentence Grammar, Foris, Dordrecht.

Ohta, Tasuo (太田辰夫), 1958, 《中國語歷史文法》, 江南書院。

Partee, B., 1973, 'Some Transformational Extensions of Montague Grammar', Journal of Philosophical Logic 2, 509-534.

Pollock, J.Y., 1989, 'Verb Movement, Universal Grammar, and the Structure of IP', Linguistic Inquiry 20, 265-424.

Postal, P.M., 1966, 'On So-Called 'Pronouns' in English', in D. Reibel and S. Schane (eds.) (1969) Modern Studies in English, 201-244, Englewood Cliff, New Jersey.

Postal, P.M., 1974, On Raising, MIT Press, Cambridge, Mass.

Pullum, G.K., 1985, 'Assuming Some Version of X-Bar Theory', CLS 21.

Quirk, R., Greenbaum, S., Leech, G. and Svartvick, J., 1985, A Comprehensive Grammar of the English

Language, Longman, London.

Radford, A., 1988, Transformational Grammar: A First Course, Cambridge University Press, Cambridge.

Reinhart, T., 1976, The Syntactic Domain of Anaphora, Doctoral dissertation, MIT, Cambridge, Mass.

Ren, Xueliang (任學良), 1981,《漢語造詞法》,中國社會科學出版社。

Reuland, E.J., 1983, 'Governing -ing', Linguistic Inquiry 14, 101-136.

Riemsdijk, H.C. van and Williams, E., 1986, Introduction to the Theory of Grammar, MIT Press, Cambridge, Mass.

Rizzi, L., (1990), Relativized Minimality, MIT Press, Cambridge, Mass.

Roeper, T. and M. Siegel, 1978, 'A Lexical Transformation for Verbal Compounds', Linguistic Inquiry 9, 199-260.

Ross, J.R., 1964, 'Auxiliaries as Main Verbs', in W. Todd (ed.) (1969) Studies in Philosophical Linguistics 1, 77-102, Evanston, Great Expectations Press, Illinois.

Ross, J.R., 1967, Constraints on Variables in Syntax, Doctoral dissertation, MIT, Cambridge, Mass.

Rothstein, S., 1983, The Syntactic Forms of Predication, Doctoral dissertation, MIT, Cambridge, Mass.

Rudanko, J., 1984, 'On Some Contrasts Between Infinitival and That Complement Clauses in English, English Studies 64, 141-161.

Rudanko, J., 1984, 'On the Grammar of For Clauses in English', English Studies 5, 433-452.

Sadock, J. 1980, 'Noun Incorporation in Greenlandic', Language 56, 300-319.

Sag, I.A., 1976, Deletion and Logical Form, Doctoral dissertation, MIT, Cambridge, Mass.

Selkirk, E.O., 1977, 'Some Remarks on Noun Phrase Structure', in A. Akmajian, P. Culicover and T. Wasow (eds.) (1977) Studies in Formal Syntax, Academic Press, New York.

Selkirk, E.O., 1982, The Syntax of Words, Linguistic Inquiry Monograph 7, MIT Press, Cambridge, Mass.

Selkirk, E. O., 1984, Phonology and Syntax: The Relation Between Sound and Structure, MIT Press, Cambridge, Mass.

Shibatani, M. and T. Kageyama, 'Word Formation in a Modular Theory of Grammar: Post-syntactic Compounds in Japanese', Language 64, 451-484.

Schreiber, P.A., 1970, 'Epithet Adverbs in English', Paper read at Summer Meeting, LSA, Columbus, Ohio.

Schreiber, P.A., 1971, 'Some Constraints on the Form-
ation of English Sentence Adverb, Linguistic In-
quiry 2, 83-101.

Siegel, D., 1974, Topics in English Morphology, Doctoral
dissertation, MIT, Cambridge, Mass.

Speas, M., 1988, 'On Projection From the Lexicon', ms.

Sportiche, D., 1988, 'A Theory of Floating Quantifiers
and Its Corollaries for Constituent Structure', Lin-
guistic Inquiry 19, 425-449.

Stillings, J., 1975, 'The Formations of Gapping in English
as Evidence for Variable Types in Syntactic Trans-
formations', Linguistic Analysis 1, 247-274.

Stowell, T., 1981, Origins of Phrase Structure, Doctoral
dissertation, MIT Press, Cambridge, Mass.

Stowell, T., 1983, 'Subjects Across Categories', The
Linguistic Review 2, 258-312.

Sugioka, Y., 1984, Interaction of Derivational Morpho-
logy and Syntax in Japanese and English, Doctoral
dissertation, the University of Chicago. (Garland
Publishing, 1986)

Sugioka, Y., 1989, 〈派生語における動詞素性の受け繼ぎ〉in
Kuno & Shibatani (eds.), 1989, 167-185.

Tai, J. H-Y. (戴浩一), 1973, 'A Derivational Constraint
on Adverbial Placement in Mandarin', Journal of

Chinese Linguistics 1, 397-413.

Tai, J. H-Y. (戴浩一), 1985, 'Temporal Sequence and Chinese Word Order', in J. Haiman (ed.) 1985, Natural Syntax, 49-72, John Benjamins, Amsterdam.

Tai, J. H-Y. (戴浩一), 1989, 'Toward a Cognition-Based Functional Grammar of Chinese', in J. H-Y. Tai & F. F. S. Hsueh (eds.) Functionalism and Chinese Grammar, 187-226, Chinese Language Teachers Association, Monograph Series 1.

Takami, K., 1984, 〈日本語の文照應と副詞・副詞句〉,《言語研究》87, 68-94

Takami, K., 1987, 'Adjuncts and the Internal Structure of VP', English Linguistics 4, 55-71.

Tang, C. C. (湯志眞) 1988, 漢語的移位、「承接條件」與「空號原則」,《第二屆世界華語文教學研討會論文集（理論分析篇)》83-118頁。

Tang, C.C. (湯志眞), 1989, 'Chinese Reflexives', Natural Language and Linguistic Theory 7, 93-121.

Tang, T.C. (湯廷池), 1972, A Case Grammar of Spoken Chinese, 海國書局。

Tang, T.C. (湯廷池), 1977a,《國語變形語法研究第一集：移位變形》,台灣學生書局。

Tang, T.C. (湯廷池), 1977b,《英語教學論集》,台灣學生書局。

Tang, T.C. （湯廷池）, 1979,《國語語法研究論集》,台灣學
生書局。

Tang, T.C. （湯廷池）, 1981,《語言學與語言教學》,台灣學
生書局。

Tang, T.C. （湯廷池）, 1984b,《英語語法修辭十二講：從傳統
到現代》,台灣學生書局。

Tang, T.C. （湯廷池）, 1986,〈關於漢語的詞序類型〉,《中
央研究院第二屆國際漢學會議論文集》519-569頁。

Tang, T.C. （湯廷池）, 1988a,《漢語詞法句法論集》,台灣學
生書局。

Tang, T.C. （湯廷池）, 1988b,〈爲漢語動詞試定界說〉,《清
華學報》第十八卷第一期,43-69 頁。

Tang, T.C. （湯廷池）, 1988c,〈漢語詞法與語言習得：漢語動
詞〉,《中央研究院歷史語言研究所集刊》第五十九本第一
分冊,211-247頁。

Tang, T.C. （湯廷池）, 1988d,〈新詞創造與漢語詞法〉,《大
陸雜誌》第四期,5-19 頁；第五期,27-34 頁。

Tang, T.C. （湯廷池）, 1988e,《英語認知語法：結構、意義與
功用（上冊）》,台灣學生書局。

Tang, T.C. （湯廷池）, 1988f,〈詞法與句法的相關性：漢、英
、日三種語言複合動詞的對比分析〉,《清華學報》第十九卷第
一期,51-94頁。

Tang, T.C. （湯廷池）, 1988g,〈普遍語法與漢英對比分析〉,
《第二屆世界華語文教學研討會論文集（理論分析篇）》

119-146頁。

Tang, T.C.（湯廷池), 1988h,〈英語的「名前」與「名後」修飾語：結構、意義與功用〉。《中華民國第五屆英語文教學研討會論文集》，1-38頁。

Tang, T.C.（湯廷池), 1989a,〈普遍語法與英漢對比分析：「X標槓理論」與詞組結構〉，收錄於湯 (1989c)。

Tang, T.C.（湯廷池), 1989b,〈「X標槓理論」與英語名詞組的詞組結構〉，《中華民國第六屆英語文教學研討會論文集》，1-36 頁。

Tang, T.C.（湯廷池), 1989c,《漢語詞法句法續集》，台灣學生書局

Tang, T. C.（湯廷池), 1989d,〈漢語複合動詞的形態、結構與功能〉，ms.。

Tang, T. C.（湯廷池), 1989e,〈「原則參數語法」與英漢對比分析〉，新加坡華文研究會世界華文教學研討會。

Tang, T. C.（湯廷池), 1990a,〈漢語的「大代號」與「小代號」〉，ms.。

Tang, T.C.（湯廷池), 1990b,〈漢語的「主題句」〉，ms.。

Tang, T.C.（湯廷池), 1990c,〈漢語語法的「併入現象」〉《清華學報》新二十一卷第一期1-63頁；第二期337-376頁。

Tang, T.C.（湯廷池), 1990d,〈「限定詞組」「量詞組」與「名詞組」的「X標槓結構」：英漢對比分析〉，ms.。

Tang, T.C.（湯廷池), 1990e,〈英語副詞與狀語在「X標槓結構」中出現的位置：句法與語意功能〉，《人文及社會學科

教學通訊》一卷一期48-79頁；二期47-71頁。

Tang, T.C. (湯廷池), 1990f, 〈「大句子」、「小句子」、「述詞組」與「動詞組」的「X標槓結構」：英漢對比分析〉，ms.。

Tang, T.C. (湯廷池), 撰寫中 a，當代語法理論與漢語句法分析。

Tang, T.C. (湯廷池), 撰寫中 b，漢語詞法初探。

Tang, T.C. (湯廷池), 撰寫中 c，普遍語法與漢英對比分析：(二)「論旨理論」、「格位理論」。

Teng, S.H.(鄧守信), 1977, A Semantic Study of Transitivity Relations in Chinese, Student Book Co., Taipei.

Thompson, S.A., 1970, 'Relative Clause Structures and Constraints on Types of Complex Sentence' Working Papers in Linguistics 6, the Ohio Uinversity.

Torrego, E., 1985, 'On Empty Categories in Nominals', ms.

Traugott, E.C., 1972, A History of English Syntax, Holt, Rinehart, Winston, New York.

Travis, L., 1984, Parameters and Effects of Word Order Variation, Doctoral dissertation, MIT Press, Cambridge, Mass.

Travis, L., 1988, 'The Syntax of Adverbs', McGill Working Papers in Linguistics, 280-310.

Tateishi, K., to appear, 'On the Universality of X-Bar Theory; The Case of Japanese' in WCCFL, 7.

Vergnaud, J.-R., 1974, French Relative Clauses, Doctoral dissertation, MIT Press, Cambridge, Mass.

Wang, Li (王力), 1957,《漢語史稿(上)》，商務印書館。

Wells, R. S., 1947, 'Immediate Constituents', Language 23, 81-117.

Wible, D. S., 1989, 'A Barriers Account of the ECP in Chinese', ms.

Williams, E. S., 1975, 'Small Clauses in English', in J. Kimbal, ed. Syntax and Semantics 4, 249-273, Academic Press, New York.

Williams, E. S., 1977, 'Discourse and Logical Form', Linguistic Inquiry 8, 101-104.

Williams, E. S., 1980, 'Predication', Linguistic Inquiry 11, 203-238.

Williams, E. S., 1981, 'On the notions 'Lexically Related' and 'Head of a Word', Linguistic Inquiry 12, 245-274.

Williams, E.S., 1982, 'The NP Cycle', Linguistic Inquiry 13, 277-295.

Williams, E.S., 1983, 'Against Small clauses', Linguistic Inquiry 14, 287-343.

Xu, L. (徐烈炯), 1986, 'Towards a Lexical-Thematic Theory of Control', The Linguistic Review 5, 345-376.

Xu, L., and Langendoen, D. T., 1985, 'Topic Structures

in Chinese', Language 61, 1-27.

Yamada, M., 1987, 'On NP-ing Constructions in English', English Linguistics 4, 144-164.

Yim, Y.-J., 1984, Case-tropism: The Nature of Phrasal and Clausal Case, Doctoral dissertation, University of Washington, Seattle, Washington.

Yoon, J. H.-S., 1989, 'Chinese Structure, Antipassives and the BA Construction', ms.

Zhu, Dexi(朱德熙), 1980,《現代漢語語法研究》,商務印書館。

Zhu, Dexi(朱德熙), 1982,《語法講義》,商務印書館。

綜合報告篇

參加新加坡「世界華文敎學研討會」歸來

　　由新加坡華文研究會主辦的「世界華文敎學研討會」(Inter-national Seminar on Chinese Language and its Teaching in the World) 於去年(1989)十二月二十七日至二十九日在新加坡區域語言中心舉行。根據主辦單位所分發的開會資料，參加這一次研討會的學者共達四百九十多人，包括來自澳洲、中國大陸、德國、香港、印度、日本、馬來西亞、美國、蘇聯等全球各地的華語語言學家與華語文敎師，規模相當之大。主辦單位並於會議前一天特請新加坡總理李光耀先生主持開幕典禮，以示隆重。本人於去年一月間受主辦單位的邀請在研討會上發表論

文，並擔任小組討論會主席，因而於九月間完成五十頁的論文
〈「原則參數語法」與英華對比分析〉(A 'Principles-and-
Parameters Approach' to a Contrastive Analysis Between
English and Chinese) 並遵照主辦單位的吩咐準備論文三百五
十份。參加這一次研討會的國內學者，除了本人以外本來還有清
華大學的曹逢甫教授與師範大學國語教學中心的李振清與葉德明
教授等三位，但是最後順利成行發表論文的卻只有我一個人。另
外世界華文教育協進會的董鵬程先生與洪若雲女士也出席這一次
研討會，但並沒有發表論文。

　　研討會日程共三天，分四組同時進行，總共三十八組討論，
發表論文七十二篇。根據主辦單位所分發的資料，這些論文的作
者姓名、論文題目與論文主旨分別如下：

　　（1）曾志朗與洪蘭〈Neurolinguistic Studies of Chinese
Language: Characterizing Dyslexia and Agrammatism
in a Language that Defies Such Problems!〉　神經語言
學的臨床實驗證實：不同母語背景的失語症、失讀症與失文法症
患者呈現不同範圍與不同程度的語文障碍。在漢字這個獨特的文
字系統下，是否真的就學兒童很少有發生閱讀障碍的可能？又漢
語並無動詞或名詞的形態變化，那麼使用漢語的失文法症患者呈
現怎麼樣的病症特徵？為了解決這些急待解決的問題，作者呼籲
早日整合臺灣、香港、新加坡、大陸等各地的心理學、語言學、
資訊科學、神經科學等各方面的人才與力量來發掘更多的語言事
實與臨床證據。

（2）蘇啓禎〈華文教學研究的第三路線：教師研究的量化〉
提倡「量化的教學研究」，以"思考→試教→驗證"的程序尋求
比現行教學方法更有效的教學方法，並且對教學成效進行客觀的
評估，利用簡單易用的統計技術加以檢定。

（3）蕭炳基〈學生認詞的研究〉　把詞語依照出現的頻次分
爲四類，要求受試者辨認在電腦螢光幕上所閃現的"正詞"與"錯
詞"，藉以獲得香港中學生對於華文詞彙的辨識能力、反應速度
與熟悉程度，並且探討（一）詞語頻次如何影響認詞的熟悉度、
（二）詞素頻次與詞語頻次對認詞有何影響、（三）音同形異與形似
義異的詞素是否干預認詞學習等問題。

（4）劉英林〈漢語水平考試（HSK）與對外漢語教學〉　介
紹中國大陸「漢語水平考試」的沿革與內容；包括這個考試的性
質與特點，信度、效度、穩定性與規範化，命題、閱卷、評價與
統計分析的自動化，以及對教學的反饋作用等。

（5）陳光磊〈漢語辭格的文化觀察〉　討論漢語修辭格的文
化背景與文化內涵，例如漢語所獨有的「對偶句」與「四字格」
與中國人"成雙作對"的思惟文化與講究語言單位在形、音、義
配置上形式美的美學文化有關。

（6）王清源〈大學初級華文課的"讀"和"寫"〉　強調讀與
寫在初級華文的重要性，主張與聽說同時教讀寫，並針對讀寫教材

、讀寫教學、閱讀練習、讀寫測驗等問題提出具體的意見與建議。

(7)鄧守信〈Grammatical Categories in Chinese: A Pedagogical Perspective〉 檢討《現代漢語八百詞》、《Speak Mandarin》、《實用漢語課本》等工具書與教科書中所採用的漢語詞類的分類與界定,並對英美學生學習漢語時應採取的詞類畫分與名稱提出建議。

(8)鄭良偉〈從臺灣當代小說看漢語語法演變〉 從在臺灣所使用的國語與閩南話這兩種語言的觀點討論臺灣現代小說的語法特點與語言基礎,並且詳細分析國語與閩南話在詞彙、詞法、句法中所呈現的「語言轉換」與「語言夾雜」的現象。

(9)李英哲〈華文共時語法分析中的歷時語法問題〉 討論在現代的華語詞彙與語法(共時語法)中所出現的文言詞彙與語法(歷時語法),並檢討(一)如何辨認現代華語中的歷時語法現象、(二)如何決定這些歷時語法的使用語境或體裁、(三)歷時語法結構與相似的共時語法結構之間的關係究竟如何、(四)歷時語法現象在華語教學中應該如何處理等問題。

(10)賀上賢〈以使用外語能力作爲基礎的漢語教學〉 介紹以外語的使用能力作爲外語教學基礎的理論與概念,探討這種教學理論與其他教學理論之間的異同,並檢討這種教學理論與原則在實際漢語教學上的可行性與可能遭遇到的 些問題。

(11)施仲謀、蔣治中、康一橋〈怎樣編寫一本具有香港特色的中學普通話教材〉 討論在編寫具有香港特色的中學普通話教材時，必須考慮的十項因素；包括鐘點與份量、學生水平的參差、教學重點的奠定、聽說訓練與語音知識的配合、廣東話詞彙與普通話詞彙的轉換、注音符號與漢語拼音之間的選擇或兼用等問題。

(12)趙賢州〈論《漢語水平等級標準和等級大綱》的製訂與使用〉 介紹中國大陸所製訂的《漢語水平等級標準和等級大綱》，並主張在定性描寫與定量分析、科學統計與經驗選擇、整體協調與局部協調相結合的研究方法下就其實用性、通用性與合理性作實踐上的檢驗。

(13)盧林發〈中文科測驗試題之設計與分析〉 舉實例討論為了測驗中文而設計試題的過程中所面臨的問題與分析試題時所遭遇的困難，如試題形式、試題素質、評分標準、試題相關係數、難度、甄別力、閱讀水準、誤導能力、敏感度等，並探求解決這些問題與困難的辦法。

(14)司格林〈華文語音教學方法〉 討論以歐美人士為對象的華語發音教學；認為龍果夫所提出的「音節音位」的說法不但能夠表明整個語音系統，而且能夠清楚解釋各個韻母中所發生的同化現象；同時建議華語的四聲教學，除了四聲同時進行的「對比方法」以外，不妨兼探先學陰平然後依次學上聲、去聲與陽平

的「連續方法」，每一個聲調的教學也與一定的音節類型（如陰平
與單元音音節、上聲與複元音音節等）配合。

(15)林水檺〈馬來學生學習華語所面對的聲母與聲調的問題
〉　討論馬來話中所缺少的華語聲母（例如送氣聲母〔p', t', k'〕、
捲舌音〔tʂ, ʂ, z〕、送氣捲舌音〔tʂ'〕等）與聲調（與馬來語以音節
爲單位不具辨義作用的語調高低變化不同），並討論馬來學生如
何學習華語聲調的問題。

(16)李永明〈漢語拼音是語文教學的重要工具〉　主張利用
拼音，使識字與閱讀、作文同時起步並交叉並進，及早開發兒童
的語文能力，並主張把同樣的方法推廣到對外漢語教學與海外華
裔子弟的華語教學。

(17)鄒嘉彥〈Teaching Chinese to Non-native Speak-
ers in the 14th Century: Explorations in Methodology〉
評介我國元朝時代出版並在韓國廣泛使用，還經翻譯而傳入蒙
古、滿州、日本的漢語教科書《老乞大》的教材內容與教學方
法。

(18)張亞軍〈論中國對外漢語教學法形成的理論基礎〉　討
論中國大陸對外漢語教學法的理論基礎；包括中國傳統的教育思
想（如"學以致用"、"循序漸進"、"溫故知新"、"從嚴要求"、"因
材施教"等思想以及學習上的"苦樂觀"與"教與學的主次觀"）與

語言學的理論基礎(如傳統以文字、音韻、訓詁爲內容的 "小學"
、四十年代西方傳統語法的影響、五十年代結構主義語言學理論
的影響等)。

(19)徐家禎〈經濟改革和現代漢語〉 探討中國大陸實行經
濟改革新政策以後現代漢語所發生的變化,包括詞語的消失或重
現、詞義的擴大或縮小、詞義褒貶的轉換、新詞與新義的產生、
方言的回潮、漢字書寫形式的混亂等,並認爲這些變化與新經濟
政策對社會生活的影響、語言政策的變動、文革後遺症以及文字
改革中權威性的缺乏等因素有關。

(20)楊國章〈世界語言發展態勢與漢語言文化教學〉 強調
加強漢語言文化教學以滿足國際信息社會的需要,因爲(一)二十
一世紀是太平洋世紀,隨著漢語文化圈國家國際地位的升高,學
習漢語的人口勢必增多;(二)中國傳統文化的吸引力也促使更多
的人學習漢語;(三)漢語有可能成爲未來最方便的電子計算機語
言;(四)透過漢語的學習借鑒中國大陸的社會主義經驗與教訓。

(21)李順興〈中國對外漢語教學事業的發展與展望〉 介紹
中國大陸對外漢語教學事業的現況與展望:(一)目前每年招生兩
千人左右(不含短期生);(二)成立國家對外漢語教學領導小組,
負責規畫與指導對外漢語教學;(三)全面改革教學法體系,以提
高教學質量;(四)加強理論研究,以提高學術水平;(五)加強教
師培訓,以提高教師素質。

(22)胡林生〈中學新聞教學的深化和專化問題〉 從新聞教學的內容與形式上的特點，探討新聞教學的重點與策略，並提出具體的步驟與方法使學習者能全面而深入地理解新聞教材，藉以擴大對有關課題的認識範圍並培養分析事理的能力。

(23)雲平〈對外漢語的口語教學藝術〉 討論對外漢語教學中有關聽說訓練、輕聲、兒化韻、聲調變化、詞彙理解、詞彙記憶、詞彙運用、句子操練、句子掌握等教學方法與教學成效的問題。

(24)何子煌〈家庭常用語對新加坡中學生的華語聆聽能力的影響〉 就新加坡中學生的家庭常用語與其華語聆聽能力之間的相關性，提出下列調查結果：(一)新加坡華族學生在家中至少使用兩種常用語的人數佔百分之九十七點三，其中以華語為最常用語或第二常用語者佔多數，其次是其他方言，英語佔少數；(二)在學生的家庭用語諸多變項中，只有「最常用語」、「與父母用語」、「與兄弟姊妹用語」等變項與華語的聆聽能力之間具有「正相關」的關係，尤以「最常用語」為最；(三)在「最常用語」與「與父母用語」中華語與華語聆聽能力的相關性最高，方言次之，英語最低；(四)在「與兄弟姊妹用語」方面，兼用華語與英語的學生華語聽能成績最高，其次是單用華語的學生，而使用方言對華語聽能成績並無負面的影響。

(25)蘇啓禎〈華文閱讀難度的測定〉 探討如何測定華文課

文或選文，包括「專家鑑定」、「可讀性公式」與「定位填充」等方法。

(26)賴金定〈語文材料難度之客觀測量〉　探討以使用「信息學」的教學方法來測量語文教材的難度，卽從《現代漢語頻率詞典》所得的漢語單字與詞語的頻率（P_1）來計算其信息量（$H_1 = -\log_2 P_1$）；凡是信息量高或低頻率的單字詞語都較難學習，進而以新加坡小學華文課本爲題材建立了信息與學習程度的線性關係，並利用這個線性關係來客觀準確地判定語文教材的難度。

(27)許金榮〈教學法：探討一個中學華文綜合課程的教學結構〉　探討馬來西亞中學華文綜合課程的教學結構，包括教學理論與概念、教學實踐與操作等，並附有教學材料實例。

(28)陸儉明〈"VA了"述補結構的語義分析〉　從'晾乾了'（表示結果的實現）、'挖淺了'（表示結果的偏離）、'挖深了'（表示結果的實現或偏離）這三個例句的語義內涵說起，討論漢語形容詞的「語義分類」、「語義指向」、「制約作用」等問題。

(29)湯廷池〈「原則參數語法」與英華對比分析〉　依據「原則參數語法」的觀點，從「投射理論」、「論旨理論」、「格位理論」、「X標槓理論」等原則與其參數來有系統的討論英語與華語兩種語言之間主要句法結構與句法表現上的異同。

(30)李瑋玲、魏錦秋、曾志朗〈The Role of Visuospatial and Phonological Memory in Learning to Read Chinese and English〉 以隨意抽選的兩百八十八名具有華英雙語能力的一、二年級新加坡學生爲對象，測驗就學兒童的閱讀能力與「語音記憶」及「視覺空間記憶」能力之間的關係，結果發現：(一)「語音記憶」能力頗能預測學童閱讀英文的能力，但對預測學童閱讀華文的能力卻並無多大功效；(二)「視覺空間記憶」能力對華文、英文閱讀能力的預測都幾無功效；(三)運用「口說詞彙」的能力最能預測華文與英文的閱讀能力；(四)「死記形狀」對閱讀華文的能力也似無多大幫助。

(31)張稚美〈Psycholinguistic Analysis of Oral Reading Performance by Proficient versus Nonproficient Chinese Elementary Students〉 以隨機取樣的臺北市三十二名高成就與低成就的中年級小學生爲對象，測試他們的「基線認知能力」、「語言運用能力」、「閱讀過程」與「語言提示系統」，結果發現：(一) 閱讀能力較低的學童，在與語言有關的記憶（如數字與單詞的記憶）方面表現較差，但在與語言無關的記憶方面則表現不差；(二)閱讀能力較低的學童顯示「口說詞彙」與「視覺單詞」的不足，「語言智商」也較同儕爲低；(三)以字代詞的「錯誤提示」試驗顯示閱讀能力的學童以各式各樣的變形字來反應；(四)由於口說詞彙與視覺單詞之不足、缺乏對詞語的正確認識以及語言記憶能力的低落，有閱讀障礙的學童無法利用語音來把看似不連貫的漢字串聯成適當的詞語，因而影響他們閱讀文章與回

憶文章的能力。

(32)鄭谷苑、曾志朗、洪蘭〈從平行分佈網絡模式來看漢字認識歷程的超加性效應〉 觀察小孩子學習的過程，發現小孩子對「字」、「非字」、「假字」的區辨能力與他們將來的認字能力有顯著的相關性。以佔漢字百分之八十的形聲字爲例，形聲字的「義旁」與「聲旁」都具有其心理學上的重要性，常可以從義旁來推測形聲字大略的屬性，而聲旁的作用則較爲複雜。由於語音變遷，有的聲旁表音的一致性很高，有的聲旁表音卻有很多例外。一致性高的形聲字處理起來快速而正確率高，例外多的形聲字則正好相反，形成一種「共謀效應」。可見漢字的處理，並非只靠字形，而且視覺(字形)與語音(字音)這兩種線索之間是相互合作、相輔相成的。這種合作關係使得推測率相當低的各個線索，經過綜合以後達到相當高的推測率。換言之，各個線索所提供的信息不僅是單純的「相加效應」，而是一種「超加效應」，與神經網絡研究中的「平行分佈模式」有異曲同工之妙。

(33)關彩華〈設計課程時如何配合第二語言學習與文化的關係〉 討論語言與文化的關係，並設計一套初級廣州話課程，把文化資料配合到第二語言的學習中(包括課程簡介、課內活動與課外活動)。

(34)陳兆華〈小學低年級識字遺忘率調查報告〉 以新加坡小學低年級學童一千零八十名爲對象，舉行識字遺忘率的調查，

結果發現由於漢字本身筆畫的繁複、課本裏字詞的重現率等因素，新加坡小學低年級學童的識字記憶逐年在下降；因而蒐集一些見解與看法，提出一些建議，探討如何改善小學低年級的識字教學。

(35)鄒嘉彥、藺蓀、史湄、廖國輝、王培光〈漢語受事格位置初探〉　以‘貨運、簿記、環保、文字處理機’等詞語爲例，認爲漢語詞法中有「賓述結構」的存在，並考慮古代漢語裏賓語提前的存在以及優勢外來語(如英語等)的接觸等因素，一方面從語言內在因素(語音、語法、語義等)的角度分析這個現象，另一方面從社會語言學的角度探討語言外在因素對漢語演變的影響。

(36)郭特里波〈中文動詞在斷定空間關係方面的配合能力〉從斷定空間關係的配合能力，把中文動詞分爲：(一)「空間存在」(不及物)動詞，如‘住、坐、等、生’；(二)「空間移動」(不及物)動詞，如‘到、登、去、走’；(三)「空間搬動」(及物)動詞，如‘掛、位、放、扔’。

(37)張維耿〈華人區經濟文化交流與詞語的相互滲透〉　舉例討論大陸、臺灣、香港、美國華人區等所使用的華語詞語互相滲透的現象與部分合流的規範趨向，包括外來詞的吸收(如‘艾滋病’、‘後天免疫不全症’→‘愛滋症’，‘小巴’、‘小型公共汽車’→‘小巴’)、科技新產品的誕生(如‘電腦’、‘電子計算機’→‘電腦’)、社會生活的反映(如‘宣傳工具’、‘傳播媒體’、‘傳媒’→

'傳播媒體')等。

(38)田小琳〈現代漢語詞彙的規範〉 主張「普通話」的詞彙不應僅以北方方言爲基礎詞彙，而應進一步吸收大陸各地方言、臺灣、港澳、海外華人社會廣泛流行且已定型的新詞語與常用詞語，並在某些詞語中標明其流通區域或範圍。

(39)汪惠迪〈新加坡華語詞彙的特點〉 舉例討論新加坡華語詞彙的特點：包括(一)「開放性」((1)融合英語與馬來語的詞語、(2)吸收其他社區的同族詞語、(3)兼容本地與外地的異名同實詞語、(4)滲入方言詞語、外文字母或縮略語)；(二)「變異性」((1)與方言的差異、(2)與借詞的差異、(3)與大陸、港臺的差異、(4)自身的差異)；(三)「創造性」((1)反映本地特殊社會環境的詞語、(2)從英語中引進的新詞語)與(四)「複雜性」。

(40)蘇偉妮〈華語與馬來西亞語語音的比較〉 爲華語與馬來西亞語的元音、輔音與音節結構提出對比分析，並把華語與馬來西亞語之間拼法相同的單音詞與多音詞列表加以對照，結論是：只要敎學方法得當，華語的拼音方案不致與馬來西亞語與英語的羅馬字母表音發生混淆或干擾的問題。

(41)潘文光〈英漢翻譯實踐與語文學習〉 提倡翻譯實踐是有意義的語言學習活動，可以彌補一般語言敎學內容之不足，不但可以培養學習者熟練有效地使用本族語與另一種語文的能力

（包括閱讀與寫作），還可以幫助他們認識這兩種語言之間不同的思維方式與文化差異。

(42)何偉杰〈香港小學的中文詞彙教學〉 以問卷調查、實地錄影與到校訪問的方式，探討香港小學教師進行詞彙教學所採取的策略與模式，並從學生的語文教本抽取若干詞彙來設計測驗卷，藉以測試學生在詞彙學習方面的廣度與深度，並比較教師的教學模式與學生學習詞彙成果之間的關係。

(43)關之英〈小學的語文活動〉 介紹小學語文活動，包括大型的課外活動（如朗誦比賽、講故事比賽）、小型的課外活動（如書法小組、謎語小組）與課內活動（如有關詞彙、說話、文章體裁、標點符號等的活動），並討論如何設計與推行這些活動來提高學生學習語文的興趣。

(44)張楚浩〈從《水滸傳》、《紅樓夢》看動詞重疊〉 從《水滸傳》與《紅樓夢》爲主的語料比較中，發現動詞重疊中的‘Ｘ一Ｘ’不應視爲‘ＸＸ’的變體，而應該視‘ＸＸ’爲‘Ｘ一Ｘ’式的省略；因此動詞重疊在本質上屬於句法範疇的句法形式。

(45)吳英成〈從新加坡華語句法實況調查討論華語句法規範化問題〉 以隨機抽取的新加坡三十五名華文成績優等的高一學生與三十五名擁有大學中文學士的合格教師爲對象，就(1)副詞‘先’的詞序倒裝、(2)副詞‘多、少’的詞序倒裝、(3)‘來’與‘去’

的及物用法、(4)正反問句的簡化、(5)特殊比較句、(6)句尾助詞'來的'的插入、(7)'(沒)有'的補語用法、(8)動詞後狀語的重疊、(9)'大'與'小'的重疊、(10)'有沒有'的句尾助詞用法等十項句式測量他們有關「規範華語」與(受閩粵方言影響的)「新加坡華語」的語言判斷能力、語言行為習慣以及新加坡華語句法的使用普及度。結果發現各項句式的使用普及度並非一致,多數句式至今尚未定型;因而主張以客觀而寬容的態度讓華語句式順著自然趨勢演變,並呼籲新加坡華語標準委員會注意華語「規範語法」的問題。

(46)林萬菁〈論現代漢語中名詞、動詞與形容詞的轉類問題〉 以具體的例證,分析現代漢語中名詞、動詞與形容詞的轉類,包括「語法上的變化」(有約定俗成的基礎)與「修辭上的變化」(為了一時性的修辭效果);並且指出除了動詞轉為名詞或形容詞、形容詞轉為動詞、以及不及物動詞轉為及物動詞以外,還有不少形容詞轉為名詞的用例。

(47)盧紹昌〈新加坡華語詞彙的考察〉 考察在新加坡廣泛流行且有牢固社會基礎的華語新生詞彙一千餘條,包括來自華族方言的方言詞、來自外國語的借詞與譯詞、因新生事物而產生的「自鑄新詞」、以及詞形相同而詞義迥異的「新生同形詞」等。

(48)鄧日才〈華文教學與表演藝術〉 介紹在馬來西亞馬六甲培風中學所推行的結合華文教學與舞臺表演藝術(主要是改編

自馬華文學小說與詩歌、中國成語故事與五四小說、古典散文與
詩歌等的舞蹈或舞劇)的嘗試。

(49)盧毓文〈記憶術在對外華文教學上的運用〉　舉教學實
例來說明如何在對外華語文教學上(包括拼音、聲調、記字音、
認識字、句型語法、史地文化)配合增強記憶的方法，以收教與
學事半功倍之效。

(50)趙淑華〈句型和句型教學〉　根據大陸小學語文課本第
一册至第十二册共二十八萬字的語料中統計出句型總數與各類句
型出現的頻率，再根據各類句型出現的頻率分出基本句型與常用
句型，並對基本句型的特點做細緻分析與深入研究，以指導對外
漢語教學與對外漢語教材的編寫。

(51)張麗超〈邏輯思維、自然順序與對外漢語教學〉　提議
以邏輯思維的思想程序、動作的時間順序與先後關係等概念來掌
握某些句型的詞序，以幫助學生的「語法內化」。

(52)林燾〈漢語韻律特徵和語音教學〉　舉例說明漢語音節
以上各層次韻律特徵的一些變化，分析音高、音強、音長在這些
變化中的作用與相互之間的影響，並強調語音學習主要是「語流」
的模仿與掌握。

(53)吳潔敏〈漢語的韻律特徵及其功能〉　探討漢語的韻律

特徵(包括停延、音強、音高、音長、音色、節奏、語流、語調等)與其相互關係及表達功能。

(54)陳重瑜〈從中古音到北京音系：陰平字流入與流出的比較〉 檢視中古音、中原音韻、北京音系這三種北方話的主流之間單字聲調的變化，發現「陰平化」的趨勢自中古音以來就一直存在，並且發現：(一)自中古音以降，流入陰平調的字例有三百八十九個(88.2%)，流出的有五十二個(11.8%)；(二)流入陰平調的三百八十九個字例中，中古入聲字佔一百八十二個(46.8%)，而且都在中原音韻中派入陽平(34.5%)、上聲(31.5%)、去聲(34.0%)以後再變入陰平，然而在不同階段的變化中這三種聲調往往形成懸殊的比例；(三)流出陰平調的字例多數似乎是由常用近形字的讀音來「比照類推」的結果，而流入陰平調的字例則主要是由於高頻率口語詞條的陰平化。

(55)王清源〈Study of Chinese Language and Literature Teaching in British Universities〉 介紹六所英國大學的中文課程，包括課程內容、教材內容、教學方法、學生的學習態度、社會對中國文化與學習中文的態度、以及改進意見等。

(56)姚道中〈略談實用閱讀教材〉 指出為外國學生編寫的初級課本缺乏有關真實生活的閱讀材料，而高級課本卻過分偏重文學作品與新聞報導，因而主張配合一般的中文教材增加一些實

用的閱讀敎材。

(57)陳平、廖國輝〈華語信息科學課程蠡測〉 介紹香港城市理工學院應用語言學系爲了培養學生設計適合華人「人機界面」的電腦而成立的學位課程；包括華語語音、文字、結構規律，電腦基礎課程，以及華語與英語的電腦對譯等。

(58)張維〈關於詞彙敎學〉 討論在對外漢語敎學中如何擴大學生的詞彙量，以及如何讓學生掌握詞彙規則來提高運用漢語的能力，並提出詞彙敎學必須突出重點而且必須結合語境的主張。

(59)鄭定歐〈現代漢語慣用語新說〉 以三千多個慣用語爲對象，進行系統的觀察以後指出慣用語以「語義畸變」爲其特徵，並以「畸變值」的大小爲依據把慣用語分爲五類：(一)意合結構、(二)半固定式異態結構、(三)固定式異態結構、(四)兼具解析性的常態結構、(五)不具解析性的常態結構。

(60)賴金定〈從字到詞：從信息學觀點看詞的形成〉 從信息學的觀點，指出漢字本身含有相當高的「信息量」(7.6-9.6 單位)，可以成爲獨立的信息載體，也是形成詞的基本單位（「語素」），但是當漢字由獨立的個體形成詞或詞組時，常有信息量減少或增加的現象。信息量損失大的詞義可以從字義引申出來（如'爸爸、孩子、學習'等），但是信息量增加的詞義卻無法由字義引申出來（如'一一、可可、中子'等），因而探討如何把信號學的

教學方法應用在字與詞義的引申這個問題。

(61)史湄〈朗讀中的「語句重音」的表達方法〉 探討朗讀中「語句重音」的表達方法；包括誇呼的調值，運用聲母成阻、持阻、除阻的變化，韻母開、齊、合、撮的口形控制，音高、音強、音長的對比色彩等。

(62)黃碧雲〈教學中簡化字的部件分色處理〉 討論以「漢字部件分色教學法」(即把每一個漢字所表示的「意」(包括「形」)、「聲」、「意兼聲」、「指事」分別用藍、紅、青、黃四種顏色予以區分， 並用黑色來表示無法識別其意、聲與指事性質的「幽件」) 把「簡化字」的簡化情形加以分門別類(例如：(一)另創形聲字、(二)聲省、(三)形省、(四)形省並聲省、(五)用「本字」或「或字」、(六)另創會意字、(七)用聲同或聲近的假借字、(八)只用聲旁作簡化字，變成假借字)， 簡化字一經部件分色即其結構大體上可以一目了然，在教學上可收事半功倍之效。

(63)鍾秋生〈華文教學錯別字辨析〉 主張字形教學應以正確的楷書為根據，簡化字也應該採用規範化的字體，教師尤其需要具備文字學的知識。

(64)楊貴誼〈華語在多種語言社會裏的適應力〉 介紹用漢語編寫的馬來亞文教材《滿剌加國譯語》(1408) 與馬來文詞典《華夷通語》(1877)及《巫來由通話》(1926)；並指出一方面華

語(尤其是方言)口語中含有愈來愈多的馬來語成份(如'峇峇、娘惹、榴槤、紅毛丹、紅毛榴槤'),另一方面馬來文也吸取了不少華語成分(如'苦力、包子、豆腐、豆干')。

(65)河野顯〈華文和日文是"同文"嗎?—— 華文與日文比較研究序論〉 從發音上的差異以及助詞(日語)、動詞詞尾變化(日語)、補語結構(華語)的有無等的比較來獲得"華文與日文非同文"的結論。

(66)許勢常安〈關於專修大學 1988 年舉辦的中文聽解力比賽〉 介紹日本專修大學以選修半年中文的學生為對象的中文聽解力比賽,測驗的內容包括(一)"n"韻尾與"ng"韻尾的辨別、(二)送氣音與不送氣音的辨別、(三)聲調的辨別、(四)中文日譯意義上的辨別、(五)中文意義的辨別等。

(67)陳志誠〈談理工學院的"服務性"中文教學〉 介紹香港兩所理工學院為非以語文為專業的學生所提供的「服務性中文教學」,包括課程性質、課程設計、教材內容、實際困難、未來的發展方向等。

除了以上的論文以外 , 還有提呈論文而未宣讀的(如葉德明〈A Cognitive Approach to Learning Chinese〉、馬希文〈漢語動詞附加成份和格框架的關係〉、屈承熹〈語意及篇章分析在華文教學中之功能〉、陸孝棟〈語法與語意〉、吳碧蓮〈加強漢語教學,發展華文文學〉、楊石泉〈教材語料的選擇標準〉

、何平〈論語音在對外國人漢語教學中的作用〉、朱宏達〈漢文化中儒學與墨學〉)以及事前未提出摘要卻在研討會裏宣讀論文的(如謝世涯、林疇〈認知思維技巧與華文教學〉、蕭炳基〈認詞與詞頻關係的研究〉、蔡志禮〈影響高才班學生華文成績的因素〉、繆錦安、王德春〈漢語共同語及其變體與對外漢語教學〉等),由於手頭沒有詳細的論文資料不在此一一介紹,相信這些論文將來都會刊載於《新加坡世界華文教學研討會論文集》。

十二月二十九日下午的閉幕典禮中,主辦單位邀請我代表來自臺灣的學者發表簡短的談話。下面是我的講詞:

……有人說,"二十一世紀是亞洲人的世紀"。如果這個預測有根據,那麼華語華文將是二十一世紀最重要的語文。因為不但以華語為母語的人幾佔全球人口的四分之一,而且用華文所表達的哲學、思想、文學、藝術是當代人類最寶貴的文化遺產。因此,李光耀總理在開幕典禮的演說中特別強調:如果新加坡放棄雙語政策,這個國家就會淪落為一個喪失自身文化特性的民族。

近幾年來,亞洲地區語文教育界的有識之士都能深切的體認到推廣華語華文與改進華語華文教學的重要性;因而提議召開全球性的華語華文教學研討會,以收集思廣益與切磋琢磨之效。先是臺灣在一九八四年與一九八八年舉辦第一、二屆世界華語文教學研討會,接著大陸也在一九八五年與一九八七年主辦第一、二屆國際漢語教學研討會,前後幾次研討會都能引起海內外華語語言學家與華文教師的

　　普遍重視。香港語文學會本來也準備在今年八月間召開全球性的華文教學研討會，後來因故停辦，非常可惜。這一次新加坡華文研究會能順利成功的舉辦了世界華文教學研討會，做為從事華語研究工作之一員，在此表示由衷的敬意與賀意。這一次研討會是經過三年的細心籌劃來達成的。在整個會期間，主辦單位的苦心經營以及全體工作人員的熱心服務是大家有目共睹的。開幕典禮的隆重與盛大給人留下深刻的印象。住宿與開會都安排在同一地點，所以省去了大家不必要的奔波之勞。在這三天的會期中，與會的學者不但在會場內積極參加討論，而且在會場外也互相交換心得，充分發揮了學術交流的功能。唯一美中不足的是，這一次的會議名稱並沒有冠上第幾屆，是否意味著這一類會議的舉辦在新加坡是"空前"，而且可能也是"絕後"的？我們了解舉辦這一類會議所要付出的人力、物力、財力都相當的龐大。不過為了延續華語文化的光榮傳統，也為了確保大家的工作機會，我們希望主辦單位能義不容辭的繼續努力，能再接再厲的舉辦這一類活動。我個人初步不成熟的建議是：亞洲地區華語華文教學研討會的幾個主辦單位，不妨嘗試串聯成立一個非正式的連絡機構。一方面互相交換主辦歷屆教學研討會的經驗與心得，以供今後主辦單位的參考；另一方面密切連繫參加歷屆研討會的學者與教師，鼓勵大家繼續踴躍參加。如果這一個機構能更進一步出版《華文教學通訊》之類的刊物來提倡華語華文教學的研究與傳播華語華文教學的資訊，那就更加理想、

更加圓滿了。

最後，謹向這一次研討會的主辦當局與全體工作人員致最
高的敬意與謝意。世界華文教育協進會準備於一九九一年
在臺北舉辦第三屆世界華語文教學研討會，屆時歡迎大家
光臨指教。……

　　當天晚上舉行最後的晚宴，研討會主席盧紹昌先生又邀我講
話，就講了下面的「惜別辭」：

　　……我個人是信佛教的，而佛教則講因緣。因是主因，是
可以靠個人自己的意志與努力決定的；而緣是助緣，是要
靠個人以外的許許多多錯綜複雜的因素纔能達成的。所謂
"盡人事，待天命"，"人事"是因，而"天命"就是緣。試想
三天以前，我們彼此都不認識，甚至不知道地球上有這樣
一個人的存在。如今，我們相逢了、認識了、談論了，覺
得好像是相交了好幾年的老朋友。再想在這偌大無垠的宇
宙裏，在這億萬年人類生命的長流裏，我們的存在渺小而
短促得只能算是汪洋大海中的一個小泡沫。而我們這幾百
個小泡沫卻在同一時間、同一地點相逢而成為知己。我個
人非常珍惜這一段奇妙不可思議的因緣。希望各位先進今
後能繼續連繫，繼續指教，共同為華語華文教學的提昇而
努力。謝謝大家。

　　首次訪問新加坡，對於新加坡的環境綠化與街道清潔以及新

加坡人的親切友善，印象極爲深刻。在這一次研討會裏能夠遇到
許多位大陸學者，並且能夠開懷暢談語言學，也是生平一大樂事
。開會期間，主辦單位的盧紹昌先生、洪孟珠女士、梁榮基先生
、周淸海先生、陳重瑜女士等都非常關心我們的飲食起居，摯友
潘先欽先生伉儷更是百忙中驅車帶我們四處遊覽，這一切的一切
都將給我留下美好的回憶。

《第二屆世界華語文教學研討會論文集:
理論與分析篇 》

編者的話

　　提起華文教育，編者與華語語法或華語教學有一段不算短的接觸與不算淺的因緣。先是於一九六四年間在國立臺灣師範大學與美國德州大學合辦的「在職英語教員訓練計畫」裏擔任語言學顧問時，受聘於「美國各大學合辦中文研習所」而兼任該所的語言學顧問，籌畫華語師資的培訓與教材教法的改進。當時的編者，對於華語語法可以說是十足的「門外漢」；連華語語法究竟有幾種詞類、這些詞類應該如何界定等基本問題都毫無所悉，更談不上如何尋找研究華語語法的理論模式或建立華語語法的體系。在既無文獻可以參考，又無同道可以請益的情形下，只好硬著頭

皮把自己逼上梁山，經過不斷的嘗試與錯誤，一點一滴地去摸索華語語法的輪廓與特徵。一直到了一九七四年左右，纔在張以仁與丁邦新兩位先生的鼓勵下，開始以華文在國內的報章與刊物上發表個人研究華語的心得。有些良師益友曾經好意的勸告：以華文撰寫的文章，既不容易在國外的學術刊物上發表，更不容易由不諳華文的外籍學者引用。但是編者卻一直堅信：如果眞要華語研究在國內生根、茁壯、開花、結果，那就非得以華文向國內中外語文學系的學生與一般讀者推廣華語語言學不可。編者甚至曾經大言不慚的發出豪語：以華文撰寫的文章，理論上可以有十億以上的讀者，而且這些讀者個個都懂得華文！後來於一九八二年間在香港大學任教，親眼觀察到了海外華文教育的現實與問題。因為有感於華語語言學的研究與華語文教學的實踐必須互相密切配合而相輔相成，所以回國後立即向各界發出早日召開「世界華語文教學研討會」的呼籲。幸而獲得世界華文教育協進會的熱烈響應、周應龍先生（在省立新竹高級中學求學時與編者是前後期同學，當時任國民黨文工會主任）的鼎力支持以及董鵬程先生的積極推動，終於在一九八四年年底順利而圓滿地舉辦了第一屆世界華語文教學研討會。

以上縷縷追述個人華語研究的背景與召開第一屆世界華語文教學研討會的緣起，目的無非是藉此機會為華語文教育的任重道遠做一個「歷史的見證」。因為我們在一九八四年召開「第一屆世界華語文教學研討會」之後，大陸也在一九八五年與一九八八年舉辦「第一、二屆國際漢語教學研討會」。我們在一九八八年年底召開「第二屆華語文教學研討會」之後，新加坡在一九八九

年年底舉行「世界華文教學研討會」，香港在一九九〇年六月舉辦
「漢語與英語理論及應用研究國際學術會議」，中央研究院歷史語
言研究所於一九九〇年七月舉辦「漢語方言國際學術研討會」，大
陸更定於今年八月召開「第三屆國際漢語教學研討會」，並正式
來函邀請臺灣學者前往參加。另外根據編者所獲得的消息，明年
內單是亞洲地區就要舉辦兩三次此類研討會。在這種華語語言學
起飛與華語文教育普遍受重視的時代背景下，《第二屆世界華語
文研討會論文集：理論與分析篇》終於以嶄新的姿態出現於國內
外讀者的面前是一件非常值得高興的事。

　　由於《第一屆世界華文教學研討會論文集》的全文共達九百三
十九頁，一方面過於厚重而不便攜帶，另一方面各組由不同的學
者主編的結果導致前後體例的不一致；所以《第二屆世界華語文
教學研討會論文集》決定分為「理論與分析篇」與「教學與應用
篇」兩個分集，不但由不同的編者來主編，而且也分冊裝訂。
《理論與分析篇》收錄語文分析組所發表的論文共三十六篇，另
外加上丁邦新與王士元兩位先生的論文總共三十八篇。除了丁、
王兩位先生的論文以外，其他論文都依照在研討會裏宣讀的順序
出現。為了查閱與攜帶方便，我們把前面十八篇（共二百七十八
頁）裝訂成上冊，而把後面二十篇（共二百八十七頁）裝訂成下
冊。每一篇論文都在「論文標題」、「作者姓名」、「所屬機構」下
先列「華文摘要」與「英文摘要」，再列「本文」與「參考書目」
，最後列「討論」。在討論中發言人的姓名與回答人的姓名後，
我們一概不用「教授」、「博士」、「老師」等頭銜，而一律以「先
生」稱呼男士，以「女士」稱呼女士，發言與回答的內容完全依照

發言人與回答人送來的發言條上的文字，但是如果發現明顯的錯別字或不必要的重複或贅語，就稍微做適當的修改或刪除。在編輯的過程中，盡量注意到同一篇文字裏用詞、字體與標點上的一致。在不同篇文章裏所使用的專門術語，在尊重原作者用詞的原則下，只盡量加以整合，但並未強求統一。不過在人力不足與時間緊迫的條件下，許多錯誤或遺漏是難免的。特別是論文部分的文字，由於受了不改變字數的限制，無法做較大幅度的修改。如果那一位作者或讀者在論文集出版之後發現有錯誤、遺漏或不妥的地方，敬請來信告訴我們，以便將來有機會再版時加以訂正。

最後把編者代表語文分析組在研討會閉幕典禮上所做的綜合報告引述於下，做爲編者對這一屆研討會的觀感與總結：

「在這次世界華語文教學研討會裏，語文分析組前後舉行十場討論，總共提出論文四十三篇。其中由國內學者提出的共十六篇，其餘二十七篇則由來自全球各地的國外學者提出。十六位國內學者中，有九位來自外語系，五位來自中語系，而其餘兩位則來自心理系與師資訓練機構。如果以參加學者的性別來分，男性學者共二十八人，女性學者共十九人（由於有三篇論文是由兩個或三個學者合寫的，所以學者人數超過了論文篇數）。如果以發表論文的內容來看，屬於語法分析的共二十五篇、屬於語音分析的共四篇、屬於語意與語用分析的有兩篇、屬於社會語言學的共六篇、而屬於心理學與神經語言學的論文也有六篇。從以上簡單的統計，我們似乎可以獲得下列幾點討論。

一、在上屆世界華語文教學研討會裏，語法組只舉行了三場討論，論文總數也只有十八篇。今年的語文分析組，舉行十場討

論，發表四十三篇論文，充分的表現了這次會議的論文在「量」方面的成長。與會學者更異口同聲的表示：這次會議所發表的論文在「質」方面也遠遠超出上一屆論文的水準。這個事實無疑顯示了國內外華語文教學的提升與進步。

二、這次會議裏發表論文的國內學者與國外學者的人數比例幾乎是一比二；一方面顯示國外學者對於華語文教學的關心與努力，一方面也表示今後需要有更多的國內學者來投入華語文教學的研究。同時，發表論文的國內學者大都來自外語系、心理系與教育系，來自中語系的學者反而居於少數。因此，大家希望國內的中語系也能酌情加開華語分析與華語教學等課程，致力培養華語研究與華語教育的傑出人才。

三、這次會議的另一特色是女性與會者的大量增加。在語文分析組裏，女性學者所發表的論文佔了論文總數的百分之四十強，在討論問題的深度與氣勢上也與男性學者平分秋色，絲毫不讓鬚眉。大家認爲：華語文教育界裏的兩性和諧是十分可喜的現象。

四、在語文分析組裏，有關語法、語意、語用的論文佔了全部論文的百分之六十三，而有關語音的論文則不到百分之十。這似乎顯示：華語文教學的關心與重點逐漸由發音提升到用詞、造句、閱讀與寫作。同時，有關社會語言學的論文呼籲大家冷靜、客觀而務實的討論標準語言、語言規範、方言地位等問題；而有關心理與神經語言學的論文則提醒大家語文學科的研究必須與其他學科的研究密切連繫與配合，如此纔能進一步推廣到聾啞教育、特殊教育等的領域。

在這四天的會期中，與會學者不但在會場內積極參與討論，在

會場外也熱心交換心得，充分發揮了學術交流的功能。綜合會場內的全體討論、會場外的個別交談、並參酌上一屆會議裏語法組的綜合報告，我們語文分析組的參加人員達成了下列五點結論與建議。

(一)現有的華語語法教材越來越不能滿足當前的需要。希望華語語言學家在致力於理論研究與語言分析之餘，也能夠抽空從事語法教科書的編寫。華語老師也應該以其教學的經驗與心得貢獻意見，甚至可以自行編寫華語語法的教科書。教科書的編寫應該以特定的學生為對象。不同背景、程度與需要的學生，應該有不同內容與性質的教材。

(二)在海外從事華語文教學的老師迫切需要華語語法與當地語言語法的對比分析，並且以此做為藍本替海外各地的學生設計適當的華語教材。希望國內外的語言學家與語文教師都能攜手協力，共同編寫簡明扼要而有系統的對比語法。

(三)現有的華語辭典偏重字形、字音與字義，卻忽略了詞的內部結構、外部功能、以及詞與詞的連用。這種辭典，對於非以華語為母語的海外學生而言，顯然不夠。至於雙語辭典，則更加缺乏，幾無選擇的餘地。希望今後國內華語辭典的編纂能夠獲得華語語言學家的協助，除了注音與注解這兩項內容以外，還能扼要說明詞的內部結構、外部功能、風格體裁上的區別等。

(四)為了幫助海外幼齡兒童與外籍學生有效學習華語，應該有專人研究華裔幼童與外籍學生學習華語的過程，以及學習上可能遇到的困難或問題。另外，為了幫助海外華人從小有效學習華語，國內有關當局應該積極編寫海外兒童的華語教材，包括認字

、用詞、造詞、造句、語法的練習本,以及各種課外讀物。

(五)成功的華語教學可以促進海外華人對祖國的認識,增進海外華人彼此的情感與華人社會的團結。為了普及華語教育、培植優秀華語師資、改進華語的教材教法,希望今後能夠繼續召開世界性或分區性的華語文教學研討會,並積極鼓勵國內外的華語老師與研究所學生參加。又《華文世界》的發行讓海內外的華語老師獲得吸取新知與交換心得的機會,希望今後能夠改為雙月刊或不定期出版專題論集。

最後,我們謹向這次研討會的主辦當局與全體工作人員致最高的敬意與謝意。主辦當局付出了這麼大的人力與財力,為大家舉辦了這次盛大而成功的研討會,各人回到自己的工作崗位以後,自當更加努力的從事華語語言學的研究與推行華語教育的工作,以期不負主辦當局舉辦這次研討會的美意與期望。」

Helping Pupils to Overcome Difficulties in Learning Chinese as a Second Language in a Bilingual Society

（對新加坡華文教育的建議：如何幫助在雙語社會中學習第二語文的華文）

Mr. Chairperson, Ladies and Gentlemen. It is a great honor for me to have been invited by your Ministry of Education to speak to you on the subject "Helping Pupils to Overcome Difficulties in Learning Chinese as a Second Language in a Bilingual Society." I hope that I will be able to share with you a few thoughts that you will find both helpful and interesting. Though my topic, which was given by your Ministry of Education, may suggest a rather extensive coverage, I do not intend to point out all the difficulties your pupils might encounter in the process of learning Chinese as a second language or provide you with a panacea for overcoming these difficulties. Instead, I will try to present a number of relevant features together with some essential problems and possible solutions, so that they can serve as a basis for discussions and debates later in your respective schools which might lead to more definite conclusions and feasible recommendations concerning teaching Chinese as a second language in Singapore.

The language teaching and learning system consists of three main components: objectives, methodology, and evaluation; namely, what is to be taught, how it is to be taught, and how one is to know the result. By objectives we specifically mean the terminal language behavior which the pupils are expected to be able to perform when the education is over. Thus, objectives are the starting point of the whole language teaching system and should guide evaluation as well as methodology. That is to say, both methodology and evaluation should be in conformity with objectives and with one another. If this is not the case, there will be a great danger that some kind of evaluation, particularly examinations in various forms, will guide syllabus and

methodology in actual classroom teaching, and conse-
quently teachers as well as pupils will concern them-
selves only with working for the examination to the
total neglect of the proposed objectives. I sincerely hope
that this kind of situation will never arise here in
Singapore.

Very fortunately, in your case, your Ministry of
Education has provided you with a very explicit, and
also quite up-to-date I should say, curriculum for
teaching Chinese as a second language in both primary
and secondary schools. For example, according to the
curriculum for Chinese as a second language(CL2), issued
by your Ministry o fEducation in 1981, Chinese teaching
at primary school level consists of four subcomponents:

   (1) hearing and speking,

   (2) reading,

   (3) writing Chinese characters,

 and (4) writing.

(These four subcomponents as you have undoubtedly
observed are arranged essentially in the order one
masters the four skills in one's native language: first
hearing, then speaking, then reading, and finally
writing.) And then in each subcomponent, under each
grade, the terminal language behavior that pupils are

expected to be able to perform at the end of the grade is fully specified. In addition, guidelines for what to teach and how to teach in each grade, including suggestions on the optimal amount of homework to be assigned to the pupil, the correct use of punctuation marks, and a list of Chinese characters to be introduced and taught in each grade are provided. Moreover, to each Chinese Character, a serial number is assigned for easy reference, together with standard shape and pronunciation of the character to be taught. This is truly the most detailed and well-planned curriculum I ever saw. Therefore, in the face of this excellent curriculum, my first recommendation is: Study the curriculum closely and follow it conscientiously in your actual classroom teaching. Otherwise, your excellent curriculum would remain nothing but a dead letter thrown into a wastebasket.

No rules, however, are absolute, not just because every rule has its exception or exceptions, but because each teacher has different individuals as pupils, different in terms of their motivation, disposition, intelligence, mother tongue, social background, and so forth. Therefore, in applying the curriculum to the actual teaching, a certain degree of freedom, and even innovation, is not only necessary but also most desirable. For example, the above-mentioned sequencing of four skills—hearing, speking, reading and writing, which seems also to indicate the order of priority, is not an absolutely rigid order to be observed in every teaching situation. For, as children mature, they tend rapidly to become more visually-minded ❶. That is to say, other things being equal, materials presented visually are more easily learned than comparable materials learned aurally. This is especially true in the case of Chinese, which has a very unique idiographic or logographic writing system. Nowadays theoretical and experimental rethinking has resulted in a proposal that the various language skills should be taught in a more integrated way without postponing, or widely separating, reading and writing lessons from hearing and speaking activities. And the key word here is "integration," that is, coordinating the teaching of the four skills in such a way that they form a coherent and harmonious whole, rather than reducing them into separate and independent activities without complimenting each other.

---

❶ Clifford H. Prator, "Adding a Second Language," in Kennehh Croft (ed.) *Readings in English as a Second Language,* p. 33.

Let us also keep in mind that there is a very significant difference between acquiring one's first language (namely, native language) and learning a second language. Clifford H. Prator has pointed out that a native language is merely learned while a second language must usually be taught. Contrasting the learning of one's native language with the learning of a second language, he classifies their basic differences under the following ten headings:

（1）time available,

（2）responsibility of the teacher,

（3）structured content,

（4）formalized activities,

（5）motivation,

（6）experience of life,

（7）sequencing of skills,

（8）analogy and generalization,

（9）danger of anomie,

and (10) linguistic interference. ❷

According to Prator, the acquisition of a second language is characterized mainly by

（1）limited amount of time available,

❷ Ibid., p. 34.

(2) lack of motivation,

(3) danger of anomie,

and (4) increased maturity of the learner.

Thus, as the amount of time available in second language is much more limited than that in first language, the teacher has the greater responsibility to take full advantage of every precious minute in the classroom, by carefully structuring the linguistic content of the courses and providing formalized activities in which the pupil's participation is obligatory. Furthermore, the teacher must have at his command an extensive repertory of drill techniques which range from purely manipulative drills (such as "mimicry-memorization" and "simple substitution") through predominantly manipulative drills (such as "substitution-concord," "completion," "restoration," "expansion," "transformation") or predominantly communicative drills (such as "translation," "paraphrase," "question-and-answer") to purely communicative drills, such as free conversation and writing of original compositions. The teacher's chief objective, of course, is to move up his pupils from the level of manipulation to the level of communication, and the language course must provide for training at both levels. The audio-lingual method, which has tended to overemphasize motor skills in language learning, has often been criticized because of its heavy reliance on the pupil's mechanical imitation and repetition without regard to meaning and understanding of the structure. The teacher must also bend every effort toward making his teaching both meaningful and interesting, for the more meaningful the material to be learned, the greater the facility in learning and retention. Particularly for secondary school learners, special care must be taken so that the simplicity of content and language used in texts and drills will not be interpreted as an insult to their intelligence. Care must also be taken so that pupils learning second language will not develop an attitude of "anomie," that is, alienation from their own culture, or the opposite, "antipathy," hostility toward the cultural background of the target language they are learning, which might be caused by the subject matter in the text or the attitude of the teacher inside or outside the classroom. This seems to be one of the most significant, yet much neglected, problems of second-language teaching. Thus Prator points out, with regard to English as a second language in the global context, that "unless the problem can be solved,

English may in time lose much of the favor it now enjoys in many of the world's newly independent countries," ❸ and similarly, I would venture to say, unless the problem can be solved, Japanese, which is just beginning to gain popularity among students and adult learners, will never be widely accepted as a means of international communication in Asia. Fortunately, this does not seem to constitute any serious problem here in Singapore, since your bilingual education policy receives the heartiest support from all sections of the Chinese community, and, as I understand, your Speak Mandarin Campaign, which was launched in 1979 by the Prime Minister, Mr. Lee Kuan Yew, has entered its twelfth year with full steam and increasing vigor.

Since Singapore not only has a very clear idea about why Chinese must be taught as a second language in addition to English but also shows a strong determination to make the Speak Mandarin Campaign a success, I'll speak no more about the psycho-sociologioal aspects of bilingual education and go on to discuss the main theme of our gathering today: how we can best help our students to overcome difficulties

---

❸   Ibid., p.34

in learning Chinese as a second language. Durng the past 30 years I have been observing actual teaching of various languages in the classroom and made all kinds of suggestions and recommendations on how to improve teaching methodology, but the following, I think, will serve as guidelines for language teaching in general:

(1) Remember always that the real hero or heroine in the classroom drama is the student, not the teacher. The teacher's role in the classroom is at most that of a director, or even a mere audience. Thus at least two-thirds of the class hour should be devoted to the student's learning activity.

(2) Don't 'over-teach' or 'over-explain'; encourage your students to be on their own as soon as and as often as possible.

(3) Language learning is more than imitation and repetition; it is intellectual exercise. Urge your students to think, to predict, to generalize, and to innovate by all means.

(4) At the initial stage of learning, 'correctness' is important, but later on emphasis should be shifted to 'expressiveness' and 'fluency'.

(5) Prepare a detailed lesson plan before you come to

the class, so that you will know in advance what
are the focal points in your lesson and what kind
of learning problems your students may encounter
in the lesson.

(6) Make sure that your students have prepared their
lessons before they come to the class. Only when
a well-prepared student teams up with a welll-
prepared teacher, can language learning be both
a success and fun.

(7) You should always gear your teaching to the
needs of your students by taking into considera-
tion the students' individual differences and learn-
ing problems.

(8) Carefully monitor your students' performance in
the class. If your students make any mistake,
point it out to them and ask them to correct it by
themselves. Keep a record of your students' mis-
takes, and study why they tend to meke such
mistakes and how you can help them not to repeat
the same mistekes in the future.

(9) Tell your students that they should never be afraid
of, or ashamed of, making mistakes in the class.
The more mistakes they make, the more chances
they will get for correction, and thus they will

make better progress.

(10) There is a great deal of variation (idiolectal as
   well as dialectal) in our speech; therefore, we
   should not be too dogmatic about our grammati-
   cality and acceptability judgments. It is always
   a good policy to check your own usage with that
   of others before giving a final verdict.

Next I should like to discuss some of the issues
which I think are very much unique to bilingual edu-
cation in Singapore.

Firstly, there may be some English teachers, school
administrators, or parents who may have some mis-
giving that teaching of Chinese as a second language
might affect or even impede the effectiveness of
teaching of English as the first language. It is true that
the pupil tends to carry over the features of his native
language to the target language he is learning. It is
also true that this kind of transfer occurs not only in
lingistic patterns (such as phonological, morphological,
syntactical, and semantic) but also in pragmatic and
cultural patterns (such as gestures, facial expressions,
customs, and cultural traits). However, in the case of
pupils who speak Mandarin or a vernacular before they
learn English, the transfer of language habits from the

mother tongue is unavoidable whether you like it or not, and in the case of pupils who speak only English before they learn Chinese, the transfer is from English to Chinese rather than the other way round. Moreover, transfer could be positive as well as negative. While negative transfer may hinder the learning of a new language, positive transfer will certainly be conducive to it. Thus learning two languages at the same time is not necessarily a burden or disadvantage on the part of pupils. With proper guidance from the teacher, English-speaking pupils learning Chinese will become more aware of subtle distinction in semantics and pragmatics between English and Chinese equivalents, thereby increasing their competence and proficiency in English. Chinese-speaking pupils learning English, on the other hand, may also enhance their understanding of and proficiency in English through learning Chinese. I think I have shown in yesterday's lecture to CL2 teachers how this can be done, with ample illustrations collected from observation of actual classroom teaching here in Singapore. In this sense, future research on contrastive analysis as well as error analysis will be of great importance.

Secondly, I should like to suggest that the Chinese

community in Singapore view the issue of bilingual education in new and more enlightening perspective. If you will kindly allow me to use a rather blunt metaphorical expression to describe the present relationship between EL1 and CL2 in Singapore, I would say it is in a sense comparable to the relationship between white and black people in the United States during and prior to the Civil Rights movement; separate and equal, or separate but equal. For the purpose of multiracial harmony and economic prosperity, however, the ideal relationship between English and Chinese should be complementary and equal; that is, coexistant and mutually beneficial. In order to attain this ideal relationship between the two languages, EL1 and CL2 should be treated on the same footing in their social status and, furthermore, the two languages should be taught in such a way that they will complement rather than oppose each other. I won't go as far as Prof. Mei did in proposing that all textbooks should be bilingual, but I will certainly suggest that a proper English gloss or equivalent be provided for each Chinese new word, and likewise, a proper Chinese gloss or equivalent be provided for each English new word. And at the end of all textbooks, English technical terms and their Chinese equivalents could be provided in the form of index. I would also like to see more publication of bilingual reading materials with English and Chinese versions printed side by side. There is a lot to be done, I think, to promote bilingual 'cooperation' and 'reinforcement' between English and Chinese here in Singapore.

Thirdly, English-speaking pupils who have great difficulty in learning CL2 are worthy of our sympathy and should be given special assistance. In comparison with pupils who speak Mandarin or a vernacular at home, they encounter great difficulty at the very start of learning CL2, and a sense of difficulty often leads to a sense of frustration, which in turn leads to a sense of resentment· A special assistance programme for this category of children might be set up so that they can start learning CL2 earlier than the other category of pupils at their pre-school age, or at least will have extra time available for learning CL2 during summer and winter vacations. Care must be taken to put a teacher in charge of this programme who is not only competent in language teaching but also patient and understanding in psychological guidance. It might also be advisable that this category of pupils should concentrate their efforts on hearing and speaking at the initial stage of learning CL2 and that the use of Pinyin should be introduced much earlier than the current curriculum regulates. The rationale behind this suggestion is that the earlier introduction of Pinyin will not only facilitate, rather than impede, 'pupils' acquisition of correct Chinese pronunciation, but also shift the focus of learning from memorizing Chinese characters to expressing themselves in Chinese.

Fourthly, despite the fact that there has been a controversy concerning whether to increase or reduce the number of Chinese characters to be learned by students, the issue involved is, I think, neither critical nor urgent. It must be noted that to know or to memorize a character is one thing, but to use it to express oneself is quite another. Furthermore, it is a word, not a character, that we use to form a compound, a phrase, or a sentence. Therefore, it is more important to actively manipulate a word than passively recognize a character. Dr Sun Yat-Sen's *Three Peoples' Principles,* which contains 163,400 words, was written using 2,134 different characters, only 334 and 134 more characters than the CL2 and CL1 requirements for primary schools, respectively, and 866 and 1,366 fewer characters than the CL2 and CL1 requirements for secondary schools, respectively. Moreover, the optimal number of Chinese characters to be learned for primary and secondary schools must be weighed and decided upon in accordance with the optimal number of characters that an average student can learn, memorize, and use. The same rationale, I presume, must underlie Dr Tony Tan, Minister of Education's consideration whether the 3,000-character word list for CL2 be reduced. to a fewer characters However, this is an empirical question, and as such must be dceided by careful investigation and rigorous experimentation.

Finally, after reviewing the CL2 teaching materials and teaching aids as well as inspecting the actual classroom teaching in several schools during the past few days, I have nothing but the highest praise for the personnel who have developed such excellent teaching materials and teachers who are not only competent and conscientious but also very eager to learn more about language teaching. No textbook, however, is perfect, and almost every teacher I have met expresses their desire to attend an in-service retraining programme. I have also discovered that some of the English glosses or equivalents provided for Chinese new words in your textbooks are not quite adequate, and in some cases simply wrong. Thus, I would like to suggest establishment of an in-service retraining programme which will give CL2 teachers a chance not only to learn new teaching methodology but also to exchange teaching experiences and techniques with their colleagues. I would also like to suggest compilation of *A Learning Dictionary of Chinese* which is especially designed for Singaporean pupils learning CL2 to meet their urgent needs. It is also advisable that the Ministry of Education should sponsor an annual prize contest of CL2 reading materials as well as teaching aids and that the prize-winning teaching aids and reading materials should be distributed to each and all schools for nation-wide use. And my final piece of advice to your school administrators is: Visit CL2 classes sometimes, sit together with your pupils and learn a little bit of Chinese, so that you can better understand Chinese and Chinese teaching in your school and thus will be better able to help your CL2 teachers to make CL2 teaching a real success.

　　＊本文係根據於1990年7月19日應新加坡教育部之請，在新加坡公用事業局禮堂所做的公開演講而寫，並做為向該國教育部所提出的新加坡華文教育建議書。

索　引

A

C

E

F

M

O

S

T

X

國立中央圖書館出版品預行編目資料

漢語詞法句法三集／湯廷池著,‒‒初版.‒‒台北市: 台灣
　學生,民81
　　面:　　　公分,‒‒(現代語言學論叢,甲類;15)
　含參考書目及索引
ISBN 957-15-0410-6 (精裝):新台幣510元
ISBN 957-15-0411-4 (平裝):新台幣450元

1.中國語言-文法-論文,講詞等

802.6　　　　　　　　　　　　　　81004148

漢語詞法句法三集 (全一冊)

著 作 者:湯　　　　廷　　　　池
出 版 者:臺　灣　學　生　書　局
本書局登
記證字號:行政院新聞局局版臺業字第一一〇〇號
發 行 人:丁　　　　文　　　　治
發 行 所:臺　灣　學　生　書　局
　　　　　臺北市和平東路一段一九八號
　　　　　郵政劃撥帳號〇〇〇二四六六八號
　　　　　電話:3 6 3 4 1 5 6
印 刷 所:淵 明 印 刷 有 限 公 司
　　　　　地　址:永和市成功路一段43巷五號
　　　　　電　話:9 2 8 7 1 4 5
香港總經銷:藝　文　圖　書　公　司
　　　　　地址:九龍偉業街99號連順大廈五字
　　　　　樓及七字樓　電話:7959595
定價 精裝新台幣五一〇元
　　 平裝新台幣四五〇元
中 華 民 國 八 十 一 年 十 月 初 版

ISBN 957-15-0410-6 (精裝)
ISBN 957-15-0411-4 (平裝)

現代語言學論叢書目

⑧ 湯廷池等著：漢語句法、語意學論集（英文本）
十　　人

⑨ 顧　百　里著：國語在臺灣之演變（英文本）

⑩ 顧　百　里著：白話文歐化語法之研究（英文本）

⑪ 李　梅　都著：漢語的照應與刪簡（英文本）

⑫ 黃　美　金著：「態」之探究（英文本）

⑬ 坂本英子著：從華語看日本漢語的發音

⑭ 曹　逢　甫著：國語的句子與子句結構（英文本）

⑮ 陳　重　瑜著：漢英語法，語意學論集（英文本）

語文教學叢書書目

① 湯　廷　池　著：語言學與語文教學

② 董　昭　輝　著：漢英音節比較研究（英文本）

③ 方　師　鐸　著：詳析「匆匆」的語法與修辭

④ 湯　廷　池　著：英語語言分析入門：英語語法教學問答

⑤ 湯　廷　池　著：英語語法修辭十二講

⑥ 董　昭　輝　著：英語的「時間框框」

⑦ 湯　廷　池　著：英語認知語法：結構、意義與功用（上集）

⑧ 湯　廷　池　著：國中英語教學指引

⑨ 湯　廷　池　著：英語認知語法：結構、意義與功用（中集）